KB093790

# 세대와 젠더

동시대 북한문예의 감성

북한문학예술 10

# 세대와 젠더

동시대 북한문예의 감성

단국대학교 부설
한국문화기술연구소 편

경진출판

최근 북한에 대한 연구가 기존의 정치, 경제 분야에 더해 사회, 문화, 그리고 예술 분야로 확대되고 있다. 북한 사회문화에 대한 연구는 '북한'이라는 이질적 체제를 좀 더 입체적으로 파악하는 데 기여할 뿐만 아니라 통일 이후의 남북 화해와 소통을 위한 제도, 정책의 토대를 조성하는 작업으로서도 가치를 지닌다. 무엇보다 북한 사회, 문화, 예술 연구는 반세기를 훌쩍 뛰어넘는 분단의 역사에서 벌어질 대로 벌어진 남북 간 인식과 감정의 골을 메우는 작업의 출발점이 된다. 북한문화예술의 이해는 북한 인민들의 취향과 정서, 감정과 세계관을 헤아리는 일과 맞닿아 있다고 보기 때문이다.

『세대와 젠더: 동시대 북한문예의 감성』은 '세대'와 '젠더'라는 틀로 2000년 이후 동시대 북한문학, 영화, 미술, 음악 등에 반영된 또는 내포된 감성적 경향을 파악하려는 시도다. 이것은 한편으로 '주체사상' 내지 '선군이념'으로 지칭되는 북한의 지배이데올로기가 북한 인민의 몸과 마음을 통제, 주조하는 방식을 살펴보는 일이면서, 다른 한편으로 '세대', '가족', '성(性)', '사랑' 등 인간 삶의 보편적 양상들에 대한 북한 인민의 태도와 지향을 살펴보는 일에 해당한다. 이러한 작업을 통해 우리는 북한 인민들이 낯설고 두려운 존재가 아니라 삶의 구체적인 현장에서는 우리와 마찬가지의 고민과 문제들에 봉착해 있는 인간들임을 새삼 확인하게 될 것이다. 그런 의미에서 이 책은 북한 인민들의 정서와 감정에 대한 문화사적 연구의 성격을 갖는다.

『세대와 젠더: 동시대 북한문예의 감성』은 2부로 구성된다. 제1부 〈북한 청년의 감수성, 세 세대 담론〉에서는 북한문예가 아동-청년-중년-노년으로 이어지는 삶의 변화를 다루는 양상을 살펴본다. 특히 기성세대와 구별되는 북한 신세대의 정서와 취향, 감정을 파악하는 일이 주요 관심사가 될 것이다. 제2부 〈인민의 몸과 젠더, 그리고 공동체〉는 인간 지각과 인지의 근원인 '몸'이 북한문예에서 다뤄지는 방식에 주목하는 글들과 더불어 현재 북한에서 '가족', '민족' 등 삶 공동체의 결속이 유지되는 정서적, 감정적 토대를 살펴보는 글들을 아우른다. 이 글들을 관통하는 공동의 관심사는 현재 북한 인민의 삶을 지탱하는 몸의 틀, 또는 감성적 토대란 무엇인가 하는 것이다.

『세대와 젠더: 동시대 북한문예의 감성』은 북한 문학·음악·영화·미술 분야에서 전문가로 자리를 굳힌 전문연구자들의 주제 연구를 공통의 관심사를 기반으로 한데 엮은 것이다. 독자들은 이 책을 통해 개개 예술 분야나 장르에 집중할 때 쉽게 파악하기 힘든 북한문예의 전체적 흐름이나 종합적 지평을 파악할 수 있을 것이다. 그런 의미에서 이 책은 문화예술 융합연구의 의미심장한 모델로 평가할 수 있다.

이 책은 한국연구재단 중점연구소 지원으로 단국대학교 부설 한국문화기술연구소에서 진행 중인 〈통일시대를 대비한 남북한 문화예술의 소통과 융합방안 연구〉의 단행본 연구 성과다. 책이 나오기까지 많은 분들의 도움을 받았다. 먼저 필자로 참여해준 경희대학교 오태호 선생님, 인제대학교 안지영 선생님, 인하대학교 마성은 선생님께 감사를 전한다. 또 한국문화기술연구소 황희정, 조안나, 박은혜, 김지현, 박가연, 김여정, 정예슬에게 깊은 고마움을 전한다. 무엇보다 이 책의 출판을 흔쾌히 승낙해준 도서출판 경진의 양정섭 대표와 편집과 교정에 힘써준 송은주 님과 디자이너들께 감사드린다. 『북한문학예술의 장르론적 이해』(2010) 이래 한국문화기술연구소와 도서출판 경진의 협력으로 간행된 '북한문학예술' 시리즈가 이 책으로 무려 10권이다. 출판사 측의 의지와 열정이 없었다면 생각할 수 없는 연구 성과다. 그런 의미에서 출판사 편집자들과 디자이너들 역시 학문의 진정한 주체가 아닌가!

2014년 9월
단국대학교 부설 한국문화기술연구소
소장 김수복

# 목차

# 제2부 인민의 몸과 젠더, 그리고 공동체

# 제1부
# 북한 청년의 감수성, 새 세대 담론

북한 문학 감성과 새 세대의 감수성

리금철 과학환상소설의 특징과 균열
: 『아동문학』에 수록된 작품을 중심으로

북한 단편소설에 나타난 연애 담론 연구
: 2000년대 초반 단편소설을 중심으로

2000년대 초반 북한영화와 청년세대

# 북한 문학 감성과 새 세대의 감수성

임옥규

## 1. 2000년대 북한 문학과 감성

북한 문학은 북한 체제에 복무하면서 선전, 선동, 교양의 역할을 하는 것을 1차적 의무로 삼고 있다. 이러한 북한 문학의 본질적 역할에 충실하기 위해 활용되는 것은 감성이다. 북한에서 감성은 시대와 사회 체제 맥락에서 살펴볼 수 있다. 한 시대는 역사·문화·사회적 체험을 바탕으로 하여 고유의 감성 구조를 형성하고 이들을 표출하는 양식으로 문화예술을 생산한다. 특정 시대 감성을 기반으로 한 문화예술을 살펴보면 그 시대의 고유한 성격과 변화 양상을 반영하고 있음을 알 수 있다.1) 이에 대한 것은 주체시대에서 선군시대로

---

1) 이러한 의미에서 볼 때 감성의 구조나 체계는 역사적이고 사회적인 차원에서 살펴볼 수 있다. 감성은 개인적/간주관적/사회적 차원에 걸쳐 생성, 소통, 공유되며 육체/정신, 감각/사고/상징의 요소들을 모두 내포한다. 그리고 개인과 사회의 관계 구성 및 상호작용

변화하는 북한 체제 안에서의 북한 문학을 본격적으로 분석하면서 살펴보고자 한다.

북한은 체제의 위기와 변화 속에서 주체시대에서 선군시대로 변모되고 있으며 문학에서는 전체가 규율하는 주도적 감성 이면에 이상과 현실의 차이를 드러내는 균열된 감성이 발견된다. 북한 주요 매체인 『조선문학』에는 북한 문학의 공적인 이데올로기 경향 외에 사적인 감수성이 포착된다. 이러한 현상들을 접하면서 이성적이라기보다 감성적 반응이 체제유지의 또 다른 근저가 될 수 있으며 북한 사회에서 공유하는 정서, 사상 등의 바탕이 될 수 있다는 가능성을 제시할수 있다. 더 나아가 이러한 현상들이 북한 사회를 규정할 수 있는특성이 될 수 있다고 해석할 수 있다. 이에 이 글은 북한 문학에서의지배적이고 이데올로기적인 측면보다 동시대를 살아가는 북한 사람들의 생활 양상을 살펴볼 수 있는 '사회주의 현실주제' 소설에 주목하여 감성을 통한 시대정신 구현에 주목하고자 한다.

북한의 2000년대는 1990년대 중반 이후의 '고난의 행군' 시기를거치고 강성대국 건설의 기치 아래 식량난과 경제난을 해소하기 위한 '실리사회주의'[2]를 표방한 시기이다. 이 시기에는 사회경제적으로는 시장경제 요소를 도입한 '7·1 신 경제관리 개선조치'(2002)가 실시되었고 남북관계에 이정표를 새긴 '6·15 남북 공동선언'(2000), '10·4 남북정상선언'(2007) 등이 발표되었다. 경제난과 자생적 시장화의경험 속에서 북한 주민들의 의식과 심성 체계가 변화하였고, 2000년대에 등장한 새 세대는 이러한 사회 정치적 변화의 영향을 많이 받으

---

에 명시적 혹은 암묵적으로 연동되며 생성 및 변화의 실질적 효과를 창출한다. 김예란, 「감성공론장」, 『언론과 사회』 18권 3호, 성곡언론문화재단, 2010, 158쪽 참조.

2) 유임하, 「실리사회주의와 경제적 합리성: 변창률의 농촌소설과 "영근이삭" 읽기」, 『겨레어문학』 41권, 겨레어문학회, 2008, 551쪽.

면서 이전 세대와는 구분되는 특징을 지닌다.[3] 이 시기에 발표된 북한 사회의 일상을 형상화한 단편소설은 이념과 체제 수호의 목소리 대신 다양한 현장의 경험과 새 세대의 감수성을 선보이고 있다. 이에 관한 것은 『조선문학』을 통해 살펴볼 수 있다. 2000년대 『조선문학』에는 호 별(1~12호)로 2편에서 5편 정도의 단편소설이 발표되는데 수령형상 소설과 사회주의 현실주제 소설, 기타소설(과학 환상소설, 사화 등)로 대별된다. 이중 사회주의 현실주제 소설은 2000년대의 시대적 이상과 새 세대의 경험과 특성을 형상화한다.

북한 문학에서 2000년대를 바라보는 시각은 여러 논의를 통해 살펴볼 수 있다.

「선군사상의 미학화 비판」[4]에서는 2000년 전후 『조선문학』에 나타난 선군시대 문학의 성격을 작가의식과 글쓰기의 변모양상을 통해 분석하고 있다. 이 글에서는 '선군혁명문학'의 사상적 강박을 비판하면서 한편으로는 '사회주의 현실주제(소재)' 경향에도 주목하고 있다. 이 글에서는 소설양식의 다양한 변모, 변창률 소설과 리진철 시, 리동수 비평 등을 예로 들어 리얼리즘으로의 복귀가 중요함을 논증하고 있다. 「실리사회주의와 경제적 합리성」[5]에서는 변창률의 농촌소설과 「영근이삭」을 통해서 선군정치와 경제합리화가 초래한 북한 사회의 변화를 분석하고 있다. 이 글에서는 북한 농촌사회의 변화주역인 '분조장'들의 열정과 소명의식을 바탕으로 한 '감화의 서사'에 주목하고 분조장과 분조원들의 오해와 불화를 봉합하는 방법으로서의

---

3) 조정아 외, 『새로운 세대의 탄생: 북한 청소년의 세대 경험과 특성』, 통일연구원, 2013, 3쪽.

4) 김성수, 「선군사상의 미학화 비판: 2002년 전후 북한문학에 나타난 작가의식과 글쓰기의 변모양상」, 『민족문학사연구』 37권, 민족문학사학회 민족문학사연구소, 2008.

5) 유임하, 「실리사회주의와 경제적 합리성: 변창률의 농촌소설과 "영근이삭" 읽기」, 『겨레어문학』 41권, 겨레어문학회, 2008.

감성적 체현을 살펴보고 있다. 이러한 감성적 체현으로는 온화하고 우회적인 교화, 감성적 발언, 기법차원에서의 미적 공감 환기 등을 들고 있다. 「6·15 공동선언 이후의 북한문학에 말 걸기」6)에서는 북한문학에서 개인의 내밀한 욕망을 포착하고 있다. 「선군시대 북한 농촌 여성의 형상화 연구」7)에서는 고난의 행군 이후 선군시대 북한 주민의 일상에 끼친 영향으로 조성된 공포와 강박, 혁신에 대한 열망 등을 문학작품 속에서 논하고 있다. 「북한 단편소설에 나타난 연애담론 연구」8)에서는 북한 사회의 지배 기율이 균열되는 양상으로서 연애담론을 포착하고 있다. 「선군시대 북한 문학에 형상화된 주도적 감성」9)에서는 선군시대 북한 문학에 표출된 주된 감성으로 '웃음, 숭고, 숭엄'에 주목하여 이를 통해 북한이 문학예술에서의 감성을 주도하여 주민의 체제 순응과 자발적 노동력 동원을 이끌어내고 있음을 확인하고 있다. 『북한 새 세대의 가치관 변화와 전망』10)에서는 북한의 식량난이 국제사회에 알려지기 시작한 1995년 이후의 북한 새 세대의 가치관을 북한 문학예술 작품 검토, 탈북자 면접, 설문 조사 등을 통해 분석하고 있다.

이상과 같은 연구들을 통해 2000년대 북한문학을 고찰할 때 지배적 이데올로기에 작용하는 감성적 통제에 대한 반응과 반작용으로서의 감수성을 중심으로 한 시대정신 구현의 양상을 살펴볼 필요성을 제기할 수 있다. 북한 체제는 문예에서의 감성을 활용하여 주민 통제

---

6) 고인환, 「6·15 공동선언 이후의 북한문학에 말 걸기」, 『실천문학』 89, 2008.
7) 오창은, 「선군시대 북한 농촌 여성의 형상화 연구」, 『현대북한연구』 제13권 2호, 북한대학원대학교, 2010.
8) 오태호, 「북한 단편소설에 나타난 연애담론 연구」, 『국제어문』 58, 국제어문학회, 2013.
9) 임옥규, 「선군시대 북한 문학에 형상화된 주도적 감성」, 『남북문화예술연구』 제14호, 남북문화예술학회, 2014.
10) 임순희, 『북한 새 세대의 가치관 변화와 전망』(통일연구원 총서), 통일연구원, 2006.

의 방식으로 활용하는데 문학의 경우 이에 대한 이면을 살펴보면 체제에 대한 순응이 대체적으로 취재되면서 한편으로는 새로운 감수성의 도출이 감지된다. 이는 감성적 통제와 감수성의 관계가 상호보완적이면서도 대척 지점에 위치하는 것을 뜻하며 이를 통해 북한 문학에서 감성, 감수성에 대한 해석의 필요성이 대두된다.

특히 위의 연구들에서 논의의 중심이 되고 있는 새 세대의 감수성을 살펴보는 것은 북한의 2000년대 시대정신을 분석하는 일과 상통하다고 볼 수 있다. 이에 이 글은 2000년대 『조선문학』에 게재된 사회주의 현실주제 작품 분석을 통해 선군시대 시대정신 구현과 새 세대의 감수성의 양상을 살펴보고자 한다. 북한에서의 2000년대의 새 세대는 1990년대 중반부터 말까지인 '고난의 행군기'에 유아기와 청소년기를 보내고[11] 사회 역사적 경험을 공유하는 동일한 출생 집단이라는[12] 의미로 사용하고자 한다. 이 글에서는 2000년대의 젊은 세대를 동시대의 시점에서 새 세대라 칭하고 논의를 전개하고자 한다.

## 2. 선군시대 생활미(美)로서 웃음, 숭고, 숭엄

북한에서 문학예술은 "인간의 창조적 활동의 특수한 형태로서 현실의 미적 현상을 창작가의 높은 사상 미학적 이상을 거쳐 재현한 현실에 대한 미적 평가이며 사람들을 숭고한 미적정서와 감정, 미적 이상으로 교양하는 사회의식의 한 형태"로 간주되어 문학예술은 현실의 미적 파악의 가장 높은 형태[13]가 된다. 여기에서 현실의 미는

---

11) 조정아 외, 『새로운 세대의 탄생: 북한 청소년의 세대 경험과 특성』, 통일연구원, 2013, 4쪽 참조.
12) 카를 만하임, 이남석 옮김, 『세대문제』, 책세상, 2013, 57쪽.

북한 문예에서의 생활미를 일컫는다. 이렇게 북한 문예에서 중요시되는 생활미는 북한의 시기에 따라 다른 양상을 보인다. 북한의 시기 변화는 주체시대에서 선군시대로의 이행으로 볼 수 있는데, 시기별로 생활미의 요소가 변모된다. 주체시대 문학에는 주체시대에서 제기하는 문제가 생활과 연관하여 드러나는데 선군시대 문학에서는 이와는 변별되는 생활미의 양상이 나타난다. 그 양상을 살펴보면 고난의 행군을 이겨내고 강성대국으로 진입하기 위해 웃음과 낙관의 감성이 강조되고 선군이라는 시대정신을 구현하기 위해 주민들로 하여금 숭고한 대상에 대한 희생과 헌신의 정서를 발휘하게 하며 주민들이 숭고한 감정에 휩싸이게 하기 위해 음악, 시 등의 감성적 역할에 호소함을 알 수 있다.

선군시대 북한 소설은 작가들로 하여금 생활 속으로 더 깊이 들어가 생활 속에서 문학을 찾고 선군시대 생활미를 발현할 것을 요구하고 있다. 여기에서 생활미란 생활 속의 아름다움을 지칭하는 것으로 북한 문예 감성의 기본 바탕이 되는 아름다움에 대해 생각해 볼 수 있다. 선군시대 북한 감성의 특성은 선군시대에 출판된『주체의 미학』[14]의 범주론에서 살펴볼 수 있는데, 여기에서는 현실의 미적 특성과 그 예술적 구현을 '아름다운 것, 숭고한 것, 영웅적인 것, 비극적인 것'으로 유형화하고 있다. 그런데 이 미적 범주의 근저에는 공통적으로 '아름다움'이 자리 잡고 있다. 또한 북한 문예에서는 생활에 근거한 아름다움을 중요하게 다루고 있어 선군시대만의 변별적 특징으로서의 '생활미'에 대한 구체적 내용을 문학 속에서 찾아볼 수 있다.

---

13) 리기도,『주체의 미학』, 사회과학출판사, 2010.
14) 리기도,「제2장 현실의 미적 특성과 그 예술적 구현」,『주체의 미학』, 사회과학출판사, 2010, 67~237쪽 참조.

〈표 1〉 2000년대 북한 소설 속 감성의 실증적 분류-키워드 추출

| 작가 | 장르 | 작품 | 감성 키워드 | 출처 |
|------|------|------|-------------|------|
| 김흥익 | 단편소설 | 한생의 초여름 | 흥분, 애원, 웃음, 환성, 행복, 설렘 | 조선문학 2000.1. |
| 현승남 | 단편소설 | 미래에 살자 | 쾌활, 열정 | 조선문학 2000.2. |
| 김명길 | 단편소설 | 5시간 40분 | 웃음, 그리움, 상냥함, 눈물, 고귀, 의롭고 강하고 아름다운 | 조선문학 2000.6. |
| 최성진 | 단편소설 | 지워지지 않는 글 | 아름다운 용모, 죽음, 서러움, 고통, 불화, 질투, 싸움, 행복 | 조선문학 2000.7. |
| 윤경찬 | 딘편소설 | 언제 | 사랑, 장엄, 애국 | 조선문학 2000.9. |
| 조성호 | 단편소설 | 대홍단의 아침노을 | 흥분, 웃음, 사랑, 황홀, 장엄 | 조선문학 2000.10. |
| 김창수 | 단편소설 | 차번호 만-하나 | 애틋, 사랑, 비장, 놀라움, 슬픔, 환희 | 조선문학 2000.10~11. |
| 김유권 | 단편소설 | 해저무는 백사장에서 | 황홀, 안타까움, 흥분, 고통, 불안, 풍경의 아름다움, 노여움, 슬픔, 희극적인 존재, 행복 | 조선문학 2001.1. |
| 정영종 | 단편소설 | 후사경 | 사랑, 아픔, 천진함, 기쁨, 흥분 | 조선문학 2001.1. |
| 변창률 | 단편소설 | 한 분조장의 수기 | 의혹, 불안, 웃음, 아름답게, 고상 | 조선문학 2001.1. |
| 리라순 | 단편소설 | 행복의 무게 | 실망, 혼란, 웃음, 아픈 마음, 울음, 번민, 회오, 아름다운, 기쁨, 행복 | 조선문학 2001.3. |
| 한정아 | 단편소설 | 여섯 번째 버드나무 | 기쁨, 슬픔, 행복, 고민, 그리움, 장쾌 | 조선문학 2001.3. |
| 신용선 | 단편소설 | 다래나무 지팽이 | 소망, 회고, 기쁨, 행복, 웃음, 의혹, 안타까움, 죄책감, 노여움, 반감, 근엄, 명랑, 격정, 눈물 | 조선문학 2001.4. |
| 한웅빈 | 련속 단편소설 | 스물한발의 《포성》 | 집단적 영웅주의, 익살, 용감 | 조선문학 2001.4~6. |
| 김해성 | 단편소설 | 생활의 격류 | 의기소침, 환희, 장쾌, 웃음, 아름다운 미래 | 조선문학 2001.4. |
| 김성희 | 단편소설 | 룡산의 메아리 | 황홀, 웃음, 아름다운 추억, 숭엄, 행복 | 조선문학 2001.4. |
| 안홍윤 | 단편소설 | 회초리 | 섭섭함, 노여움, 격정 | 조선문학 2001.8. |
| 윤경찬 | 단편소설 | 넓어지는 땅 | 수수, 환희, 숭엄 | 조선문학 2001.10. |

| | | | | |
|---|---|---|---|---|
| 강호진 | 단편소설 | 불타는 노을 | 서글픔, 사랑, 흥분, 배고픔, 시련, 웃음, 열렬 | 조선문학 2001.11. |
| 최련 | 단편소설 | 따뜻한 봄 | 흥분, 사랑, 헌신, 아름답고 고상한 것 | 조선문학 2002.1. |
| 김청수 | 단편소설 | 금강내기 바람 | 설레임, 기쁨, 사랑, 고귀한 것 | 조선문학 2002.8. |
| 리금철 | 단편소설 과학환상소설 | 붉은 섬광 | 질겁, 련정, 로맨스(사랑), 우울, 믿음(고상) | 조선문학 2002.9. |
| 윤경찬 | 단편소설 | 겨울의 시내물 | 좌절감, 불행, 명랑, 다정, 수치, 사랑, 의지, 환희 | 조선문학 2002.10. |
| 김해성 | 단편소설 | 제비 | 이악, 행복 | 조선문학 2002.11. |
| 김홍익 | 단편소설 | 산화석 | 대담 | 조선문학 2003.3. |
| 류민호 | 단편소설 | 해후 | 숙연, 웃음, 뭉클, 아름답고 웅장 | 조선문학 2003.3. |
| 박일명 | 단편소설 | 눈보라는 후덥다 | 기쁨, 축복, 환희, 격정 | 조선문학 2003.5. |
| 박일명 | 단편소설 | 자남산은 노래한다 | 숭고한 사랑 | 조선문학 2003.6. |
| 최영학 | 단편소설 | 한생의 밑천 | 우스운 일, 깨끗한 량심, 긍지 | 조선문학 2003.6. |
| 오광철 | 단편소설 | 대학시간 | 긍지 | 조선문학 2003.78 |
| 장선홍 | 단편소설 | 강반의 달밤 | 아름다운 리상, 청춘, 행복한 웃음 | 조선문학 2003.10. |
| 리정옥 | 단편소설 | 뢰성나무 | 욕망, 열정 | 조선문학 2003.12. |
| 변창률 | 단편소설 | 영근이삭 | 웃음, 아름다운 지향 | 조선문학 2004.1. |
| 최련 | 단편소설 | 바다를 푸르게 하라 | 행복, 사랑, 웃음, 장엄, 애국심 | 조선문학 2004.2. |
| 김혜성 | 단편소설 | 열쇠 | 소박한 삶, 열정, 동정, 흥분, 사랑, 희망 | 조선문학 2004.4. |
| 리희남 | 단편소설 | 한 가정에 대한 이야기 | 쬐쬐해지기, 외로와도 슬퍼도, 웃으며 | 조선문학 2004.5. |
| 지인철 | 단편소설 | 들의 매력 | 눈물, 이악, 풍요 | 조선문학 2004.5. |
| 최윤의 | 단편소설 | 림형빈 교수 | 뜨거운 사랑, 창조적 열정 | 조선문학 2004.8. |
| 김혜영 | 단편소설 | 교정의 수삼나무 | 정열, 기쁨, 감격, 행복 | 조선문학 2004.9. |

| 박윤 | 단편소설 | 대지의 음향 | 비위와 정서 | 조선문학 2004.10. |
|------|----------|-------------|-------------|-------------------|
| 류정옥 | 단편소설 | 금대봉 마루 | 사랑, 행운, 환희, 아름다움 | 조선문학 2005.4. |
| 김영선 | 단편소설 | 불길 | 열정, 혁신 | 조선문학 2005.5. |
| 김정희 | 단편소설 | 젊어지는 교단 | 열정, 깨끗하고 열렬한 마음, 아름다운 교단 | 조선문학 2005.6. |
| 변창률 | 단편소설 | 듣고 싶은 목소리 | 흥겨움, 웃음, 번민, 노력과 헌신 | 조선문학 2006.7. |
| 리평 | 단편소설 | 폭설이 내린 뒤에 | 웃음, 기쁨, 그리움, 아름다운 인간과 겨울풍경 | 조선문학 2007.10. |
| 변창률 | 단편소설 | 우리는 약속했다 | 열렬하고 아름답고 굳건한 사랑 | 조선문학 2007.7. |
| 량정수 | 단편소설 | 해당화는 바다가에 핀다 | 자랑과 긍지, 기쁨 | 조선문학 2007.8. |
| 김기범 | 단편소설 | 퇴근길에서 | 행복, 랑만적 필연 | 조선문학 2008.11. |
| 김영선 | 단편소설 | 별들이 웃는다 | 웃음 | 조선문학 2008.10. |
| 박경철 | 단편소설 | 이 땅은 넓다 | 놀라움, 애국자, 혁명적 군인정신, 모욕 | 조선문학 2008.10. |

〈표 2〉 북한 미학과 감성 범주

| 미학 분류 | 관련 범주 |
|-----------|-----------|
| 아름다운 것 | 우미, 조화, 우아함, 고움, 기쁨, 즐거움, 아담, 황홀 |
| 숭고한 것 | 고상함, 숭엄함, 장엄함, 위대함, 고결함 |
| 영웅적인 것 | 용감성, 대담성, 숨은 영웅 |
| 비극적인 것 | 우울함, 슬픔, 비장, 고통, 무서움, 추(두려움, 끔찍함, 기괴함, 무서움) 비속, 비참, 저렬, 저속 |
| 희극적인 것 | 풍자, 해학(골계, 유모아), 경희극적인 것, 웃음, 유쾌, 익살, 쾌락, 쾌감 |

〈표 1〉은 선군시대 소설 속 감성을 실증적으로 분류한 표이다. 소설 속에 표현된 감성 키워드를 추출해 보면 감성이 작품 속에서 어떻게 형상화되고 활용되는가를 살펴볼 수 있다. 이 글에서는 동시대

(2000년대) 사회주의 현실 주제 중심의 소설 중 50여 개를 선정하여 선군시대 북한 문학에 형상화된 생활미의 특징을 감성 키워드로 추출해서 정리해 보았다. 〈표 2〉15)는 선군시대 감성의 범주를 미학 분류를 바탕으로 하여 정리한 것이다. 〈표 1〉과 〈표 2〉를 통해 선군시대 감성의 범주는 미학의 5가지 범주에 수렴되며 선군시대 감성은 웃음, 숭고, 숭엄을 중심으로 문학적으로 형상화되어 이전 시대의 계승과 변별의 양상이 된다는 것을 파악할 수 있다.

이러한 분류와 유형화를 통해 선군시대 북한 문학에서 감성은 생활미로서 웃음, 숭고, 숭엄을 주요하게 반복하고 강조함을 알 수 있다. 그 구체적인 내용은 2000년대 평론과 주요 작품을 통해 살펴볼 수 있다.

평론 「단편소설의 매혹과 감동은 어디에서 오는가」16)에서는 소설의 매혹과 감동의 연속은 생활미의 표현에 있음을 강조한다. 이 글에서는 생활미가 평범한 생활 속에서 선군시대가 제기하는 사회 정치적 문제, 작가의 사상 미학적 의도를 작품 속에서 올바르게 형상화할 때 비로소 구현된다고 본다.

창작실천은 작가의 생활탐구가 생활정서의 탐구, 형상묘리의 탐구로 실현되기도 한다는것을 보여준다. 노래와 열정, 로동의 희열로 충만된 주인공들의 성격미는 그대로 선군시대 인간들의 정신적특질을 그려보게 하며 작품의 랑만적정서를 기초지어준다.17)

---

15) 리기도, 『주체의 미학』, 사회과학출판사, 2010; 단국대 부설 한국문화기술연구소 편, 『한민족 감성용어사전: 북한 편』, 도서출판 경진, 2014 참조.
16) 천재규, 「단편소설의 매혹과 감동은 어디에서 오는가: 올해 상반년 『조선문학』 잡지에 실린 단편소설들을 읽고」, 『조선문학』, 2006년 제9호.
17) 위의 글, 30쪽.

이 글에서는 단편소설 「밝은 웃음」, 「어느 일요일에」, 「축복」 등을 생활미의 견지에서 분석한다. 단편소설 「밝은 웃음」(김명진, 2006.3)은 가정과 거리 직장에서의 웃음을 생활미의 견지에서 밝혀 신심과 낙관에 넘쳐 강성대국건설을 지향해 나가는 인민의 정신미, 자랑찬 선군시대미를 발랄한 생활감정으로 잘 보여준다고 평가받는다. 단편소설 「어느 일요일에」(한웅빈, 2006.6)는 범상한 생활에서 이야기를 시작하여 범상치 않는 사회적문제인 '이 땅에 완전한 평화가 깃들 때까지는 어느 일요일도 진정한 일요일일수 없다'는 주세를 효과직으로 부각하여 생활미를 잘 표현했다는 평가를 받는다. 단편소설 「축복」(최련, 2006.4)은 수령의 축복 속에 사는 삶은 그 어떤 시련도 이겨내고 행복의 절정에 오른다는 생활미를 밝혔다고 평가받는다.

선군시대 북한 문학은 대중의 감정적인 반응을 이데올로기적 측면에 종속시키기 위해 감성의 분출을 이끌어낸다. 북한 체제는 감성의 분출을 이끌어내기 위해 시, 음악 등을 중요한 문화적 장치로 활용하고 있다. 유교에서 감성의 정치적 수단화는 감정의 감염 및 공감 개념에 기초하듯이[18] 북한의 감성도 이와 비슷하게 공감과 감염을 유도하며 문학에서 표현된 감성은 정신적 자양분이 되어 승리에로 이끈다.

 ≪신문과 출판물은 사람들의 정신적량식이거든, 내가 하루 안 뛰면 숱한 사람들의 머리가 하루 굶게 된단 말이요.≫

 아버지, 어머니 같은분들이 있었기에 시련의 나날 집집마다 쌀은 떨어

---

18) 정용환, 「한국 감성의 개념사적 이해」, 『감성연구』 2권, 전남대학교 호남학연구원, 2011, 75쪽.

졌어도 신문과 출판물들은 사람들에게 끊임없이 정신적자양분을 공급하여 ≪고난의 행군≫을 승리에로 불러 일으키지 않았던가!19)

단편소설 「림형빈 교수」(최윤의, 2004.8)는 스승인 '림형빈' 교수의 죽음으로 스승의 삶에 대해 다시 되돌아보게 된 '나'의 이야기이다. 이 소설에서는 과학과 시의 관계를 스승의 가르침 속에서 설명하고 있다.

> 다음날 그는 나를 강좌에 불렀다.
> 방안에 들어서는 나를 이윽히 보다가 그는 물었다.
> ≪요즈음 어떤 시를 쓰오?≫
> 나는 숨을 죽이고 서있었다.
> 사실 그 당시 나는 공학을 배우면서도 짬짬이 시를 쓰군 하였다.
> 그는 조용히 말했다.
> ≪아인슈타인은 바이올린을 사랑했소. 그러나 그 현줄에 과학을 용해시키지 않았소. 그가 바이올린을 왜 켰는지 아오?≫
> ≪과학을 위해서요. 자, 보오. 우리가 해야 할 설계요. 이 속에도 시가 있소.≫20)

스승은 "자기 창조물에 대한 뜨거운 사랑, 그것이 바로 시"라고 말한다. 시는 과학자들에게 '창조적 노동'의 기쁨을 알게 해주는 계기가 된다.

단편소설 「대지의 음향」(박윤, 『조선문학』, 2004.10)은 선군 정치에서

---

19) 김혜성, 「제비」, 『조선문학』, 2002년 제11호, 64, 66~67쪽.
20) 최윤의, 「림형빈 교수」, 『조선문학』, 2004년 제8호, 59쪽.

음악의 중요성을 강조한다. 작곡가 '서명준'은 민요 대신 현대음악을 선택했다가 예술가의 감수성을 잃어버린다. 그는 '창작의 극심한 침체기'를 겪게 되는데 김정일의 부름과 살핌으로 다시 곡을 창작할 수 있게 된다.

선군시대 북한 문학에는 음악과 연관된 내용이 자주 등장한다. 음악은 사람들의 감정을 더욱 고조시키는 역할을 한다. 단편소설 「폭설이 내린 뒤」(리평, 2007.10)에서는 선군시대 참된 인간상을 표현하면서 숭엄한 감정을 효과적으로 부각시키기 위해 음악을 효과석으로 활용한다. 이 소설에서는 선군시대 어려움을 이겨내는 요소로 일군들의 숭엄한 감정을 내세우면서 이를 북돋는 요소로 음악을 활용한다.

불타는 고지에서 군악으로 병사들의 전투사기를 올려주던 전쟁시기 군악대의 모습을 철산봉우리에도 펼쳐놓은 것이다. (…중략…)

"기사장 동지 음악이란 이래서 훌륭한 게 아닙니까. 엄밀하게 따져보면 패배주의는 노래를 멀리하는 데서부터 시작된다고 해도 과언이 아닐 겁니다.

우리가 역경 속에서도 련전련승하는 비결의 하나가 바로 이 노래……"21)

숭고한 것의 미학적 질은 "인민대중의 지향과 요구를 무한히 높여주고 그 실현에로 이끌어주며 미래에로 지향시키는 미적 현상이며 숭고한 것의 정서적 특징은 즐거움, 희열, 황홀감 등 기쁨의 정서를 넘어선, 사람들을 격동시키고 감동시키며 흥분시키는 정서적 앙양"이다.22)

---

21) 리평, 「폭설이 내린 뒤」, 『조선문학』, 2007년 제10호, 33쪽.

선군시대 숭고의 감정은 혁명적 군인정신과 총대미학에 구현되고 있다. '선군'의 의미가 군인들의 혁명적 수령관과 동지애를 포함하고 있기에 숭고한 감성은 숭고한 동지애와 수령 결사관철의 정서로 흐른다. 선군시대 문학 속에 형상화된 숭고, 숭엄의 감성은 대중의 정신적 높이를 높이고 미래에의 낙관을 지향시키는 역할을 한다. 숭고와 숭엄의 감성은 대중의 수령에 대한 충성을 이끌고 시대적 아름다움에 대한 자각을 통해 미래에 대한 신심을 이끌어낸다. 선군시대 북한 문학에 형상화된 숭고의 감성이 수령과 장군의 '고매한' 사상 정서에 관계된다면 숭엄의 감성은 숭고한 대상에 대한 대중의 감정 고양으로 나타난다. 여기에는 자연이나 음악 등이 매개로 작용한다. 평론 「시는 시로 되여야 한다」는 상반기 『조선문학』 잡지에 실린 시들을 분석하면서 선군시대 주된 정서는 숭엄, 낭만적 서정이라고 평한다.

격조높이 솟구치는 아름답고 숭엄하고 장엄한 서정, 시련을 맞받아 미래에로, 확신성있게 줄달음치는 격렬하고 랑만적인 서정, 이것이 오늘 우리 선군시대의 주되는 서정이며 기상이다.23)

「겨울의 시내물」(윤경찬, 2002.10)에는 절망에 빠진 영예군인을 위해 자기 일생을 바치는 '옥심'의 이야기가 전개된다. 난관을 이겨내는 사랑과 감화의 과정을 형상화하고 있다.

… 돌이켜 보면 내 한생은 난관의 앞을 막아 설 때마다 생활에 대한

---

22) 리기도, 『주체의 미학』, 사회과학출판사, 2010, 112~113쪽.
23) 리동수, 「시는 시로 되여야 한다」, 『조선문학』, 2006년 제10호, 72쪽.

사랑과 의지로 그것을 이겨 온 한생이었습니다, 그 사랑의 힘이 나를 죽음에서 이기게 해주었고 조국에 필요한 사람으로 되게 하였습니다. 동무들도 앞으로 탐구의 먼 길을 걸어 가느라면 어려운 일들이 많겠지만 생활을 뜨겁게 사랑할줄 아는 사람은 결코 주저앉지 않을것입니다. 이건 내한생을 관통해 온 좌우명일뿐아니라 우리 조국의 현대사가 력사에 남긴진리입니다. 사랑으로 뭉쳐 진 세상은 더 강해 지고 그리고… 더 아름다와 지는 법이지요.[24]

단편소설 「백로떼 날아든다」(김명익, 2005.8)는 고난의 행군 정신으로 감자 논농사를 성공시킨 백로소녀의 인생 성공기를 담고 있다. 단편소설 「불길」(김영선, 2005.5)은 선군시대를 맞이한 신세대의 새로운 발상과 노력에 대한 내용 전개가 중심인데 '나'의 '류은아'에 대한 호기심이 '신대승'과 '초옥', 초옥의 어머니, 다시 신대승의 시선으로 그려진다. 이 소설은 어떤 인물의 행동에 대한 의문으로 갈등의 고조를 겪다가 결국 그 인물의 위대함을 깨닫고 다들 감동하게 된다는 것으로 구성된다. 이 소설은 '류은아'라는 신세대 인물을 통해 구세대의 공적을 혁신해 나가는 과정을 칭송한다.

단편소설 「발걸음」(김순룡, 2005.6)은 어려운 과학연구사업을 혁명적 군인정신으로 성취해 나가자는 이야기로 "임무는 수행이야. 임무를 수행하기 전에는 죽어서도 안되는 것이 우리 군인들이야"[25](67쪽)라는 대화 속에 주제가 집약되어 나타난다.

단편소설 「폭설이 내린 뒤」(리평, 2007.10)에서는 선군시대 인간형으로 주인공 '최석'을 묘사할 때 "정확하고 빈틈없는 일군, 다재다능

---

24) 윤경찬, 「겨울의 시내물」, 『조선문학』, 2002년 제10호, 68쪽.
25) 김순룡, 「백로떼 날아든다」, 『조선문학』, 2005년 제8호, 67쪽.

한 실력가형의 일군"(27쪽)이라고 표현한다. 또한 주인공이 다른 인물을 평가할 때 "성급하고 건망증이 심한 1직장장 조철호, 만사에 태평스러운 7직장장 박대평, 노상 웃음기가 헤픈 탓에 도무지 실속이 있어 보이지 않는 ≪롱구선수≫ 3직장장"(27쪽), "장황한 사람, 어딘가 푼수 없는 사람"(33쪽) 등으로 표현하여 소박한 인간 묘사를 통한 생활 미를 구현하고 있다.

이 소설은 주인공을 둘러싼 인물들에 대한 세세한 묘사를 통해 그들과의 갈등과 해결의 과정을 흥미롭게 진행하고 있다. 「폭설이 내린 뒤에」는 '가증스런 폭설과 눈보라'에 대한 해결책이 기사장의 노력보다 선군시대 숭엄한 군상들의 노력에 의한 것임을 밝히고 있다.

선군정치로 하여 더더욱 신심 드높아지고 원기왕성해지고 슬기로와진 우리 사람들!

정녕 시련이 증대될수록 주접이 들거나 시들기는커녕 더더욱 아름다와지는 선군시대 인간들처럼 훌륭한 인간들이 이 세상 그 어디에 또 있겠는가.

헌데 나는 뜻밖의 시련이 닥쳐오자 일순이나마 당황했다.

일상적인 짐작과 판단에 기초하여 산수적으로, 통계적으로 눈치기작전 안을 세웠다. 바로 그런 탓에 엄청나게도 3일이라는 시일을 빗보았다.

이것은 실로 엄중한 실책이다. 아니, 너무나 숭엄한 발견이 아닐 수 없다. ……

최석의 뇌리 속으로는 조철호와 리성욱, 박대평과 오늘은 한 번도 보지 못한 직관원 그리고 사업소 안의 알고 모르는 사람들의 각이한 모습이 언뜻언뜻 다가왔다.

하나같이 아름다운 심장을 지닌 선군시대 인간들의 자랑스러운 모습은 최석의 넓은 가슴에 한 폭의 숭엄한 군상으로 아로새겨지였다.[26]

선군시대 단편소설에는 다양한 인물이 등장한다. 단편소설 「인생의 한 여름에」(최치성, 2006.6)는 무역국의 국장으로 새로 임명된 '손경후'와 처장으로 일하는 '남태설'의 생활을 비교하여 개인주의적 인생관과 집단주의적 인생관을 비교하고 있다. 단편소설 「안해의 성격」(심남, 2006.6)은 끊임없이 일거리를 찾는 진취적이고 지칠 줄 모르는 발랄한 성품을 지닌 아내의 생활미를 다루고 있다. 단편소설 「밑천」(변창률, 2006.11)은 선군시대 당 일꾼의 전형적 성격을 생활 세부들을 통해 흥미롭게 형상화하고 있다. 소설의 주인공 '리당비서', '문인숙'의 형상은 농사 밑천에 대한 다른 의견을 가진 일꾼과의 비교를 통해 드러나고 있다. '문인숙'은 가장 큰 농사 밑천은 농사의 주인이라는 본분을 자각하고 솔선수범하는 농장원 대중이라고 생각하고 그들 속으로 들어가 같이 호흡하고 그들을 당 정책 관철에로 고무 추동한다.

선군시대 북한 문학에서 생활미의 바탕이 되는 웃음의 정서는 사회적 성격을 지닌다. 북한 문학에서 선군시대에 고난의 행군 시기를 이겨내고 새로운 강성대국의 길로 들어서기 위해 강조되는 것은 혁명적 낙관주의이며 이 중심에는 '웃음의 정서'가 있다. 평론 「선군혁명시가문학에 나래치는 웃음의 정서」에서는 "넘어야 할 시련의 고비, 겪어야 할 곡절의 굽이들을 몰라 웃는 웃음, 위안의 웃음도 아니다"라고 전제한 뒤 장군이 있기에 "주체강국은 반드시 일떠선다는 불패의 신념을 안고 제 힘으로 무릉도원을 꽃 피우는 흥미며 멋인 것이다."[27]라고 설명하고 있다. 또한 "선군혁명시가에 차 넘치는 웃음의 정서는 참된 사랑이다. 동지의 의리로 하고 배신 없는 총대로 하는 진실한 사랑이다", "필승의 웃음", "웃음은 장군님이다", "믿음

---

26) 리평, 「폭설이 내린 뒤」, 『조선문학』, 2007년 제10호, 35~36쪽.
27) 김성우, 「선군혁명시가문학에 나래치는 웃음의 정서」, 『조선문학』, 2002년 제2호, 63쪽.

이 있을 때 그리움은 웃음을 낳는다", "가는 길 험난해도 웃으며 가며" 등의 어구를 사용하여 선군 시대 웃음의 의미를 중시하고 있음을 알 수 있다.

선군시대 북한 소설에서는 낙관적 미래를 제시하기 위해 풍요로움을 상징하는 모습을 제시한다.

> 벼꽃이 피기 시작한 들판우에 하늘의 별이라도 내려앉은듯 나비등불빛이 쉬임없이 깜박거렸다.
>
> 개구리울음소리가 요란스레 울려온다. 한뽐도 못되는 키에 푸른 눈알이 툭 불거진 들의 가수들은 기운찬 물소리와 한데 어울려 장중한 들의 교향악을 연주하고 있다.
>
> 유난한 달빛이 무르녹아 내리는 들판의 밤은 제나름의 정서로 매혹적이다. 하지만 나에게는 주위의 모든것이 허전하게만 느껴졌다.
>
> 문득 그 감정이 어느날 현아가 보이지 않던 들판에서 느끼던 그런 감정과 비슷하다는 생각이 들었다.
>
> 현아가 없는 들판은 막이 내린 무대처럼 쓸쓸하고 허전했었지.… 그러고보면 현아는 이 풍요로운 들판과 얼마나 잘 어울리는 처녀인가.[28]

「룡산의 메아리」(김성희, 2001.5)에서는 돼지를 키우는 사양공 처녀들이 고난의 행군을 거치고 어려운 상황에서도 풍요로운 미래를 위해 헌신하는 내용이 전개된다. 「듣고 싶은 목소리」(변창률, 2006.7)는 작업 총화 중 일어난 농촌 여성들의 오해와 불신이 인물들의 심리묘사와 생동한 농촌풍경 속에서 전개된다. 이 소설은 "오로지 사회와 집단을 위해 바친 노력과 헌신의 값높은 무게로써만 매개 인간들의

---

28) 지인철, 「들의 매력」, 『조선문학』, 2004년 제5호, 59쪽.

진가를 평가할 줄 아는 선군시대 일군들의 참된 목소리를 대중은 듣고싶어하는 것이 아니겠는가"29)로 마무리된다.

북한은 문화예술에서의 감성을 활용하여 주민의 체제 순응과 자발적인 노동력 동원을 이끌어내고 있으며, 숭고와 숭엄의 감성은 대중의 수령에 대한 충성을 이끌고 시대적 아름다움에 대한 자각을 통해 미래에 대한 신심을 이끌어내는 데 이바지한다. 이러한 감성을 바탕으로 한 2000년대 북한 문학에는 새 세대가 등장하여 새로운 감수성의 형태를 선보인다.


## 3. 새 세대 특성 및 감수성 양상

북한은 해방 이후부터 체제 순응을 위해 문학예술에서의 감성을 활용하여 왔는데 선군시대에는 감성을 활용한 새로운 메커니즘의 양상을 선보이고 있다.30) 한편으로는 주체시대에서 선군시대로 변모하는 시기의 북한 문학을 살펴보면 인간의 기본정조인 희로애락을 비롯하여 다양한 감정이 표출되며 사회주의 현실주제 작품에서는 이데올로기에 순응하는 양상 외에 내면의 표현을 통한 균열된 감성이 감지된다. 특히 새 세대가 주요하게 등장하는 작품 속에서는 2000년대의 북한 사회의 단면을 부각시키면서도 세대 간의 갈등, 영예군인을 가족으로 책임지거나 혈연이 아닌 군인을 가족으로 맞이하는 선군가정 지향, 부정적이고 개인 지향적인 세대의 등장, 정보화 시대 전문직 여성의 고민과 갈등이 표출된다.

---

29) 변창률, 「듣고 싶은 목소리」, 『조선문학』, 2006년 제7호, 6쪽.
30) 이에 대해서는 총대 사상의 미학, 선군사상에 강박된 수령문학 등으로 설명한다. 김성수, 「선군과 문학」, 『북한문학의 지형도 2』, 청동거울, 2009 참조.

북한은 세대 개념을 "비슷한 나이 또래의 사람들이 약 20~30년 정도의 차이를 두고 서로 바뀌는 기간 또는 그 나이 또래에 속하는 사람들의 총체이며, 한 생물이 생겨나서 생존을 마칠 때까지의 사이"[31]로 정의한다. 2000년대에 등장하는 세대는 1990년대 '고난의 행군' 시기를 거치면서 성장한 세대를 일컬으며[32] 일련의 경제개혁을 경험하고 빈곤과 자연재해, 식량난 극복 노력의 임무가 주어진 세대이다. 2000년대 새 세대의 특징과 감수성은 다음과 같이 분류해 볼 수 있다.

## 1) 종자로서의 청춘세대

단편소설 「한 분조장의 수기」(변창률, 2001.1)는 청춘세대의 심리를 통해 선군시대 인간들의 성장을 형상화한다. 소설 서두에는 종자의 중요성을 언급하면서 농사의 기본인 종자가 성장하기 위해 겪어야 할 과정을 청춘세대의 인생 경험에 빗대어 설명한다.

고투리를 내여 놓고 다니던 어릴적부터 귀에 익히고 입에 오른 〈닦은 고개〉전설은 나에게 종자란 무엇이며 종자는 왜 그리도 신성불가침의 가치를 가지는가에 대해서 때 일찍 깨우쳐 주었다. 한알의 종자는 수십수백배로 불어 날 앞날을 안고 있기에 농민의 꿈이고 희망이며 미래이기도

---

31) 리광선, 「세대에 대한 주체적 리해」, 『철학연구』, 과학백과사전종합출판사, 2001, 32쪽. 대체로 4세대를 구분해왔으나, 최근에는 혁명 5세대와 6세대에 대해 언급한다(주종경, 「정론: 조국이 우리를 지켜준다」, 『로동신문』, 2006년 10월 15일자).
32) 2000년대에는 북한의 세대구분을 4세대로 구분하여 혁명 1세대는 항일빨치산 세대, 2세대는 1950~60년대 전쟁 및 전후복구와 천리마 운동 세대, 3세대는 1970~1980년대 3대 혁명소조운동과 3대 혁명 붉은기 쟁취운동을 통해 성장한 세대, 4세대는 고난의 행군 시기를 거치면서 성장한 세대로 구분한다. 정창현, 「북한 지배 엘리트의 구성과 역할」, 세종연구소 북한연구센터 엮음, 『북한의 당·국가기구 군대』, 한울아카데미, 2007, 572쪽.

하다는것을 인생의 진리로 체험하기까지에는 아직 많은 나날이 흘러야
했다.[33]

농사의 핵인 종자의 중요성은 꿈과 희망, 미래의 상징으로 표현되
는데 이는 청춘 세대의 중요성을 설명하는 은유에 해당된다. 소설에
서는 이러한 전제하에 '찬성과 반대'라는 소제목으로 이야기를 시작
한다. 이 소설의 화자인 '나'(20대 리창훈)는 분조장으로 선출되는데
반대표 5장이 나오고 '나'는 '혐의자'로 '채홍기 아바이', '김숙희 아주
머니', '주봉실 아주머니', '진출자 김송이', '전분조장 차영세' 등을
생각한다. 이들은 나와 충돌하는 일이 많았던 인물들로 나는 그들의
외모와 성격 묘사로 혐의를 두게 된 이유를 풀어나간다.

구세대인 '채홍기'는 나의 아버지가 분조장이었을 때 같이 활동했
던 인물로 사사건건 천리마 시대와 현 시대를 비교하여 불만을 제기
한다. 화자는 채홍기 아바이의 형상을 "얼굴은 컴컴하고 미간에 새겨
진 주름살은 좀처럼 펴질 줄"(68~69쪽) 모르는 '드덜기'라고 표현하여
신세대에게 부담을 주는 존재로 묘사하고 있다. 식구들의 온갖 치다
꺼리를 도맡아 해주고 노상 지각하는 '김숙희 아주머니'에 대해서는
"키도 작고 눈, 코, 입이 모두가 자름자름하여 ≪자투리≫로"(71쪽)
통한다고 표현하고 있다. '나'는 "재단하다 남은 쪼박지"처럼 구는
숙희 아주머니에게 과학적 이치에 맞게 책임져야 하는 벼농사를 전
적으로 맡기지 못한다. 주봉실 아주머니에 대해서는 "분조 앞에 제기
되는 일체 대소사를 전부 좌지우지"(72쪽)하는 인물로 묘사하고 있는
데 실제로 예상수확판정에서 눈속임을 하고 콩을 심은 천수답 면적
을 논벼 면적으로 잘못 잡는 데 인심을 쓰는 바람에 '나'는 '울분의

---

33) 변창률, 「한 분조장의 수기」, 『조선문학』, 2001년 제1호, 68쪽.

급류'에 휩싸인다. '김송이'는 "텔레비전과 신문에 소개되고 싶어서"(74쪽) 농촌으로 진출한 처녀로 당돌하고 여무질 뿐 비조직적이고 비사회적인 행동만 일삼는다.

이들과 갈등을 겪은 화자는 분조장이 된 후 '주길손 필지'라는 땅에 농사를 짓게 되면서 이들에 대한 혐의를 거두게 된다. 채홍기는 화자가 화자의 아버지의 아들다워 찬성표를 냈다는 말을 듣게 되고 주봉실도 그녀의 아버지인 주길손이 1950년에 피살당하기 전에 토지개혁으로 분배받은 땅이 버림받고 있자 고통스러워하고 있었음을 알게 된다. 이 소설의 마지막 장에 해당되는 '우리 분조원들'에서는 김숙희 아주머니의 변화를 묘사하고 김송이의 성장도 드러낸다. 또한 반대표는 밭일을 하지 못하는 애기 엄마들 중에 있었음이 밝혀진다.

「한 분조장의 수기」는 분조장과 분조원들의 갈등 양상과 화해 과정을 인물들에 대한 세세한 묘사로 진행하면서 선군시대 인간들의 성장을 종자의 성장에 비교한다.

땅과 산천은 예나 오늘이나 변함이 없다.
〈닦은 고개〉전설도 변함이 없다.
그러나 사람들은 해마다 달라 져 간다. 보다 더 아름답게, 고상하게, 훌륭하게 완성의 경지에로 달음쳐 간다.
한해가 가고 새봄이 오면 우리들은 또다시 땅에 씨앗을 묻는다. 선대의 우수성만을 닮은 좋은 종자를 어머니대지에 뿌린다. 농민의 꿈이고 희망인 그 씨앗은 햇빛과 바람과 폭우를 뚫고 가을을 향하여 줄기차게 커간다. 우리 역시 인생의 터전에서 아름드리 거목으로 성장해 간다.
나도, 나의 분조원들도… (80쪽)

평론 「끌려드는 맛과 소설의 여운」에서는 이 소설의 매력이 "독자들의 예상을 뒤집어서 주인공이 자기의 〈반대파〉로 생각하였던 인물들에게서 자책을 받는 이야기로 끌고 나갔다"[34]는 점이라고 설명한다. 이 소설은 반전과 유머 감각을 바탕으로 청춘 세대의 심리를 통해 선군시대의 나아갈 바를 재미있게 전개하고 있다. 또한 선군시대 청춘 세대를 선대의 우수한 점을 물려받은 종자로 비유하여 이들이 펼쳐 나갈 미래에 대한 낙관과 신심을 제기한다.

2000년대 청춘 세대는 미래의 낙관적 씨앗 혹은 종자로서 존재하며 이들이 이전 세대와의 변별되는 점은 온전하고 완벽하지 않지만 갈등과 화합의 과정을 고상하고 아름답게 이겨낸다는 점이며 선대들이 물려 준 우수성을 닮아 더욱 우수한 세대로서 거듭난다는 것이다.

## 2) 개조 대상 혹은 개인 지향적 새 세대

2000년대 북한의 주된 관심은 선군사상 중심의 체제유지와 강성대국으로의 진입이다. 북한 문학에서는 이를 위해 자력갱생을 강조하는 현실주제의 소설들이 창작된다. 그런데 그 내용을 살펴보면 투철한 사상에 입각한 인물들이 등장하기보다는 부정인물이 등장하여 개조되는 과정이 전개되거나 전체주의보다는 개인주의에 입각한 인물들이 등장한다.

소설에서 부정인물로 등장하는 세 세대들은 탄광, 농촌 등지로 지원해 나가는 것을 기피하거나, 국가와 사회, 집단과 인민을 위한 희생적인 삶보다는 자신의 출세와 안락한 삶을 추구하고, 포부와 지향이 일치하는 배우자를 만나기보다는 집안 배경이 좋아 사회진출에 도움을 받을 수 있거나 경제적으로 부유해 물질적으로 풍요로움을 누릴

---

34) 리영순, 「끌려드는 맛과 소설의 여운」, 『조선문학』, 2001년 제8호, 52쪽.

수 있는 배우자들을 선호한다.35) 이외에도 신세대가 등장하는 소설에서 세대의 갈등과 개인의 행복을 갈망하는 내용을 찾아볼 수 있다.

김혜성의 「열쇠」는 이혼을 극복하는 여인의 심리를 그려내고 있다. '나'는 남편이 고난의 행군 시기 모두가 신념을 지키고 조국을 지킬 때 자기자신도 지키지 못한 '락후한 사람', '불량배'였기에 부부관계를 유지하기 힘들다고 생각한다. '나'는 이혼에 대해 고민하면서도 사회적 비난과 아버지 없이 자라게 될 아들 때문에 괴로워한다.

이 소설 속에 묘사된 남편은 '법적 교양'을 받고 돌아와 '나'와 '아들애'를 사회적 비난의 대상이자 동정의 대상으로 만든 사람이다. 평상시에 "쌍욕, 행패질, 손찌검" 등을 일삼던 남편이 법적 제제까지 받게 되자 '나'의 아버지는 이혼을 권유한다.

나도 녀성이다. 나도 다른 녀인들처럼 살고싶다. 그저 소박하게, 행복하게, 단란하게 살고싶다. 그러나 남편은 나의 이 소박한 소원마저도 짓뭉겠다. 희망과 기대, 꿈조차 깨버렸다. 그런데도 내가 끝까지 그와 살아야 하는가?

왜 결심을 못내리는가? 사회적비난이 두려워서? 아니, 누구도 나를 비난하지 않을것이다. 오히려 동정할것이다. 그럼 아버지가 없게 될 아들애가 불쌍해서? 그런 아버지는 차라리 없는게 낫다. 아니다. 나는 모든것을 각오했고 결심도 확고하다. 남은것은 행동뿐이다!36)

사나이의 열정에 끌려 모든 사람들이 반대하는 결혼을 한 '나'는 이혼을 한 후 올바르게 변모된 그와 다시 새 출발을 하라는 주위의

---

35) 임순희, 『북한 새 세대의 가치관 변화와 전망』(통일연구원 총서), 통일연구원, 2006, 41쪽.
36) 김혜성, 「열쇠」, 『조선문학』, 2004년 제4호, 68~69쪽.

권유를 받게 된다. 이 소설은 고난의 행군 시기 '자기 궤도를 이탈'한 사람들에 대한 용서를 한 부부의 이혼과 재결합을 통해 은유적으로 형상화하고 있다. 이 소설은 당에 대한 믿음만 버리지 않는다면 누구든 용서받을 수 있다는 사상을 드러내고 있지만 그 과정에서 개인의 사적인 갈등과 공적인 욕망이 드러난다.

김교섭의 「보통사람들의 이야기」에서는 산골생활을 기피하는 새 세대의 모습이 나타난다. 이 소설은 '오필녀'가 군대에 입대하여 임무 수행 중 목숨을 잃은 아들 내신 자식을 자처하며 찾아온 이들의 분대장 '김석'과 새로운 가족을 이루면서 시작한다. 그런데 '김석'의 여자 친구는 편지를 보내면서 "재능의 나래를 펼칠 수 있는" 평양으로 돌아올 것을 권유하면서 "수도를 떠나 한적한 산골에서 일생을 보내는 것은" 좋은 일은 아니라고 설득한다.[37]

리영환의 「버드나무」에는 세계적인 작곡가가 꿈인 청년이 아버지의 뜻대로 평양에서 농촌으로 내려가 농장원이 되고 나서 농촌 생활에 불만을 품는 내용이 전개된다.

밤이 왔다. 나는 잠들 수 없어 뒤척거렸다. 눈앞에는 지금까지의 생활이 무의미한 허물로 되어 환영처럼 얼른거렸다. 그래도 내딴에는 이 땅을 위하여 청춘의 땀을 바친다고 자부하여 왔다.

이것이 허영이고 기만이였단 말인가? 하다면 사람은 자기의 희망에 대하여 책임질 권리가 없단 말인가? 희망같은 건 없어도 군인정신만 가지면 당장이라도 음악가가 되고 애국자가 된다는건가.[38]

---

37) 김교섭, 「보통 사람들의 이야기」, 『조선문학』, 2005년 제4호, 62쪽.
38) 리영환, 「버드나무」, 『조선문학』, 2001년 제2호, 45쪽.

소설 속 부정인물 혹은 개인 지향적인 인물을 통해 2000년대 들어 북한 주민의 삶의 목표와 지향이 집단 중심에서 자아 중심으로 변화하고 있으며 실리주의를 추구하고 있음을 확인할 수 있다.

## 3) 일상과 행복을 열망하는 새 세대 여성

선군시대 북한 문학에는 교사, 연구사 등 전문직 여성이 등장하고 그들이 대의를 위해 헌신하는 과정을 그리고 있으나 그 이면에는 세대갈등과 남녀갈등, 일과 가정에서의 갈등으로 인한 여성의 개인적 행복의 의미와 욕망의 문제가 표출된다.

리라순의 「행복의 무게」에서는 연구사였지만 연구에 지쳐 모든 것을 포기했던 '유경'의 이야기가 전개된다. 이 소설은 "대학을 졸업하고도 과학연구사업이 고달프다고 하여 쉽게 살아 가려고 가정에 붙박혀 있거나 린접부문에서 적당히 일하려는 적지 않는 녀성들에게 교양적가치가 큰 절박한 사회적문제라고 할수 있다"[39]고 하여 사회적 명분을 강조하지만 주인공은 연구에 지쳐 가정을 돌보는 착실한 주부를 꿈꾸기도 한다. 결국 '유경'이 "인생의 극한점에서 끝내 자기자신을 이겨낸 사람만이 진정한 삶의 기쁨과 행복의 참무게를 느끼게 되는 것"(35쪽)이라는 깨달음을 얻는 것으로 마무리를 짓지만 그 과정 속에서 개인적 행복과 공적 사명 속에서 고민하는 여성의 모습이 형상화된다.

최련의 「따뜻한 꿈」[40]은 열교환장치에 새로운 첨단기술을 도입하는 연구사 '최윤경'을 중심으로 청년 연구사들의 열정과 노력을 형상

---

39) 리라순, 「행복의 무게」, 『조선문학』, 2001년 제3호. 30쪽.
40) 최련, 「따뜻한 꿈」, 『조선문학』, 2002년 제1호.

화하고 있다. 이에 대해 평론 「새로운 형상세계의 탐구」에서는 이 소설이 "우리 시대 청년들의 꿈은 허황한 공상이 아니라 래일에 대한 믿음이고 그를 위해 바치는 사랑이고 헌신"이라고 주장하고 있으며 "조국의 과학기술을 최첨단 수준에 올려세울 높고 아름다운 꿈을 간직하고 살며 투쟁하는 우리 시대 청년과학자들의 모습을 보다 진실하게 보여 주는 데서 의의가 있다"[41]고 평가한다. 그런데 소설 전반에는 여성에 대한 편견으로 여성 과학자의 과학적 의견이 무시당하는 모습이 전개된다.

> 회의장에는 수군거리는 소리가 잔물결처럼 퍼져나갔다.
> ≪처녀가 당돌하구만.≫
> ≪속에 얼음만 가득 찬 것 같네.≫
> ≪여간 아닌데.≫
> (…중략…)
> 윤경은 입술을 아프게 깨물었다. 이것은 모욕이고 랭대정도가 아닌 무시였다. 자기가 자리를 비웠던 며칠사이에 엄청난 일이 일어 났던 것이다. 예상치 않았던 그만큼 타격은 컸다. (55쪽)

> 새삼스런 이야기 같지만 누구나 과학탐구의 길에 들어 설 때는 다 제나름의 꿈이 있구 희망과 포부가 있지. 하지만 실지 그 길에서 자기의 꿈을 실현해서 성공하고 행복을 찾는 사람은 많지 못하지. 현실은 그만큼 랭혹한 것이거든. 더욱이 녀성의 몸으로… (57쪽)

윤경은 이에 굴하지 않고 실험을 계속하지만 번번이 실패하고 남

---

41) 최광일, 「새로운 형상세계의 탐구」, 『조선문학』, 2002년 제1호, 37쪽.

성 연구사인 '리남진'이 이를 성공시키자 자괴심에 빠져 회의, 경멸, 분노의 감정에 휩싸인다. 결국 윤경은 남진의 설계도를 인정하고 남진은 윤경의 착상에서 비롯된 것임을 밝히면서 둘은 따스한 미래를 약속하게 된다.

「바다를 푸르게 하라」에서는 인물의 자연에 대한 심리묘사를 통해 가정주부로서의 역할과 행복에 대한 개인적 의지를 형상화한다. 주인공 '연경'을 바라보는 또 다른 연구사 '해송'은 정보화 시대에도 여전히 여성에게 부과된 일과 가정의 '2중의 짐'에 대해 생각하면서 진정한 행복의 의미를 제기한다.

(2중의 짐…) 해송은 속으로 뇌이였다.

(왜 그 훌륭한 녀인은 남자들과 똑같은 일을 하면서도 또 하나의 짐을 더 져야 할가. 더 무겁고 더 힘든 짐을… 연경 언니는 연구사업의 실패와 고민에 대해서는 한마디도 하지 않았지… 그래 그것은 그가 겪는 마음속 고통에 비해서는 너무도 하찮은 것이야. 그렇다면 행복이란 대체 뭐야? 그런 녀인이 슬픔에 잠기고 고통을 받을진대 대체 행복은 누구의 것인가.)42)

여성의 행복에 대한 의미는 리희남의 「한 가정에 대한 이야기」에서도 제기된다. 이 소설에서 화자는 '고난의 행군' 시기 조국과 남편을 위해 희생한 아내의 죽음을 두고 무엇을 위한 헌신이었는지 되묻는다.

안해의 죽음을 놓고 비로소 몸부림치는 그를 보며 우리는 묵묵히 말이

---

42) 최련, 「바다를 푸르게 하라」, 『조선문학』, 2004년 제2호, 76쪽.

없었다. (…중략…) 일부 사람들이 제 살궁냥만 하고 있을 때 그들은 과연 무엇을 위해 살았는가. 화목하던 한가정의 마지막피 한방울도 무엇을 위해 바쳐졌는가. 어찌하여 자기것은 단 한쪼박도 남겨두지 않았단 말인가. 그것이 과연 무엇을 위한 헌신이였는지.[43]

2000년대 북한 소설 속 새 세대 여성들은 연구사, 과학자 등의 전문직으로 등장하여 그들의 이상을 실현하기 위해 노력하지만 가정과 일을 병행하는 데 있어 어려움을 표출하고 있다. 2000년대에는 전문직 여성이 주인공인 소설이 이전보다 많이 발표되었는데 이전과 달리 갈등의 양상을 여성끼리의 갈등이 아닌 여성 대 남성 혹은 여성이 속한 사회의 문제로 전환시키고[44] 있으며 정보화 시대이지만 개선되지 않는 가정의 일과 개인적 행복에 대한 문제로 고민하는 여성의 모습이 표면에 등장한다. 이는 2000년대 신세대적 사고를 지닌 여성을 등장시켜 당 정책이 주도하는 감성을 강조하기보다 개인적 감성에 주목하는 새로운 경향을 지닌 신세대 작가의 등장과도 무관하지 않다. 이러한 일련의 작가들로 최련, 리연희, 리라순 등을 거론할 수 있다.

## 4. 시대감성과 감수성

이 글은 2000년대 북한 단편소설에서 선군 시대정신을 구현하는 사회주의 현실 주제 작품에 주목하여 선군시대 북한의 감성을 생활

---

43) 리희남, 「한 가정에 대한 이야기」, 『조선문학』, 2004년 제5호, 40쪽.
44) 이상경, 「북한 여성 작가의 작품에 나타난 여성 정체성에 대한 연구」, 『여성문학연구』 17권, 2007, 375쪽.

속에서 찾고 새 세대의 감수성을 살펴보았다. 또한 북한 문학의 변화를 이성적이라기보다는 감성적 반응 체제로서 체제 유지와 연동하는 방식으로 살펴보았다. 이 글은 북한 단편소설을 구체적으로 분석하면서 새 세대 대상을 청춘세대, 개조 대상으로서의 새 세대, 일상과 행복을 갈구하는 새 세대 여성 주체 등으로 유형화하였다.

선군시대 생활미는 생활 속 미적 현상에서 찾아볼 수 있는데 생활에서 감동을 줄 수 있는 아름다움의 형상은 숭고, 숭엄, 웃음, 낭만, 사랑 등으로 표출되며 이에 관련된 이야기들은 북한 주민들에게 열정을 불어넣고 감화하게 만든다. 또한 문학 속에서 심리묘사와 생활형상을 통한 소박한 인간 묘사를 통해 선군 시대정신을 구현하고 있다. 선군시대 단편소설에서는 풍요로움과 낙관적 미래를 제시하여 북한 주민을 독려하고 있지만 새 세대의 감수성을 살펴보면 명분과 현실 사이의 균열된 감성을 포착할 수 있었다.

2000년대 북한 문학에 드러난 새 세대의 감수성은 지배 이데올로기의 감성적 통제에 대한 작용과 반작용으로 파악되며 북한의 획일화된 시대정신과 변별되는 위치에 서 있다. 이 글에서 특징으로 꼽고 있는 선군시대 생활미는 미시적이고 범상한 생활상의 이야기에서 숭고미와 결합하는 양상으로 전개되는데, 생활 속 웃음의 미학은 고난의 행군을 극복하고 강성대국에 진입하기 위한 선군시대만의 미의식에 해당된다. 선군시대 새 세대는 미래의 낙관적 씨앗, 종자로서 존재하면서 완벽한 존재라기보다 갈등과 화합을 거쳐 선대의 우수성을 닮아가는 세대로서 표현된다. 그러나 한편으로는 개조대상 혹은 개인 지향적 모습을 문학 속에서 형상화하여 이 또한 북한 사회의 낙관과 비관의 경계를 드러내고 있다.

북한은 주체시대에서 선군시대로 변화되면서 여전히 주체문학의 자장 안에 있지만 선군시대의 감성은 시대적 영향을 받는다. 이 글은 북한 사회주의 현실주제 소설에서 기본 바탕이 되는 주조된 감성과 새 세대의 균열된 감성을 비교 분석하여 북한 문학의 변화 가능성을 살펴보고 전망을 제시하고자 하였다.

# 참고문헌

## 1. 북한 자료

리기도, 『주체의 미학』(조선사회과학학술집 85 철학편), 사화과학출판사, 2010.

사회과학원주체문학연구소, 『총대와 문학』, 사회과학출판사, 2004.

조선작가동맹 중앙위원회, 『조선문학』, 문학예술종합출판사, 2000.1~2001.7.

조선작가동맹 중앙위원회, 『조선문학』, 문학예술출판사, 2001.8~2009.12.

리광선, 『철학연구』, 과학백과사전종합출판사, 2001.

## 2. 국내 자료

### 1) 단행본

임순희, 『북한 새 세대의 가치관 변화와 전망』(통일연구원 총서), 통일연구원, 2006.

정창현, 「북한 지배 엘리트의 구성과 역할」, 세종연구소 북한연구센터 엮음, 『북한의 당·국가기구 군대』, 한울아카데미, 2007.

이화여대통일학연구원 편, 『북한문학의 지형도』, 청동거울, 2009.

### 2) 논문

고인환, 「6·15 공동선언 이후의 북한문학에 말 걸기」, 『실천문학』 89, 2008.

김성수, 「선군사상의 미학화 비판: 2002년 전후 북한문학에 나타난 작가의식과 글쓰기의 변모양상」, 『민족문학사연구』 37권, 민족문학사학회 민족문학사연구소, 2008.

김예란, 「감성공론장」, 『언론과 사회』 18(3), 성곡언론문화재단, 2010.

오창은, 「선군시대 북한 농촌 여성의 형상화 연구」, 『현대북한연구』 13(2), 북한대학원대학교, 2010.

오태호, 「북한 단편소설에 나타난 연애담론 연구」『국제어문』 58, 국제어문학회, 2013.

유임하, 「실리사회주의와 경제적 합리성: 변창률의 농촌소설과 "영근이삭" 읽기」, 『겨레어문학』 41권, 겨레어문학회, 2008.

임옥규, 「선군시대 북한 문학에 형상화된 주도적 감성」, 『남북문화예술연구』 제 14호, 남북문화예술학회, 2014.

성용환, 「한국 감성의 개념사적 이해」, 『감성연구』 2권, 전남내학교 호남학연구원, 2011.

# 리금철 과학환상소설의 특징과 균열

: 『아동문학』에 수록된 작품을 중심으로

마성은

## 1. '선군시대'와 과학환상소설

북한은 2009년 4월 9일 최고인민회의 제12기 1차 회의에서 사회주의 헌법을 개정하였고, 2009년 9월에 그 내용이 알려졌다. 2009년 헌법에서 두드러지는 특징은 '공산주의'라는 표현을 삭제함으로써 '주체사상'을 더욱 강조하고, '주체사상'과 함께 '선군사상'을 분명히 명시하였다는 점이다.

북한에서는 '선군시대'에 이르러 '주체문학'이 '선군문학'으로 발전하였다고 주장하고 있다.1) 『아동문학』에 아동문학 창작방법에 대한 글을 연재한 바 있으며,2) 두 권의 아동문학 이론서3)를 출간한

---

1) 김정웅, 「(론설)주체사실주의문학발전의 새로운 단계로 되는 선군문학의 본성과 특징」, 『조선문학』, 2005년 제1호 참조.
2) 정룡진, 「아동문학의 특성을 알아야 한다」, 『조선문학』, 2003년 제11호; 정룡진, 「아동문

아동문학 이론가 정룡진은 다음과 같이 말하고 있다.

참으로 선군시대 아동문학은 모든 형태에 걸쳐 다양하고 다채롭게 발
전함으로써 그 주체적면모를 더욱 강화하였으며 새 세대들을 선군위업수
행의 믿음직한 후비대로 키우는데 적극 이바지하였다.4)

정룡진은 특히 '선군시대'의 동화, 우화문학이 다채로워졌음을 지
적하면서 다음과 같이 말하고 있다.

선군시대의 동화, 우화문학의 양상에서도 큰 변화가 일어나 현실주제
의 동화, 옛말식동화외에 과학환상동화가 두드러지게 나오게 되고 풍자,
해학, 교훈적인 내용의 동화, 우화들이 활발히 창작됨으로써 선군시대 동
화, 우화문학은 힘찬 전진을 가져오게 되었다.5)

정룡진의 언급을 통하여 볼 때, '선군시대'에 이르러 아동문학에서
과학환상문학의 창작이 더욱 두드러지기 시작했다는 사실을 확인할
수 있다. 이러한 사실은 1981년부터 1989년에 발간된『아동문학』에
서는 과학환상소설을 한 편도 찾아볼 수 없지만, 1990년대 이후에
발간된『아동문학』에는 2009년 11월호까지 총 25편의 과학환상소설
이 수록되어 있다는 점을 통해서도 확인할 수 있다. 이를 통하여 '선

---

학은 대상의 특성에 따라 작품의 수준과 질을 달리하여야 한다」,『조선문학』, 2003년 제12
호; 정룡진, 「아동문학창작에서도 문학의 일반적원리에 충실해야 한다」,『조선문학』, 2004
년 제1호.
3) 정룡진,『아동문학의 새로운 발전』, 평양: 문예출판사, 1991; 정룡진,『주체문학전서 6
아동문학』, 평양: 문학예술출판사, 2008.
4) 정룡진,『주체문학전서 6 아동문학』, 평양: 문학예술출판사, 2008, 173쪽.
5) 위의 책. 밑줄은 인용자.

군시대' 아동문학의 중요한 특징 가운데 하나가 과학환상소설에 대한 강조임을 짐작할 수 있다.

북한에서 과학환상문학을 어떻게 설명하고 있는지 알아보기 위해서는 '주체적 문예리론연구' 18권으로 발행된 황정상의 『과학환상문학창작』을 참고할 수 있다. 황정상은 과학환상문학의 특색을 다음과 같이 말하고 있다.

> 과학환상문학은 과학과 기술을 탐구하는 사람들의 활동과 투쟁, 그들의 생활을 환상적으로 그려낸다. 다시말하여 과학환상문학은 인간과 그 생활을 앞날에 펼쳐질 형상적화폭으로 그려내며 환상적인 수법으로 일정한 사회적문제를 제기하고 예술적으로 해명한다.[6]

위와 같은 설명을 통하여 볼 때, 북한의 과학환상문학은 우리가 흔히 알고 있는 SF(Science Fiction)와 크게 다르지 않음을 확인할 수 있다. 하지만 북한의 과학환상문학은 어디까지나 당과 혁명을 위하여 복무한다는 점이 중요한 특징이다.

> 우리의 주체적인 과학환상문학은 철두철미 당과 혁명을 위하여 복무하며 로동계급과 근로인민대중의 리익을 옹호하는 전투적인 문학이다.
> 우리의 과학환상문학은 그 어떤 사소한 부르죠아적요소도 허용하지 않으며 당성, 로동계급성의 원칙을 지키는 것을 철칙으로 삼는다.
> 당성, 로동계급성이야말로 로동계급의 과학환상문학의 가장 중요한 본성이다.[7]

---

6) 황정상, 『주체적 문예리론연구 18 과학환상문학창작』, 평양: 문학예술종합출판사, 1993, 6쪽.
7) 위의 책, 27쪽.

황정상이 강조하고 있는 바와 같이 북한의 과학환상소설은 '총대'의 중시·군대의 전면 포진과 같은 정치적 행보를 하며, '조선민족제일주의'를 표방하는 '선군시대'의 요구에 충실히 따르고 있다고 할 수 있다.[8]

본 연구는 '선군시대' 아동문학에서 강조된 과학환상소설에 대한 본격적인 연구에 앞서, 1990년대 이후『아동문학』에 가장 많은 과학환상소설을 발표한 리금철의 작품들을 그 연구대상으로 한다.

리금철은 단순히 1990년대 이후『아동문학』에 가장 많은 과학환상소설을 발표한 작가일 뿐만 아니라,[9] 꾸준히 주목할 만한 작품들을 발표하고 있는 작가이다. 그가『아동문학』에 발표한 과학환상소설들은 다음과 같다.

① 「신비한 약」,『아동문학』, 1994.8.

② 「≪사랑-1호≫」,『아동문학』, 1998.3.

③ 「탐험선이 떠난 뒤」,『아동문학』, 1998.7.

④ 「≪은하기지≫로 가는 길」,『아동문학』, 1999.4.

⑤ 「50년후에 푼 수수께끼」,『아동문학』, 2000.6.

⑥ 「풀색트렁크의 수수께끼」,『아동문학』, 2003.11.

⑦ 「≪신동이≫」,『아동문학』, 2005.9.

⑧ 「푸른 초원의 ≪새 주인≫」,『아동문학』, 2009.8.

---

8) 유임하, 「'선군 시대' 북한 문학예술을 이해하기 위하여」, 이화여자대학교 통일학연구원 편,『북한문학의 지형도 2: 선군 시대의 문학』, 청동거울, 2009, 10쪽 참조.

9) 리금철은 2015년 4월까지 17편의 소설을 발표한 것으로 확인되는데 그 가운데 14편이 과학환상소설인 만큼, 그를 과학환상소설 작가라고 하더라도 과언이 아닐 것이다. 그가 발표한 14편의 과학환상소설 가운데 8편이『아동문학』에 발표된 작품들이다. 그는 과학환상소설 이외에도 2편의 단편소설과 1편의 추리소설을 발표한 것으로 확인된다.

본 연구는 『아동문학』에 수록된 리금철의 과학환상소설을 검토하여, 그의 작품세계에 나타나는 특색을 살펴보고자 한다. 특히 '징후적 독해'를 통하여 그의 작품에 나타난 균열을 살펴봄으로써, '선군시대' 아동문학에서 과학환상소설이 어떠한 양상을 드러내 보이고 있는지 알아보고자 한다.

## 2. 리금철 과학환상소설의 특징

리금철은 『아동문학』 1998년 1월호에 발표된 '새해창작결의/작가결의' 「우리 아이들에게 휘황한 래일을!」에서 자신이 과학환상소설을 통하여 어린이 독자들에게 전달하고자 하는 바, 북한식으로 말하자면 '종자'를 다음과 같이 설명하고 있다.

> 래일에 대한 지향.
> 이것은 성인들에 비해 아이들이 더 강렬한가 봅니다.
> (…중략…)
> 다가오는 21세기의 휘황찬란할 우리 조국의 래일.
> (바로 이걸 그리자. 우리 아이들에게 래일을 안겨주자.)
> 과학이 고도로 발전되고 생활이 더욱 문명해질 앞날의 우리 조국, 우리 생활을 펼쳐보인다면 래일에 대한 희망, 래일에 대한 지향으로 가슴부풀어있는 우리 아이들이 얼마나 좋아하겠습니까.
> 지난 기간 여러편의 과학환상단편소설들을 창작발표는 하였어도 아직 이렇다할 성과작 하나 없는 신인작가이지만 저는 솟구치는 이 욕망을 억제할 수가 없습니다.
> (…중략…)

자신은 작품에서 우주탐험 일면만 취급할 것이 아니라 우리 조국의 하늘과 땅, 바다에서 변모될 고도로 발전되고 문명해질 앞날의 우리 생활을 다각적으로, 립체적으로 펼침으로써 미래에 대한 신심, 미래에 대한 강렬한 지향에로 우리의 어린 독자들을 이끌어가겠습니다.

이와 함께 천문학과 지질학, 전자공학을 비롯한 다방면적인 과학지식들을 작품에 삽입함으로써 학생들의 자연과학인식교양에 도움을 주고자 합니다.

(…중략…) 미래를 지향하는 우리 아이들에게 휘황한 조국의 래일을 펼쳐보임으로써 오늘을 위한 오늘에 살지 말고 래일을 위한 오늘에 살자는 경애하는 김정일장군님의 인생관으로 청소년들을 교양하는데 이바지하겠습니다.[10]

리금철의 말을 정리해보면, 그는 자신의 과학환상소설을 통하여 어린이 독자들을 "래일에 대한 지향"으로 이끌어가고 "자연과학인식교양에 도움을" 주어서 "오늘을 위한 오늘에 살지 말고 래일을 위한 오늘에 살자는 경애하는 김정일장군님의 인생관으로 청소년들을 교양하는데 이바지"하고자 함을 알 수 있다. 본 연구는 리금철 작품세계의 특성을 작가 스스로 밝히고 있는 "래일에 대한 지향"에 초점을 맞추어 살펴보고자 한다.

어린이들은 미래를 꿈꾸며 공상하기를 즐긴다. 그들은 우주여행·바닷속 여행을 꿈꾸며, 죽지 않고 영원히 살 수 있게 해주는 신비한 약을 개발하는 것을 꿈꾼다. 성인들의 세계에서라면 허무맹랑한 몽상이라고 할 만한 것들도 어린이들의 세계에서는 건강한 공상이 된다. 그리하여 아동문학, 특히 과학환상소설에서는 등장인물들이 시

---

10) 리금철, 「우리 아이들에게 휘황한 래일을!」, 『아동문학』, 1998년 제1호, 15쪽.

공간을 자유롭게 넘나들고, 로봇을 부리며 일하는 것 등의 상상력이 거침없이 발휘된다. 리금철 과학환상소설에 나타나는 미래에 대한 지향의 여러 가지 유형들을 다음과 같이 정리할 수 있다.

## 1) 무병장수: 오랜 소망의 실현

'무병장수'는 인류의 오랜 소망이다. 비단 성인들뿐만 아니라 어린이들 역시 병에 걸리지 않고 오래도록 건강하게 사는 것을 꿈꾼다. 이러한 무병장수의 꿈이 실현되는 것은 과학환상소설의 중요한 특징 가운데 하나이다. 이러한 특징은 리금철의 과학환상소설에서도 찾아볼 수 있다. 리금철의 초기작「신비한 약」과「≪사랑-1호≫」는 고도로 발달된 과학기술 덕분에 '무병장수'가 가능하게 된 상황을 보여준다.

「신비한 약」은 국제청소년창안작품전시회를 앞두고 최신 의약품을 개발하는 데 여념이 없는 광혁이와 옥남이의 이야기이다. 두 사람은 헌신적으로 서로를 도우며 많은 어려움을 극복해낸다. 결국 광혁이는 진찰로보트를, 옥남이는 미시로보트가 들어 있는 주사약을 만들어낸다. 이야기는 거기에서 그치지 않고, 〈불사약〉이 만들어져 혼수상태였던 옥남이의 아버지가 소생하는 것으로 마무리된다.

〈불사약〉이라는 소재가 지나치게 환상적이기 때문에 황당무계한 이야기 같은 측면도 있지만, 인류가 늘 꿈꾸어 오던 〈불사약〉이 만들어져서 주인공의 아버지가 소생한다는 점은 어린이 독자들의 흥미를 자극하고 공감을 불러일으킬 만하다.

「≪사랑-1호≫」는 진혁이와 진심이가 작년 국제소년단야영소에서 만났던 하르베라는 외국 소년이 중태에 빠지자, ≪사랑-1호≫라는 이름의 원격의료장치를 통하여 외국에 있는 하르베를 치료한다는 이야기이다.

생물전기를 이용하여 원거리의 환자를 치료하는 원격의료장치라는 소재가 허무맹랑하게 보이기도 하지만, 전작 「신비한 약」의 〈불사약〉에 비해서는 어린이 독자들에게 어느 정도 실현 가능한 상상으로 느껴질 수 있을 것이다.

리금철이 『아동문학』에 처음으로 발표한 과학환상소설인 「신비한 약」과 두 번째로 발표한 과학환상소설 「≪사랑-1호≫」는 모두 미래 사회에서 고도로 발달된 과학기술, 특히 의학기술을 통하여 인간이 '무병장수'하게 된다는 이야기를 선보였다. 이를 통하여 그가 『아동문학』에 과학환상소설을 발표하기 시작했을 때에는 그의 관심사가 '과학기술의 발전을 통한 인류의 무병장수'였음을 알 수 있다.

## 2) 무한한 식량 공급: '고난의 행군'의 잔상(殘像)

북한은 1990년대 중반, 이른바 '고난의 행군' 시기를 겪었다. 이 시기에만 무려 300만 명에 이르는 인민들이 아사한 것으로 추정된다. 따라서 '고난의 행군' 시기에 창작된 과학환상소설에서 무한한 식량 공급의 꿈을 찾아 볼 수 있다는 것은 자연스러운 일일 것이다. 리금철의 과학환상소설 가운데 이른바 '고난의 행군' 시기의 식량 공급에 관한 열망을 가장 잘 보여주는 작품은 '고난의 행군'이 한창이었던 1998년 7월에 발표된 「탐험선이 떠난 뒤」이다.

'공화국창건 50돐기념 문학축전작품'인 「탐험선이 떠난 뒤」에는 〈인공풀색소〉가 "물, 공기, 해빛 이렇게 세 가지 요인"[11]을 합성하여 "갖가지 식료품을 척척 만들어내는 ≪풀색트렁크≫"[12]가 나온다.

---

11) 리금철, 「탐험선이 떠난 뒤」, 『아동문학』, 1998년 제7호, 37쪽.

"휴대용 종합식료기계"13)가 "물과 공기를 인공빛합성하여 갖가지 식료품을 척척 만들어"14)낸다는 설정은 성인들의 시각에서 볼 때에는 우스꽝스러운 상상일 수도 있겠으나, 어린이라면 충분히 해 봄직한 상상이다.

그런데 「탐험선이 떠난 뒤」에서 무한한 식량 공급을 가능하게 해주는 기계를 제시하는 것을 그저 어린이 독자들의 기호를 고려한 설정이라고 볼 수만은 없다. 이와 같은 설정에서 '고난의 행군' 시기를 살아내는 작가의 내밀한 욕망과 의지를 읽어낼 수 있다. 오태호는 다음과 같이 지적한다.

북한 소설을 독해할 때 '종자'의 해명에만 매달릴 경우, 이질화된 체제에 대한 이성적 거부와 감정적 외면의 몸짓을 보일 공산이 크다. 그러나 북한 나름의 역사적 체험을 인정하면서 그 이념적 지향과 표현된 내용 사이의 괴리를 찾아 비판적 안목으로 투시한다면 분명히 북한 문학과 체제 지배 담론 사이의 균열적 틈을 확인할 수가 있다. 그리고 그것이 북한 문학을 전일적 텍스트가 아니라 다의적 텍스트로 읽어낼 수 있게 만드는 힘이 될 것이다. 결국 이면적 독해야말로 이념과 현실, 사회와 욕망 사이에서 길항하는 북한 문학의 내면에 접근하는 지혜로운 방법일지도 모른다.15)

본 연구자는 리금철의 텍스트를 다의적 텍스트로 읽어내기 위한 이면적 독해의 방법론으로 알뛰쎄르(Louis Pierre Althusser, 1918~1990)의 '징후적 독해'를 적용하고자 한다. 알뛰쎄르는 「자본의 대상(L'objet

---

12) 위의 글.
13) 위의 글.
14) 위의 글.
15) 오태호, 「최학수론: 천리마 시대의 개막과 평양의 근대적 시간」, 이화여자대학교 통일학 연구원 편, 『북한문학의 지형도』, 청동거울, 2008, 278쪽.

du Capital)」(1965)에서 마르크스(Karl Marx, 1818~1883)의 저작을 "무매개적이 아니라 '징후적'으로 읽어야 한다"[16]고 주장하며, "침묵으로 하여금 발언하도록"[17] 만들고자 하였다. 이처럼 징후적 독해는 작가의 침묵, 즉 작가가 말하지 않은 것을 통하여 작가의 무의식에 내재한 욕망과 의지를 읽어내는 방법론이다.

알뛰쎄르의 징후적 독해는 그의 제자 마셔레(Pierre Macherey, 1938~ )에 의하여 문학이론으로 정초된 바 있다. 마셔레는 『문학생산의 이론을 위하여(Pour une théorie de la production littéraire)』(1966)에서 다음과 같이 설명한다.

> (…전략…) 모든 생산에 대해 그것이 암묵적으로 내포하는 것이 무엇인지를 생각해 보는 것은 유용하고 정당한 일이다. '명백한 것'은 '함축적인 것'이 주위에 있기를 혹은 따라오기를 원한다. 무언가를 말할 수 있으려면 말하면 안 되는 것들이 있기 때문이다. 이러한 어떤 말들의 없음을 프로이트는 자신이 처음 자리 잡고서 역설적으로 '무의식'이라고 이름 붙인 새로운 곳으로 밀어넣었다. 말해진 모든 말은 말해지지 않은 것으로 둘러싸인다. 여기서 우리는 그 말이 어째서 말할 수 없음에 대해 말하지 않는가 질문할 필요가 있다.[18]

마셔레는 위와 같은 설명에서 더 나아가 "작품 안에서 중요한 것은 바로 작품이 말하지 않는 것"이라고 강조한다.

---

16) Louis Althusser, "L'objet du Capital", in *Louis Althusser et Étienne Balibar, Lire le Capital* (2ème édition); 김진엽 역, 『자본론을 읽는다』, 두레, 1991, 183쪽(강조는 원저자).
17) 위의 책, 115쪽(강조는 원저자).
18) Pierre Macherey, *Pour une théorie de la production littéraire*; 윤진 역, 『문학생산의 이론을 위하여』, 그린비, 2014, 126쪽(강조는 원저자).

작품 안에서 중요한 것은 바로 작품이 말하지 않는 것이다. 빨리 언급하고 가는 것이 아니라 아예 말하기를 거부하는 것이다. 말하기를 거부한다는 것 자체가 이미 흥미로운 문제이고, 그에 대해 방법을 수립하여 (드러난 것이든 드러나지 않은 것이든) 침묵들을 측정할 수 있다. 하지만 보다 중요한 것은 작품이 말할 수 없는 것이다. 바로 그곳에서 말이 만들어져 침묵으로 향하기 때문이다.[19]

그렇다면 리금철의 「탐험선이 떠난 뒤」의 한 구절을 징후적으로 독해하여 보도록 하자.

이제 온 나라의 집집마다에 이런 종합식료기계를 하나씩 갖추어놓으면 우리의 생활은 어떻게 될가요. 그때는 아마 <u>지금보다 더 풍성한 식생활을 하게 될것입니다.</u>[20]

「탐험선이 떠난 뒤」의 시간적 배경은 '고난의 행군' 시기가 아니라, 과학기술이 고도로 발달한 먼 미래이다. 따라서 위의 인용문에서 말하는 "지금"은 이미 풍족한 시기인 것이다. 그러나 징후적으로 독해하면, 위의 인용문에서 말하는 "지금"은 다름이 아니라 작품이 발표된 시기, 즉 '고난의 행군' 시기로 읽을 수도 있다.

작가는 비록 지금, 즉 '고난의 행군' 시기에는 우리가 식량이 부족해서 고생하고 있지만, 미래에 과학기술이 고도로 발전하면 "지금보다 더 풍성한 식생활을 하게 될것"이라고 어린이 독자들을 위로하며 꿈을 북돋우고 있는 것인지도 모른다.

---

19) 위의 책, 128쪽(강조는 원저자).
20) 리금철, 앞의 글(밑줄은 인용자).

「탐험선이 떠난 뒤」에서 핵심적인 소재로 활용되었던 ≪풀색트렁크≫는 「풀색트렁크의 수수께끼」에서 똑같은 과학적 원리를 바탕으로 하여 다시 활용된다. 「풀색트렁크의 수수께끼」는 '고난의 행군'이 이미 종결된 뒤인 2003년 작품이지만, 작품의 핵심 소재인 ≪풀색트렁크≫는 「탐험선이 떠난 뒤」에서와 다름없는 형태로 다시 활용된다.

「풀색트렁크의 수수께끼」의 발표 시점을 고려할 때, 작품의 핵심 소재인 ≪풀색트렁크≫를 「탐험선이 떠난 뒤」에서와 같이 '고난의 행군' 시기의 욕망과 의지가 담긴 소재로 보기는 어렵다. 물론 '고난의 행군' 시기의 고통스러웠던 체험이 작가로 하여금 계속 무한한 식량 공급의 꿈에 관하여 이야기하게 하는 것이라고 추측할 수는 있다.

「푸른 초원의 ≪새 주인≫」에서는 주인공 순남이의 누나 순희가 섬유소를 인공적으로 분해하고 합성하여 풀로 우유와 젖사탕을 만든다. 이 작품 역시 '고난의 행군'과 직접적인 연관은 없다. 오늘날 북한의 식량 사정은 '고난의 행군' 시기에 비하여서는 상대적으로 나은 형편이라고 볼 수 있기 때문이다. 하지만 비록 '고난의 행군'은 종료되었다고 하더라도 식량에 대한 걱정이 영영 사라졌다고 할 수는 없기 때문에, 앞으로도 무한한 식량 공급의 꿈을 다루는 과학환상소설이 많이 창작될 것이라고 예측할 수 있다.

### 3) 시공간의 확장: 우주로 뻗어 나가는 상상력

과학환상소설이라고 하면, 보통 가장 먼저 떠올리게 되는 공간적 배경으로 우주공간을 들 수 있다. 광활한 미지의 세계인 우주공간은 앞으로도 끊임없이 아이들의 상상력을 자극할 공간적 배경이다. 리금철의 과학환상소설들은 모두 환상적인 요소가 두드러지지만, 우주공간을 공간적 배경으로 설정한 작품들에서는 환상성이 더욱 두드러진다. 「≪은하기지≫로 가는 길」과 「50년후에 푼 수수께끼」는 모두 우주공간에서 벌어지는 일을 다루고 있다.

「≪은하기지≫로 가는 길」의 줄거리는 다음과 같다. 철진이는 열심히 공부한 덕분에, 화성에 대한 지식이 풍부하다. 그러나 과학자 부모를 둔 명호는 예술가 부모를 둔 철진이를 우습게 여긴다. 명호는 철진이의 충고를 듣지 않아 곤경에 처하지만, 결국 철진이의 도움으로 ≪은하기지≫까지 무사히 도착하게 된다.

기본 줄거리만 놓고 보면, 교만하지 말고 다른 친구를 존중하면서 열심히 공부하라는 평범한 주제의 이야기이다. 그러나 작가는 공간적 배경을 우주공간으로 설정하고 여러 가지 박진감 넘치는 사건들을 능수능란하게 펼쳐 놓음으로써, 어린이 독자들의 흥미를 자아내기에 충분한 수작을 만들어냈다.

먼저 과학자 부모를 둔 명호가 예술가 부모를 둔 철진이를 우습게 본다는 설정은 아이다운 발상이 잘 드러나는 대목이다.

(…전략…) 앞으로 아버지, 어머니처럼 훌륭한 우주 과학자가 되겠다는 것은 이미 내가 오래전부터 품어온 남다른 희망이었다.

(…중략…)

그런데 저 철진이는 어떠한가.

철진이 아버지는 도예술극장 지휘자이고 어머니 역시 같은 극장의 전자피아노연주가이다.

그런 애가 우주소조에 들었을 때 나는 이렇게 귀띔해준적이 있었다.

≪철진아, 넌 예술소조에 들걸 그랬어. 너의 아버지, 어머니야 예술가가 아니니.≫

그러자 철진이는 코살을 찡긋거리며 그 커다란 눈으로 나를 흘겨보기까지 하였다.

≪그게 어쨌다는 거니. 예술가의 아들은 뭐 과학을 못한다던?≫[21]

화성에 도착하자, 명호는 자신이 일행을 통솔하여 ≪은하기지≫로 가고자 한다. 명호는 부모가 우주 과학자라서 화성땅에서 태어났는데, 그래서 자신이 화성을 손금 보듯 한다고 말하였다. 하지만 명호가 길을 잘못 들어서는 바람에, 일행은 절체절명의 위기에 처하게 된다. 길을 잘못 든 탓에 ≪은하기지≫까지 가려면 아직도 5시간이나 남았는데, 일행의 우주비행복에는 3시간분의 산소밖에 남아 있지 않았다. 명호가 어쩔 줄 몰라 할 때, 일행은 모두 철진이에게로 눈길을 돌린다.

(…전략…) 나는 몸을 움츠리며 고개를 숙이였다.
아, 이 일을 어쩌면 좋을가.
정말이지 신비하게만 느껴지던 이 화성의 대기가 이렇게 야속해보이기는 처음이였다. 이 화성의 공기도 지구의 공기처럼 마음껏 마실수만 있다면…
한동안 당황하여 웅성거리던 애들은 모두 철진이에게로 눈길을 돌렸다. 오직 그애만이 자기들을 구원해줄수 있듯이.[22]

이때 철진이는 일행에게 ≪은하기지≫가 있는 서쪽이 아니라 동쪽을 향해 최속력으로 날아야 한다고 말한다. 일행은 영문을 몰라 하면서도 철진이를 따른다.

---

21) 리금철, 「≪은하기지≫로 가는 길」, 『아동문학』, 1999년 제4호, 21쪽.
22) 위의 글, 25쪽.

대체 저앞에 뭐가 있단 말인가.

차츰 우리의 앞쪽에서는 새날이 밝는지 어둠이 가셔지더니 지평선우에는 화성의 특유한 검푸른 보랏빛하늘이 드러나기 시작하였다.

그러자 철진이는 안간힘을 쓰며 잔등에 짊어졌던 함통을 벗어안았다. 그리고는 그속에서 여러갈래의 가늘고 질긴 특수합성고무관을 꺼내 주위의 동무들에게 나누어주기 시작하였다.

≪빨리… 산…소통에 련…결…≫

마치도 철진이가 내여주는 그 녹진녹진한 고무관이 생명선이기라도 한듯 우리는 그것들을 덥석 잡아쥐였다.

이어 화성의 지평선우에 태양이 두둥실 떠올랐다.

바로 이때였다.

숨이 막히어 답답해들던 나의 가슴이 탁 트이면서 맑고 생신한 공기가 확 흘러들었다.

(…중략…)

철진이는 빙그레 웃으며 앞방향으로 반쯤 열었던 함통의 뚜껑을 활짝 열어제끼였다.

그러자 아침해살에 번쩍이는 은백색의 흰 구체가 황홀하게 우리의 눈앞에 나타났다.

(…중략…)

저 은백색의 구체가 화성의 대기속에서 탄산가스를 흡수해서 태양빛을 받아 빛합성을 일으켜 지금 우리모두에게 산소를 내주고있는것이다.

철진이는 바로 떠오르는 태양을 한초라도 더 빨리 맞아 ≪빛합성산소발생기≫를 동작시키기 위해 우리들을 모두 이끌고 동쪽을 향해 최속력으로 날아왔던 것이다.[23]

---

23) 위의 글, 25~26쪽.

어린이 주인공이 빛을 합성하여 산소를 발생시키는 기계를 만든다는 설정은 얼핏 비현실적으로 보일 수도 있지만, 이 작품이 어린이 독자를 위한 과학환상소설이라는 점을 감안하면 큰 문제가 되지 않는다. 북한아동문학의 과학환상소설에서 중요한 것은 어린이 등장인물이 스스로 난관을 극복해내는 모습을 보여주는 것이다.

작가는 과학환상소설이 과학 지식을 바탕으로 해야 한다는 점을 잊지 않으면서도, 긴박한 상황을 흥미진진하게 그려냈다. 작품은 어린이 등장인물의 주체적인 능력과 과학기술 탐구를 통하여 어떠한 곤경도 극복할 수 있음을 보여주고 있다. '선군시대' 어린이 독자는 바로 이와 같은 재미와 교훈을 필요로 하는 것이다.

「50년후에 푼 수수께끼」는 "머나먼 우주공간에 떠다니던 소행성 ≪T-13≫을 끌어와 지구의 위성으로 만들었다는 경이적인 사변"[24)에 대한 이야기이다. 이러한 이야기가 50년 전에 달과 소행성의 충돌을 예견했던 씨모르교수의 빗나간 예측이라는 수수께끼와 연결되는 입체적 구성을 취한 작품으로, 「≪은하기지≫로 가는 길」만큼 어린이 독자들의 지지를 얻을 수 있는 흥미진진한 작품이다.

지금으로부터 50년 전, 씨모르교수는 곧 소행성이 달과 충돌하여 지구에 치명적인 영향을 미칠 것이라고 관측한다. 얼마 뒤, 평양의 천체연구소에서 심운성 박사가 달과 소행성은 절대로 충돌하지 않을 테니 모두 안심하라는 내용의 선언문을 발표한다.

그런데 씨모르교수가 소행성과 달이 충돌하는 날이라 예견한 9월 23일을 며칠 앞둔 어느 날 밤, 심 박사는 갑자기 행방불명이 되고 만다. 이윽고 드디어 9월 23일이 찾아오지만, 다행히도 소행성은 씨모르교수가 관측하고 계산했던 것보다 24시간 늦게 나타나 달과 충

---

24) 리금철, 「50년후에 푼 수수께끼」, 『아동문학』, 2000년 제6호, 36쪽.

돌하지 않았다.

50년 후, 조선에서는 300억 톤의 희유광물이 묻혀 있는 소행성 ≪ㅌ-13≫을 지구로 끌어 와서 자연위성으로 삼고자 한다. 소행성을 끌어 와서 지구의 자연위성으로 만들고자 한다는 작가의 상상력이 무척 흥미롭다. 특히 과학환상소설이라는 장르적 특성에 걸맞게, 작가의 상상력이 어디까지나 과학적 상상력에 기반하고 있다는 점이 주목할 만하다.

모든 행성들과 마찬가지로 소행성 ≪ㅌ-13≫도 태양의 끌힘과 자기속도가 평등점을 이루는 자리길을 따라 돕니다.

그러한 ≪ㅌ-13≫의 속도를 감소시키면 그 평등점이 파괴되어 소행성은 자기의 자리길에서 벗어나 태양쪽으로 끌리면서 운동하게 됩니다.

이때 끌려가는 쪽에 지구가 있으면 소행성은 지구의 끌힘을 더 세게 받게 되므로 지구쪽으로 끌려 오게 됩니다.

≪ㅌ-13≫이 지구에로 바투 끌려와 그 거리가 3만 5천 800km에 이를 때 소행성의 운동속도를 초속 3.1km로 유지해주면 그것은 정지위성자리길을 따라 도는 지구의 영원한 자연위성이 될것입니다. 지구에 달이 또하나 생기는 셈이지요.[25]

이때, 은하가 우주자원개발연구소에서 일하는 아버지에게 다음과 같이 묻는다.

≪아버지, 〈소행성의 자리길변화〉는 누가 연구한거예요?≫
은하의 물음에 아버지는 짐짓 얼굴에 진중한 표정을 짓더니 소중히 건

---

25) 위의 글, 33~34쪽.

사해두었던 책 한권을 꺼내 놓았습니다.

≪은하야, 이것은 너의 할아버지가 마지막으로 남기신 연구론문이란 다.≫

보풀이 인 책뚜껑에는 ≪행성운동의 인공적인 변화 – 심운성≫이라는 금빛글자가 또렷이 찍혀 있었습니다.

≪할아버지는 이미 오래전에 천체의 운동을 인공적으로 변화시킬 수 있다는 확신을 가지고 그 연구 사업을 진행하여왔단다. 그때까지만도 과학수순이 지금같지 않아 요구되는 에네르기재료가 탐구되지 못해 소행성의 운동속도를 24시간밖에 지체시키지 못하고 할아버지는 돌아오지 못했단다. (…후략…)≫26)

닷새 후, ≪ㅌ-13≫의 자리길을 인공적으로 변화시키는 가운데 예기치 못한 사고가 발생한다. 계획이 물거품으로 돌아갈 위기의 순간에 은하가 목숨을 걸고 소행성에 내려가 문제를 해결함으로써, 은하의 할아버지 심운성 박사의 염원은 결국 50년 만에 실현된다.

은하의 헌신적인 노력 덕분에 씨모르 교수는 50년 전에 자신의 예측이 어떻게 어긋나게 된 것인지, 그리고 그때 심운성 박사가 어디로 사라졌으며 어디에서 무엇을 했는지 알게 된다. 작품은 인간중심사상을 강조하는 것으로 마무리된다.

인간의 힘은 천체의 운동을 변화시킨다!

이것은 단지 씨모르교수가 50년 후에 찾은 수수께끼의 답만이 아니라 로학자가 새롭게 받아안은 인간의 위대한 힘의 진리입니다.

로교수는 확신했습니다.

---

26) 위의 글, 34쪽.

앞으로 모든 천체들은 자기의 운동궤도를 바꾸고 인간의 주위를 돌게 될 것이라고.

바로 사람의 힘이 가장 위대하고 가장 영원하기 때문입니다.

세상에서 영원한 것—그중에서도 가장 영원한 것은 바로 우리 사람의 힘입니다.[27]

「≪은하기지≫로 가는 길」과 「50년후에 푼 수수께끼」는 지금까지 리금철이 『아동문학』에 발표한 과학환상소설 가운데에서 가장 훌륭한 작품들이라고 할 만하다. 이렇듯 우주공간을 무대로 하는 과학환상소설 가운데 손꼽을 만한 작품은 남한에도 드물기 때문에, 남과 북의 어린이들이 함께 즐길 수 있을 만한 작품이라 하여도 손색이 없을 것이다.

## 4) '로보트'의 등장: 인간에게 가려진 로보트

앞의 장에서 살펴본 우주라는 공간적 배경 못지않게 과학환상소설의 재미를 두드러지게 해주는 소재가 바로 '로보트'이다. 리금철이 『아동문학』에 발표한 과학환상소설을 살펴보면, 거의 모든 작품들에서 다양한 형태의 로보트가 등장하거나 언급되고 있다. 각 작품에 등장하거나 언급된 로보트들을 정리하면 다음과 같다.

① 「신비한 약」
−"사람의 옷속을 기어다니면서 몸안에서 생기는 각종 질병들을 스스로 진찰하고 그 치료법까지 알려주는 진찰로보트"[28]

27) 위의 글, 36쪽.

-주사약을 통해 "인체의 피줄 속에 들어가 피와 함께 돌면서 질병을 을으키는 나쁜 세균과 비루스를 죽이"29)는 미시로보트

　　② 「≪사랑-1호≫」
　　-가사노동과 심부름을 담당하는 것으로 보이는 가정용지능로보트
　　-"아버지의 ≪서기≫인 지능로보트"30)

　　③ 「탐험선이 떠난 뒤」
　　-'조종프로그람카트'를 작성해 넣어주면 상선작업을 수행하는 로보트

　　④ 「≪은하기지≫로 가는 길」
　　-'무인조종굴착기'와 '불도젤'들과 함께 일하는 건축용 로보트

　　⑤ 「50년후에 푼 수수께끼」
　　-"소행성의 무중력에도 끄떡없이 일하는 특수한 채광로보트"31)
　　-"상자들을 비행선 밖으로 옮기는"32) 로보트

　　⑥ 「풀색트렁크의 수수께끼」
　　-부원장선생님이 데리고 온 지능로보트 ≪서기≫

　　⑦ 「푸른 초원의 ≪새 주인≫」
　　-짐을 옮기는 운반로보트

28) 리금철, 「신비한 약」, 『아동문학』, 1994년 제8호, 21쪽.
29) 위의 글, 23쪽.
30) 리금철, 「≪사랑-1호≫」, 『아동문학』, 1998년 제3호, 20쪽.
31) 리금철, 「50년후에 푼 수수께끼」, 『아동문학』, 2000년 제6호, 31쪽.
32) 위의 글, 34쪽.

−자동현미촬영기가 설치되어 있는 자그마한 벌레 모양의 로보트
−우편물을 나르는 로보트

그런데 리금철 과학환상소설에 등장하는 로보트들은 작품의 주인공이 되지 못하는 것은 물론, 각 작품의 사건 전개에 있어서도 그리 중요한 역할을 담당하고 있지 않다. 리금철이 『아동문학』에 발표한 모든 과학환상소설에서 로보트들은 인간을 위하여 충실히 작동하는 기계에 지나지 않는다. 작품에서 로보트들이 차지하는 비중이 작은 것은 "과학환상사건보다 인간성격을 그려야 한다"[33]는 북한 과학환상소설의 특징 가운데 하나이다. 황정상은 다음과 같이 말하고 있다.

일반적으로 문학예술작품은 사람들에게 무엇을 위하여 어떻게 살며 일해야 하는가를 교훈적으로 보여주는것만큼 인간을 진실하게 그리지 않고서는 자기의 사명과 임무를 원만히 수행할 수 없다.
과학환상소설을 비롯한 모든 과학환상문학작품들에서도 과학환상사건보다 인간을 진실하게 그려야 과학탐구자로서의 보람과 투쟁의 진리를 깨우쳐 독자들에게 커다란 감화력을 줄 수 있다.[34]

위와 같은 특성은 독자들에게 과학을 탐구하는 인간의 모습을 잘 보여주고, 독자들로 하여금 과학탐구에 대한 열정과 희망을 갖게 하는 데 기여할 수 있다. 그러나 "과학환상사건보다 인간을 진실하게" 그리는 데 치중하는 것은, 자칫 과학환상소설의 가장 중요한 특성이자 장점이라고 할 수 있는 "과학환상사건"을 흥미롭게 그리는 데 있

---

33) 황정상, 앞의 책, 149쪽.
34) 위의 책.

어 방해요소가 될 수도 있다.

리금철 과학환상소설에 등장하는 로보트들의 예만 보더라도, 어린이 독자들의 호응을 얻기에 충분한 소재인 로보트를 작품의 중심으로 끌어오지 못하고 주변에만 머무르게 하고 있다. 이러한 특징은 아동 독자를 대상으로 하는 과학환상소설에 있어 매우 중요한 소재인 로보트를 적절하게 활용하지 못한 것이라고 할 수 있다.


## 3. 리금철 과학환상소설의 균열

### 1) 과학기술의 발전을 위한 희생

'조선민주주의인민공화국 사회주의헌법'은 "조선민주주의인민공화국에서 공민의 권리와 의무는 ≪하나는 전체를 위하여, 전체는 하나를 위하여≫라는 집단주의원칙에 기초 한다"고 규정하고 있다.

인간은 사회적 존재이기 때문에, 사회라는 '전체'의 구성원('하나')으로 살아가기 마련이다. 따라서 ≪하나는 전체를 위하여, 전체는 하나를 위하여≫라는 구호 자체는 상당한 설득력을 얻을 수 있는 것이기도 하다. 그러나 아무리 구호 자체만으로는 설득력을 얻을 수 있다고 하더라도, 그 구호에서 말하고 있는 바가 현실에서 그대로 이루어지는 것은 언제나 쉽지 않은 일이다. 특히 북한 사회에서 ≪하나는 전체를 위하여, 전체는 하나를 위하여≫라는 구호가 현실화되고 있는 양상을 생각해 볼 때에는 더욱 그러하다.

리금철 과학환상소설의 많은 주인공들은 과학기술의 발전을 위하여, 기꺼이 자신을 희생하여도 좋다는 섬뜩한 사고방식을 보여주고 있다.

광혁이는 옥남이가 책상 밑에 감추어두었던 네모진 흡착식약통을 꺼내 들었습니다.

(내가 해야 해.)

광혁이는 팔을 썩 걷어올리고 서슴없이 약통을 척 가져다 붙이였습니다.

(…중략…)

미시로보트가 들어있는 약물이 광혁이의 피부안으로 슴배여들어갑니다. 이제 몸안에 들어간 미시로보트가 어떤 결과를 일으킬가요.

혹시 자기가 부작용으로 앓을수 있습니다.

그러나 광혁이는 조금도 두렵지 않습니다. 옥남이 아버지가 만사람을 위해 그렇게도 고심히 연구 하던 《불사약》의 고리가 성공했는데 나의 한목숨을 두려워하다니…35)

위에서 확인할 수 있듯이 「신비한 약」의 주인공 가운데 한 명인 광혁은 친구이자 동료인 옥남의 연구를 돕기 위하여, 옥남이가 연구하던 미시로보트 주사약을 직접 제 몸에 주사하여 기꺼이 인체실험을 실시할 수 있게 해준다.

또한 「50년후에 푼 수수께끼」의 주인공 은하는 위험천만한 소행성에 내려가서 예기치 못한 사고를 해결하지만, 소행성에서 폭풍이 터지면서 목숨을 잃을 위기에 처한다.

《은하야! 위험하다. 빨리 소행성에서 리탈하라!》

《아버지, 걱정마세요. 이제 8호접점만 발화시키면…》

연구사아저씨들은 욱 - 문가로 밀려갔습니다.

아버지는 얼굴을 이그러뜨리며 연구사아저씨들을 막아섰습니다.

---

35) 리금철, 「신비한 약」, 『아동문학』, 1994년 제8호, 26쪽.

≪안되오. 이젠 늦었소. 그러다 동무들까지…≫

아! 이 일을 어쩌면…

≪은하야! 빨리 리탈하라! 빨리! 아 -≫

모두는 가슴을 쥐여 뜯으며 오열을 터뜨렸습니다.

그러나 은하는 소행성을 떠나지 않았습니다.

≪아버지, 이 보물행성을 꼭 지구에로… 할아버지의 념원을 꼭 실현…≫

가볍게 떨리는 은하의 목소리가 채 끝나기도전에 소행성의 지표면에서는 병끗! 푸른 심광과 힘께 보기에도 무시무시한 폭풍이 터졌습니다.[36]

다행히도 "은하는 8호접점을 발화시키고 쪽배모양의 비상 ≪우주비행선≫을 타고 폭풍에 날렸다가 여러날만에 다시 돌아"[37]오게 되지만, 우주공간에서 천체의 움직임을 수정하려는 대우주개조사업의 성공을 위하여 제 목숨을 걸었던 것이다.

위와 같은 사례들로 볼 때, 비록 북한 사회가 ≪하나는 전체를 위하여, 전체는 하나를 위하여≫라는 구호를 강조하고 있기는 하지만, 강조점은 어디까지나 ≪하나는 전체를 위하여≫에 있음을 확인할 수 있다. 특히 미래에 대한 지향을 안고 살아가야 하는 어린이들에게, 과학기술 혹은 국가나 당을 위하여 자신을 희생하는 것을 감동적으로 구성하여 보여주는 것은 적지 않은 문제를 가지고 있음에 분명하다.

'전체'가 무수한 '하나'들로 구성된다면, 각각의 '하나'들 역시 더없이 소중한 존재들인 것이다. 그럼에도 불구하고 리금철의 과학환상소설에서는 '전체'를 위하여 '하나'의 희생이 불가피하다고 역설하고 있다. 이에 대하여서는 아동인권에 대한 성찰이 부족하다고 지적할

---

36) 리금철, 「50년후에 푼 수수께끼」, 『아동문학』, 2000년 제6호, 36쪽.
37) 위의 글.

수밖에 없을 것이다.

## 2) 강제되는 학업

리금철 과학환상소설의 많은 주인공들은 자신도 과학기술의 눈부신 발전에 이바지하기 위해서 뛰어난 학업 성적을 거두어야만 한다고 생각한다. 이를 대표적으로 보여주는 작품은 「≪신동이≫」이다. 「≪신동이≫」의 주인공 별남이는 "두살때부터 공부를 시작하여 우리 말과 글을 익"[38]혔다. 남한에도 조기교육이나 월반(越班) 같은 제도가 있지만, "두살때부터 공부를 시작"했다는 것은 남과 북 어디에서이든지 학업에 대한 강조가 상식적인 수준을 넘어섰다는 것을 보여준다. 그러나 「≪신동이≫」에서 가장 끔찍한 것은 그저 별남이가 어린 나이에 일찍 공부를 시작하게 되었다는 점이 아니다.

「≪신동이≫」의 주인공이자 ≪신동이≫라는 별명으로 불리는 별남이는 ≪최면교육기≫라는 기계를 통하여 자면서도 공부를 한다.

≪최면교육기≫라고 이름을 단 그 기계는 별님이가 잠을 잘 때도 그의 뇌수속에 컴퓨터조종체계로 지식 정보를 직접 넣어주는 정말 희한한것이랍니다.

(…중략…) 눈과 귀를 통하지 않고 특수한 전자기구로 사람의 뇌수에 직접 생물전기를 변화시키는 방법으로 지식을 넣어줄수도 있습니다.

≪최면교육기≫는 바로 이 원리로 사람이 잠을 잘 때도 뇌수에 지식을 넣어주는 특수한 침대입니다.[39]

---

38) 리금철, 「≪신동이≫」, 『아동문학』, 2009년 제8호, 33쪽.
39) 위의 글.

그러던 어느 날 별남이의 동생 별녀가 태어나는데, 별녀는 별남이보다 한 술 더 떠서 ≪태아교육기≫를 통하여 세상에 태어나기도 전에 엄마 배속에서부터 공부를 하는 것으로 설정하여 놓았다.

별남이는 이제부터 진짜 ≪신동이≫는 제 동생이라고 하면서, "정말 마음을 다잡고 공부하지 않으면 래일엔 학급에서도 제일 마지막 자리로 밀려날수가 있"[40]다고 생각한다. 그리하여 "이제부터는 더 열심히, 더 꾸준히 공부하여 다시 ≪신동이≫가 될테다!"[41] 결심하며 작품은 마무리된다.

아이들은 공부하는 기계가 아니다. 공부를 해야 하는 시간에는 열심히 하더라도, 밤에 잠자리에 들 때에는 학업에 대한 부담 없이 푹 쉴 수 있어야 한다. 그럼에도 불구하고 「≪신동이≫」의 주인공은 영어공부나 입시공부에 혈안이 되어 있는 남한 아이들처럼 하루 종일 공부해야 하는 상황에 처해 있다. 아무리 아이들이 미래지향적이고 새로운 과학기술에 관심이 많다고 하더라도, 그들로 하여금 하루 종일 공부해야 한다고 강요하는 것은 아이들에 대한 폭력에 다름 아니다. 특히 자고 있는 아이 혹은 아직 태어나지도 않은 아이의 머리에 기계를 통하여 지식을 넣어 준다는 발상은 아동인권 유린일 뿐이다.[42]

---

40) 위의 글, 38쪽.
41) 위의 글.
42) 남한에도 자녀의 영어발음을 좋게 만들기 위하여 혀 수술을 시키는 부모들이 있다. 그리고 과도한 학업으로 힘들어 하는 어린이들의 모습을 그린 아동문학 작품도 적지 않다. 어린이의 인권은 아랑곳없이 야만적으로 학업을 강제하는 모습이 남과 북의 아동문학에서 공통적으로 발견된다는 점이 흥미롭다. 향후 이에 대한 별도의 논의를 통하여 논의를 더욱 진전시키도록 하겠다.

## 3) 가족국가, 강성국가, 통제국가

「≪사랑-1호≫」는 진혁이가 하르베라는 외국 소년을 살리기 위하여, 위험을 무릅쓰고 자신의 생물전기를 활용하여 원격치료에 임하는 내용을 다룬 작품이다. 단순하게 보면, 그저 친구를 위하여 헌신하는 감동적인 우정을 형상한 작품일 뿐이다. 하지만 징후적 독해를 통하여 작품을 면밀하게 살펴보면, 작품에 나타난 과학기술의 활용 양상이 매우 위험하다는 것을 확인할 수 있다.

하르베가 죽어가고 있다는 소식을 들은 진혁이와 진심이는 집에서 울고 있었는데, 때마침 그들의 아버지가 그들을 자신의 연구소로 부른다. 아버지가 자녀들의 슬픔을 덜어주고자 하는 것은 문제 될 것이 없지만, 정작 문제는 작품에서 중요하게 부각시키지 않은 설정에 있다. 바로 연구실에 앉아 있는 그들의 아버지가 그들이 울고 있다는 사실, 그리고 그들이 무슨 이유로 울고 있는지를 알고 있다는 것이다. 아무리 아버지라고 하더라도 자녀들의 생각을 들여다보는 것은, 사생활 침해이자 생각의 자유를 억압하는 인권 유린으로 보아야 할 것이다. 그러나 이와 같은 설정에 관하여 작품에서는 다음과 같이 간략하게 언급하며 지나치고 있다.

> 아마 아버지는 여기에 앉아서도 진혁이와 진심이의 대뇌피질에서 나오는 생물전기의 파장을 수감하여 해석하는 특수한 전자장치로 이것을 아는 모양입니다.[43]

'대뇌피질'·'생물전기' 등의 언급이 작가 자신이 말한 "자연과학인

43) 리금철, 「≪사랑-1호≫」, 『아동문학』, 1998년 제3호, 20쪽.

식교양에 도움을" 주는 것인지는 모르겠으나, "특수한 전자장치로" 다른 사람의 생각을 자유로이 읽을 수 있다는 설정은 무척 끔찍한 것이 아닐 수 없다.

북한은 김일성 가계(家系)를 어버이로 섬기는 가족국가(家族國家) 체계를 유지하고 있다. 「≪사랑-1호≫」의 진혁이와 진심이를 인민이라 읽고, 그들의 아버지를 김일성 가계로 읽는다면, 과학기술이 발전하면 발전할수록 인민은 더욱 철저히 김일성 가계의 통제를 받게 된다고 볼 수 있다. 과학기술의 발전이 가족국가 북한을 너욱 너 통제국가로 만들게 되는 것이다. 이러한 설정은 북한 사회가 개인에 대한 감시와 통제를 얼마나 자연스러운 것으로 여기고 있는지를 보여주는 것이다.

다음으로 하르베를 살리는 데 사용된 ≪사랑-1호≫라는 원격의료 장치 역시 위험하기는 마찬가지이다. 작품에서는 ≪사랑-1호≫에 대하여 다음과 같이 설명하고 있다.

> ≪사랑-1호≫는 환자의 인체에서 기능이 마비된 세포들을 찾아내여 생물전기로 자극시켜 다시 재생 증식시키는 방식으로 완치시키는 치료방식도 특이하지만 환자를 먼곳에 두고서도 아무 때이건 진단하고 치료하는 우월성이 있습니다.
>
> 의사가 평양의 어느 한 방에 척 앉아서도 모스크바나 히말라야산중, 태평양의 망망대해를 비롯한 지구의 그 어느곳에 있는 환자도 다 진단하고 치료합니다.[44]

시간과 공간의 제약을 극복하고 치료가 가능해지는 것은 모두가

---

44) 위의 글, 22쪽.

꿈꾸는 일이다. 하지만 원거리의 환자를 치료할 수 있는 과학기술과 첨단설비를 보유하고 있다는 것은, 반대로 원거리에 있는 사람의 목숨을 자유로이 조절할 수 있게 된다는 것을 의미하기도 한다. '선군'을 내세우고 있는 가족국가에서 원거리에 있는 사람의 목숨까지 통제하는 상상을 하는 것은, 그들이 꿈꾸는 '강성국가'를 긍정하기 어렵게 만든다.

## 4. 김정은 시대와 과학환상소설

리금철은 '선군시대' 아동문학에서 강조된 과학환상소설의 대표적인 작가라 할 수 있다. 먼저 리금철은 1990년대 이후 『아동문학』에 과학환상소설을 가장 많이 발표한 작가이다. 또한 다양한 소재를 흥미진진하게 구성함으로써, 1990년대 이후 『아동문학』에 과학환상소설을 발표한 작가들 가운데에서도 손꼽힐 만한 성취를 거둔 작가이다. 이에 필자는 리금철의 과학환상소설들을 검토함으로써, 리금철 과학환상소설의 특색과 균열을 살펴보았다.

리금철의 과학환상소설에서는 무병장수의 꿈과 무한한 식량 공급의 꿈을 확인할 수 있다. 이러한 특징은 '고난의 행군' 시기를 극복한 저력을 바탕으로 하여, 선군사상으로 무장하고 강성국가로 나아가고자 하는 '선군시대' 북한의 의지가 반영되어 있는 것이다. 특히 광활한 우주공간으로 시공간을 확장시킨 것, 그리고 어린이 독자들의 지지를 얻을 수 있는 소재인 로보트의 등장과 같은 특색이 작품에 흥미를 더하는 요소라고 판단하였다.

'선군시대'에 북한에서 강조하였던 강한 군대를 만들기 위해서는 첨단 무기가 반드시 필요하며, 첨단 무기를 만들어내기 위해서는 첨단 과학기술이 요구된다. 인공위성 발사와 핵실험 등으로 인하여, 첨단 과학기술에 대한 관심이 날로 높아지고 있는 북한에서 과학환상소설이 강조되고 있는 것은 새삼스러운 일이 아니다. 특히 미래의 주인이 될 어린이들을 대상으로 하는 아동문학에서 과학환상소설에 대한 관심이 더욱 두드러지고 있는 것도 충분히 이해 가능한 일이다.

남한의 어린이 독자들은 '학교'와 '집'이라는 테두리를 벗어나지 못하고 있는 남한 소년소설에 갈수록 흥미를 잃어 가고 있다. 이와 같은 상황에서 우주공간을 무대로 박진감 넘치는 사건들이 펼쳐지고 다양한 로보트들이 등장하는 리금철의 과학환상소설은 비단 북한의 어린이 독자들뿐만 아니라, 남한의 어린이 독자들의 호응까지 얻어 낼 수도 있을 것이다.

물론 과학환상사건보다 인간을 진실하게 그릴 것을 강조하는 창작방법 때문에, 어린이 독자들이 선호하는 소재인 로보트가 작품의 중심에 위치하지 못하고 주변에만 머무르고 있다는 점은 지적하지 않을 수 없다. 이는 작품의 재미를 크게 반감시키고 있어서 아쉽다.

또한 그의 작품들에서 어린이들이 과학기술의 발전을 위하여 거리낌 없이 자신을 희생하고 있다는 점, 학업을 강제당하고 있다는 점 등을 들어 어린이 독자들을 위한 작품을 쓰고 있는 작가가 아동인권을 충분히 의식하고 있지 않다는 균열점을 읽어내기도 하였다. 이는 단순히 작가 개인의 문제라기보다는, 그러한 사고방식이 자연스러운 것으로 받아들여지는 북한 사회의 전반적인 문제라고 보아야 할 것이다.

그리고 과학기술을 통하여 개인의 생각을 통제하는 것에 별다른 문제의식을 갖지 못하는 설정을 통하여, 김일성 가계에 절대적인 권위를 부여하는 가족국가에서 과학기술의 발전은 곧 개인에 대한 더욱 철저한 통제를 의미하게 되는 것일 수도 있다는 우려를 떨쳐버릴

수 없었다. 특히 과학기술의 눈부신 발전을 통하여 원거리에 있는 사람의 목숨까지 통제할 수 있게 되기를 꿈꾸는 설정은, 그들이 꿈꾸는 이른바 강성국가를 긍정하기 어렵게 만들기도 하였다.

남한의 어린이들은 학원이나 과외에 시달리며 인권을 유린당하고 있는데, 리금철의 과학환상소설 속에 등장하는 어린이들 역시 과학기술의 발전과 강성국가 건설이라는 대의명분 앞에서 인권을 존중받지 못하고 있음을 확인할 수 있었다. 남과 북 양측에 있어, 어린이를 대상이 아닌 주체로서 인정하고 존중하는 자세가 시급히 요구된다고 하겠다.

이 글에서는 '선군시대' 아동문학에서 강조된 과학환상소설의 대표적인 작가 리금철의 작품들을 검토하였다. 그런데 김정일 사망 이후 김정은 시대가 시작되면서, '선군'에 대한 강조는 다소 완화되었다. '선군' 못지않게 '민생'을 강조하는 것이 김정은 시대의 특징이라고 할 수 있는데, 이러한 특징은 문학에서도 찾아볼 수 있다.

2011년 말의 김정일 사망과 2012년 이후 김정은 정권 초기에 한동안 '선군과 민생 사이'에서 오락가락하며 길항관계를 드러내다가 병행 추진으로 입장을 정리한 듯하다. 즉, 2000년 전후의 김정일 시대를 상징하는 '선군후로(군 우선 정책)' 노선의 강고한 구심점에서 벗어나 2013년 김정은 시대 초에는 군(선군)과 민(민생)의 병진관계를 추진하는 것으로 해석할 수 있다. 결국 2012~13년 김정은 시대 초기 2년간의 북한문학 담론은 선군담론의 구심력에서 벗어나 '선군/민생의 군민 병진 담론'으로 원심화하는 과정에 있다고 해석할 수 있다.[45]

---

45) 김성수, 「선군(先軍)'과 '민생' 사이: 김정은 시대 초(2012~2013) 북한의 '사회주의 현실' 문학 비판」, 『민족문학사연구』 53호, 민족문학사연구소, 2013, 436쪽. 이 글은 남북문학예술연구회, 『김정은 시대의 북한 문학예술: 3대 세습과 청년지도자의 발걸음』(북한 문학예

앞서 언급한 바 있듯이, 북한에서는 김일성 가계를 어버이로 섬기는 가족국가 체계를 유지하고 있다. 지도자의 교체, 특히 청년지도자의 등장은 북한 사회에 변화를 가져오고 있다. 본 연구자는 김정은 시대 초기 북한아동문학에서 크게 주목할 만한 점으로 다음의 세 가지 특징을 제시한 바 있다.

① 김정은 후계를 선전하는 것을 주된 목적으로 삼고 있음.
② 21세기를 '최첨단의 시대'로 규정하며 '5점꽃' 담론으로 상징되는 높은 교육열을 나타내 보이고 있음.
③ 남북관계의 악화를 반영하며 남한의 대통령에게 욕설을 퍼붓기도 하고 한국전쟁 이후 최대의 전쟁위기 상황을 형상하였음.[46]

술의 지형도 4), 도서출판 경진, 2014에 수록되었다.
46) 마성은, 「김정은 시대 초기 북한아동문학의 동향」, 『우리어문연구』 48집, 우리어문학회,

위와 같은 특징을 통하여 확인할 수 있는 것은 김정은 시대에도 여전히 첨단기술이 강조되고 있으며, 변함없이 높은 교육열이 나타나고 있다는 점이다. 비록 '선군'에 대한 강조가 이전에 비하여 어느 정도 약화되었다고는 하지만, 21세기를 '최첨단의 시대'로 규정하는 김정은 시대에도 과학환상소설은 여전히 북한아동문학에서 중요한 위치를 차지할 것이라고 예상할 수 있다.

자유분방하고 광활한 상상력으로 어린이 독자들에게 해방감을 선사해야 할 과학환상소설에까지 높은 교육열이 반영되고 있다는 사실은 안타까운 일이 아닐 수 없다. 하지만 과학환상문학까지도 "철두철미 당과 혁명을 위하여 복무하며 로동계급과 근로인민대중의 리익을 옹호하는 전투적인 문학"으로 규정하는 환경에서 리금철에게는 여러 가지 제약이 따를 수밖에 없을 것이다.

리금철이 북한 사회의 요구로부터 자유로운 작품 활동을 전개하는 것은 불가능한 일일 것이다. 다만 그가 앞으로도 계속 아동 독자를 대상으로 한 과학환상소설을 발표하면서, 광활한 공간적 배경과 어린이 독자들이 좋아할 만한 소재를 선보임으로써 북한의 어린이 독자들에게 얼마간의 즐거움이라도 선사할 수 있기를 기대한다.

---

2014 참조. 이 글은 남북문학예술연구회, 『김정은 시대의 북한 문학예술: 3대 세습과 청년 지도자의 발걸음』(북한 문학예술의 지형도 4), 도서출판 경진, 2014에 수록되었다.

# 참고문헌

## 1. 기본 자료

『아동문학』(북한), 『조선문학』(북한).

## 2. 논문

김성수, 「'선군(先軍)'과 '민생' 사이: 김정은 시대 초(2012~2013) 북한의 '사회주의 현실' 문학 비판」, 『민족문학사연구』 53호, 민족문학사연구소, 2013.

김정웅, 「(론설)주체사실주의문학발전의 새로운 단계로 되는 선군문학의 본성과 특징」, 『조선문학』, 2005년 제1호.

마성은, 「김정은 시대 초기 북한아동문학의 동향」, 『우리어문연구』 48집, 우리어문학회, 2014.

정룡진, 「아동문학의 특성을 알아야 한다」, 『조선문학』, 2003년 제11호.

정룡진, 「아동문학은 대상의 특성에 따라 작품의 수준과 질을 달리하여야 한다」, 『조선문학』, 2003년 제12호.

정룡진, 「아동문학창작에서도 문학의 일반적원리에 충실해야 한다」, 『조선문학』, 2004년 제1호.

## 3. 단행본

남북문학예술연구회, 『김정은 시대의 북한 문학예술: 3대 세습과 청년지도자의 발걸음』(북한 문학예술의 지형도 4), 도서출판 경진, 2014.

이화여자대학교 통일학연구원 편, 『북한문학의 지형도』, 청동거울, 2008.

이화여자대학교 통일학연구원 편, 『선군 시대의 문학』(북한문학의 지형도 2), 청동거울, 2009.

정룡진, 『아동문학의 새로운 발전』, 평양: 문예출판사, 1991.

정룡진, 『주체문학전서 6 아동문학』, 평양: 문학예술출판사, 2008.

황정상, 『과학환상문학창작』, 평양: 문학예술종합출판사, 1993.

Althusser, Louis et Balibar, Étienne. *Lire le Capital* (2ème édition); 김진엽 역, 『자본론을 읽는다』, 두레, 1991.

Macherey, Pierre. *Pour une théorie de la production littéraire*; 윤진 역, 『문학생산의 이론을 위하여』, 그린비, 2014.

# 북한 단편소설에 나타난 연애 담론 연구

: 2000년대 초반 단편소설을 중심으로

오태호

## 1. 사회주의의 현실적 사랑 담론

이 글은 2000년대 북한 단편소설에 나타난 연애 담론을 연구하는데에 목적을 둔다. 북한 소설은 사회주의적 사실주의를 전유한 주체사실주의라는 창작방법론을 중심으로 '주체형 사회주의적 인간'의형상화를 위한 당 문학적 텍스트에 해당한다. 주지하다시피 1967년5월 당중앙위원회 제4기 15차 전원회의와 1970년 11월의 제5차 당대회 이후 주체사상은 북한의 유일사상 체계로 수립된다.[1] 이후 주체사상의 강조는 문예학에서도 이어져 김정일의 주도 하에 주체의 문예이론을 정립하며, 김일성의 항일무장투쟁을 중시하는 '수령형상문

---

1) 김재용, 「서론:북한문학의 역사적 이해를 위하여」, 『북한문학의 역사적 이해』, 문학과지성사, 1994, 11~31쪽; 김재용, 「북한 문학계의 '반종과 투쟁'과 카프 및 항일 혁명 문학」, 같은 책, 1994, 125~169쪽; 이명재 편, 『북한문학사전』, 국학자료원, 1995, 975~978쪽.

학'을 강조하게 된다. 뿐만 아니라 '수령형상문학' 이외에 사회주의 현실을 주제로 형상화한 작품에서도 '수령의 가르침'[2]을 절대시하고, 계몽주의적 관점으로 주인공들이 혁명적 자각에 이르는 발전의 과정을 그려내게 된다. 일종의 '성장소설적 구도'를 통해 주인공이 시련과 난관을 극복함으로써 사회주의적 인간으로 거듭나도록 형상화되고 있는 것이다.

신형기에 따르면 '공산주의적 인간'의 창조에 대한 요구는 1960년대 초에 천리마 기수들의 자발적 헌신의 의지를 통해 공산주의적 인간의 품격을 형상화하는 텍스트에서 찾을 수 있다. 뿐만 아니라 주체소설의 이야기는 성장의 이야기와 대결의 이야기로 나누어진다. 즉 긍정적 인물들이 혁명의 길에 들어서거나 수령의 전사로서 자신의 위치를 자각하는 성장의 이야기와 적대자를 물리치고 혁명적 위업을 달성하는 대결의 이야기로 나누어볼 수 있다. 특히 1990년대에 이르러 '사회주의의 우월성에 대한 신념'과 '조선민족 제일주의 정신'이 문학이 구현해야 할 '시대 정신'의 두 축으로 등장하고 있다고 분석한다.[3]

1988년 월북 작가의 해금과 함께 소개된 북한 소설 속에서 청춘남녀의 연애 감각을 생동감 있게 묘사한 남대현의 장편소설 『청춘송가』(1988)나 부부 간의 애정 담론을 형상화한 백남룡의 중편소설 『벗』(1988) 등은 북한소설의 새로움을 남쪽에 알린 작품들에 해당한다.

---

2) 2013년 현재 '수령의 가르침'은 김일성의 교시에서 김정일의 지적으로, 다시 김정은 제1 비서의 지도로 이어져, 2011년 12월 17일 김정일의 사망 이후 모든 문학 텍스트의 핵심적 종자를 지도하는 인물은 김정일의 유훈을 이어받은 김정은이다. 그리하여 '김일성=김정일 =김정은'의 등식이 성립되어 김정은을 '태양'으로 지칭한다(김성수, 「김정은 시대 초의 북한문학 동향: 2010~2012년 『조선문학』, 『문학신문』 분석을 중심으로」, 『민족문학사연구』 통권 50호, 민족문학사학회 민족문학사연구소, 2012.12.31, 481~513쪽).
3) 신형기, 『북한 소설의 이해: '공산주의 인간학'의 분석』, 실천문학사, 1996, 29, 220~243쪽.

그리하여 이 작품들은 1980년대 이후 개인의 욕망이 북한의 소설 속에 등장하여 '혁명적 사랑에서 개인적 사랑'을 강조하는 '주체 소설의 미세한 균열을 드러내는 징후'[4]로 읽히기도 한다. 김재용에 의하면 사회주의 현실을 주제로 한 1980년대 북한문학은 '숨은 영웅의 형상화와 절실한 사회문제(도농 갈등, 세대 간 갈등, 여성(남녀) 문제)' 등이 주로 다루어지는데, 애정 윤리의 문제를 다룬 『청춘송가』, 『탄부』, 「여덟 시간」 등이 주목된다.[5] 1990년대 문학에서도 '수령 형상화, 사회주의 건설과 혁명 주제, 과거 역사 주제, 사회주의 현실 주제, 조국통일 주제' 등이 지속적으로 천착되며, 그 중에서 '사회주의 현실 주제'로는 '세대 간 갈등과 과학 기술 문제'가 강조되는 것으로 파악된다.[6]

북한에서는 '종자'[7]를 중시하는 특성상 부르주아 퇴폐 미학의 일종일 수 있는 '남녀 간의 삼각관계'를 다룬 작품을 형상화하기 어려운 것이 현실이다. 실제로 탈북 시인 최진이에 따르면, 북한에서는 '심의와 출판검열'이 있으며, 김일성의 교시와 김정일의 지적이 담긴 문장을 반드시 적어야 하고,[8] 일반요강으로 "문학작품에서 삼각련애를 다루지 말라", "교원들의 애정을 소설에서 묘사하지 말라" 등의 지침이 현존하고 있다고 한다.[9] 이렇게 볼 때 타자의 욕망을 간접화

---

4) 고인환, 「주체의 균열과 욕망」, 이화여자대학교 통일학연구원 편, 『북한 문학의 지형도』, 이화여자대학교 출판부, 2008, 301~321쪽.

5) 김재용, 「1980년대 북한 소설 문학의 특징과 문제점: '사회주의 현실' 주제의 중·장편을 중심으로」, 『북한 문학의 역사적 이해』, 문학과지성사, 1994, 254~277쪽.

6) 김재용, 「최근(1990년대) 북한 소설의 경향과 그 역사적 의미」, 『북한문학의 역사적 이해』, 문학과지성사, 1994, 278~323쪽.

7) 김정일에 의하면 '종자'란 작품의 핵으로서 작가가 말하려는 기본 문제가 있고 형상의 요소가 뿌리내릴 바탕이 있는 생활의 사상적 알맹이를 말한다(김정일, 『주체문학론』, 조선로동당출판사, 1992, 177쪽).

8) 물론 수령형상문학을 제외한 사회주의 현실을 주제로 한 작품들에서는 반드시 김일성의 교시와 김정일의 지적이 담긴 문장이 필수적인 것은 아니다. 최진이 씨의 과잉된 반북 시선이라고 판단된다.

9) 최진이, 「"조선작가동맹"과 북한 작가의 창작 및 생활」, 한국연구재단 인문사회 기초과제

하고 내면화하는 '욕망의 삼각형'10)은 애초에 문학 작품으로 형상화되기 불가능한 것이다. 남녀 간의 이별 뒤에 새로운 이성과의 만남을 형상화하는 1950년대 작품11)은 있지만, 실제로 필자가 확인한 1990년대 이후 단편소설에서 남녀 간의 삼각관계를 통해 다른 사람을 욕망하는 등장인물은 없다.

북한 소설의 연애담론에 대한 연구는 많지 않다.12) 김재용은 북한 소설 속 여성성을 중심으로 북한 사회의 특성을 포착함으로써 북한 사회에 퍼져 있는 남성중심주의에 대해 문제제기를 진행한다. 즉 사회적 활동 속에서 여성들이 당당하게 생활하는 모습을 형상화하면서 남성의 관료주의적 성향과 여성의 민주주의적 성향 사이의 대비를 포착하거나,13) 1990년대 북한문학의 여성 문제가 '슈퍼우먼 콤플렉스와 국가주의에 포획된 여성의식, 민족 환원주의와 진정한 연대의 좌절, 현모양처의 탈피와 여성적 정체성 찾기' 등으로 탐색되고 있다고 분석된다.14) 반면에 최은주는 북한 문학 작품 속 북한 여성이 "연애와 사랑에 있어서 소극적"이며 남성의 주도에 의해 연애와 데이트가 이루어지고, 뿐만 아니라 청춘 남녀의 교제가 부정적인 모습으로

'북한의 시학 연구'팀 전문가 초청 자문회 및 문화유산역사연구소 제4회 학술대회, 2010.8.26(「작가와 조선작가동맹」, 『임진강』 9, 2010년 가을, 163쪽).

10) 르네 지라르, 「르네 지라르의 삼각형의 욕망」(김치수 옮김), 김치수·송의경 옮김, 『낭만적 거짓과 소설적 진실』, 한길사, 2001, 21~34쪽.

11) 오태호, 「『개마고원』에 나타난 인물 형상의 유연성과 경직성 연구」, 『비교문화연구』, 경희대학교 비교문화연구소, 2009.12.30, 191~214쪽.

12) 홍석중의 『황진이』(2002)가 2004년 남한에 소개된 이후 많은 평가가 지속되었지만, 이 작품은 역사소설이므로 이 글에서 논외로 한다. 이미 이 작품에 대해서는 김재용 편『살아 있는 신화, 황진이』(대훈, 2006) 등을 비롯하여 다양한 시각과 관점의 평가가 누적되어 있기도 하고, 이 글이 대상으로 하고 있는 2000년대 사회주의 현실 주제 단편소설과는 동떨어지므로 논외로 한다.

13) 김재용, 「북한의 여성문학」, 『분단구조와 북한문학』, 소명출판, 2000, 243~245쪽.

14) 김재용, 「북한문학에서의 여성과 민족 그리고 국가」, 『분단구조와 북한문학』, 소명출판, 2000, 247~260쪽.

비춰지며 대부분의 연애는 비공개적이고 은밀하게 이루어지는 것으로 분석한다.15) 김재용이 '국가주의, 민주주의, 여성적 정체성'처럼 담론적 차원에서 여성의 특수성을 검토하고 있다면, 최은주는 오류를 범하고는 있지만 일상성의 차원에서 문학 텍스트 속 생활적 특성을 강조하고 있다. 이외에도 최학수의 장편소설『평양시간』을 중심으로 수령형상문학에 나타난 연애담16)이나 남대현의『청춘송가』등에 나타난 첫사랑의 감정을 중심에 둔 서사의 특징을 단편적으로 검토한 단평17) 등이 있을 뿐이다.

이 글은 2000년대『조선문학』과『청년문학』에 게재된 북한 단편소설 네 편의 분석을 통해 청춘 남녀의 연애 담론을 고찰하고자 한다. 『조선문학』(1953.10)은 전신인『문화전선』(1946.7)과『조선문학』(1947. 9),『문학예술』(1948.4)을 잇는 조선작가동맹 중앙위원회 기관지(2012년 12월호 현재 투계 782호)로서 북한을 대표하는 월간종합문예지18)이고,『청년문학』(1956.3)은 또 다른 조선작가동맹 중앙위원회 기관지(2012년 12월호 현재 누계 649호)로 1956년 창간된 후 신진 작가들이나 문학애호가들, 문학통신원 들이 창작한 작품을 소개하며, 현역 작가

---

15) 뿐만 아니라 최은주는 북한 여성이 결혼 생활에서도 남성에게 종속적이거나 의존적인 삶을 살고 있으며, 육아와 가사 노동에서 자유롭지 못한 것으로 그려지고, 결국 사회주의 이념과 주체사상을 동시에 강조함으로써 사회주의적 가부장제를 유지하면서 남녀에 대한 전통적 성관념을 고수하는 한계를 노정한다고 평가한다(최은주, 「소설 속에 나타난 북한여성의 일상생활 연구」, 인하대학교 석사논문, 2007.8, 5쪽·91~95쪽). 하지만 최은주의 시각은 성급한 일반화의 오류를 범한 경우이다. 북한에서 여성이 소극적이라거나 청춘 남녀의 교제가 부정적이며 연애가 비공개적이고 은밀하다는 것은 왜곡된 해석에 해당한다.

16) 오태호, 「『평양시간』에 나타난 '수령 형상'과 '연애담' 연구」, 『현대소설연구』제36호, 한국현대소설학회, 2007.12.30, 283~299쪽.

17) 고인환, 「6.15 공동선언 이후의 북한문학에 말 걸기」, 이화여자대학교 통일학연구원 편, 『북한문학의 지형도 2: 선군 시대의 문학』, 청동거울, 2009, 71~95쪽.

18) 오태호, 「해방기(1945~1950) 북한 문학의 '고상한 리얼리즘' 논의의 전개 과정 고찰: 『문화전선』, 『조선문학』, 『문학예술』 등을 중심으로」, 『우리어문연구』통권 46호, 우리어문학회, 2013.5.30, 319~358쪽.

들의 작품 지도평이나 창작 수기들이 수록되는 문학예술 전문지이
다.19)

북한에서 청춘 남녀의 사랑은 동지애적 관계와 공공윤리적 신념에
의 확인이 감정 교류에 우선한다. 북한 사회가 항일무장투쟁 이래로
제국주의의 고립 섬멸 책동에 맞서 고난과 시련을 극복하며 조국과
민족을 보위해야 한다는 당위성을 전면에 내세우며, 신념으로 굳게
뭉쳐진 구호식의 사회이기 때문이다. 그러므로 북한 사회의 현실 반
영태로서의 소설에서 자유주의적 감성이나 본능에 충실한 남녀 관계
는 찾아보기가 어렵다.

작품에서 정서를 돋군다고 하면서 흔히 사랑선을 넣군하는데 사랑선을
넣는 그자체가 나쁜 것은 아니다. 사랑관계를 잘만 형상하면 우리 시대의
애정륜리에 대한 옳은 인식을 줄수 있고 작품을 정성적으로 색깔있게 만들
수 있다. 문제는 그것을 도식적인 틀에 맞추어 어색하고 싱겁게 보여주는
데 있다. 작품에서는 대체로 처녀총각이 서로 사랑하다가 오해가 생겼거
나 뜻이 맞지 않거나 이러저러한 리유로 사이가 버그러졌다가 다시 결합되
는 식으로만 그리고 있다. 사랑하는 남녀사이에 첫 인연이 맺어지는 계기
도 어떤 필연적인데서만 찾으려고 하는데 그럴 필요는 없다. 처녀와 총각
사이에는 첫 인연이 아주 우연적인 계기에서 맺어질수도 있고 일단 사랑관
계를 맺은 남녀가 마지막에 리상의 불일치로 결렬될수도 있다.20)

1990년대 이후 북한 문학의 좌표와 방향을 제시하고 있는 김정일

---

19) 남원진, 「북조선 문학의 연구와 자료의 현황」, 『이야기의 힘과 근대 미달의 양식』, 도서출
    판 경진, 2011, 109~114쪽.
20) 김정일, 「6. 문학형태와 창작실천: 2) 소설문학을 시대의 요구에 맞게 발전시켜야 한다」,
    『주체문학론』, 조선로동당출판사, 1992, 243쪽.

의『주체문학론』은 연애 담론에 대해 '사랑선'을 강조하면서도 인용문에서처럼 도식주의를 경계할 것을 강조한다. 즉 '애정 윤리에 대한 올바른 인식'과 '작품의 정성적 색깔'을 강조하면서, 사랑관계에 대해 어색하고 싱거운 '도식적인 틀'을 극복할 필요성을 제기하고 있는 것이다. 하지만 '도식적 틀'의 문제는『주체문학론』이후의 작품에서도 크게 개선되지 않은 것으로 판단된다. 왜냐하면 남녀 관계에서 "마지막에 리상의 불일치로 결렬"되는 관계가 거의 전무하고, 한쪽이 문제가 있다면 다른 한쪽이 그 문제에 대한 오해나 비판을 통해 문제점을 극복하게 하는 것이 대체적인 북한 연애소설의 전형적 형상화 방식이기 때문이다.21)

북한 소설에서 대부분의 남녀 간의 사랑은 감정에 치우치기보다는 서로의 책무에 대한 이성적(理性的)인 판단이 그 성패를 가늠한다. 그러므로 사회주의적 대의명분을 중시하며 업무에 대한 성실성과 동료들에 대한 신뢰와 애정이 북한식 사랑법의 핵심 요소가 된다. 감정에의 충실성이나 본능적 이끌림은 부차적인 요소로 작용하거나 배제된다. 오로지 맞대면한 상대방에 의해 자리가 배치되며 그 상대에 의해 사랑이 의미화되기 마련인 것이다. 이제 구세대의 혁명적 동지애에 초점을 맞춘 「첫 개발자들의 이야기」, 구세대의 이기적 남성과 헌신적 여성의 관계를 형상화한 「겨울의 시내물」, 청년 세대가 보여주는 이기심과 헌신성을 강조한 「사랑의 샘줄기」, 자유주의적 남성과 보수적 여성의 관계를 포착한 「시작점에서」를 통해 북한 단편소설 속 연애 담론을 실증적으로 분석해 보고자 한다.

이 글에서 집중적으로 검토하는 네 작품은 2002년과 2003년 작품

---

21) 필자는 남북문학예술연구모임에 소속되어 2005년부터 2013년 현재에 이르기까지 조선작가동맹의 기관지인 월간 『조선문학』을 1997년 1월호부터 2012년에 이르기까지 함께 윤독해오고 있다. 한 호에 보통 적으면 2편, 많으면 5편 정도의 단편소설이 게재된다.

들이다. 이 시기는 김일성 사후 '고난의 행군' 시기를 극복했다는 자부심 속에 북미 간의 긴장이 고조되고 '제2차 북핵 위기'가 확산되던 시공간이다. '선군'과 '강성대국건설'을 강조하면서 '공화국의 존엄과 위력'이라는 자존감을 세우려는 시기로서 '악의 축'으로 지목된 북한이 '조국해방전쟁 승리 50돐'을 새로운 승리의 해로 검토하며 '선군혁명문학'을 강조하던 시기이기도 하다.[22] 이렇듯 북핵 위기의 현실 속에 창작되었지만 이 글에서 검토할 작품들은 당대 현실과는 일정한 거리를 두고 있으면서도 제대군인, 영예군인 등의 주인공들과 더불어 당과 조국과 인민의 현실과 미래에 대한 헌신성을 내장하여 2000년대 초반 북한 단편소설의 현장을 대표하는 작품으로 판단된다. 이제 북한 단편소설 속 청춘 남녀의 사랑법을 고찰해봄으로써 주체문예이론을 기반으로 한 북한 소설 속 사회주의의 현실적 사랑 담론을 추적해 보고자 한다.

## 2. 성실한 탄광 노동자와 미모의 사로청 위원장

구세대의 전범적인 연애담을 보여주는 맹경심의 「첫 개발자들의 이야기」[23]는 1950년대로 추정되는 탄광 초창기 무렵 탄광노동자로서 첫 '노력영웅'[24]이 된 '주먹(김주형)'과 제대군인 사로청 위원장(정

22) 오태호, 「2003년 『조선문학』 연구」, 『국제어문』 제40집, 국제어문학회, 2007.8, 355~382쪽.
23) 맹경심, 「첫 개발자들의 이야기」, 조선작가동맹 중앙위원회, 『청년문학』, 문학예술종합출판사, 2002년 제9호.
24) 노력영웅 칭호는 1951년 7월 17일 제정되었고, 북한은 노력영웅을 "당의 유일사상체계가 튼튼히 선 사람으로서 인민경제의 일정한 부문에서 김일성 교시와 당 정책을 관철하기 위한 투쟁에서 노력적 위훈을 떨침으로써 혁명과 건설에 크게 이바지한 일꾼에게 조선민주주의인민공화국 중앙인민위원회 정령으로 김일성이 주는 영예칭호, 또는 그 칭호를 받은 사람"이라고 정의하고 있다(서동만, 『북조선 사회주의체제 성립사(1945·61)』, 선인,

련희)의 '값진 사랑'에 대한 회고담을 기록한 액자형 소설이다. 병으로 앓아 누운 탄광 신문주필(액자 속 '나')로부터 탄광의 연혁을 서술하는 사업을 인계 받게 된 액자 바깥의 '나'는 그의 구술을 받아 기록한다. 인민을 교양하려는 계몽주의적 의도가 작품 면면에 묻어나는 이 작품은 '구세대의 청춘 남녀의 사랑'이라는 외피를 둘러싸고 있으면서도, '전 세대의 고귀한 사랑과 희생을 오늘에 되살리자'는 계승적 주제의식을 앞세운 작품이다.25)

　　뿌리없이 자란 나무 없고 과거가 없는 오늘이 있을수 없듯이 탄광의
　　번영과 더불어 생을 바쳐 온 우리 전 세대의 산 력사를 나와 같은 탄전의
　　새 주인들은 깊이 알아야 할 것26)

새로이 연혁 기술을 맡게 된 신세대 화자인 '나'는 인용문에서처럼 역사적 계승의식을 강조한다. 전(前)세대의 헌신적 노력을 신세대가 깊이 자각해야 한다고 다짐하는 것이다. 그만큼 '과거'가 비판적 성찰의 대상으로 간주되는 것이 아니라 현재의 전범임과 동시에 추앙과 경외의 대상으로 인식되어야 함을 역설하는 북한 사회 특유의 세계 인식을 보여준다.

김주형은 '청년탄광'에서 성실성과 자존심을 겸비한 노동자로 공경과 신뢰의 애칭인 '주먹'으로 불린다. 청년노동자 김주형 앞에 제대군복을 입은 처녀 정련희가 '별'과 같은 아름다운 이미지로 사람들

---

2005 참조).

25) 이와 유사하게 구세대의 정신을 계승하는 후대의 사랑 이야기를 다룬 소설로는 '북청물
　　장수의 후손'이자 '혁명의 3,4세'로서의 결합을 강조한 김해성의 「〈큰 자존심〉에 대한 이야
　　기」(『조선문학』, 2007년 제8호)를 들 수 있다.

26) 맹경심, 「첫 개발자들의 이야기」, 조선작가동맹 중앙위원회, 『청년문학』, 문학예술종합
　　출판사, 2002년 제9호, 40쪽.

의 이목을 끌며 나타난다. '주먹'은 자신들의 조직책임자인 '갱 사로 청위원장'으로 처녀가 온 것에 놀라면서도 남몰래 연정을 품게 된다. 그러던 중 '주먹'이 시인 지망생이자 친한 친구인 '나'(신문주필)를 폭행한 사건으로 초급단체 회의에 가해자로 불려간다. 그 자리에서 김주형은 신성한 자신의 사랑과 탄부에 대해 '나'가 모욕했기 때문에 어쩔 수 없이 벌어진 사건이었음을 설명한다. 그 후 '주먹'은 훌륭한 군복을 입은 처녀의 모습과 반딧불보다 초라한 자신의 존재감을 대비시키면서 연정의 대상을 향해 심리적 갈등을 일으키고 있음을 '나'에게 피력한다. 이상적 타자와 유약한 자존감이라는 대조적 성격을 통해 연애의 비적대적 갈등이 그려지는 것이다.

이후 어머니의 병간호 때문에 통근하게 된 연희가 짐을 가지고 집으로 돌아가려고 하자, '주먹'은 탄부가 싫어서 떠나냐며 호통을 치지만 주먹의 오해였음이 밝혀진다. 북한 소설에서의 '사랑선'은 이렇듯 '오해와 갈등 해소'라는 식으로 관계를 구축하는 특질을 보인다. 이후 화차에서 떨어진 탄덩이를 주어올리는 성실성을 보이며, 탄을 캐는 것에 열성을 기울이는 '고지식한 주먹'의 모습을 보면서 련희도 성실한 노동자에 대한 공경심과 더불어 연정을 품게 된다. 결국 평양에서 열리는 '청년선구자회의'에 '주먹'이 추천되어 련희와 함께 다녀온 뒤 둘의 사랑은 결실을 맺어 결혼에까지 이르게 된다. 탄광이 낳은 첫 노력영웅인 '주먹'은 노력영웅이 된 이후에도 신문주필인 '나'에게는 평범한 탄부처럼 성실하게 자신의 직분에 충실한 사람으로 인식된다. 하지만 그의 아이가 "우리 아버지의 친아들은 대형굴착기"라고 할 정도로 일밖에 모르는 일벌레의 모습을 보이는 부분은 역설적이게도 '노력영웅'을 강제하는 사회주의 현실의 이면을 들여다보게 한다. 결국 불의의 굴착기 사고로 생을 마감하게 되는 순간까지 '주먹'은 2,450만 톤이라는 엄청난 탄량을 굴착기로 퍼낸 일꾼으로 기록되며 탄광의 첫 노력영웅으로 사람들의 가슴에 남게 된다.

이렇듯 '주먹'이라는 탄광노동자와 제대군인 사로청 위원장이 탄광을 개척하며 보여준 숭고한 사랑을 형상화한 「첫 개발자들의 이야기」는 구세대의 헌신적이고 아름다운 모범적 연애담을 보여준다. 신념과 성실성에서 모범을 보여주는 양심적·긍정적 인물을 통해 헌신적 탄광노동과 동지적 연애라는 양날개 속에서도 균형 감각을 잃지 않는 사회주의적 인간의 전형적 모습을 형상화하고 있는 것이다. 그리하여 외골수적 성실성의 남성과 당당한 제대군인 여성의 맺어짐이라는 이상적 남녀 관계가 '사회주의적 연애담'의 전형임을 보여준다.

## 3. 소심한 영예군인과 이타적 간호사

김주형과 정련희의 사랑이 상호 간의 오해를 극복하며 성실성과 애국적 헌신성으로 사회주의적 이상을 실현해가는 연인 관계의 전형을 보여준다면, 소심한 남성의 우유부단함을 이타적인 여성의 헌신적인 노력을 통해 새로운 인간으로 거듭나게 해주는 작품이 「겨울의 시내물」이다. 특히 한국전쟁기에 '제대군인'[27]과 여성 간호사의 연애담은 사회주의 조국애라는 공적 지향과 연애 감정이라는 사적 감각의 이상적 일체감을 보여주는 모티프에 해당한다. 그리하여 육체적 불구 속에 나약한 소극적 생활 의지를 가졌던 남성 주인공이 여주

---

27) 김민선에 따르면 '제대군인'의 복합적인 형상은 국가의 요구와 제대군인 개인의 욕망이 충돌함으로써 다양하게 형상화되면서 전후 경제 복구 과정에서 성립되는 공동체적 윤리를 성립시키는 데 기여하는 표상으로 기능한다(김민선, 「전후 북한의 열정과 '제대군인'」, 이화여자대학교 통일학연구원 편, 『북한문학의 지형도 2: 선군 시대의 문학』, 청동거울, 2009, 386~407쪽). 이때의 충돌이란 '국가의 요구'를 수용함으로써 공동체적 윤리를 내면화하는 것으로 규결된다.

인공의 도움으로 난관을 극복하는 헌신적 동지애가 북한식 연애 담론의 이상적 전형임을 보여준다.[28)

윤경찬의 「겨울의 시내물」[29)은 이제는 70세의 고령이 된 리학성이 '한국전쟁'에서의 부상으로 오른팔을 절단하고 폐 절제수술을 받은 이후 자신의 담당간호원이었던 옥심이와의 사랑을 회감하는 내용이다. 전쟁기에 헌신적인 간호를 받으면서 일상 생활에 대한 사랑과 의지를 다지고, 이후 대학 교수가 되어 조국에 필요한 지식인으로 재탄생되었음을 감사하는 형식으로 그려진 애정소설이다. 자존감이 추락된 전상자 남성과 헌신적이고 이타적인 간호 여성의 관계가 핵심으로 그려진다.

중환자 학성은 전상자 병원에서 수술을 받은 후 주위와 담을 쌓고 지내면서, 기계공학도로서의 자신의 꿈과 희망이 좌절되었다는 절망감에 사로잡혀 지내게 된다. 그러던 어느 날 비행기의 공습에 미처 학성이 피하지 못한 것을 알게 된 간호원 옥심이가 병실로 들어가 학성을 '비겁쟁이'라고 몰아붙이며 자신의 어깨를 밟고 창문 밖으로 대피하도록 이끈다. 이후 여성의 도움을 받아 공습을 피했던 자신의 모습을 한탄하며, "불구자의 굴욕적인 처지를 강제적으로 감수"하게 된 학성은 더욱 심한 모멸감 속에서 자포자기에 빠져들게 된다. 그러한 학성에게 "날씬한 몸매에 아름다운 용모와 고운 목청까지 겸비"할 정도로 완벽한 외양의 여성상으로 그려진 옥심은 "조국은 중사동지에게 보람있게 살 것"을 바란다며 독려를 아끼지 않는다. 하지만

---

28) 영예군인과 여간호사의 연애담 모티프는 김광남의 「진달래꽃 필 때」(『조선문학』, 2008년 제2호)나 김홍균의 「내 고향은 아름답다」(『조선문학』, 2009년 제12호)다 김정희의 「약속」(『조선문학』, 2010년 제3호) 등에서도 결혼 모티프로 반복 변주되면서 북한식 연애담의 한 전형을 이루고 있다.

29) 윤경찬, 「겨울의 시내물」, 조선작가동맹 중앙위원회, 『조선문학』, 문학예술종합출판사, 2002년 제10호.

신체적 불구에 대한 자기 혐오감은 학성으로 하여금 결혼도 못할 것이라는 자책감 속에 "동무 같으면 나 같은 사람한테 시집" 오겠냐며 자신의 절망감을 토로하게 만든다. 이를 지켜보던 옥심은 심리적으로 유약해진 학성에게 "우리 녀자들은 비겁한 남자를 제일 싫어"한다며 불굴의 용기와 정신적 건강의 중요성을 전하고 좌절에 빠져 비겁해진 학성을 자극한다.

이후 옥심이가 재활의지를 독려하기 위해 무전수였던 학성에게 병원에 하나밖에 없는 라니오를 고쳐보라고 권유하게 되고, 학성은 수리 중 안 풀리는 부분이 있자 읍내 도서관에 가서 한 무더기의 책을 빌려오게 된다. 한 손으로 어렵사리 책을 들고 오던 학성의 모습을 발견한 옥심은 학성이 '괴짜'라며 그가 들고 온 책을 빼앗아들고 병원으로 향한다. 그 후 옥심이가 자신의 라디오 수리와 왼손 글씨연습을 도와주게 되면서 학성은 옥심에게 연정을 품게 된다. 그러던 중 손가락만한 부속 하나가 없어서 수리가 안 되는 것을 알게 된 옥심이가 부속품을 구해오고, 그것으로 학성은 라디오 수리를 마치게 된다. 전쟁이 끝나고 학성이 대학으로 떠날 때, 학성은 자신의 심정을 옥심에게 털어놓고 싶지만 반향을 얻지 못할 것이 두려워 머뭇거리던 중, 자신을 배웅 나온 옥심에게 '벼랑 위에 핀 산국화꽃'을 꺾어준다. 학성이 '삶의 용기를 찾아준 은인' 옥심에게 선물로 꽃다발을 건네준 뒤, 아쉬움을 뒤로 한 채 헤어지게 된다.

이후 김책공대에 입학한 학성은 옥심에게 편지를 보내지만, 제대하여 고향으로 갔다는 소식만 전해 듣는다. 그때 학업에 열중하려고 하지만 점점 힘들어지는 공부 탓에 심신의 피로를 풀기 위해 고향으로 내려가는데, 그곳에서 학성의 고향집을 고쳐 새집을 짓고 있는 옥심이를 만나게 된다. "나약해진 사람을 용감한 사람으로 만들기 위해, 스러져 가는 인생에 재생의 불길을 지펴주기 위해" 일생을 바치기로 결심한 옥심이가 곧 있으면 의사가 된다는 말을 전해들으며, 나약한 자신의 모습을 부끄럽게 여긴 학성은 이튿날이 되어 다시 대학으로 돌아가게 된다. 그리고 김책공대 기계공학 교수가 되어 70세의 고령이 될 때까지 수많은 후진을 양성하는 지식인이 된다.

돌이켜 보면 내 한생은 난관이 앞을 막아 설 때마다 생활에 대한 사랑과 의지로 그것을 이겨 온 한생이었습니다. 그 사랑의 힘이 나를 죽음에서 이기게 해주었고 조국에 필요한 사람으로 되게 하였습니다. 동무들도 앞으로 탐구의 먼 길을 걸어가느라면 어려운 일들이 많겠지만 생활을 뜨겁게 사랑할줄 아는 사람은 결코 주저앉지 않을것입니다. 이건 내 한생을 관통해 온 좌우명일뿐아니라 우리 조국의 현대사가 남긴 진리입니다. 사랑으로 뭉쳐 진 세상은 더 강해지고 그리고 더 아름다와 지는 법이지요.30)

인용문에서 학성이 피력하는 "생활에 대한 사랑과 의지", "조국에 필요한 사람"이라는 두 구절은 이학성의 70 평생을 압축하는 말이 된다. 특히 '비겁쟁이'에서 '괴짜'로, 다시 김책공대 교수로 인생을 달리해온 70 고령의 이학성은 불구적 시련을 극복한 '지식인의 전형'으로 작품 속에 형상화된다. 결국 이 작품은 의지적으로 나약한 신체적 불구의 남성과 헌신적이고 강인한 여성의 관계를 통해 고난과 시련을 극복해온 과거사를 낭만적으로 조감하는 연정 소설이다.

그러나 이 작품은 옥심이 학성을 반려자로 받아들이게 되는 부분이 지나치게 헌신적으로 그려지고 있어서 개연성이 현저히 떨어진다는 점, 그리고 학성을 위해 그토록 헌신적이던 옥심이가 어떻게 되었

---

30) 윤경찬, 「겨울의 시내물」, 조선작가동맹 중앙위원회, 『조선문학』, 문학예술종합출판사, 2002년 제10호, 68쪽.

는지에 대해 작품 말미에 전혀 언급되지 않는다는 점, 또한 학성이 '생활에 대한 사랑과 의지'로 한생의 난관을 극복해왔다고 하지만 그 구체적인 생활이 요약 서술로라도 전혀 드러나지 않는다는 점 등에서 작품의 서사적 응집력에 대한 비판을 갖도록 만든다.

## 4. 이기적 관리위원장과 헌신적 작업반장

맹경심과 윤경찬의 작품이 1950년대 연애 담론을 끌어와 2000년대인 현재에도 과거의 헌신적 연애관이 지닌 사회주의 조국애의 유효성을 강조하고 있다면, 「사랑의 샘줄기」는 2000년대 농촌에서 펼쳐지는 현재적 연애 감정을 강조한 작품이다. 특히 이기적 남성과 헌신적 여성의 대비를 통해 나라와 인민에 대한 사랑과 열정이 사적 연애 감정의 상승을 추동하는 원동력으로 작동함을 보여준다. 즉 김자경의 「사랑의 샘줄기」[31]는 양어장건설문제를 둘러싸고 연인 사이인 향봉리관리위원장 정철진과 샘골 작업반장 진주옥의 대립과 갈등, 사랑의 회복 등을 다루고 있어서 사회주의 현실 속에서 청춘 남녀의 사랑이 어떻게 심리적 동요를 극복하고 실현될 수 있는지를 보여주는 연정소설이다.[32]

관리위원장 전철진은 양어장터가 될 만한 샘이 없기 때문에 농경지를 천 평 정도 돌려써서 양어장 건설을 실천에 옮기려던 차에, 땅

---

31) 김자경, 「사랑의 샘줄기」, 조선작가동맹 중앙위원회, 『청년문학』, 문학예술종합출판사, 2002년 제12호.
32) 이런 식으로 북한 소설의 연애 담론은 대체로 오해와 오해의 해소를 통해 연애 감정을 확인하고 국가적 신념과 공동체적 윤리를 내면화하는 골격을 이루는데, 이러한 오해와 갈등 해소를 통해 결혼에 이른 작품으로 동의희의 「재령처녀」(『조선문학』, 2009년 제1호)를 들 수 있다.

에 대한 사랑이 부족하다는 진주옥의 비판을 리당 비서로부터 듣게 된다. 작업반장 주옥은 농민들의 기름진 옥토를 쓰는 것보다는 양어장 자리가 될 만한 곳을 찾아보자는 주장을 펼치지만, 철진은 시간이 없다며 주옥의 이야기를 무시한 채 면박을 주고 자신의 생각대로 일을 강행하려고 마음을 먹는다. 3년 전 제대군인인 주옥이 고향에서 농사를 잘 짓기 위해 대학에 입학하려고 했을 때, 철진은 책을 빌려주기도 하고 농사일을 거들어주기도 하면서 주옥과의 연정을 키워왔다. 그리하여 마을 사람들은 누구나 이 둘의 관계를 믿어 의심치 않았고 둘은 주옥의 대학졸업 후 결혼하기로 약조한 사이였다. 하지만, 양어장건설문제로 고민하다 저녁 늦게 집으로 돌아온 철진은 집으로 찾아와 양어장건설설계도를 봐달라는 주옥의 부탁을 매몰차게 거절하고, 결국 주옥은 눈물을 흘리며 집으로 돌아가게 된다.

주옥이를 향해 주옥의 오빠인 주성이가 "이젠 좀 성격도 고쳐라. 그렇게 막대기 같아선 못 살아. 처녀라는 게 버들가지처럼 나긋나긋 휘여들 줄도 알아야지 마른 나뭇가지 같아서야 부러질 일밖에 더 있겠니?"라고 전하는 말은 북한에서의 보수적 여성관을 보여준다.[33] 오빠인 주성이는 주옥이가 철진과 끊임없이 부딪치자 주옥이 제기하는 비판적 문제의식의 타당성 여부와는 상관없이 여동생을 다그치는 것이 묘사되고 있기 때문이다. 북한 사회의 보수적이고 남성중심적이며 전근대적 여성관이 드러나면서, 여성은 부드러워야 한다는 고정관념이 표면화된다. 이러한 관점은 남성 중심의 가계와 혈통을 중시하는 가부장적 전통이 잔존해 있는 북한 사회의 한 단면을 보여준다.

계속되는 주성과 주옥의 대화를 귀동냥으로 듣던 철진은 리당비서

---

33) 여성은 부드러워야 한다는 모성 혹은 여성성의 강조는 북한이 남녀평등을 위한 제도적 장치가 구비된 사회라고 하지만 실제적인 여성의 생활이 남성에게 종속되어 있는 가부장적 사회에 해당함을 보여준다(최은주, 앞의 논문, 90쪽 참조).

로부터 주옥이 샘을 찾았다는 말을 듣고 '가수천 양어장 설계도'를 보게 된다. 그리고 주옥이 며칠밤을 새우며 가수천에서 땅을 파헤쳐 큰 샘을 찾게 되었고, 지질조사와 물량측정, 수질검사까지 받았으며, 설계도면을 완성하느라고 까치봉에 오르다가 다리를 다쳤다는 소식을 듣게 된다. 결국 주옥이 찾아낸 샘터 앞에서 철진은 비옥한 농토를 돌려써서 양어장을 만들고자 했던 자신의 계획이 오히려 자신의 명예와 이기심에서 비롯된 잘못된 행위였음을 깨닫게 된다.

> '아, 진정 나에겐 이 땅에 대한 사랑이 부족하였다. 나는 오늘에야 경제적인 타산과 실리를 중시하는 것이 곧 이 땅에 대한 사랑의 표시이고 인민성의 발현임을 깨달았구나. 그런데 그 귀중한 철리를 깨우쳐 준 주옥이를 나는 어떻게 대해주었던가.'/가슴속엔 뼈저린 아픔이 조수처럼 밀려들었다. 주옥을 몰리해하고 모욕했던 자기자신에 대한 혐오감에서 오는 아픔이었다. 고향땅에 대한 사랑이 샘줄기처럼 넘쳐 흐르는 그 마음을, 진정으로 사랑하는 사람만이 들 수 있는 아픈 매로 자기를 깨우쳐준 보석처럼 소중한 그 마음을 철진은 몰랐었다.34)

인용문은 철진이 상급자로서의 판단만을 믿고, 인민과 땅에 대한 사랑이 부족하여 경제적 타산과 실리를 놓쳤던 자신의 잘못을 반성하면서, 그것을 깨우쳐준 주옥에 대한 사랑을 확인하는 부분이다. 땅에 대한 사랑의 부족, 경제적 타산과 실리에 대한 경시가 자신의 태도였으며, 인민성의 진정한 발현은 농토에 대한 사랑에서부터 시작된다는 '귀중한 철리'를 깨우쳐준 모범적 존재로서 주옥을 새로이 파

---

34) 김자경, 「사랑의 샘줄기」, 조선작가동맹 중앙위원회, 『청년문학』, 문학예술종합출판사, 2002년 제12호, 40쪽.

악하는 것이다. 하지만 만약에 주옥이 헌신적인 노력에도 불구하고 샘터를 찾지 못했다면, 경제적 실리와 타산을 중시했던 사람은 오히려 철진일 수도 있다는 점에서 이 작품의 작위적 구도는 문제적이다.

그러나 심리적 동요와 갈등을 거듭하는 철진과 주옥의 모습이 주변 인물들과 조화롭게 형상화되고 있다는 점에서 깔끔한 북한식 단편의 맛을 보여준다. 이 작품은 몰이해적이고 자기중심적인 남성과 강인하고 당찬 여성의 연애담을 통해 상호간의 오해를 극복하는 사랑이야기를 다룬 소설이다.


## 5. 자유주의적 철부지 남성과 신파적 구애 여성

북한 작품에서 불량청년의 모습이나 자유주의적 성향을 지닌 인물들은 공산주의적 인간형에 해당하지 않기 때문에 주인물로서 긍정적인 형상화의 대상이 아니다. 그런 점에서 사회적 전형에 해당하지 않는 부정적 인물을 내세워 작품의 연애 담론을 추적하고 있는 「시작점에서」는 흥미로운 텍스트에 해당한다. 불량청년의 각성을 통한 노동자의 연애 담론을 형상화하고 있기 때문이다.[35]

홍남수의 「시작점에서」[36]는 '불량청년'이었던 철진이 노동의 신성함을 깨달으며 각성된 노동자로 거듭나는 내용을 〈길〉, 〈생활의 흐름〉, 〈래일은 더 아름답다〉 등의 소제목으로 구성한 1인칭 고백체 소설이다. 〈길〉에서는 반년 전 '불량청년'이었던 '나(철진)'가 '청년영

---

35) 불량청년의 각성과 변화라는 모티프를 다룬 소설로는 '법적 교양'을 받는 남편과 연애 시절을 회상하며 결혼을 회의하는 여성 화자의 내면 갈등을 포착한 김혜성의 「열쇠」(『조선문학』, 2004년 제4호)를 들 수 있다.

36) 홍남수, 「시작점에서」, 조선작가동맹 중앙위원회, 『청년문학』, 문학예술종합출판사, 2003년 제1호.

웅도로' 400리 길을 비를 맞으며 걸어 '대각언제건설장'에 자리한 청남대대로 찾아오는 것에서부터 시작된다. '청년영웅도로' 앞에서 또 다른 '불량청년' 친구 영석이가 '불량청년 시절의 과거'를 아량으로 받아줄 사람이 없을 것을 지레짐작하며 '좁고 어두운 뒷골목길'을 향해 떠나는 모습이 그려진다. 북한 식 통제사회에서 '음지(뒷골목길)'로 떠나는 인물이 그려지는 것은 상당히 이질적이며 그만큼 흥미로운 북한 사회의 이면을 보여준다. 왜냐하면 작품의 의도와는 상관없이 북한 사회의 '불량성'을 날것으로 드러내고 있기 때문이다. 철진은 '영석과의 결별' 선언 이후, '청년영웅도로' 입구에서 마음의 동요를 딛고 모욕이나 아픔을 당해도 건설장에서 맞아야 한다며 혼자서 언제건설장으로 향한다. 이때 대대장이 열심히 일해보자며 반겨주고, 내일에 대한 희망을 품으며 노동의 희열을 새롭게 느끼게 된 철진은 400리 물길의 시작점인 대각언제건설장에서 생활의 참맛을 느끼게 된다.

동무와 내가 어떤 사람들이었나? 우린 2년동안이나 순수 소비자로 사회의 근심거리로 살았었지. 과연 우리들한테 깨끗한 것을 좋아하고 아름다운 것을 즐거워했으며 다정다감하던 그때가 없었단 말인가? 물론 있었지. / 우리는 노래를 부를줄 알았고 아름다움을 지향했으며 또 사랑도 했었지. 그러나 그 모든 것은 뒤전에 물러나고 사람들은 우리를 가리켜 쓰지 못할 인간, 불량청년이라고 말했지만 지각이 무딘 탓에 그런 수치를 당하고도 얼굴 한번 숙이지 않았었지. 세상을 놀래우고 경탄을 자아낸 청년영웅도로가 시대의 창조물로 일떠서지 않았다면 우리는 진창속에 묻힌 발을 뽑지 못했을지도 모르네. 사실이 그렇지 않나. 우리의 눈이 새롭게 떠지고 불현듯 귀가 열린 것은 청년영웅도로를 지나면서가 아니었나.[37]

인용문에서는 북한 소설에서 보기 드문 고백이 드러난다. 즉 철진이 2년씩이나 '순수 소비자'이자 '사회의 근심거리'였으며, 주위로부터 "쓰지 못할 인간, 불량청년"이라는 평가를 들으며 살아온 자신의 삶을 회상하는 것이다. 북한 사회가 노동을 신성한 의무로 여기는 '통제된 공간'이라는 점을 감안한다면 비록 의식의 각성을 통해 새로운 인간형으로 철진이 거듭나기는 하지만, 북한에서 두 젊은이가 2년 동안 '순수 소비자'로서 '자유주의'적 행태를 일삼을 수 있었다는 사실은 북한 사회와 소설에서의 균열적 변화의 조짐을 읽어낼 수 있는 리얼리티를 제공한다.

〈생활의 흐름〉에서는 공장 작업반장인 한정식을 만나 지난 추억을 곱씹는 내용이 그려진다. 한정식의 누이동생인 한보옥이 책방에 다닐 때, 철진은 보옥과 2년 넘게 교제하면서 결혼 약속을 한다. 하지만 오빠인 한정식에게 '홀어머니손에서 자란 자식'이라는 비난을 듣는 등 가족들의 반대에 부딪히게 된다. 결국 "어디론가 도망치고 싶은 생각뿐"이라며 일탈적 행동을 결심한 보옥이와 '사랑하기 때문에' 헤어지게 되고, 그 이유로 철진이 직장에서도 이탈했던 것이다. 철진뿐만 아니라 정식이나 보옥 역시 흠결 있는 품성의 소유자임이 드러난다는 점에서 작품의 의도와는 다르게 북한 사회의 실상을 생생하게 보여준다고 해석된다.

이후 새로운 인간으로 거듭난 철진이 언제건설장의 생기를 영석에게 전해주고 싶어 영석이를 데리러 남포로 찾아가지만 영석이 용단을 못 내리자 닷새만에 혼자 건설장으로 돌아오게 된다. 소대장인 한정식이 말도 없이 자리를 비웠던 철진에게 규율생활이 싫으냐며

---

37) 홍남수, 「시작점에서」, 조선작가동맹 중앙위원회, 『청년문학』, 문학예술종합출판사, 2003년 제1호, 21쪽.

따지고 들면서 '아버지없이 자란 사람'이라는 말을 하자 한정식과의 대립은 평행선을 달리게 된다. 대대장에게 다른 소대로 보내달라고 요청도 해보지만, 대대장이 "여긴 동무를 오라고 손을 내민 사람도 또 가겠다는 동무를 붙잡을 사람도 없소. 동무가 스스로 찾아왔던 걸음이니 동무결심대로" 하라는 말을 하자 자신의 '마음속에 응고된 아픔'을 그가 외면한다는 생각 속에 실망과 고독감을 느끼게 된다. 또한 한정식이 대대장과의 대화에서 '자유주의'를 하면서 보옥이에게 불행을 준 철진을 비난하는 말을 하자, 철진은 2년 전 겨울 수백 리 길을 걸어 자신을 찾아왔던 보옥을 만나지 않고 그냥 보냈던 일을 떠올리게 된다.

〈래일은 더 아름답다〉에서는 기록영화를 찍으려고 촬영가들이 온다는 소식이 전해지고 대대가 현장으로 일하러 나가는 장면에서 철진이 기수로 뽑혔다는 이야기를 듣게 된다. 하지만 고민 끝에 철진은 과거에 불량청년이었던 자신이 대대의 기수로 나설 수 없다고 대대장에게 말한다. 그러나 대대장은 기수로 나서게 된 것이 성실히 노력한 '철진의 열매'일 뿐만 아니라 더욱 새로운 모습을 보여줄 기회라고 말하며 원래대로 진행하라고 전한다. 며칠 뒤 체육대회날 마지막 주자로 나선 철진과 대대장은 서로 발을 맞추고 달려 우승을 하게 되고, 철진은 성실한 사람들의 따뜻한 마음을 되새기며 더욱 새로운 마음을 다지게 된다. 그러던 어느 날 '2차 가물막이 기초공사'를 마무리하던 중 대대장이 자동차 사고로 사망하게 된다. 대대장의 사망 후 1년이 지나, 대대장의 무덤이 안치된 야산으로 올라간 철진은 그곳에서 보옥을 만나 다시금 둘의 애정을 확인하게 된다.

"철진동무, 왜 말이 없나요. 제 눈물이 아직 적나요? 제 마음속에는 아 직 눈물이 가득 고여 있어요. 하지만 전 울지 않아요. 눈물로 헤여졌던 우리가 또 울면서 만나야 하겠나요."/ (…중략…) 그날 밤 난 보옥이를 통해 내가 모르고 있던 승남대대장에 대한 이야기를 듣게 되었네. 남 모르게 보옥이를 두 번이나 찾아갔던 일이며 (보옥이는 나를 아예 잊어버리려고 했었네.) 내 입당보증을 해주려고 려단정치부와 도당에까지 걸음을 한 일이며…/우리 시대 인간들은 얼마나 아름다운가. 오늘의 이 시대와 모든 인간들을 아름답고 깨끗하게 키워준 어머니당에 나는 무엇을 더 바치며 어떻게 일해야 하는가?[38]

작품 내내 곳곳에서 눈물만 흘리는 모습으로 그려진 보옥이가, 인용문에서 보이듯 자신을 버리고 떠났던 철진에게 2년여 만에 눈물을 흘리는 모습으로 형상화되어 있다는 점은 소설뿐만 아니라 북한 사회에서의 여성이 얼마만큼 전근대적인 남성우월주의적 시선 속에 놓여 있는지를 보여준다는 점에서 문제적이다. 물론 인용문의 의도는 북한 소설이 일반적으로 '고난과 시련, 미성숙→의식의 각성, 모범→수령 혹은 어머니당을 향한 충성'의 도정을 거치며 도식적이고 긍정적이며 화해로운 결말에 어떻게 도달하게 되는지를 극명하게 보여준다. 결국 이 작품은 불량청년에서 의식의 각성을 통해 성실한 노동자로 성장하는 남성과 가녀린 심성의 소유자로서 비주체적이고 수동적인 모습을 보이는 여성과의 연애를 통해 불량청년의 자기각성과 개과천선이라는 주제를 그려낸 소설이다.

그러나 이 작품이 북한 사회의 현실적 단면을 적실하게 보여주고 있음에도 불구하고, 작품의 개연성은 현저히 떨어진다. 즉 처음에 철진이 찾아간 곳은 청남대대였는데 나중에는 승남대대로 이름이 바뀌

38) 홍남수, 「시작점에서」, 조선작가동맹 중앙위원회, 『청년문학』, 문학예술종합출판사, 2003년 제1호, 29쪽.

는 점, 뜬금없이 대대 속보에 철진의 이름이 크게 났다고 하는 점, 결말 부분에 철진의 입당 보증을 위해 대대장이 려단정치부와 도당을 찾아간 근거가 구체적으로 되어 있지 않은 점, 보옥이와 철진이 헤어지지 않도록 하기 위해 대대장이 보옥이를 두 번씩이나 찾아갔다는 점 등은 이 작품이 서사적 개연성과 내포적 필연성에서 미숙함을 드러내고 있음을 보여준다. 이러한 유기적 서사성의 미흡은 『청년문학』39)이라는 잡지의 특성으로 파악할 수도 있다.

## 6. 사회주의적 신념의 충실성

남성 중심적이고 가부장제적 사회의 전형을 보여주는 북한 소설에서 이성간의 교제는 철저히 일대일의 관계로 형상화된다. 현실적으로 인간의 감정적 교류가 일대일의 양방향 관계에서만 비롯될 수는 없다는 점에서 북한 소설 속 연애 관계는 일상 현실의 리얼리티를 외면하는 편향을 보인다. 특히 윤리적 규범과 사회적 관습에 얽매인 남녀 관계는 사회주의적 신념의 충실성에 기반한 동지적 애정만을 유일무이한 답안처럼 제시하고 있다는 점에서 문제적이다.

2000년대 북한 문학은 '선군'과 '강성대국건설'의 구호 속에 '선군혁

---

39) 『조선문학』에는 주로 조선작가동맹 정회원의 작품이 실리는 데 비해, 『청년문학』의 필진은 일부의 기성문인 작품 이외에 주로 작가동맹의 후보회원인 신인들의 작품이 실린다. 그러므로 서사적 완결성에서 숙련미가 떨어진다고 볼 수 있다. 참고로 『청년문학』의 편집지침은 "1) 로동당의 문예정책과 수시로 제기되는 문예시책을 청년문학도들에게 선전하며 그의 관철을 위한 사업에로 고무할 것. 2) 문학부문 신인들의 창작활동 방향을 인도하며 문단진출의 길을 터줄것. 3) 당에서 요구하는 문학작품들을 게재하여 청년들의 교육교양에 기여할 것. 4) 당의 문예정책에 어긋나는 신인들의 작품을 비판하며 비판을 통해 그의 시정을 촉구할것. 5) 청년들의 공산주의교양에 이바지할것. 6) 신인들의 문단등용문의 역할을 할것. 7) 작가동맹중앙위원회 신인지도부의 대변자구실을 할것" 등이 있다(이명재 편, 『북한문학사전』, 국학자료원, 1995, 1024~1025쪽).

명문학'을 강조하면서 '제대군인'의 형상화가 주를 이루고 있다. 구세대와 신세대라는 차이를 떠나 청춘남녀의 사랑을 다룬 네 편의 작품 속에서도 세 편의 작품 주인공이 제대군인으로 형상화되고 있는 것에서 알 수 있듯 체제 위기를 '선군 사상'으로 돌파하려는 의도가 파악된다. 청춘 남녀 간의 사랑을 다룬 북한 단편소설에서 남성들은 다면적으로 그려진다. 즉, 「첫 개발자들의 이야기」에서 '주먹'이 보여주는 헌신적이면서도 외골수적인 기질, 「겨울의 시내물」에서 학성이 보여주는 심리적 유약성, 「사랑의 샘줄기」에서 철진이 보여주는 권위주의적 남성상, 「시작점에서」에서 철진이 보여주는 자유주의적 반발심 등에서 확인할 수 있듯 개성적 인물형을 획득하고 있다. 하지만 '미모의 여성'들은 「첫 개발자들의 이야기」에서 강인하고 당찬 여성의 전형으로 등장하는 련희, 「겨울의 시내물」에서 현명하고 헌신적이며 이상적으로 완벽한 여성성을 보여주는 옥심 등의 경우처럼 헌신적으로 강인한 여성이거나, 혹은 「사랑의 샘줄기」에서 신념을 꺾지는 않지만 눈물 많고 여린 감성을 요구받는 주옥, 「시작점에서」에서 한없이 여린 심성을 드러내며 눈물 많은 비주체적 여성상을 보여주는 보옥 등에서처럼 '눈물 많은 비련의 주인공'이 되어, '헌신적이거나 유약하거나' 식의 양자택일적으로 고정화된 성격을 드러낸다.

즉, 북한 소설 속 여성상을 종합해보면, 아름다운 미모를 지닌 존재로서 집단의 목표와 성취동기가 뚜렷한 과제를 앞에 둔 여성은 당차고 강인하게 불굴의 신념과 개척 정신을 소유한 주체적 모습으로 그려지기도 하지만, 남성 앞에서나 가족 앞에서는 한없이 여리고 부드러우며 가녀린 여성으로서 남성에 의해 끌려가는 수동적 여성상을 보여주기도 한다. 결국 '강한 부드러움'이라는 현모양처형 모성의 양면성을 극단적으로 양분화한 모습으로 형상화된다는 것은 여성의 다기다양한 현실적 모습을 왜곡하는 방편이 되고 있다.

남녀 간의 사랑은 그 관계의 수만큼이나 다채로울 수 있지만, 신념과 동지적 애정을 앞세운다면 여성은 '강하거나, 부드럽거나'의 양자택일식 귀결을 낳을 수밖에 없을지도 모른다. 사회주의의 제도적 평등과 주체 사회주의의 가부장제적 권위가 빚어낸 모순이 북한 소설 속 여성을 박제화하고 있다면, 그 모순의 지점에서 새로운 방향을 의미화하는 것이 앞으로의 북한 소설의 과제가 될 것이다. 사랑을 선택하는 기준은 사회체제와는 상관없이 다양하게 존재하는 것이고, 존재할 수밖에 없는 것이기 때문이다.

# 참고문헌

## 1. 기초 자료

김자경, 「사랑의 샘줄기」, 조선작가동맹 중앙위원회, 『청년문학』, 문학예술종합
출판사, 2002년 제12호.

맹경심, 「첫 개발자들의 이야기」, 조선작가동맹 중앙위원회, 『청년문학』, 문학예
술종합출판사, 2002년 제9호.

윤경찬, 「겨울의 시내물」, 조선작가동맹 중앙위원회, 『조선문학』, 문학예술종합
출판사, 2002년 제10호.

홍남수, 「시작점에서」, 조선작가동맹 중앙위원회, 『청년문학』, 문학예술종합출판
사, 2003년 제1호.

## 2. 참고 자료

고인환, 「주체의 균열과 욕망」, 이화여자대학교 통일학연구원 편, 『북한 문학의
지형도』, 이화여자대학교출판부, 2008.

고인환, 「6.15 공동선언 이후의 북한문학에 말 걸기」, 이화여자대학교 통일학연구
원 편, 『북한문학의 지형도 2: 선군 시대의 문학』, 청동거울, 2009.

김민선, 「전후 북한의 열정과 '제대군인'」, 이화여자대학교 통일학연구원 편, 『북
한문학의 지형도 2: 선군 시대의 문학』, 청동거울, 2009.

김성수, 「김정은 시대 초의 북한문학 동향: 2010~2012년 『조선문학』, 『문학신문』
분석을 중심으로」, 『민족문학사연구』 통권 50호, 민족문학사학회 민족문
학사연구소, 2012.12.31.

김재용, 「1980년대 북한 소설 문학의 특징과 문제점: '사회주의 현실' 주제의 중·
장편을 중심으로」, 『북한 문학의 역사적 이해』, 문학과지성사, 1994.

김재용, 「최근(1990년대) 북한 소설의 경향과 그 역사적 의미」, 『북한문학의 역사적 이해』, 문학과지성사, 1994.

김재용, 「북한의 여성문학」, 『분단구조와 북한문학』, 소명출판, 2000,

김재용, 「북한문학에서의 여성과 민족 그리고 국가」, 『분단구조와 북한문학』, 소명출판, 2000.

김정일, 『주체문학론』, 조선로동당출판사, 1992.

르네 지라르, 「르네 지라르의 삼각형의 욕망」(김치수 옮김), 김치수·송의경 옮김, 『낭만적 거짓과 소설적 진실』, 한길사, 2001.

남원진, 『이야기의 힘과 근대 미달의 양식』, 도서출판 경진, 2011.

서동만, 『북조선 사회주의체제 성립사(1945·61)』, 선인, 2005.

신형기, 『북한 소설의 이해: '공산주의 인간학'의 분석』, 실천문학사, 1996.

오태호, 「2003년 『조선문학』 연구」, 『국제어문』 제40집, 국제어문학회, 2007.8.

오태호, 「『평양시간』에 나타난 '수령 형상'과 '연애담' 연구」, 『현대소설연구』 제36호, 한국현대소설학회, 2007.12.30.

오태호, 「『개마고원』에 나타난 인물 형상의 유연성과 경직성 연구」, 『비교문화연구』, 경희대학교 비교문화연구소, 2009.12.30.

오태호, 「해방기(1945~1950) 북한 문학의 '고상한 리얼리즘' 논의의 전개 과정 고찰: 『문화전선』, 『조선문학』, 『문학예술』 등을 중심으로」, 『우리어문연구』 통권 46호, 우리어문학회, 2013.5.30.

이명재 편, 『북한문학사전』, 국학자료원, 1995.

최은주, 「소설 속에 나타난 북한여성의 일상생활 연구」, 인하대학교 석사논문, 2007.8.

최진이, 「"조선작가동맹"과 북한 작가의 창작 및 생활」, 한국연구재단 인문사회기초과제 '북한의 시학 연구'팀 전문가 초청 자문회 및 문화유산역사연구소 제4회 학술대회, 2010.8.26(「작가와 조선작가동맹」, 『임진강』 9, 2010년 가을).

# 2000년대 초반 북한영화와 청년세대

## 정영권

## 1. 영화와 청년

어린이들과 노인들, 중년층을 주요 타깃으로 하는 특정한 영화가 아닌 한 영화는 젊음을 재현한다. 왜 자본주의 사회에서 영화는 젊음을 사랑하는가? 아주 간단한 항목들이 이 대답을 채운다. 우선, 자본주의는 젊음을 끊임없이 예찬한다. 자본주의는 끝없이 새로운 것을 창조하고 혁신하지 않으면 자체의 재생산이 불가능한 체제이다. 이것은 곧 새로운 소비의 패턴과 트렌드를 창조하는 것과 직결된 문제이다. '젊음(youth)'은 상업 마케팅을 위해 특화된 핵심적 집단이며 젊음을 대하는 태도는 광고업자, 사업가, 정치가들에 의해 과장되게 부풀려지고 착취적으로 활용된다.[1] 1990년대에 회자되었던 '신세대',

---

[1] Timothy Shary, *Generation Multiplex: The Image of Youth in Contemporary American Cinema*,

'X세대'나 최근 〈응답하라 1997〉, 〈응답하라 1994〉 등이 몰고 온 열풍은 젊은 세대를 소비의 타깃으로 삼거나, 과거의 향수를 소비하는 세대를 위한 마케팅이다.

둘째, 젊음의 반항과 변혁, 저항은 청년·청소년 세대들이 열광적으로 몰입하는 것이다. 기성세대에 대한 불신과 기존 권위에 대한 저항은 자본주의 사회에서 영화가 사랑해 마지않는 주제이다. 특히, 1960년대 후반~1970년대 초반 전 세계적으로 학생운동(student power)과 청년문화(youth culture)의 열풍이 붙었을 때, 〈이지 라이더(Easy Rider)〉(1969) 같은 일종의 대항영화(counter-cinema)가 상업적으로 성공할 수 있었던 것은 체제를 거스르는 젊음의 힘이 그만큼 강대했기 때문이며, 영화를 제작하는 자본도 그 힘을 무시할 수 없었기 때문이다. 1970년대 한국의 청년문화도 〈바보들의 행진〉(1975)이라는 시대의 걸작을 탄생시켰다. 자본주의 영화산업은 이러한 젊음을 타깃으로 한 특정한 영화장르를 갖고 있다. 십대/청소년영화(teen film/movie, teenpics), 청년/청춘영화(youth film)라 부르는 장르가 그것이다. 캐릭터의 나이에 기초하는 이 독특한 장르는 위에서 거론한 두 가지 상반된 성격을 모두 갖고 있다. 체제에 순응적인 소비의 포로와 체제에 저항하는 청년의 표상. 그러나 두 경우 모두 돈이 되는 것이라면 무엇에라도 투자할 영화자본의 속성을 거스르지는 못한다.

사회주의 체제의 젊음/청년은 자본주의와는 조금 다르다. 새로운 소비를 창출하는 것이 목적이 아닌 사회주의 체제는 젊음을 이데올로기와 체제 선전의 전위대로 활용한다. 예를 들어 1930년대 소련에서 '사회주의적 경쟁'의 노동영웅 스타하노프나 1950~1960년대 중국

---

Austin: University of Texas Press, 2002, p. 22.

에서 '완벽한 사회주의적 인간'의 전형으로 선전된 레이펑의 이미지들은 사회주의가 요구하는 청년영웅의 상(像)이다.[2] 그리고 그들은 무엇보다도 생산의 영웅들이다. 자본주의는 소비를 예찬하며 노동과 생산과정을 은폐하고, 사회주의는 자본주의 체제를 따라잡고 마침내는 추월한다는 명목으로 생산의 속도를 찬양한다. 이때 사회주의 국가의 청년들은 생산의 전위대로서 그 기능을 담당한다. 특히, 노동계급이 혁명의 실질적인 '주력군'으로 성장하지 못한 식민지반봉건상태에서 사회주의로의 이행을 시도한 아시아 사회주의 국가들에서 청년들은 상대적으로 중요한 비중을 차지한다.[3] 북한에서도 청년들은 그러한 역할을 담당하며 영화를 비롯한 예술작품에서 청년의 이미지는 그런 식으로 전형화된다.

북한에는 자본주의 영화산업의 장르인 십대영화, 청년/청춘영화에 해당하는 장르는 없다. 아동을 대상으로 하는 아동영화[4]는 있어도 청년·청소년만을 타깃으로 하는 영화장르는 따로 없다. 이는 영화를 문화상품이 아니라 인민교양으로 보기 때문이며, 청년·청소년 문제가 인민 전체의 문제이기 때문이다.[5] 그러나 영화 속에서 청년의 삶을 그리는 것은 매우 자연스러운 것이며, 또한 이들 영화가 주로

2) 이종훈, 「모로조프, 스타하노프, 슈미트: 스탈린 시대의 영웅들」, 권형진·이종훈 편, 『대중독재의 영웅 만들기』, 휴머니스트, 2005; 차문석, 「레이펑, 길확실: 마오쩌둥·김일성 체제가 만들어낸 영웅들」, 권형진·이종훈 편, 『대중독재의 영웅 만들기』, 휴머니스트, 2005.
3) 이종석, 『(새로 쓴) 현대북한의 이해』, 역사비평사, 2000, 307쪽.
4) 북한의 아동영화는 매우 독특한 분류개념이다. 자본주의 영화산업의 장르분류상 아동영화는 극영화의 하위개념인 데 반해, 북한의 아동영화는 극영화에 해당하는 '예술영화', 그리고 기록영화, 과학영화와 함께 북한영화의 '4대 장르'를 구성한다. 북한 아동영화의 대다수는 만화영화(애니메이션)인데, 성인을 위한 애니메이션은 찾기 어렵다. 이에 대한 자세한 논의는 전영선, 「북한영화의 유형과 학문 분류체계」, 단국대학교 한국문화기술연구소 편, 『북한문학예술의 장르론적 이해』, 도서출판 경진, 2010 참조.
5) 전영선, 「북한 사회의 정체성과 북한영화: 청소년 영화와 드라마를 중심으로」, 『한국언어문화』 제28집, 한국언어문화학회, 2005, 366쪽.

청년들의 교양을 목적으로 할 것이라는 점도 쉽게 예측할 수 있는 일이다. 이 글은 2000년대 초반 북한영화에 재현된 청년세대의 문제를 다룬다. 보통 청년과 청소년을 구별 없이 쓰는 경우도 많이 있지만, 본 연구에서 다루는 청년세대란 10대 청소년이 아니라 '젊은 성인(young adult)'이라고 할 만한 사람들이다. 특히, 〈흰 연기〉(2000)와 〈세대의 임무〉(2002)를 중심으로 1990년대 중반부터 북한에서 제기된 '청년중시' 정책과 그에 따른 '청년 과학자'의 형상화(이는 또한 '과학기술중시' 정책과도 관련된다), 그리고 〈청춘의 자서진〉(2001), 〈청년들을 자랑하라〉(1, 2부, 2003)를 중심으로 북한 청년을 다룰 때 가장 많이 언급되는 '청년동맹'의 형상화를 조명할 것이다.

영화장르로서의 청년/청춘영화가 '질풍노도' 시기의 반항이나 저항, 새로운 소비문화의 트렌드로 뒤덮이는 것과는 달리, 북한영화 속의 청년세대는 생산의 혁신을 가져오는 패기와 저돌성을 예찬하지만, 주로 (조)부모 세대의 가르침과 교양(혹은 도덕적으로 우월한 동년배 집단)을 통해서 거듭날 수 있다는 것에 논의의 초점을 맞춘다. 그럼으로써 1990년대 동유럽 사회주의권의 몰락과 '고난의 행군'을 거치며 해이해질 수 있는 청년들의 사상교양이 강화되는 측면을 엿볼 수 있을 것이다.

위 네 편의 영화를 분석의 대상으로 삼은 이유는 다음과 같다. 첫째, 이 작품들이 소위 김일성 사후 4년간의 유훈통치(1994~1998)가 끝난 후 제작되어, 본격적인 김정일 체제 북한 당국이 제시하는 청년정책이 비교적 잘 드러나는 영화들이며, 이전 영화들에 나타나는 전쟁이나 항일투쟁에서의 청년영웅(대표적으로 리수복 영웅)들과 달리 동시대의 일상적인 청년들을 담고 있기 때문이다. 둘째, 21세기 벽두에 북한의 '청년중시' 정책이나 과학기술중시 정책, 청년영웅 도로 건설 등을 발 빠르게 반영하고 있는 시대적 특수성을 갖고 있으면서도,

노(老) 세대를 결코 부정적으로 그리지 않는 북한영화 고유의 관습이 잘 드러나는 영화들이기 때문이다. 셋째, 이 영화들이 2000년대 중반 북한 청소년을 다룬 '성과작' 〈녀병사의 수기〉(2003)나 〈한 녀학생의 일기〉(2006)에 비해 그 지명도가 떨어지긴 하지만, 1990년대 영화와 2000년대 중반 이후의 영화에서 북한 청년·청소년 세대 재현의 다리 역할을 한다고 보기 때문이다.

북한영화에 재현된 청년세대에 대한 연구는 거의 찾기 어렵다. 〈녀병사의 수기〉나 〈한 녀학생의 일기〉에 대한 연구가 몇 편 있지만 세대문제에 초점을 맞추고 있지는 않다. 김선아는 특정 영화가 북한 국내외에서 수용되는 관객성의 맥락을 진단하고 있고,6) 이명자는 수기나 일기라는 고백의 서사를 집중적으로 분석하고 있다.7) 이명자의 또 다른 연구는 김정일 시기 가족멜로드라마라는 큰 틀에서 가족과 세대교체의 쟁점을 다루고 있지만 청년세대에 집중하고 있지는 않다.8) 전영선의 연구는 북한의 청소년 영화와 드라마를 다룬 거의 유일한 연구이다.9) 그러나 청소년 교양사업이라는 측면에 초점을 맞추고 있어 영화 텍스트에 대한 본격적인 논의라고 말하긴 어렵다. 이밖에 청년세대를 다루고 있진 않지만 본 연구의 중심 쟁점 중 하나인 선군시대 과학자 형상에 대한 한승호의 연구가 있다.10)

이렇게 볼 때, 북한영화 속 청년세대를 본격적으로 다룬 연구는

---

6) 김선아, 「〈한 녀학생의 일기〉를 통해 본 북한영화 관객성 연구」, 단국대학교 한국문화기술연구소 편, 『선전과 교양: 북한의 문예교육』, 도서출판 경진, 2013.

7) 이명자, 「'7·1 경제관리개선조치' 이후 북한영화에 나타난 혁명적 낭만주의와 리얼리즘의 긴장관계: 〈녀병사의 수기〉, 〈한 녀학생의 일기〉의 고백의 내러티브를 중심으로」, 『정신문화연구』 제31권 3호, 한국학중앙연구원, 2008.

8) 이명자, 『북한영화와 근대성: 김정일시기 가족멜로드라마』, 역락, 2005.

9) 전영선, 앞의 글, 2005.

10) 한승호 「선군시대 북한영화에 나타난 과학자 형상 연구」, 『북한학보』 제34집 2호, 북한연구소, 2009.

전무하다고 할 수 있다. 영화학, 북한학, 정치학, 여성학 분야에서 북한영화 속 여성 재현에 대한 연구가 상당히 많이 이루어진 것에 비하면 북한영화와 청년세대 문제는 새롭게 연구하여 이론을 정립해야 할 영역이라고 할 수 있다. 물론, 북한의 청년론이나 청년동맹에 대한 연구는 어느 정도 진척되어 있지만, 영화가 청년을 어떻게 재현하느냐의 문제는 또 다른 관점을 요구하는 것이다. 이 글이 북한영화속 청년 재현문제를 역사적·이론적으로 다 포괄할 수는 없지만 보다 발전된 이론 정립을 위한 하나의 조석이 될 수는 있을 것이다.

## 2. 청년과 북한영화

### 1) 사회주의 청년론

서구에서 청년이나 청소년과 같은 개념은 근대의 산물이다. 서구 사회에서 대략 19세기 후반에 인구가 급속히 증가하면서 청년의 비중도 높아졌고 청년기라는 생애 단계도 새롭게 정의되었다. 자본주의의 발전에 따른 도시화는 점점 더 많은 젊은이들이 학교에 가고 또, 대학에도 진학할 수 있게 했다. 그 결과 사춘기라는 특별한 생애 단계가 형성되었고, 국가의 사회정책에서도 새로운 청년 개념, 즉 비자립적 생애단계이자 해로운 사회의 영향으로부터 보호받아야 하는 존재라는 개념이 탄생하였다.[11] 한편으로, 청년 투르크당의 예처럼 반(反)봉건 민족주의를 지향하는 반(半)식민지 국가에서는 청년들이

---

11) 마크 로즈먼, 「'상상의 공동체'로서의 세대: 18세기부터 20세기까지 독일에서 나타나는 신화, 세대 정체성, 세대 갈등」, 울리케 유라이트·미하엘 빌트 편, 박희경 외 역, 『'세대'란 무엇인가: 카를 만하임 이후 세대담론의 주제들』, 한울, 2014, 255쪽.

진보적인 운동을 주도하기도 했다.

청년·청소년이 서구에서도 근대적 개념이었던 것처럼, 한국에서도 마찬가지였다. 19세기말에 청년은 '문명개화'와 동일시되었으며,[12] 식민지 조선에서 청년은 빼앗긴 나라를 되찾아야 할 선도적인 주체로 규정되었다. 이기훈은 식민지 조선 시기 민족주의 청년론을 논하며 청년의 의미를 세 가지로 집약하고 있다.[13] 첫째, 청년은 새로움을 의미한다. 새롭다는 것은 옛것과의 대조를 통해 더욱 극명한 의미를 부여받는다. 신(新)과 구(舊), 청년과 노년을 대조함으로써 청년의 의미는 명확히 규정된다. 청년은 신문명의 주체로 강조되면서 청년 외의 조선 인민 전체는 옛 것, 낡은 것, 궁극적으로 계몽해야 하는 대상이 된다. 즉, 청년은 새로운 조선을 이끌어 나갈 주체이며, 배제되어야 하는 것은 옛 조선, 낡은 조선인 것이다.

둘째, 청년은 조선 민족과 사회의 운명 그 자체와 동일시된다. 조선은 청년이 짊어져야 할 대단히 무거운 짐으로 묘사되며, 더 나아가 2,000만 민족의 운명이 청년의 수중에 놓여 있다고까지 표현된다. 이렇게 청년이 민족의 운명을 짊어진 선각자로 부각되는 것은 앞선 세대들이 '앎이 없는 인물'임에 비해, 청년은 배우는 자이면서 가르치는 자라는 것이다. 셋째, 청년은 헌신을 통해 대중의 사회정치적 힘을 집결하는 존재로 규정된다. 민족 내부의 힘을 결집하고 이끌기 위해서 청년은 희생과 헌신을 마다하지 않아야 한다. 그러나 민족주의 청년론이 주창한 대중의 사회정치적 힘은 일본 제국주의에 맞선 직접적인 행동이나 투쟁이라기보다는 다분히 문화주의적 계몽과 실력 양성을 가리키는 것이었다. 청년이 근대적 합리성을 내면화해 계

---

12) 이기훈, 『청년아 청년아 우리 청년아: 근대, 청년을 호명하다』, 돌베개, 2014, 42~58쪽.
13) 위의 책, 113~128쪽.

몽적 주체가 되기 위한 조건으로 가장 강조되는 것도 '수양(修養)'이라는 말로 집약되는 자아실현과 인격의 완성이었다.

식민지 조선의 사회주의 청년론은 민족주의 청년론의 이러한 온건성에 도전하고자 했다. 울리케 유라이트와 미하엘 빌트에 따르면, 세대는 대체로 네 가지 측면으로 집약된다. 정체성의 형성, 집단과의 연계, 경험의 공동체, 행동의 중요성이 그것이다.[14) 그렇다면 청년세대란 청년으로서의 정체성과 집단적 연계, 경험의 공동체와 행동의 중요성을 공유하는 세대를 일컬을 것이다. 사회주의 청년론은 그것을 계급에서 찾았다. 노동계급이나 농민층이 혁명의 실질적인 주체로 성장하지 못한 상황에서 청년은 계급적으로 자각한 선구자가 되어야 한다는 것이었다.[15) 지식계급 출신이 무산계급적 지향과 정체성을 갖기 위한 계급적 자각, 사회주의 청년운동의 집단적 연계, 수양이라는 다분히 개인적 실현에 국한하지 않는 운동 공동체적 경험과 행동은 사회주의 청년(론)을 민족주의 청년(론)과 구분 짓게 했다. 감성보다 '지(智)'와 '덕(德)'을 강조하는 민족주의 청년론에 비해 사회주의 청년론은 감성적·행동적 주체를 강조했다.

"마르크스레닌주의자에게 계급의식의 자각이란 역사적 필연성을 체득하는 이성적 과정이자, (부르주아적 문화와 의식에 오염되지 않은) 순연한 계급의식에 눈뜨는 과정, 감성적·행동적 주체로서 다시 태어나는 과정이었다. 이렇게 순수한 감성적 존재로서 청년을 재구성하는 것은 수양에 의해 통제되지 않는 폭발성과 혁명성을 재발견하는 과정이었다. 이 경우 청년성은 계급적 자각으로의 이행을 가능하게 하는 세대적 특성이 된다. 즉, 청년이

---

14) 울리케 유라이트·미하엘 빌트, 「세대들」, 울리케 유라이트·미하엘 빌트 편, 박희경 외 역, 『'세대'란 무엇인가: 카를 만하임 이후 세대담론의 주제들』, 한울, 2014, 16쪽.
15) 이기훈, 앞의 책, 167쪽.

란 과학과 역사, 계급의 담론 구조 속에서 감수성과 적극성, 헌신성과 같은 혁명을 불러일으키는 폭발적 행동 요인의 담지자인 것이다."16)

식민지 조선 시기 지식인 청년 사회주의자들의 청년론을 현 시기 북한의 청년세대에 그대로 대입하는 것은 시간적 괴리와 역사적 전통을 간과하는 일일 것이다. 그럼에도 불구하고, 이성보다는 감성을 중시하고, 수양과 같은 내면적인 성찰보다는 폭발적 행동을 전면에 내세우는 측면은 오늘날의 청년세대에 대한 북한 당국의 정책이나 사상과 맞닿는 부분이 있다. 뒤에서 거론하겠지만 '속도전청년돌격대'로 상징되는 북한 청년세대의 저돌성을 부각하고 강조하는 것은 객관적인 조건보다 주관적인 행동의지를 최상의 것으로 보는 북한의 청년정책과 일맥상통하기 때문이다.

북한의 청년론은 물론 식민지 조선의 지식인 사회주의 청년(론)의 전통이 아니라 청년 공산주의자로서의 김일성의 항일무장투쟁 전통에 있다. 북한은 1926년 김일성 주도로 결성된 '타도제국주의동맹(〈ㅌ·ㄷ〉)'을 골간으로 1927년 김일성이 핵심적인 청년공산주의자들을 결집하여 반일혁명을 벌이기 위해 만든 조직인 '조선공산주의청년동맹'을 북한 청년운동의 효시라고 선전하고 있다. 오늘날 북한의 청년세대에게 항일투쟁 시기 김일성과 청년공산주의자들의 활동은 혁명전통이며 이를 충실히 배우고 계승하는 것이 주요 임무이다.17) 김정일은 "김일성동지께서는 청년들을 혁명위업의 계승자로 보시고 대를 이어 혁명을 계속하여야 할 영예로운 사명이 청년들에게 맡겨져 있다는 것"을 밝혔다면서, "혁명위업의 명맥을 잇고 그 장래를 걸

---

16) 위의 책, 170쪽(강조는 인용자).
17) 김종수, 「북한의 '청년중시' 정책에 관한 연구」, 동국대학교 석사논문, 2002, 16~17쪽.

머질 담당자는 다름아닌 청년들"이라고 강조하고 있다.[18]

## 2) '청년중시' 정책과 북한영화

북한 체제성립 이후 청년은 노동계급과 함께 늘 중요시되는 계층이었지만 특별히 '청년중시' 사상과 정책이 등장하게 된 것은 1990년대 이후였다. 김종수에 따르면, 북한에서 '청년중시'란 용어를 현재까지 체계적으로 설명한 문헌은 발견할 수 없고, 성형화된 개념이라기보다는 수사적 표현에 가깝다. 그는 '청년중시'를 "북한의 정치·경제적 위기 상황에서 청년들의 정치·경제 활동의 중요성이 보다 강조되는 상황"을 표현하는 용어로 이해한다.[19]

1980년대 후반~1990년대 초반으로 이어지는 소련과 동유럽 사회주의권의 몰락은 체제의 위기로 이어질 것을 염려한 북한 당국을 긴장시켰다. "제국주의자들은 이전 쏘련과 동구라파 나라들을 내부로부터 분렬와해시키기 위하여 반동적인 사상문화와 퇴폐적인 생활양식을 악랄하게 류포"시키며, "자라나는 새세대들의 의식을 부패타락시키고 색정과 강간, 치부에 대한 숭배를 '최상의 가치'로 심어" 주었다고 신랄하게 비난한다.[20] 엎친 데 덮친 격으로 1990년대 중반부터 본격화하기 시작한 '고난의 행군'은 청년 세대를 포함하는 북한 인민들의 사상의식을 현저하게 약화시키는 계기로 작용했다.

1980년대 이후의 『로동청년』, 『청년전위』[21]의 기사를 중심으로

---

18) 김정일, 「김일성동지의 청년운동사상과 령도업적을 빛내여 나가자」(1996.8.24), 『김정일선집 14』, 조선로동당출판사, 2000, 211쪽. 이하 북한문헌의 맞춤법과 띄어쓰기는 특별한 경우가 아닌 한 원문 그대로 한다.

19) 김종수, 『북한 청년동맹 연구: 체제 수호의 전위대, 청년동맹』, 한울, 2008, 347쪽.

20) 『로동청년』 1993.1.23; 이인정, 『북한 '새세대'의 가치지향 변화』, 한국학술정보, 2007, 133~134쪽에서 재인용.

북한의 청년·청소년 세대의 의식변화를 연구한 이인정에 따르면, 1990년대 이전에 비해 1990년대 이후에 유달리 개인주의, 이기주의, 자유주의, 출세주의, 배금주의 등 비사회주의적 요소들과 일탈 행위를 경계하는 기사들이 늘어났다고 한다. 이러한 현상에 직면하여 북한 당국은 '청년중시' 정책을 펴고 있는데, 이 정책의 핵심요지는 체제유지 강화를 위해 청년들을 혁명의 후비대이자 혁명위업의 계승자로 호명하고, 김일성의 청년 시기 항일무장투쟁에 정통성을 부여하는 혁명전통화 작업을 수행하며, 경제건설에 청년들을 동원하기 위한 도덕적 자극을 가하고, (남성)청년 대다수가 군대에 복무하고 있는 점을 이용하여 청년과 군대에 대한 일괄적인 관리를 한다는 것이다.[22]

북한이 청년을 강조한 것은 어제 오늘 일이 아니지만 1990년대 이후에는 자본주의의 '황색바람'을 경계하는 내용이 유독 강화된 것이 그 특징이라 할 수 있다. 물론, 황색바람을 경계하는 것이 청년들만을 대상으로 한 것은 아니었다. 그러나 항상 새로운 것을 받아들이는 데 민감한 청년세대는 자유롭고, 개성적이며, 흥미로운 것을 추구하는 경향이 있다. 이는 북한의 청년세대라고 해서 다르지 않다. 동유럽 사회주의권의 붕괴라는 문제 말고도, 1989년 7월 평양에서 개최된 제13차 세계청년학생축전은 폐쇄적인 북한 청년들에게 외부 세계와 접촉할 기회를 제공했다. 세계 사회주의권 청년들의 반제국주의적 연대를 강화하고자 했던 북한 당국의 애초 의도와는 달리 북한 청년들은 남한의 전국대학생대표자협의회(전대협) 대표로 참가한 임

21) '조선사회주의로동청년동맹'의 기관지 『로동청년』은 1996년 '김일성사회주의청년동맹' 으로 기관명이 바뀜에 따라 기관지명도 『청년전위』로 바뀌었다. 이인정, 『북한 '새세대'의 가치지향 변화』, 한국학술정보, 2007, 25~26쪽 참조.
22) 김종수, 앞의 글, 2002, 89~90쪽.

수경을 비롯하여, 각국 청년학생들의 자유스러운 모습 속에서 자유화의 분위기를 감지했다. 이에 따라, 1990년대 이후 북한 당국은 기존에 진행해왔던 전통적인 교양방식으로는 청년들의 약화된 조직과 사상 관념을 유지하는 것이 어렵다고 판단하여 어느 정도 청년들 개인의 개성을 존중하는 정책을 취해왔다.

당국에서 바라보는 청년의 특성은 "새것에 민감하고 감수성이 빠르며 정의와 진리를 사랑하고 미적정서가 강한 것", 그리고 낭만적인 것과 낙천적인 것을 좋아한다는 것이다.23) 이에 따라, 딱딱한 정치 강연 일색의 구태의연한 교양을 강요하는 것이 아니라 청년들이 좋아할 수 있는 새롭고 흥미로운 문화적 방식을 시도해왔다. 1991년 8월에 제정된 청년절 역시 그러한 시도의 일환이라고 할 수 있는데, 여기에서는 '흥미롭고 신바람 나는' 방식으로 노래 보급, 체육 경기, 야유회 등 다양한 유희 오락을 즐기는 사례 등이 추구되고 있다.24)

이러한 사회의 작은 변화는 같은 시대의 북한영화들에 어느 정도 영향을 끼쳤던 것으로 보인다. 1980년대까지 청년을 다루는 영화들이 대체로 항일무장투쟁 시기나 '조국해방전쟁' 시기의 청년 공산주의 혁명가들이나 청년 전쟁영웅을 예찬하는 것, 혹은 동시대를 다루고 있다 할지라도 참다운 노동자나 당원으로 살아가는 것에 기쁨을 느끼는 것을 다루었다면, 1990년대 중반 이후에는 사뭇 달라진 모습을 확인할 수 있다. 예를 들어, 1980년대에 청년을 다룬 대표적인 영화로는 "사상, 기술, 문화의 3대혁명수행의 앞장에 서서 청춘의 정열과 지혜를 다 바치는 3대혁명소조원의 빛나는 전형을 창조"25)했다고

---

23) 이온죽·이인정, 『김일성사회주의청년동맹과 조선민주녀성동맹: 사회변동과 체제유지의 기제』, 서울대학교출판문화원, 2010, 246쪽.

24) 위의 책, 246~247쪽.

25) 사회과학원, 『문학예술대사전』(DVD), 사회과학원, 2006.

평가되는 〈청춘의 심장〉(1981)이나 '조국해방전쟁' 시기 헌신과 희생으로 전투를 승리로 이끈 청년전사 리수복영웅을 조명한 〈영원한 청춘〉(1984) 등을 들 수 있다. 이러한 영화들이 다분히 본받아야 할 청년영웅의 형상을 다루고 있다면, 1990년대에는 지양해야 할 청년들의 모습이 제시된다.

〈우리 사로청위원장〉(1993)은 청년들의 사상과 의식을 북돋우며 조직 동원하기보다는 '쉬운 사업'에만 집중하는 부정적인 당 일꾼이 등장하는데, 그는 청년들의 혁신과 교양보다는 자기 명예에만 관심을 갖는다.26) 1990년대 후반에 나온 두 편의 영화 〈먼 후날의 나의 모습〉(1997)과 〈줄기는 뿌리에서 자란다〉(1998)는 부정적인 청년들의 모습을 반면교사로 삼는다. 전자는 외할아버지가 '애국열사'이고 아버지가 '노력영웅'인 청년 신준이 (조)부모세대의 공적에 힘입어 허세를 부리며 허송세월하다가 청년돌격대 대원이었던 수양이 열심히 사는 모습을 보며 크게 뉘우치고 반성한다는 이야기를 다루고 있다. 이 영화에 대하여 북한의 한 평론가는 "새 세대 청년이 시대와 력사 앞에 지닌 성스러운 사명을 다하기 위한 새로운 인간의 모습으로 매우 인상적"이라고 평한다.27) 후자는 망나니패의 우두머리가 되어 불건전한 청년들과 못된 짓을 일삼다가 법적인 제재까지 받았던 청년 류승철이 그동안 지은 죄를 씻기 위해 청년돌격대에 들어가 성실한 청년으로 거듭난다는 내용을 담고 있다. 2부작으로 구성되어 있는 이 영화 역시 "우리 당의 청년중시사상의 정당성과 위대한 생활력을 진실한 예술적형상으로 확증하고 경애하는 장군님의 품, 우리의 사회주의제도를 격조높이 찬양한 예술영화"로 평가받고 있다.28)

---

26) 이온죽·이인정, 앞의 책, 109쪽.
27) 박무환, 「[평론] 오늘에 비긴 내일을 본다: 예술영화 〈먼 후날의 나의 모습〉을 보고」, 『조선예술』, 1998년 제1호, 52쪽.

악행이나 과오를 행하더라도 결국에는 당과 동료들의 교양사업에 의해 개과천선하는 인물이라는 결말은 북한영화의 주요한 특징이지만, 이기적이고 허세와 일탈을 일삼는 주인공이 등장했다는 것은 1990년대 북한 사회가 청년들을 그런 식으로 계도해야 할 만큼 다소 위태로운 시기였다는 것을 말해주는 것일 수 있다. 다음에 살펴 볼 2000년대 초반의 영화들은 1990년대 영화들에서 간간히 등장했던 부정적인 청년들의 모습보다는 새로운 세기를 맞이하는 북한 청년들의 패기와 활력으로 점철된다. 몇 편의 영화들만 놓고 진단하는 것은 섣부른 결론일 수 있지만, 이는 청년들의 자유화 분위기와 일탈을 어느 정도 잠재우고 청년들을 체제 내화시키는데 일정한 성공을 거둔 북한 당국의 자신감의 반영으로 조심스럽게 해석해 볼 수도 있을 것이다.

## 3. 2000년대 초반 청년 과학자와 '청년동맹'의 형상

### 1) 청년 과학자의 깨끗한 양심: 〈흰 연기〉와 〈세대의 임무〉

'고난의 행군'을 거친 1990년대 후반, 북한은 강성대국 건설을 주창하며 과학기술을 강조하는 방향으로 나아갔다.[29] 1999년 신년 공동사설은 "과학기술은 강성대국건설의 힘있는 추동력이다. 조국의 부흥발전은 과학자, 기술자들의 손에 달려있다. (…중략…) 온 나라에 과학을 중시하는 기풍을 세우고 도처에서 기술혁신의 불길이 세차게

---

28) 최성호, 「형상창조에서 바쳐진 충효의 마음: 예술영화 〈줄기는 뿌리에서 자란다〉의 창조 과정에 있은 이야기」, 『조선예술』, 1998년 제11호, 22쪽.

29) 변상정, 『김정일 시대 북한의 과학기술정책』, 한국학술정보, 2010, 198쪽.

타번지게 하여야 한다"고 쓰고 있다.[30] 이듬해인 2000년에는 '사상 중시', '총대중시'와 함께 '과학기술중시'를 강성대국 건설의 3대 기둥으로 표현하며 "우리는 온 사회에 과학중시기풍을 철저히 세워야 한다. (…중략…) 모든 과학자, 기술자들은 원대한 포부와 피 타는 탐구정신, 깨끗한 량심을 가지고 내 조국의 과학기술발전에 적극 이바지하여야 한다"고 명시한다.[31] 특히, 소수의 엘리트 청년들을 통하여 상대적으로 적은 비용으로 고부가 가치를 얻을 수 있는 '정보화 사회'로 진입하는 것을 목표로 하고 있으며, 과학기술 분야에서 새로운 변화에 적응이 빠른 청년세대의 임무를 강조하고 있다.[32]

영화 〈흰 연기〉와 〈세대의 임무〉는 북한 당국의 과학기술중시 정책이 직접적으로 반영된 영화이자 청년 과학자의 시대적 임무를 강조한 영화이다.[33] 〈흰 연기〉는 북한의 영화평단에서 "우리 시대 청년과학자들은 당과 조국이 바라는 과학기술적문제를 그 어떤 애로와 난관이 앞을 막아도 끝까지 풀어 나가야 한다는 의의있는 사회적문제를 제기하고 감동깊은 영화적형상으로 훌륭히 형상해 내였다"는 평을 얻었으며 주인공 유철을 연기한 리영호의 연기가 크게 호평을 받았다.[34]

---

30) 「올해를 강성대국건설의 위대한 전환의 해로 빛내이자: 『로동신문』, 『조선인민군』, 『청년전위』 공동사설」(1999.1.1).

31) 「당창건 55돐을 맞는 올해를 천리마대고조의 불길속에 자랑찬 승리의 해로 빛내이자: 『로동신문』, 『조선인민군』, 『청년전위』 공동사설」(2000.1.1).

32) 이온죽·이인정, 앞의 책, 258쪽. "우리 당은 나라의 과학기술을 가까운 앞날에 세계선진 수준으로 끌어 올릴것을 결심하고 있으며 청년들에게 큰 기대를 걸고 있습니다. (…중략…) 새 세대 청년들은 누구나 다 현대과학기술의 소유자가 되고 새 기술의 창조자가 되여야 합니다."(김정일, 앞의 글, 227쪽)

33) 이밖에도 이 시기 청년들을 주인공으로 하는 과학기술소재 영화로는 참된 인간생명의 가치를 일깨워가는 청년 의학자의 삶을 다룬 〈생의 메아리〉(2000), 한 농촌의 청년 분조원들이 새 품종의 뽕나무 연구에 성공하게 되는 과정을 담은 〈뽕따는 처녀들〉(2001) 등이 있다.

34) 손태광, 「[평론] 생활적인 연기는 감동이 크다」, 『조선예술』, 2000년 제9호, 22쪽.

이 영화에서 리영호가 연기하는 유철은 화력 발전소의 연구사이다. 대학시절 손꼽히는 수재였던 그는 돌아가신 아버지가 끝내지 못한 미분탄에 대한 연구 과제를 맡게 된다. 그러나 그가 처음부터 아버지의 연구 과제를 내심 기꺼이 맡게 된 것은 아니다. 언제 끝날지 모르는 어려운 연구 과제는 자칫하면 그의 앞길을 막을 수도 있을 만큼 가능성이 희박한 것이기도 하다. 영화의 초반부에는 당 간부가 유철의 미온적인 태도를 지적하는 장면이 있다. 당 간부는 유철에게 당이 요구하는 사업이라고 강조하지만 유철은 과학기술적 문제는 주관적 욕망만으로 해결할 수 없다고 항변한다. 당 간부는 기술적 조건을 따지기에 앞서 당의 요구에 맞는가를 먼저 생각해야 한다며 과학자들의 패배주의적 태도를 비판한다.

유철이 아버지의 연구 과제를 이어 나가는데 망설이는 것은 희박한 가능성 때문만은 아니다. 동료연구사이자 애인인 혜림(김혜경)의 만류 때문이기도 하다. 그녀는 유철 아버지의 동료 과학자였던 허일수의 조언에 따라 가능성이 없는 연구에 유철이 매달려 허송세월 하지 않기를 바라고 있다. 이런 상황에서 유철이 마음을 돌려 아버지가 남긴 과업에 매진하게 되는 것은 어머니(홍영희)의 설득과 아버지의 연구를 가까이서 지켜본 부기사장 진승학(조명선)의 충고 때문이다. 특히 진승학은 아버지가 부재하는 유철에게 아버지와 같은 역할을 한다. 그는 남의 물건을 가끔씩 빌려 쓰고도 보답을 하는데, 하물며 자신을 키워준 당과 조국의 은혜를 갚을 줄 몰라서야 되겠느냐고 타이른다. 그러면서 자기 자신을 위해 과학자가 된 것인가, 조국을 위해 과학자가 된 것인가 하고 묻는다. 이에 더해 어머니는 아버지의 연구를 정말 이어나갈 생각이 없다면 아버지가 만든 기계를 부수라고 강하게 다그친다. 유철과 함께 보다 앞날이 보장된 연구를 하고 싶어 하던 혜림에게 유철 아버지의 과업을 이어나가게 된 유철이 자

랑스럽다며 혜림을 부끄럽게 만드는 것도 유철의 어머니이다.[35]

영화는 이렇듯 부모 세대의 인물들이 청년 세대의 인물들을 '바른 길'로 인도하는 과정을 따라간다. 영화 속에서 유일한 부정적 인물이 있다면 과학자 허일수이다. 그는 유철 아버지와의 공동연구가 별다른 성과가 없자 연구에서 손을 뗀 후 출세주의자의 길을 걷는다. 그는 조국의 과학기술 발전을 위해 헌신한 유철 아버지를 실패한 과학자라고 치부하면서, 자신의 삶이 성공적인 삶이었다고 자부해왔다. 진승학 부기사장은 연구 사업에서 난관에 봉착한 유철을 위해 협조해 달라고 당부한다. 더불어, 깨끗한 양심을 갖고 과학기술 발전에 매진하는 유철이 같은 청년 과학자를 사심 없이 도와주지 못한 자신들 세대를 되돌아 봐야 한다고 설득한다. 허일수는 이 말을 듣고 자신을 자책하며 당 간부에게 '자기 총화'를 한다. 그것은 당의 뜻대로 살지 못한 자신에 대한 뼈아픈 반성이다.[36] 그의 자아비판을 들은 당 간부는 "과학자의 절대적인 충성심은 바로 우리 장군님의 강성대

---

35) 물론, 동년배 세대의 역할도 있다. 특히, 유철의 외사촌 동생이자 여군인 신옥은 탄광에서 사고를 막으려다 희생당한다. 북한영화에서 주인공의 각성과 각오를 강화하기 위해 주변 인물들을 죽게 하는 것은 매우 흔한 일이다.

36) 북한영화에서 부정인물의 사례들은 일제치하의 일본인과 반동지주, 친일 매국노와 그 하수인들, 미제국주의자, 남한의 '반동 부르죠아' 외에는 없다고 봐도 무방하다. 특히, 북한의 현실과 일상을 그리는 소위 '사회주의 현실주제 영화'에서는 궁극적인 의미의 부정인물은 존재하지 않는다. 그것은 자본주의 사회의 온갖 모순과 달리 사회주의 사회에서는 기본적인 모순들이 해결되었다고 보기 때문이다. 부정인물들은 종국에 가서는 '교양'되고 제도권으로 편입된다. 서정남, 『북한영화탐사』, 생각의 나무, 2002, 147쪽 참조. 이러한 특징은 영화인들 앞에서 한 김일성의 다음과 같은 교시를 통해서도 확인된다. "자본주의사회에서는 사회적모순이 적대적성격을 띱니다. 그러므로 자본주의사회의 현실을 취급한 문학예술작품에서는 긍정과 부정과의 충돌이 적대적인것으로 나타나며 갈등은 적대적성격을 띱니다. 이와는 반대로 사회주의사회에서는 사회적모순이 적대적인 성격을 띠지 않기때문에 사회주의사회근로자들의 생활을 반영한 문학예술작품에서의 갈등은 적대적성격을 띠지 않습니다. 그러므로 이런 문학예술작품에서 긍정과 부정의 충돌이 결렬에 이르는것으로 되여서는 안되며 갈등이 해결될수 없는것으로 되여도 안됩니다." 김일성, 「조선2.8예술영화촬영소의 몇가지 과업에 대하여」(1971.10.22), 『김일성 저작집 26』, 조선로동당출판사, 1984, 448쪽.

〈사진 1〉

〈사진 2〉

〈사진 3〉

〈사진 4〉

국 건설 구상을 진심으로 받드는 것"이라며 그를 다독인다. 결국, 허일수는 자신의 연구 성과를 유철에게 협조하게 되고 유철의 연구 과제는 성공에 이르게 된다. 영화의 마지막은 아버지의 사진을 줌인(zoom-in)하여 클로즈업으로 보여주는 것(〈사진 1〉)37)에 이어, 마치 희망찬 미래를 바라보듯 먼 곳을 응시하고 있는 두 청년 과학자의 모습을 제시하면서 끝을 맺는다(〈사진 2〉).

〈세대의 임무〉는 방직공장에 새로 부임한 소장 신혁(리영호)이 공장의 개혁을 추구하면서 겪게 되는 난관과 극복과정을 다루고 있다.

---

37) 이명자가 거론하듯이, 이는 김정일 시기의 강성대국이 아버지 김일성의 유업과 치적에 아들 김정일의 노력이 결합되어 이룩될 수 있는 것임을 암시하는 것이다. 이명자, 앞의 책, 2005, 132쪽.

신혁은 21세기 정보화시대에 맞는 새 세대 청년일군이라 할 수 있다. 그래서인지 이 영화는 컴퓨터 앞에 앉아 있는 일군들의 모습이나 컴퓨터를 배경으로 한 세팅을 자주 화면에 잡는다(〈사진 3, 4〉). 북한은 2000년대를 거치며 새로운 과학연구 성과와 기술혁신, 과학기술 행정사업 개선을 강조해왔으며, IT 산업 등 첨단기술의 개발·도입을 추진해왔다.[38] 〈세대의 임무〉가 다루는 과학기술 환경과 청년 과학자상은 바로 이러한 시대적 요구를 담고 있다.

영화에서 신혁은 연구실의 공간을 재배치하고 연구소 직원들의 연구계획 승인 여부를 다소 독단적으로 보일 정도로 과감하게 결정하는 등 급격한 개혁을 추진한다. 그동안 연구소는 아버지 세대인 림진규 실장(김준식)과 중견세대인 량태모 실장(김성수)이 맡아오고 있었는데, 림진규는 젊은 세대의 패기와 추진력을 인정해주는 훌륭한 연구자이지만 새 것을 받아들이기엔 너무 정체되어 있는 사람이다. 량실장의 경우 공장에 많은 공헌과 헌신을 해온 아버지 덕에 별다른 실적 없이 보신주의에 빠져 하루하루를 소일하는 사람이다. 신혁은 오랫동안 연구소의 실무를 담당해온 량실장이 3년이나 실적 미달이라는 것을 알고 미심쩍어한다. 더구나 그가 젊은 기사 리성민(석경진)을 노력동원을 핑계로 염소목장으로 쫓아 보낸 점을 의아해한다. 신혁은 성민이 좋은 연구계획을 갖고 있으면서도 량실장 때문에 허송세월한 것을 안타까워하며 그를 다시 연구소로 불러들이고 량실장을 현장으로 좌천시킨다. 이에 량실장과 지은영 기사(리경희)는 독단적인 결정이라며 불만을 품는다.

영화는 량태모의 보신주의 뒤에는 림진규의 묵인이 있었다는 것을 알게 된 신혁이 갈등하는 것에서 극적 긴장감을 띠기 시작한다. 림진

---

38) 변상정, 앞의 책, 219~220쪽.

규는 7년 전 대학생이던 신혁이 공장에 실습 나왔을 때, 그를 지도했던 교육자이기도 했다. 그는 신혁이 써온 논문이 남의 것을 베낀 것이라며 호되게 야단친다. 크게 뉘우친 신혁은 새로 논문을 써오고 림진규는 이제야 만족감을 느끼며 논문을 승인해준다. 그런데 그 논문의 내용은 림진규의 연구 내용과 많이 비슷한 것이었다. 그러나 림진규는 신혁의 논문이 자신의 것보다 더 우수하다며 그를 칭찬하고 격려한다. 현재 소장이 된 신혁은 과거의 은사가 왜 이렇게 되었는지를 고민한다. 그는 훌륭한 인격을 갖춘 학자이지만 고인 물처럼 정체되어 있는 것이다. 그의 그러한 성격은 이미 상당한 단계에 들어선 연구를 갖고도 끝내 완성하지 못하는 것으로 집약된다. 그리고 청년 과학자로서 신혁이 갖고 있는 과감함은 림진규가 끝내지 못한 연구를 자신이 떠맡겠다고 하는 것에서 드러난다. 지은영 기사는 신혁이 림진규의 연구를 가로채려 한다며 그를 협의회에 회부한다.

협의회에서 신혁은 자신의 것이 아니라 하루 빨리 우리의 것을 수확하려 하는 것이며 시대가 요구하는 것에 과학자들이 제 임무를 다하고 있지 못한 것이 진정한 윤리의 문제라고 항변한다. 자기 입장을 철회하지 않겠다는 것이냐는 당 간부의 질문에 림진규가 나서서 하는 말은 이 영화에서 청년세대의 임무가 진정 무엇인지를 요약해준다. 북한영화에서 (조)부모 세대의 연장자가 자신들이 살아온 과거를 들려주며 교양과 교훈을 제시하는 것은 매우 빈번한 일인데,39) 흔히 플래시백이나 대사를 통해 제시된다. 〈세대의 임무〉에서 림진규는 전쟁 당시의 자신의 경험을 이야기한다.

그의 이야기를 정리하면 대략 이렇다. 전쟁 시기 아바이 병사와 젊은 병사가 있었는데 둘 중 하나는 임무 수행을 위해 철조망을 넘어

---

39) 서정남, 앞의 책, 101쪽.

야 했다. 젊은 병사는 부상을 당한 아바이 병사가 임무를 완수하기 어렵다는 것을 알면서도 도의감 때문에 자신이 엎드려 아바이 병사가 철조망을 넘도록 했다. 결국 아바이 병사는 임무를 완수하지 못했다. 림진규는 자신을 아바이 병사에 비유하면서 청년세대에 힘을 실어준다. 이미 신혁의 연구는 이 시대가 요구하는 최첨단의 수준이라는 것이며 자신이 거기에 도달하자면 한참 걸릴 것이라는 점이다. 〈흰 연기〉와 마찬가지로 신구세대의 화합과 협력에 힘입어 신혁은 연구에 성공하게 되고 마침내 애초 목표였던 염색공장의 컴퓨터화 실현을 달성하게 된다. 〈흰 연기〉의 허일수가 그러했듯이 현장으로 좌천되었던 량실장이 자신의 잘못을 뉘우치고 연구에 큰 보탬이 되는 것은 물론이다.

〈흰 연기〉와 〈세대의 임무〉는 부모세대와 청년세대의 갈등과 화합, 협력의 문제를 다룬다. 〈흰 연기〉가 부모세대의 '유훈'을 받들지 못하던 청년세대가 큰 깨달음 끝에 부모세대의 뒤를 잇는 이야기라면, 〈세대의 임무〉는 청년세대의 패기와 추진력, 그리고 최첨단의 연구 성과를 위해 부모세대가 자신의 공적을 청년세대에게 양보하는 이야기라는 것이다. 그리고 두 영화 모두 부모세대(특히 아버지)를 부정해야 할 낡은 것으로 그리지 않고 있다.[40]

## 2) '청년동맹'의 속도전: 〈청춘의 자서전〉과 〈청년들을 자랑하라〉(1, 2부)

1999년 신년 공동사설은 청년의 임무를 이렇게 쓰고 있다. "청년들

---

[40] "새것과 낡은 것의 대립이 세대갈등으로 나타날 때 예상과 달리 아버지는 낡은 것에 포함되지 않는다는 사실이다." 이명자, 앞의 책, 2005, 59쪽.

은 강성대국건설의 돌격대이다. 청년들은 김일성사회주의청년동맹의 기발을 힘차게 휘날리며 당이 부르는 사회주의대건설장마다에서 영웅적위훈을 떨쳐야 한다."[41] 이듬해인 2000년에는 "전력공업과 석탄공업은 사회주의건설의 전초선이다"며 석탄생산을 결정적으로 늘릴 것을 주창한다. 아울러, 평양-남포 고속도로 건설을 비롯한 건설사업을 힘 있게 전개해야 한다고 명시한다.[42] 북한에서 청년들은 돌격대의 이미지와 따로 떼어 설명할 수 없다. 특히, 김정일이 후계자로 급부상하던 1975년 그의 지도로 설립된 '속도전청년돌격내'는 단지 청년들을 동원하는 역할에만 머무는 것이 아니라 혁명적으로 교양하고 단련하며, 군대식 조직체계와 규율을 통해 조선노동당의 '전위대'이자 당의 미래를 이끌어나갈 '후비대'로 규정되고 있다.[43]

영화 〈청춘의 자서전〉과 〈청년들을 자랑하라〉(1, 2부)는 각각 석탄을 캐고, 고속도로를 뚫는 '청년동맹'[44]의 청년돌격대를 다루고 있다. 〈청춘의 자서전〉은 북한에서 "자서전(자기소개서, 이력서 – 인용자)에 화려한 경력을 새겨넣으려고 어느 한 기계공장에 내려와 일하던 한 청년이 새 탄밭개발전투장에서 자신을 깨닫고 위대한 장군님께서 안

---

41) 「올해를 강성대국건설의 위대한 전환의 해로 빛내이자」『로동신문』, 『조선인민군』, 『청년전위』 공동사설」(1999.1.1).

42) 「당창건 55돐을 맞는 올해를 천리마대고조의 불길속에 자랑찬 승리의 해로 빛내이자: 『로동신문』, 『조선인민군』, 『청년전위』 공동사설」(2000.1.1).

43) 김종수, 「북한 '속도전청년돌격대'에 관한 연구」, 『동아연구』 제53집, 서강대학교 동아연구소, 2007, 359쪽. 김종수에 따르면, '속도전'은 1970년 혁명가극 〈한 자위단원의 운명〉을 영화로 옮기는 데 불과 40여 일 밖에 안 걸렸다는 것에서 비롯한다. 위의 글, 361쪽. 이러한 사실은 북한에서 영화라는 스펙터클이 얼마나 대중동원과 깊은 연관성을 갖고 있는지 보여준다. 영화의 이미지뿐 아니라 제작과정 자체도 정치적 스펙터클이 되는 것이다. 물론, 속도전의 기원이 되는 것으로서 전시노동체제와 천리마 운동을 들기도 한다. 이에 대한 보다 자세한 내용은 김종수, 앞의 책, 2008, 331~332쪽 참조.

44) 영화 속에서는 '청년동맹'이라고만 제시되지만, 북한 유일의 청년동맹인 '김일성사회주의청년동맹'이라는 것은 명약관화하다. 특히, 〈청년들을 자랑하라〉(1, 2부)의 엔딩 타이틀에는 김일성사회주의청년동맹 중앙위원회가 후원하고 있다는 자막이 나온다.

겨주신 청춘을 참답게 빛내여나가는 이야기"라고 소개된다.45) 진호(리은식)는 노동성 부상의 아들로서 기계전문학교를 졸업한 엘리트층이다. 그가 영대기계공장에서 일하는 이유는 앞으로의 출세에 도움이될 노동계급으로서의 경력이 필요하기 때문이다. 그는 청년동맹의 평정서를 잘 받을 생각으로 가장 어렵고 힘든 일을 맡겨줄 것을 공장청년동맹 초급단체위원장인 설향(김경애)에게 부탁한다. 이를 진심으로 받아들인 설향은 그를 무진대 탄밭조성 전투장으로 추천한다.

대대의 대표로 공사추진을 위한 협의회에 나간 진호는 어떤 식으로 공사를 이루어 나갈 것이냐는 당 간부의 질문에 굴착기, 대형자동차, 불도저 등 중장비 기계가 얼마만큼 필요한지 이야기한다. 여기에 당 간부는 상식적으로는 불가능한 것도 가능하게 하는 힘이 청년동맹에게 있으며 '위대한 장군님'이 청년이라는 말만 해도 긍지를 갖게 된다며, 공사 역시 돈과 기계로 하는 것이 아니라 청년돌격대원들이 사상과 신념으로 하는 공사라는 점을 힘주어 말한다. 모든 것은 사람의 사상과 신념, 의지로 가능하다는 주체사상의 극단적 주관주의가 담긴 이 장면은 〈흰 연기〉에서 주관적 욕망만으로는 과학기술문제를 해결할 수 없다고 항변하는 유철을 꾸짖으며 당의 요구와 의지를 설파하던 당 간부를 떠올리게 한다. 다만, 〈흰 연기〉에서 유철의 마음을 돌리게 하는 역할은 진승학과 어머니 등 부모세대이지만 〈청춘의 자서전〉에서 그 역할은 동년배인 설향과 그녀의 남동생 설봉이 떠맡게 된다.

설향은 우연히 진호의 애인인 미경(박윤희)이 진호에게 보낸 편지의 내용, 즉 진호가 평정서를 잘 받기 위해 마지못해 공사장에 가게 된 것이라는 내용을 읽고 심한 배신감을 느낀다. 설향은 진호에게 "자기가 걷는 걸음걸음이 아버지 장군님께 바치는 깨끗한 양심의 자

---

45) 문학예술출판사 편, 『조선문학예술년감: 주체90(2001)』, 문학예술출판사, 2002, 262쪽.

〈사진 5〉                    〈사진 6〉

〈사진 7〉                    〈사진 8〉

욱으로 되어야 한다"고 충고한다. 여기에 더해 설향의 남동생 설봉이 산에서 굴러 떨어지는 큰 바위를 온 몸으로 막다가 희생당한다. 이것은 〈흰 연기〉에서 유철의 외사촌 여동생 신옥의 살신성인과 맞닿아 있는 극적 설정이다. 이 사건을 계기로 진호는 대오각성하고 새 출발할 것을 다짐한다. 또한, 그가 진심으로 공사 일에 전념하게 되자 그를 배신한 미경에 대해 "너야말로 우리 시대의 속물"이라고 말한다. 미경은 노동성 부상인 그의 아버지와 그를 둘러싼 배경에 반해 그를 좋아했던 것이다.

　이 두 여성의 극명한 대립은 효과적인 영화적 기법으로 제시된다. 참된 청년 간부로서 커다란 통나무를 힘겹게 끌고 있는 설향의 숏(〈사진 5〉)과 당신을 위해 모든 것을 다 바치겠다고 '가증스러운' 말을 하는 미경의 숏(〈사진 6〉)이 이내 디졸브(dissolve) 되지만(〈사진 7〉) 끝내 남는 것은 악전고투하는 설향의 숏이다(〈사진 8〉). 이것은 참다운 청년의 길이 설향에게 있음을 제시한다.

이제 진심어린 청년일군이 된 진호는 공사 완결을 앞당길 수 있는 연속다발파법을 주도적으로 제기하고 마침내 새 탄맥을 찾아내는 데 중추적인 공헌을 하게 된다. 그리고 영화의 종반부, 대대장의 연설에서 청년돌격대의 과업을 칭찬하고 격려하는 김정일의 치하의 말과 함께 진호에게 '김일성청년영예상'이 수여된다.[46]

〈청년들을 자랑하라〉(1, 2부)는 "류례없이 엄혹했던 '고난의 행군' 시기 경애하는 장군님에 대한 절대적인 흠모심을 심장깊이 간직하고 모진 시련과 난관을 맞받아 뚫고 헤치면서 청년영웅도로를 강성대국 건설의 대통로로 훌륭히 건설한 청년돌격대원들의 영웅적투쟁위훈에 대한 이야기를 담고 있다."[47] '청년영웅도로'라는 명칭은 1998년 11월~2000년 10월까지 평양-남포 고속도로 건설사업에 투입된 김일성사회주의청년동맹 소속 청년들의 업적을 기리기 위해 북한 당국이 부여한 영예로운 이름이다.[48] 이 건설사업에는 연 5만 명의 전국 청년들이 참가했는데, '고난의 행군'이라는 가장 어려운 시기에 청년들이 고속도로를 건설함으로써 북한 주민들에게 강성대국 건설의 '자극제' 역할을 수행했다.[49]

영화는 여단 시공 참모 주승민(리영호)과 청년돌격대 대대장 김원범(리원복)의 대립구도를 기반으로 전개된다. 승민은 원범이 전에 있던 기관에서 발전기 사고의 책임이 있으면서도 자신의 명예만을 좇

---

46) 실제로, 청년돌격대를 통해 '노력영웅'이 된 청년들이 20여 명, '김일성청년영예상' 수상자가 120여 명, 국가표창 수여자가 4만 명에 이른다고 한다. 김종수, 앞의 글, 2007, 375쪽.
47) 문학예술출판사 편, 『조선문학예술년감: 주체92(2003)』, 문학예술출판사, 2005, 210쪽.
48) 김종수, 앞의 글, 2007, 370쪽.
49) 김종수, 앞의 책, 2008, 332쪽.

느라 제대로 책임을 지지 않았다고 생각한다. 책임 있는 위치에 있으면서도 실제로 책임지고 물러난 것은 노일꾼이자 노당원인 김석태 '아바이'(강효선)였던 것이다. 김석태 아바이는 〈흰 연기〉의 진승학이나 〈세대의 임무〉의 림진규와 같은 경험 많고 자애로운 노세대를 대변한다. 영화가 전개되면서 그가 원범의 아버지임이 밝혀지는데, 그는 처음엔 어려운 결전장으로 가는 젊은이들 앞에 걸림돌이 되기 싫어 자신이 물러나지만, 나중에는 아들이 경력과 공명심만을 좇는다고 개탄하며 아들을 제명시키라고 부탁하기까지 한다. 이 장면은 진심으로 뉘우치는 원범의 플래시백을 통해 전달되면서 보이스오버 내레이션이 곁들여지는데, 그 내용은 부모세대가 자식들에게 진정 바라는 것이 무엇이었는가를 똑똑히 알게 되었으며, 그 의미는 '수령님'에 대한 충성을 '장군님'에게로 이어간다는 것이다.

영화의 후반부에서 김석태 아바이가 들려주는 전쟁 시기 자신의 이야기는 〈세대의 임무〉에서 림진규가 들려주는 철조망 이야기와 일맥상통한다. 그는 주승민이 제기한 '날려쌓기 발파'를 앞둔 결전의 날 전야에 청년들의 신발을 수리해주는 봉사50)를 하며 그 이야기를 들려준다. 그는 전쟁 시절 민청위원장으로 참전했는데, 민청 즉 '북조선민주청년동맹'은 현 김일성사회주의청년동맹의 기원이라는 점에서51) 이 이야기는 청년동맹 일꾼들에게 자신의 조직에 대한 긍지를 심어주는 성격을 갖는다. 이야기는 '비겁분자'로 낙인 찍혔던 나이 어린 병사가 궁극에는 전투에서 숭고한 희생으로 고지 탈환에 수

---

50) 신발을 수리해주는 봉사 장면이 예사로워 보이지 않는 것은 김정일이 어느 군당책임비서의 아내가 구두수리공으로 일한다는 소식을 듣고 높이 평가했으며, 이는 직업 귀천의식을 갖고 있는 청년들이 본받아야 할 모범이라고 말한 것과 연동되기 때문이다. 김정일, 「청년들과의 사업에 힘을 넣을데 대하여」(1993.2.26), 『김정일 선집 13』, 조선로동당출판사, 1998, 344쪽.
51) 이온죽·이인정, 앞의 책, 65쪽.

〈사진 9〉　　　　　　　　〈사진 10〉

훈을 거두었다는 내용이다. 이 장면은 이례적으로 다큐멘터리 필름
을 사용하고 있으며(〈사진 9〉) 이내 극영화의 전투장면과 겹쳐짐으로
써(〈사진 10〉) 실재했던 역사를 허구와 만나게 하는 역할을 한다. 그것
은 극영화라는 허구를 통해 실재했던 역사를 신화화하는 과정에 다
름 아니다.

　북한영화의 갈등구조가 늘 그렇듯이 승민과 원범의 대립도 결국에
는 힘을 합쳐 발파 작업에 성공하고 고속도로 건설을 완공하는 것으
로 융해된다. 사실, 이 영화는 앞선 세 편의 영화에 비해 주인공들의
이야기보다는 주변 인물들의 이야기를 더 비중 있게 다룸으로써 개
인영웅보다는 집단영웅을 강조한다. 예를 들어 승민의 여동생이자
어머니의 뒤를 이어 건설노동자가 된 사연을 갖고 있는 은하 소대장
(김련화), 피아노를 좋아하여 음악가가 되고 싶어 했지만 돌격대에 온
것을 후회하지 않는다고 말하는 처녀 돌격대원 홍아(조순임), '장군님'
에 대한 사무치는 그리움에 겨워 꿈에서 '장군님'을 만나고서는 현실
에서 그를 봤다고 생각하는 철관(리종국) 등 한명 한명의 개인이 모여
청년동맹이라는 불굴의 집단을 만들어 간다. 이 영화에서 결집과 정
렬, 행진과 환호의 대규모 군중 장면이 지배적인 것도 그 때문이다
(〈사진 11~13〉).

〈사진 11〉　　　　　　　　〈사진 12〉

〈사진 13〉　　　　　　　　〈사진 14〉

　1, 2부를 합쳐 3시간에 달할 만큼 큰 규모를 보여주고 있는 〈청년
들을 자랑하라〉는 객관적으로 불리한 조건들을 모두 이겨내고 사상
의식의 주관성을 극단으로 밀어붙이는 '속도전'의 영화이면서, 감성
적·행동적 주체이자 폭발적 행동의 담지자로서 청년동맹의 모습을
하나의 전설이자 신화로 만드는 영화이다. 영화의 마지막 장면은 붉
게 물든 태양빛을 향해 내어뻗은 고속도로로 질주하는 일종의 시점
숏인데 이는 마치 '장군님'(태양)을 향해 한발 한발 나아가는 청년들
자신을 나타내는 것 같다(〈사진 14〉).

## 4. 유훈통치의 그늘

2000년대 초반 북한에서 청년세대의 문제는 1990년대 소련과 동유럽 사회주의권의 몰락, 자본주의의 '황색바람', 고난의 행군을 거치며 사상과 의식의 해이, 일탈로 나아갈 수 있는 청년들을 단속, 통제하는 것과 연관된다. 특히, 1990년대 후반 제기된 청년중시 정책은 청년들을 선군정치와 사회주의 강성대국의 주체로 호명하면서 그들에게 자긍심을 심어주고 국가와 당, 김정일 체제에 대한 충성심을 이끌어내는 기제로 활용되었다.

이 시기 청년세대를 다룬 북한영화들은 이러한 시대상을 정책적으로 드러내고 있다. 물론, 영화와 현실이 일대일의 조응관계를 갖고 있는 것은 아니지만, 아래로부터의 인민의 현실보다 위로부터의 당의 정책을 직접적으로 반영하는 북한영화의 특수성에 입각해 볼 때, 이는 피할 수 없는 부분이다. 그래서 일부 영화가 사상적 해이와 일탈을 제시한다고 할지라도 궁극적으로는 높은 사상적 의식과 도덕을 통해 교정된다.

영화에서 주로 청년세대가 그릇된 생각과 행동을 교정하여 올바른 길로 나가는 데에는 (조)부모로 대변되는 노 세대의 가르침과 교훈이 중요한 역할을 한다. 청년중시 정책과 함께 과학기술중시 정책을 반영하는 〈흰 연기〉와 〈세대의 임무〉에서 청년 과학자의 깨끗한 양심은 주로 부모세대의 '유훈'을 이어나가는 것으로 나타난다. 전자에서 아버지가 못다 이룬 과학연구를 계승해나가는 유철이 그렇고, 후자에서도 림진규의 연구업적을 청년 과학자 신혁이 계승한다. 부모세대, 특히 아버지나 유사아버지로 지칭될 수 있는 인물들은 죽었거나 정체되어 있지만 결코 거부하거나 청산해야 할 낡은 대상이 아니다. 그들은 지식과 지혜, 드넓은 이해심과 자애로움으로 자식 세대를 감싸 안으며 자식세대는 그런 부모세대를 존경심으로 받든다. 이는 4년간의 유훈통치를 거친 김정일 체제가 김일성의 '유훈'을 받들어 나가는 것, 인민들이 대를 이어 충성하는 것으로 생각해 볼 수 있다.

청년 특유의 패기와 저돌성은 네 편 영화 모두의 공통점이지만 청년동맹을 재현한 〈청춘의 자서전〉과 〈청년들을 자랑하라〉(1, 2부)에서 보다 두드러지게 재현된다. 이 영화들에서 청년들은 객관적 조건과 상황을 주관적 의지와 사상, 신념으로 타개할 것을 요구받는다. 이는 감성적·행동적 주제이자 폭발적 행동의 담지자로 위치 지어진 사회주의 청년론과 맞닿는 부분이기도 하지만, 보다 직접적으로는 객관적 조건을 초월하여 인간의 사상과 의식이 모든 것을 좌우한다는 북한 특유의 통치이념, 주체사상이 반영된 것으로 볼 수 있다. 두 영화에서 청년들은 참다운 청년의 길을 가는 동년배에게서(〈청춘의 자서전〉), 혹은 청년 조직 전통의 역사와 신화를 들려주는 노 세대에게서(〈청년들을 자랑하라〉) 청년으로서의 긍지를 배우고 열정과 국가, 당, 체제에 대한 충성심을 확인한다.

북한영화 속 청년·청소년 세대의 계보라는 측면에서 이 영화들은 이후 나오게 될 〈녀병사의 수기〉나 〈한 녀학생의 일기〉와 관련지어 논의될 수 있을 것이다. 이 두 편의 영화는 각각 선군정치와 과학기술을 통한 강성대국 건설을 지향하는 북한에서 청년보다 한 세대 어린 청소년들의 사상교양과 함께 이전 시대의 틀로는 가둬둘 수 없는 북한 청소년들의 솔직한 욕망을 드러내고 있기 때문이다.

# 참고문헌

## 1. 북한 자료

### 1) 영상 자료

〈세대의 임무〉(조선예술영화촬영소, 조학철 영화문학, 천영민 연출, 2002)

〈청년들을 자랑하라〉(1, 2부. 조선예술영화촬영소, 리종현 영화문학, 김현철 연출, 2003)

〈청춘의 자서전〉(조선예술영화촬영소, 리인철 영화문학, 천영민 연출, 2001)

〈흰 연기〉(조선예술영화촬영소, 조세혁 영화문학, 김청일 연출, 2000)

### 2) 문헌 자료

김일성, 「조선2.8예술영화촬영소의 몇가지 과업에 대하여」(1971.10.22), 『김일성 저작집 26』, 조선로동당출판사, 1984.

김정일, 「청년들과의 사업에 힘을 넣을데 대하여」(1993.2.26), 『김정일 선집 13』, 조선로동당출판사, 1998.

_____, 「김일성동지의 청년운동사상과 령도업적을 빛내여 나가자」(1996.8.24), 『김정일 선 14』, 조선로동당출판사, 2000.

문학예술출판사 편, 『조선문학예술년감: 주체90(2001)』, 문학예술출판사, 2002.

_____, 『조선문학예술년감: 주체92(2003)』, 문학예술출판사, 2005.

박무환, 「[평론] 오늘에 비긴 내일을 본다: 예술영화 〈먼 후날의 나의 모습〉을 보고」, 『조선예술』, 1998년 제1호.

사회과학원, 『문학예술대사전』(DVD), 사회과학원, 2006.

손태광 [평론] 생활적인 연기는 감동이 크다」, 『조선예술』, 2000년 제9호.

최성호, 「형상창조에서 바쳐진 충효의 마음: 예술영화 〈줄기는 뿌리에서 자란다〉의 창조과정에 있은 이야기」, 『조선예술』, 1998년 제11호.

「올해를 강성대국건설의 위대한 전환의 해로 빛내이자: 『로동신문』, 『조선인민군』,
　　『청년전위』 공동사설」(1999.1.1)

「당창건 55돐을 맞는 올해를 천리마대고조의 불길속에 자랑찬 승리의 해로 빛내
　　이자: 『로동신문』, 『조선인민군』, 『청년전위』 공동사설」(2000.1.1)

## 2. 국내 자료

김선아, 「〈한 녀학생의 일기〉를 통해 본 북한영화 관객성 연구」, 단국대학교 한국
　　문화기술연소 편, 『선전과 교양: 북한의 문예교육』, 도서출판 경진, 2013.

김종수, 「북한의 '청년중시' 정책에 관한 연구」, 동국대학교 석사논문, 2002.

＿＿＿, 「북한 '속도전청년돌격대'에 관한 연구」, 『동아연구』 제53집, 서강대학교
　　동아연구소, 2007.

＿＿＿, 『북한 청년동맹 연구: 체제 수호의 전위대, 청년동맹』, 한울, 2008.

마크 로즈먼, 「'상상의 공동체'로서의 세대: 18세기부터 20세기까지 독일에서 나
　　타나는 신화, 세대 정체성, 세대 갈등」, 울리케 유라이트·미하엘 빌트
　　편, 박희경 외 역, 『'세대'란 무엇인가: 카를 만하임 이후 세대담론의 주제
　　들』, 한울, 2014.

변상정, 『김정일 시대 북한의 과학기술정책』, 한국학술정보, 2010.

서정남, 『북한영화탐사』, 생각의 나무, 2002.

울리케 유라이트·미하엘 빌트, 「세대들」, 울리케 유라이트·미하엘 빌트 편, 박희
　　경 외 역, 『'세대'란 무엇인가: 카를 만하임 이후 세대담론의 주제들』,
　　한울, 2014.

이기훈, 『청년아 청년아 우리 청년아: 근대, 청년을 호명하다』, 돌베개, 2014.

이명자, 『북한영화와 근대성: 김정일시기 가족멜로드라마』, 역락, 2005.

＿＿＿, 「7·1 경제관리개선조치' 이후 북한영화에 나타난 혁명적 낭만주의와 리
　　얼리즘의 긴장관계: 〈녀병사의 수기〉, 〈한 녀학생의 일기〉의 고백의 내

러티브를 중심으로」, 『정신문화연구』 제31권 3호, 한국학중앙연구원, 2008.

이온죽·이인정, 『김일성사회주의청년동맹과 조선민주녀성동맹: 사회변동과 체제유지의 기제』, 서울대학교출판문화원, 2010.

이인정, 『북한 '새세대'의 가치지향 변화』, 한국학술정보, 2007.

이종석, 『(새로 쓴) 현대북한의 이해』, 역사비평사, 2000.

이종훈, 「모로조프, 스타하노프, 슈미트: 스탈린 시대의 영웅들」, 권형진·이종훈 편, 『대중독재의 영웅 만들기』, 휴머니스트, 2005.

전영선, 「북한 사회의 정체성과 북한영화: 청소년 영화와 드라마를 중심으로」, 『한국언어문화』 제28집, 한국언어문화학회, 2005.

_____, 「북한영화의 유형과 학문 분류체계」, 단국대학교 한국문화기술연구소 편, 『북한문학예술의 장르론적 이해』, 도서출판 경진, 2010.

차문석, 「레이펑, 길확실: 마오쩌둥·김일성 체제가 만들어낸 영웅들」, 권형진·이종훈 편, 『대중독재의 영웅 만들기』, 휴머니스트, 2005.

한승호 「선군시대 북한영화에 나타난 과학자 형상 연구」, 『북한학보』 제34집 2호, 북한연구소, 2009.

## 3. 국외 자료

Shary, Timothy, *Generation Multiplex: The Image of Youth in Contemporary American Cinema*, Austin: University of Texas Press, 2002.

# 제2부
# 인민의 몸과 젠더, 그리고 공동체

**공산주의적 인간의 얼굴과 몸**
: 동시대 북한미술의 몸 재현

**북한영화에 나타난 스포츠 내셔널리즘과 젠더**

**선군시대 북한영화에 나타난 가부장적 온정주의**
: 〈복무의 길〉(2001)을 중심으로

**선군시대 북한의 민족적 감성**
: 2000년대 『조선예술』에 수록된 민요풍 노래를 중심으로

# 공산주의적 인간의 얼굴과 몸

: 동시대 북한미술의 몸 재현

홍지석

## 1. '주체사실주의'가 추구하는 몸: 북한式 관상학

주지하다시피 지금 북한미술가들은 이른바 '주체사실주의'의 교리에 따라 작업한다. 즉, 그들은 나름의 '사실주의'를 추구한다. 북한미술 담론에 따르면 미술가는 자신에게 주어진 현실을 사실적으로 그려야 할 책무를 떠맡고 있다. 그런데 여기서 "사실적으로 그린다"는 것은 미술가가 자신의 주관을 완전히 배제하고 기계적으로 그리는 것을 뜻하지 않는다. 이미 체제 초창기에 그들은 그런 태도를 부르주아 형식주의, 곧 자연주의 또는 기록주의로 간주하여 배격했다. 그들에 따르면 "사실적으로 그린다"는 것은 미술가 자신이 주체의 사회주의 현실에서 직접 체험한 주관적 감정이나 정서를 적극 개입하여 그린다는 것을 뜻한다. 그렇게 하면 가시적인 외적 세계를 가능케한 (진정한)내적 세계를 형상할 수 있다고 그들은 주장한다.

이러한 논리는 인간 '몸'의 재현에도 어김없이 적용된다. 북한미술
가들은—마치 사진기처럼—인간 몸을 눈에 보이는 그대로 그리는 것
을 극력 기피한다. 대신 그들은 현실에 존재한다고 여겨지는 공산주
의적 인간의 몸을 그린다. 그들 논리대로라면 북한미술에 등장하는
공산주의적 인간의 몸은 "당과 수령에 대한 끝없는 충성, 조국과 인
민에 대한 열렬한 사랑, 혁명과 건설에 대한 주인다운 태도와 헌신성,
숭고한 혁명적 의리와 동지애"로 충만한 인간의 몸이다. 따라서 거기
에 그려진 인간의 몸을 우리는 몸 자체로서 간주할 수 없다. 그것은
어디까지나 공산주의적 인간의 사상정신적 풍모의 반영으로서 인간
의 몸인 것이다.

이런 관점에서 본다면 북한미술은 "인간의 외면(몸)을 통해 인간의
내면을 인식하는 것"을 목적으로 했던 관상학(physiognomy), 또는 골
상학(phrenology)의 접근방식을 계승하고 있다고 할 수 있다.[1] 그들은
과거의 관상학자, 또는 골상학자들처럼 몸과 정신, 외적 작용과 내적
정신의 명확한 인과 관계를 수립하기 위해 노력했다. 구체적으로 그
것은 얼굴의 어떤 표정을 특정 감정과 연결 짓는 식으로 표정-감정
의 목록을 작성하거나 특정한 몸의 자세를 특정한 정신 상태에 귀결
시키는 식으로 전개되었다. 오늘날 북한미술에 등장하는 '공산주의
적 인간의 전형'이란 이렇게 만들어진 공식과 규범을 충실히 따르고
있다. 이것은 분명히 지배체제가 미술가들에게 요구한 공산주의적
인간의 전형 창조에 효과적인 전략이었다. 그러나 다른 한편 이러한
전략을 택함으로써 북한미술가들은 해결이 쉽지 않은 여러 문제들에
직면해야 했다. 가장 심각한 문제는 소위 사실주의자들이 그린 이상

---

1) 한철, 「얼굴과 문자: 18세기 독일 관상학의 기호론적 구상들」, 『독일어문학』 제44집,
  2009, 202쪽.

적인 공산주의적 인간 전형이 자꾸만 현실과 동떨어진 것이 되어간
다는 점이다. 제각기 다른 화가가 그린 인물형상이 한 화가가 그린
것처럼 동일한 양상을 지니게 되는 문제도 발생했다. 물론 그밖에
다른 문제들도 있다. 이제 우리는 북한미술작품에 재현된 '공산주의
적 인간 몸'의 양상들을 살펴보면서 그와 관련된 여러 쟁점을 확인하
게 될 것이다. 최우선의 관심사는 북한 미술가들이 '공산주의적 인간
전형'을 제작하면서 직면한 문제들을 어떻게 "해결했는가?" 또는 "봉
합했는가?"를 되짚는 일이 될 것이다.

## 2. 공산주의적 인간의 전형: "아름다운 인간"의 개성

이른바 주체사실주의에 입각해 그리는 북한미술가들에게 할당된
가장 중요한 과제 가운데 하나는 '공산주의적 인간의 전형'을 창조하
는 일이다. 주체미술의 교범인 『미술론』 저자가 애써 강조하듯 사회
주의 미술은 "사람 일반이 아니라 노동자, 농민을 비롯한 근로인민대

최복남, 〈락원리의 봄노래〉, 조선화, 2013.

중을 기본으로 그리면서 그들을 가장 힘 있고 아름다운 존재로" 내세운다.[2] 북한식 어법으로 이를 구체화하면 "혁명과 건설의 참된 주인공의 전형을 창조하는 것은 주체사실주의의 가장 중요한 요구"다. 그리고 이런 전형의 창조에서 핵심은 그 인물의 내면, 곧 사상 감정과 성격을 깊이 있게 그리는 일이다. 이를테면 "그의 당과 수령에 대한 끝없는 충성, 조국과 인민에 대한 열렬한 사랑, 혁명과 건설에 대한 주인다운 태도와 헌신성, 숭고한 혁명적 의리와 동지애" 등을 그린다는 것이다. 북한미술은 그 전형을 아름답게 형상할 것이다. "인간의 아름다움은 무엇보다도 정치사상의식을 기본으로 하는 사상정신적 풍모에서 나타난다"[3]고 보기 때문이다.

요컨대 북한미술이 염원하는 공산주의적 인간의 전형은 체제의 지배이데올로기가 요구하는 선(善)과 감각적 미(美)의 합일이다. 그것은 "사람의 진정한 미는 정신적으로나 육체적으로 조화롭게 발전된 자주적 인간에게 있다"[4]는 구호에 압축되어 있다. 이렇게 북한미술에는 선미합일(Kalokagathia)이라는 고전 그리스의 이상이 깊이 침윤되어 있다. 이러한 구호를 실천하는 대안은 물론 "정신도덕적 미와 육체적 미가 하나로 어울려있는 외모에 대한 조형적 묘사"[5]에 임하는 일이다.

실제로 북한미술작품에서 인물은—부정적 인물이 아닌 한—아름답고 건강하게 묘사된다. 남재윤에 따르면 북한미술은 부정성과 비극성을 배제하고 아름답고 건강하고 온화한 긍정적 주인공을 지배적으로 내세우는 방향을 취했다.[6] 그 결과 북한미술의 화폭은 말 그대

---

2) 김정일, 『김정일 미술론』, 조선로동당출판사, 1992, 21쪽.
3) 위의 책, 11쪽.
4) 위의 책, 11쪽.
5) 위의 책, 54쪽.

로 '아름다운' 인간들로 가득 차게 되었다. 고전 그리스의 '미의 왕국'을 방불케 할 정도다.

그러나 이것이 해결이 쉽지 않은 어떤 문제를 야기했다. 아름답고 매력 있게 그려진 형상들은—그들의 눈에도—지나치게 현실과 동떨어져 진실성을 상실한 것으로 보였던 것이다. 리명의 지적에 따르면 "인물들의 모습을 순수 조형미적으로 곱고 아름답게 그림으로써 성격형상의 진실성을 잃게 되는 실례"가 적지 않았던 것이다.[7] 이런 견지에서 북한미술은 "개성을 탈각한 조형적으로 표준적인 아름답고 고운 얼굴"이 아니라 "공산주의적 인간의 기본특징으로 되는 개성적 모습"을 성격화하여 그리는 것을 자신의 사명으로 삼게 되었다. 『미술론』 저자는 이렇게 말한다.

미술형상에서는 얼굴이 좀 못생기고 몸매가 그리 세련되여보이지 않아도 외모를 특색있게 그려놓으면 개성이 살아날수 있다. 외모를 특색있게 그려야 개성이 살아난다고 하여 외모의 조화로운 생김새를 무시하여서는 안된다. 조형적으로 조화로운 생김새란 결코 잘 생긴 얼굴이나 보기 좋은 몸매만을 의미하는 것이 아니라 인물의 모습이 내면세계의 아름다움을 비쳐보이면서도 형태적으로 균형이 잡히고 비례가 맞으며 조형적으로 통일되여있는 상태를 말한다.[8]

---

6) 남재윤, 「1960~70년대 북한 '주체 사실주의' 회화의 인물 전형성 연구」, 『한국근현대미술사학』 제19집, 2008, 130~134쪽.

7) 리명, 「회화작품 창작에서 성격형상과 얼굴에 대한 조형적 묘사의 진실성 문제」, 『조선예술』, 2003년 제7호, 66쪽.

8) 김정일, 앞의 책, 54쪽.

리금희, 〈창작가, 예술인들이여 들끓는 현실속으로〉, 선전화, 2012.

인용문에서 보듯 『미술론』 저자는 인간의 묘사에서 보편으로서의
미(美)를 배제하지 않으면서 개별성, 곧 개성을 확보할 것을 요구한
다. 이것은 두 가지의 '금지'를 내포한다.[9] 하나는 "현실에 있는 개성
적인 특징을 가진 인물의 모습을 지나치게 일반적인 유형의 아름다
운 모습으로 이상화해서 그려서는 안 된다"이다. 가령 북한미술담론
에서 고대 그리스의 조각작품들은 "묘사의 진실성과 생동성, 조형적
형식의 완벽성"을 달성했으나 "인간형상창조에서 인간의 육체미를
이상화하는데로" 나아갔기에 "현실생활과 동떨어진" 한계가 있다고
평가된다.[10] 다른 하나는 "개성적인 모습을 그린다면서 불균형적인

---

9) 리명, 앞의 글, 67쪽.
10) 조동순, 「인체석고교재의 력사적 고찰과 특징적 면모」, 『조선예술』, 2000년 제11호, 70쪽.

특징을 그대로 강조하여 그려서는 안 된다"이다. 균형, 또는 표준에서 벗어난 기괴한 것, 기상천외한 것이야말로 북한미술이 가장 강력하게 배제하는 바다. 따라서 북한미술가들은 (아도르노의 표현을 빌자면) "기존의 틀을 벗어나지 않으면서 새로운 효과를 창출해야한다는 끊임없는 압력"에 직면해 있다. 리명은 이러한 상황을 다음과 같이 설명한다. "조형적으로 조화로운 얼굴이란 고운 얼굴만을 가리켜 이르는 말이 아니라 얼굴은 곱지 않더라도 인간의 정신도덕적 미가 두드러지게 강조되고 얼굴의 윤곽선과 그 흐름새, 눈을 비롯한 부분의 비례와 균형이 조화로운 것"11)이다.

따라서 북한미술가들은 인간을 그리면서 '미'를 추구하지만 명시적으로 '미의 탐구'를 목적으로 내세우지 않는다. 차라리 그들의 작업은 '개성의 탐구'로 지칭될 만한 것이다. 그들의 과제는 "인간의 외모를 개성적으로 특색있게 보여주는 것"이다. 물론 "그것을 조형적으로 조화롭게 그리는 한에서"12) 말이다. 이렇게 '개성의 탐구'를 자신의 과제로 부여받게 된 미술가는 일종의 관상학자 또는 유사―심리학자가 된다. 그의 과제는 얼굴을 위시한 인간 몸의 묘사를 통해 '성격', 또는 '성미'로 지칭되는 인간의 심리상태를 드러내는 일이다. 이것은 궁극적으로 공산주의적 인간의 내적인 미, 곧 정신도덕적 미를 드러내는 일이다. 미술가는 그것을 조화롭게 형상하여 아름답게 제시한다. 여기에는 "조형적으로 형상된 얼굴의 매력은 인물의 내적미와 외적미가 개성적인 모습으로 부각되었을 때"13) 가능하다는 인식이 전제되어 있다.

---

같은 이유로 그들은 '나체'도 거부한다. 고대 그리스의 '나체' 조각은 현실과 동떨어진 이상적 미의 탐구를 극명하게 보여주는 사례이기 때문이다.

11) 리명, 앞의 글, 67쪽.
12) 김정일, 앞의 책, 54쪽.
13) 위의 책, 60쪽.

## 3. 관상학자 또는 유사-심리학자로서의 미술가

관상학자 또는 유사-심리학자로서 미술가는 인물의 내면세계를 깊이 있게 그리기 위해서 일상에서 "심리상태의 외적표현"을 섬세하게 탐구해야 한다. 인간의 심리는 "인물의 자세와 동작, 얼굴표정"을 통해 드러난다는 것이 이러한 탐구의 전제다. 주인공의 사상감정과 성격이 "그의 얼굴표정, 자세와 동작에 체현"된다는 것이다. 그 중에서도 '얼굴'은 인물형상의 기본으로 중시된다. "사람의 얼굴은 사상 감정은 물론 복잡한 심리적 움직임도 섬세하게 나타난다"14)고 보기 때문이다. 그러니 미술의 대상으로서 몸에는 위계가 있다. 몸을 구성하는 모든 부분 가운데서 기본(중심)은 '얼굴'이다. 정철의 표현을 빌자면 "인간의 내면세계를 옳게 보여주는데서 기본은 얼굴묘사"15)다. 물론 묘사대상인 얼굴에도 위계가 있다. 『미술론』저자에 따르면 얼굴에서 가장 중요한 부분은 '눈'이다. "눈은 사람의 내면세계를 가장 예민하고 웅심깊이 나타내며 깊은 속생각까지도 예리하게 표현"할 뿐만 아니라 "말로써는 다 표현할 수 없는 섬세한 감정과 미묘한 심리적 변화와 굴곡까지도 나타"16)내기 때문이다.

그러나 "사람의 얼굴은 사상 감정은 물론 복잡한 심리적 움직임도 섬세하게 나타난다"는 주장, 또는 "인물형상의 기본은 얼굴묘사"라는 설명은 모호하기 이를 데 없다. 따라서 북한미술담론은 주체미술의 교본―『미술론』의 일반적인 주장을 구체화하여 미술가들에게 실천적 지침을 제시하는 일에 집중된다. 『조선예술』, 2003년 제1호에 실린 정철의 글은 『미술론』의 주장을 '조형해부학적 분석'으로 구체

---

14) 위의 책, 59쪽.
15) 정철, 「얼굴표정묘사의 형태적 관찰」, 『조선예술』, 2003년 제1호, 70쪽.
16) 김정일, 앞의 책, 59쪽.

화한 경우다. 정철의 서술을 중심으로 얼굴 및 신체 각 부분 묘사를 통한 성격묘사의 양상을 확인해 보기로 하자. 그에 따르면 "미술에서 인물의 성격창조는 얼굴에 대한 조형적묘사와 밀접히 관련"되어 있다. 그리고 그 얼굴묘사에서 핵심은 표정묘사이다. 그리고 그가 보기에 표정에서 기본을 이루는 것은 "눈"이다.[17]

## 1) 눈

정철에 따르면 눈은 "얼굴에서 중요한 감각기관의 하나로서 시각기능을 수행할 뿐 아니라 섬세하고 미묘한 심리를 다양하게" 표현한다. 특히 눈에서 가장 중요한 것은 '동공'인데 왜냐하면 '동공'은 "뇌수와 시신경을 통하여 사물현상을 판단하게 하는 가장 중요한 부위로서 표정을 나타내는데서 아주 예민하고 민감하기" 때문이다. 따라서 표정을 잘 묘사하자면 "눈동공의 움직임으로 하여 변화되는 형태와 굴곡상태를 깊이 관찰"해야 한다는 것이 그의 주장이다. 그는 〈표 1〉과 같은 경우를 예시한다.

정철과 유사한 문맥에서 리경만은 화가가 "눈의 검은자위와 흰자위에서 발산되는 광선의 세기를 정확하게 관찰할 뿐만 아니라 흰자

〈표 1〉

| 상태 | 표정 ⇒ 심리상태 |
|---|---|
| 동공이 크게 노출되면서 공막부위가 많이 드러날 때 | 격한 또는 놀라움과 싸늘한 인상 |
| 홍채가 드러나면서 눈꺼풀이 본 모습에 편안하게 놓였을 때 | 부드럽고 인자한 느낌 |
| 공막 밑 부위에 눈물이 고이고 눈썹이 사이 미궁안쪽으로 위로 올라가면서 눈 전체가 붉은색으로 이전될 때 | 비애와 울음의 감정 |

---

17) 정철, 앞의 글, 70~71쪽 참조.

위의 색변화 상태에 관심을 가져야 한다"고 주장한다. 그가 보기에 "사랑, 믿음, 결의, 낙관, 불만, 환멸, 증오 등 인간의 심리에 체현되어 있는 모든 내적인 속성들"은 "눈빛의 굴절을 통해 나타나기" 때문이다.[18]

## 2) 눈썹

한편 정철이 보기에 눈썹은 "전두근, 추미근, 인륜근의 움직임에 의하여 아래위, 좌우로 움직이면서 표정에 적지않은 역할"을 한다. 따라서 눈을 그릴 때는 반드시 "미간을 비롯한 눈썹머리와 꼬리의 움직임도 반드시 관찰해야" 한다는 것이 그의 주장이다. 그는 〈표 2〉와 같은 사례들을 열거한다.

〈표 2〉

| 상태 | 표정 ⇒ 심리상태 |
| --- | --- |
| 눈썹 충미가 가운데로 모이면서 안륜근이 위로 올라 갈 때 | 예리함 |
| 충미와 눈썹머리가 위로 올라가고 안륜근이 아래로 떨어지면서 눈썹꼬리가 밑으로 향했을 때 | 환희와 격동, 기쁨 |
| 눈형태가 삼각을 이루고 눈썹머리가 떨어지면서 눈썹꼬리가 위로 올라갔을 때 | 격함 또는 분노 |

## 3) 입

정철에 따르면 얼굴에서 '입'은 눈 못지않게 성격을 나타내며 "유전상태와 체질, 직업과 건강상태 등에 따라 달라"진다. 그가 보기에 입을 그릴 때에는 상순방향근, 안각근, 안하근, 국각인하근, 하순인하

---

18) 리경만, 「초상작품에서 눈과 시선의 뜻」, 『조선예술』, 2001년 제6호, 57쪽.

근 등 여러 표정근의 해부학적인 연구에 기초하여 정확한 표정묘사
로 진행해야 한다.

〈표 3〉

| 상태 | 표정 ⇒ 심리상태 |
|---|---|
| 상하순이 동시에 얇으면서 길고 좁은 상태 | 냉정하고 이지적인 |
| 상하순이 두터우면서 넓은 형태 | 둔하면서 미욱한 |
| 상순이 넓으면서 하순이 보통인 상태 | 유순하고 선량한 |
| 상순 중섬이 살아나면서 좌우로 좁게 뻗은 | 담담하고 익살스러운 |

### 4) 코와 귀

코와 귀는 인물의 표정이나 감정상태를 나타내는 데 큰 기능을 수
행하지 않는 것으로 간주된다. 그러나 그것은 사람의 성격을 나타내
는 데 일정한 역할을 한다. 예컨대 일반적으로 "코가 길고 비익이
맞춤하게 생긴 사람은 매력있어 보이고 코가 짧고 비익이 크고 넓은
사람은 미욱하게 보인다"는 식이다.

### 5) 피부와 손

물론 "인간의 내면세계"는 얼굴을 통해서만 나타나는 것은 아니다.
다시 『미술론』 저자를 인용하면 "인간의 심리상태는 얼굴뿐 아니라
인체의 다른 부분을 통하여서도" 나타난다.[19] 그에 따르면 가령 "고
도의 긴장감을 나타내는 핏줄의 탄력적인 상태", 또는 "초조감과 공
포에 질린 사람에게서만 찾아볼 수 있는 손의 표현적인 동작"은 인체
의 다른 부분에서 나타나는 심리상태의 사례다.[20] 김진호에 따르면

---

19) 김정일, 앞의 책, 63쪽.

"홍분하였거나 부끄러운 일을 당했을 때는 얼굴부분의 핏줄이 확장되어 붉은빛으로 변하게 되며" 반대로 "공포에 빠지거나 큰 근심이 생겼을 때, 크게 놀랐을 때는 피가 적어져 얼굴색이 창백하게" 된다.[21] 이렇게 유사-심리학자로서의 미술가에게 몸은 "심리상태의 외적표현"으로서 의의를 갖는다. 따라서 그에게는 얼굴과 손, 핏줄, 피부색이 특히 중요하다. 반대로 '심리상태'의 표현으로 보기 힘든 둔부나 복부, 허벅지 등의 양상은 부차적인 것이 된다.

관상학자 또는 유사-심리학자로서 미술가는 또한 "유기체로서의 사람이 거치는 발달과 퇴화, 성장과 노쇠 등의 육체적 변화"에 따른 심리상태의 변화에도 관심을 기울인다. 리박의 주장에 따르면 미술가는 "인물의 연령심리적 특성을 연구한 기초 위에서 연령에 따라 진행되는 골격의 변화, 근육의 발달, 피부상태의 변화를 정확히 파악"하고자 한다.[22] 리박이 말하는 "인물의 연령심리적 특성"을 표로 정리하면 〈표 4〉와 같다.

미술가의 관상학적 또는 유사-심리학적 탐구는 그의 작품에 어떻게 적용될까? 변원호가 『조선예술』, 2004년 제1호에 쓴 평문이 하나의 단서다. 이 글에서 변원호는 최남택이 제작한 조각 〈축복아〉를 다루면서 이 작품이 형상한 주인공의 얼굴을 "개성적인 특성을 보여주면서도 일반화와 전형화의 요구를 옳게 구현하여 형태적으로 균형이 잡히고 비례가 맞으며 부분들이 조화된" 아름다운 작품으로 극찬하고 있다.[23] 그에 따르면 주인공의 '감격에 젖은 주름깊은 눈모습'은 딸에 대한 애정과 더불어 당의 은덕에 대해 그가 느끼는 고마움의

---

20) 위의 책, 63쪽.
21) 김진호, 「심리묘사를 위한 미술가의 관찰과 파악」, 『조선예술』, 2013년 제6호, 53쪽.
22) 리박, 「년령심리적특성에 따르는 조형해부학적 리해」, 『조선예술』, 2010년 제9호, 66쪽.
23) 변원호, 「새삶의 행복을 격찬한 성격형상: 조각 〈축복아〉에 대하여」, 『조선예술』, 2004년 제1호, 30쪽.

**⟨표 4⟩**

| 연령 | 심리적 특성 | 육체적 특성 |
|---|---|---|
| 유년기 ~ 소년기 | 천진난만하고 사고가 단순한 시기 :신체적 발달과 함께 지적 성장에서도 급격한 발전이 이룩되는 시기 | 인체의 성장과정이 매우 빠른 발달 시기로서 인간고유의 신체구조를 조화롭고 균형있는 육체로 성장시켜 나가는 시기 |
| 청년기 | 감성적이고 활력이 넘치는 시기 :새것에 민감하고 진취성이 강하며 이성보다 감성적 인식이 더 강렬하게 작용하는 시기 | 힘이 넘처나는 튼튼한 근육과 굳세게 다져진 골격, 부드럽고 탄력있는 피부 등 합리적인 육체적 조건을 갖추는 시기 |
| 중년기 | 심리적으로 안정되고 활동능력이 고조기에 이르는 시기 :비교적 완성된 사상정신적 면모와 규칙적인 생활규범의 확립, 체계적이며 정돈된 생활방식 등 세련되고 원숙한 인간적 풍모를 나타내는 시기 | 보기 좋은 얼굴의 양감과 풍만하고 유연한 체구, 여유있는 몸자세와 움직임 |
| 노년기 | 심리육체적 활동의 모든 면에서 퇴화와 노쇠를 피할 수 없게 된 시기 :기억력 감소와 정신적 분산, 교제 능력의 저하와 같은 정신적 노화 | 대부분의 사람이 노년기에 이르러 골격이 약해져 허리와 다리가 휘거나 굽어지게 되며 근육조직이 심히 감퇴. 피부는 거칠고 탄력이 없어져 주름이 많아짐. |

감정을 깊이 있게 드러내고 있다. 그가 보기에 주인공의 내적 심리를 드러내는 것은 '눈'과 '입'의 얼굴표정이다. 여기에 더해 변원호는 이 작품에서 "복스러운 얼굴형태에 어린이다운 눈모양, 코모양, 입모양"을 지닌 딸의 "행복의 미소가 한껏 어려진 입모양"이 "아버지의 가슴에 놓여있는 손의 묘사"와 더불어 아이의 감정과 내면세계를 잘 드러내고 있다고 평한다.[24]

변원호의 글이 시사하듯 관상학자 내지 유사−심리학자로서 미술가의 탐구 결과들은 그의 작품의 재료가 된다. 그는 그 재료들을 가지고 자신의 화폭에 소위 공산주의적 인간의 전형에 합당한 '감정'과 '몸'을 주조한다. 이 단계에서 미술가는 더 이상 인간심리의 연구자로서가 아니라 차라리 인간 심리의 창조자(또는 주조자)라 지칭할 만

---

24) 위의 글, 30쪽.

한 존재다. 또는 과거의 어법을 따라 "인간 정신의 기사(engineer)"[25]라 칭해도 무방할 것이다. 기사(엔지니어)는 부지런해야 한다. 그들 중 일상의 탐구를 성실히 수행한 자라면 이 궁극의 과제—몸과 감정의 주조—를 원만히 수행할 것이다. 그러나 탐구를 게을리 하여 "작품 창작에 부닥친 다음에야 필요한 표현을 찾으려" 한다면 그는 "심리상태에 적중한 외적 표현을 찾을 수 없는" 상황에 직면할 것이다.[26]

## 4. 공산주의적 인간의 감정과 몸

앞서 말했듯 북한미술에서 사실주의자(realist)는 "사실을 있는 그대로" 묘사한다는 의미에서 '사실주의자'가 아니다. 북한미술의 논리에 따르면 그들은 "사실을 진실되게 그린다"는 의미에서 사실주의자이다. 우리의 관심사인 인간 몸에 이 문제를 국한시킨다면 북한미술가들은 자신이 "인물의 모습을 조형적으로 진실하게 그린다"고 주장한다. 이것은 "인물의 모습을 기계적으로 옮겨 그리는" 것과는 거리가 멀다. 『미술론』 저자에 따르면 "객관적 현상을 사진을 찍듯이 복사하는 것과 형상적으로 구체화하는 것"은 근본적으로 다르다. "객관적 현상을 기계적으로 복사할 때는 미술가의 사상이 첨부되지 않지"만 "형상적으로 구체화할 때는 직간접적으로 미술가의 사상이 담겨"지고 "본질을 밝히기 위한 취사선택과 일반화의 수법이 적용된다"는 것이다.[27]

---

25) 보크스지 평설, 「아.아. 즈다노브와 쏘베트예술」, 『조쏘문화』, 1949년 제1호, 38쪽.
26) 김정일, 앞의 책, 52쪽.
27) 위의 책, 53쪽.

최계근, 〈강철의 전사들〉, 조선화, 1966.

취사선택과 일반화를 통한 미술가 사상(주관)의 개입은 인간 몸의 주조(형상화)에서 매우 중요하다. 그들은 관상학자 또는 유사−심리학자로서 일상의 탐구에서 얻은 지식을 모델에 투사하여 자신들이 원하는 인간, 곧 그의 감정과 몸을 주조한다.[28] 이때 모델은 "인물성격의 특징을 체현한" 존재로 간주된다. 즉, 그들은 "인물성격에 적중한 대상"으로서 모델을 택해 인물에 대한 자신의 표상을 투사하여 인물형상을 창조한다.[29] 최계근의 〈강철의 전사들〉을 보자. 여기서 화가

28) 그런데 그렇게 그림을 통해 우리 눈앞에 제시된 인간형상은 무엇을 뜻하는가? 해리 버거(Harry Berger, Jr.)에 따르면 그것은 명시적으로는 '그려진 인간'을 지시하지만 암시적으로는 그것을 '그린 인간'을 지시한다. 이것은 해석상의 난제를 제시한다. 한 작품에서 '그려진 인간'과 '그린 인간'을 동시에 만나는 일은 사실상 불가능하기 때문이다. Harry Berger, Jr., "Fictions of the Pose: Facing the Gaze of Early Modern Portraiture", *Representation*, No. 46(Spring, 1994), pp. 88~89. 흥미로운 것은 이러한 난제를 북한미술이 간단히 해결—정확히는 봉합—하는 방식이다. 그들에 따르면 그것은 "화가가 자신이 현실에서 체험한 바를 진실하게 형상한 생동한 인간형상"이다.

29) 리명, 「인물형상에서 모델선택과 예술적표상」, 『조선예술』, 2003년 제9호, 78쪽.

는 "쇳물을 출강한 노동자의 환희와 기쁨"의 여러 양상을 시각화하고자 했다. 달리 말해 같은 환희와 기쁨이라도 "각이하게 나타나는 내면세계의 외적표현"을 얻고자 했다. 이것은 화면에 등장하는 세 노동자의 형상을 통해 구체화된다. 리종효에 따르면 (1) 맨 앞에 쇠장대를 억세게 잡고(손의 힘줄) 한손으로 이마를 가리는 용해공의 듬직하고 세련되어 보이는(얼굴형태, 입) 외형은 "경험많고 노련하며 책임감을 지닌" 노동자의 인상을, (2) 쇠장대를 틀어잡고 정면으로 취급된 용해공은 청춘의 기백이 가득찬 외적 모습(피부색, 눈, 입)을 강조하여 "노동계급의 슬기와 용맹"을, (3) 마지막 강인하게 형상된 인물은 "당이 가리키는 길이라면 물불을 가리지 않을 기질적 풍모"를 외적으로 표현한 것이다.30)

이런 관점에서 본다면 북한미술에 등장하는 인물은 현실에 존재하는 인간의 재현이라기보다는 의미화의 메커니즘 속에서 창출된 '감정의 알레고리' 같은 것이다. 정명길에 따르면 미술에서 인물(의 운동) 묘사는 "인물의 성격" 내지는 "감정"을 생동하게 형상하는 데 목적이 있다. 그 감정은 "얼굴표정과 몸통의 자세, 그리고 인체부분의 동작에서 표현되며 피부의 색과 핏줄, 힘줄, 근육들의 상태에서 구체적으로 표현"된다.31) 일례로 조선화 〈평생소원〉은 추수에 임한 농민의 "기쁨의 감정"을 형상한 것이다. 정명길의 서술에 따라 그 구체적인 양상을 열거하면 다음과 같다.32)

---

30) 리종효, 「인간성격에 대한 조형적형상의 요구」, 『조선예술』, 1996년 제5호, 61쪽.
31) 정명길, 「인물형상에서 운동모습의 조형적형상과 성격의 생동성보장」, 『조선예술』, 2014년 제10호, 54쪽.
32) 위의 글, 55쪽.

최윤송, 〈평생소원〉, 조선화, 1985.

(1) 눈을 작게 뜨고 멀리 하늘을 바라보며 무엇인가 생각하는 듯한 웃
　　는 눈표정 → 당과 수령의 은덕에 대한 고마움의 감정
(2) 옆으로 벌어진 입과 코, 머리와 몸통을 뒤로 젖히고 만시름을 놓고
　　편안하게 앉아있는 자세 → 노동의 희열과 만족
(3) 깊숙이 패인 이마 주름살, 마디굵은 손, 구부정한 몸매 → 순박하고
　　근면한 농민의 성격

수채화 〈첫근무〉(박인건)에 대한 한석호의 평은 또 하나의 사례다.

볼수록 복스럽게 생긴 얼굴, 반달같이 동실한 눈과 정기있는 눈동자,
매끈하고 부드러운 살결과 불그스레한 살색은 그가 갓 입대한 전사라는

것을 말해주며 온 정신이 집중되어 있는 긴장한 얼굴표정, 이마와 콧등에 송글송글 맺혀있는 크고 작은 땀방울, 조심스럽게 국을 식히느라 오무라뜨린 작은 입, 이것은 그가 책임적이면서도 걱정스러운 생각으로 모대기고 있다는 것을 명백히 알 수 있게 한다.[33]

한석호의 평에 따르면 〈첫근무〉는 '첫근무'에 임하는 노동자의 "책임감과 근심"이라는 감정을 형상한 것이다. 한석호는 그것을 "생동한 감정묘사"로 지칭한다. 그러나 기실 그들은 지배이데올로기가 요구하는 바에 따라 보며, 지배이데올로기가 알려준 방식으로 그것을 형상한다. 그런 의미에서 인간의 몸은 가치가 투사되는 일종의 '텅 빈 기표' 내지는 '백색 스크린'이다. 그 스크린 상에 "정신도덕적 미와 육체적 미가 하나로 어울려있는" 공산주의적 인간의 몸이 투사된다. 박대혁의 조각작품 〈여자활쏘기선수〉(1996)를 보자. 북한에서 이 작품은 "여자활쏘기 선수의 쪽 빠진 미출하고 탄력있는 몸매와 팽팽한 앞가슴 등 발달된 육체미와 날이 곱게 선 코, 쌍가풀진 명민한 두 눈, 꼭 다문 입술 등 이지적인 얼굴부분을 섬세하고 생동하게 묘사"하여 선수의 "열정적이면서도 강의하고 이악한 내면세계를 잘 드러내고"[34] 있다고 평가된다. 그리고 이렇게 "내면 심리세계의 묘사"에 성공한 작품으로 평가되면 그것은 수많은 모방작과 아류작을 낳고 그 '몸의 형상'은 미술가의 뇌에 등록된 알레고리 사전의 일부가 된다. 그 과정에서 드러난 '공산주의적 인간의 몸'이란 전적으로 사회적으로 구조화된 몸이다. 브라이언 터너(Bryan S. Turner)가 지적했듯 그러한 몸의 표현에는 몸에 대한 해석이 관여되어 있고 또 그러한

---

33) 한석호, 「인간의 심리와 세부묘사」, 『조선예술』, 1998년 제12호, 50쪽.
34) 『문학예술대사전』(DVD), 평양: 사회과학원, 2006.

해석은 담론의 규칙들에 의해서 결정된다.[35]

박대혁, 〈여자활쏘기선수〉, 알루미늄 조각, 1996.

---

35) 브라이언 터너, 임인숙 역, 『몸과 사회』, 몸과마음, 2002, 430쪽.

## 5. 그 몸의 진실, 관상학자의 한계

관상학자는 자신의 지식을 눈앞의 살아 있는 인간에 덮어씌우고 그의 운명을 재단한다. 그리고 뒤이어 그에게 위로의 말을 건넨다. "운명은 자신이 개척해나가는 것"이라고 말이다.

루이 마랭(Louis Marin)에 따르면 "몸의 재현과 더불어 부재하는 누군가는 여기에 함께 있는 것처럼" 된다. 또한 몸의 재현은 "현존을 제시하고, 강화하고, 복제하는" 효과를 양산한다.36) 따라서 예술작품에 재현된 '몸'은 그 자체 단순한 몸이 아니다. 그것은 "욕망하는 응시가 만든 이데올로기적 구성체"라고 할 만한 것이다. 이것은 명목상 '사실주의'를 추구하는 북한미술에서도 마찬가지다. 북한 미술가들이 현실에 대한 탐구를 통해 그들의 화폭에 형상했다고 주장하는 이른바 '공산주의적 인간'의 몸이란 지배이데올로기의 욕망을 반영하는 것일 따름이다. 그럼으로써 그들은 과거 관상학자들 내지 골상학자와 똑같은 오류에 빠진다. 18세기 독일의 유명한 관상학자였던 라바터(J. C. Lavater)는 인간 얼굴의 외적형상에서 종교적으로 설정된 텍스트적 의미를 읽어내고자 했다. 그러나 한철이 적적히 지적한 대로 "그는 자신이 자의적으로 설정한 기의만을 읽어낼 수 있으며 따라서 그의 오독은 필연적인 것"37)이다. 한때 과학의 지위를 누렸던 관상학이 지금 사이비 과학으로 전락한 데에는 그럴만한 이유가 있는 셈이다. 이러한 문제제기는 명목상 사실주의를 표방하는 주체미술의 몸 재현에도 적용할 수 있을 것이다. 그들이 현실의 탐구에서 언제나 이미 정해진 해답만을 도출한다는 점에서 그리고 이미 만들어진 틀

---

36) Amelia Jones, "Body", *Critical Terms for Art History*, Chicago & London: The University of Chicago Press, 2003, p. 262.
37) 한철, 앞의 글, 220쪽.

을 현실의 인간에 덮어씌운다는 점에서 말이다. 정해진 틀 속에서 정해진 방식으로 생동하는 인간의 운명은 얼마나 비극적인가!

# 참고문헌

김정일, 『김정일 미술론』, 조선로동당출판사, 1992.

김진호, 「심리묘사를 위한 미술가의 관찰과 파악」, 『조선예술』, 2013년 제6호.

남재윤, 「1960~70년대 북한 '주체 사실주의' 회화의 인물 전형성 연구」, 『한국근
　　　현대미술사학』 제19집, 2008.

리경만, 「초상작품에서 눈과 시선의 뜻」, 『조선예술』, 2001년 제6호.

리명, 「회화작품 창작에서 성격형상과 얼굴에 대한 조형적 묘사의 진실성 문제」,
　　　『조선예술』, 2003년 제7호.

____, 「인물형상에서 모델선택과 예술적표상」, 『조선예술』, 2003년 제9호.

리박, 「년령심리적특성에 따르는 조형해부학적 리해」, 『조선예술』, 2010년 제9호.

리종효, 「인간성격에 대한 조형적형상의 요구」, 『조선예술』, 1996년 제5호.

변원호, 「새삶의 행복을 격찬한 성격형상: 조각 〈축복아〉에 대하여」, 『조선예술』,
　　　2004년 제1호.

설혜심, 『서양의 관상학, 그 긴 그림자』, 한길사, 2005.

정명길, 「인물형상에서 운동모습의 조형적형상과 성격의 생동성보장」, 『조선예
　　　술』, 2014년 제10호.

정철, 「얼굴표정묘사의 형태적 관찰」, 『조선예술』, 2003년 제1호.

조동순, 「인체석고교재의 력사적 고찰과 특징적 면모」, 『조선예술』, 2000년 제11호.

한석호, 「인간의 심리와 세부묘사」, 『조선예술』, 1998년 제12호.

한철, 「얼굴과 문자: 18세기 독일 관상학의 기호론적 구상들」, 『독일어문학』 제44
　　　집, 2009.

Amelia Jones, "Body", *Critical Terms for Art History*, Chicago & London: The University
　　　of Chicago Press, 2003.

Harry Berger, Jr., "Fictions of the Pose: Facing the Gaze of Early Modern Portraiture",
　　　*Representation*, No. 46, Spring, 1994.

# 북한영화에 나타난 스포츠 내셔널리즘과 젠더

안지영

## 1. 북한영화로 스포츠 내셔널리즘과 젠더 읽기

북한 사회의 특징은 당국의 사상 중시 정책에 따라 고도로 정치화되었다는 것이다. 예술 또한 정치선전예술이어야 한다고 공식화하고 있다. 따라서 체육인을 소재로 한 영화라면 당국의 체육정책을 반영하고 스포츠 내셔널리즘을 담고 있을 것으로 충분히 유추할 수 있다. 실제로 북한영화는 스포츠 내셔널리즘을 당당하게 표출하고 있다. 국가의 체육정책이나 체육 관련 영화가 스포츠 내셔널리즘을 강하게 표방하는 것이 북한만의 현상일까.

'스포츠 내셔널리즘(Sports Nationalism)'은 유구한 역사를 가진다. 2500년 전 인류 문명의 한 축이었던 에게문명에서도 스포츠는 사회적, 정치적 상징체계의 하나였다. 정치 지도자들은 정치적 선전 도구로, 부국강병의 수단으로 스포츠를 이용하였다. 스포츠 경기에서의 승리를 자기 국가의 우월성을 상징하는 것으로 과시하여 국가 간의 경쟁의식과 반목을 고취시키기도 했다. 이러한 스포츠의 정치적 기제는 근대 국가 형성기에 더욱 활성화되었고, 오늘날 다양한 형태로 한층 교묘해지고 있다.1) 이제 스포츠 내셔널리즘은 너무나 익숙하여 비판적 성찰이 힘들 정도가 되었다. 또한 스포츠 내셔널리즘과 편향적 젠더 인식은 밀접한 연관을 가진다. 두 담론은 서로 상호작용하며 해당 사회 구조와 문화에 지대한 영향을 미치게 된다.

스포츠 내셔널리즘(Sports Nationalism)을 다르게 표현하면 '스포츠 국가주의' 또는 '스포츠 민족주의'라고 할 수 있다. 근대 국가로 거듭나기 위한 정치적 수단으로서 스포츠 국가주의가, 제국주의의 식민지에서 벗어나기 위한 민족해방의 수단으로서 스포츠 민족주의가 발흥되었다고 볼 때 북한의 경우는 두 가지 성격을 모두 담고 있다. 북한 스포츠 내셔널리즘의 역사적 경험으로는 구한말 근대화 시기와 일제강점기, 그리고 사회주의체제인 소련의 영향 등이 있다.2) 이후 그 양상은 북한 정치체제의 대내외적 조건에 따라 변화되어 왔다. 공화국 '인민'으로 재구성되기 위해 모든 주민들이 강인한 정신과 튼튼한 체력을 갖추어야 했지만 구체적인 요건은 특정 시기마다 세대 및 젠더, 재능 등에 따라 달라졌다. 북한에서 스포츠 내셔널리즘은 국가 차원에서 공식적으로 추진되었으며, 최근 김정은 체제에서 더

---

1) 근대 스포츠 내셔널리즘에 대한 논의는 다음을 참조. 김종희, 「스포츠 내셔날리즘 연구」, 『한국레저스포츠학회지』 9, 한국레져스포츠학회, 2005; 이정학, 『(체육과 스포츠의)철학적 탐구』, 대한미디어, 2005; 양동주, 『스포츠 정치학』, 동명사, 2010.

2) 북한에 영향을 미친 구한말과 식민지 역사적 경험과 관련한 논의는 다음을 참조. 이들 논의는 그 자체로 남성성과 스포츠를 연결시켜온 민족과 젠더 이데올로기의 결합을 확인시켜준다. 박노자, 『씩씩한 남자 만들기: 한국의 이상적 남성성의 역사를 파헤치다』, 푸른역사, 2009; 천정환, 『조선의 사나이거든 풋뿔을 차라: 스포츠 민족주의와 식민지 근대』, 푸른역사, 2010; 정희준, 『스포츠 코리아 판타지: 스포츠로 읽는 한국 사회문화사』, 개마고원, 2009; 정수완, 『소시민 영화 연구: 일본의 이중적 근대화를 중심으로』, 동국대학교 박사논문, 2002.

강화되는 추세다.

이 글은 북한영화를 통해 국가적 차원의 스포츠 내셔널리즘과 젠더 담론의 특징과 함께 두 담론이 상호작용하는 메커니즘을 살펴보려는 것이다. 일반적으로 스포츠 분야에 대한 젠더 연구도 열악하지만,[3] 북한 체육정책의 스포츠 내셔널리즘 경향과 그에 따른 젠더 이미지를 분석하려는 시도도 매우 부족하다.[4] 이러한 작업은 관련 연구의 활성화를 돕고 북한 사회에 대한 이해를 높일 수 있다. 뿐만 아니라 국가적 차원에서 발양되는 스포츠 내셔널리즘과 젠더 담론의 내용 및 상호기제를 비판적으로 성찰하는 데도 기여할 것이다. 여기서는 다음 질문을 따라 북한 스포츠 영화의 궤적을 좇는다. 북한의 국가권력이 스포츠를 활용하여 어떻게 내셔널리즘 담론을 생산하는가. 스포츠 내셔널리즘을 구현하는 영화나 드라마 속에서 젠더 위계는 어떻게 구성되고 있으며, 성, 계급, 세대 간 불평등을 야기하는 젠더 담론은 어떻게 생산되는가. 결론적으로 스포츠 내셔널리즘과 젠더가 어떤 관계에 있는지를 밝힐 수 있을 것이다.

이 연구를 위해 체육 및 체육인을 소재로 한 북한의 영화와 TV드라마를 분석하였다.[5] 김정일 및 김정은 시기에 제작된 작품을 주 대

---

3) M. Ann Hall, 이혜숙·황의룡 옮김, 『페미니즘 그리고 스포츠신체』, 성신여자대학교출판부, 2007 참조. 페미니즘 및 젠더 연구가 매우 활성화되어 있으면서도 스포츠 분야에서 젠더 연구는 상대적으로 매우 열악하다.

4) 가장 유사한 논문으로는 김선아, 「다큐멘터리에서의 타자성의 표상양식에 관한 연구: 북한 축구 다큐멘터리를 중심으로」, 『영상예술연구』17, 영상예술학회, 2010을 들 수 있다. 그러나 북한영화의 스포츠 내셔널리즘과 젠더에 대한 통사적 고찰을 시도하는 본 연구와 달리 타자성에 초점을 두고 각 텍스트의 특징을 분석하고 있다. 이외 본 연구와 관련하여 다음의 문헌을 참조함. 전우성, 「영화〈코리아〉에 내재된 스포츠 이데올로기 분석」, 신라대학교 석사논문, 2013; 김나연, 「여성의 스포츠 활동을 통해 본 성별정치학: 팀 스포츠 (Team Sports)를 중심으로」, 이화여자대학교 석사논문, 2003; M. Ann Hall, 이혜숙·황의룡 옮김, 앞의 책(2007).

5) 영화는 북한의 영화 장르 중 우리의 극영화에 속하는 '예술영화'를 뜻한다. 북한의 TV드라마는 여러 용어로 불리는데 김정일 시기 들어 매년 주요 동향 및 작품을 소개하는 『조선

상으로 하고, 그 이전 시기의 경우 조선중앙TV에서 방영되는 작품을 선정하였다. 개별 텍스트 분석이 아닌 통사적 접근으로서 민족주의 체육정책 및 젠더 담론의 두드러진 특징과 변화를 거시적으로 분석하는 데 초점을 두었다. 따라서 개별 텍스트에 대한 세밀한 분석 및 징후적 독해는 이 글의 한계요 과제가 되었다.

## 2. 스포츠 내셔널리즘, 그리고 젠더

근대 민족국가의 형성은 예외 없이 국민적 일체감의 형성을 우선적인 목표로 삼았다. 이를 통해 민족사회의 단결과 근대화를 향한 에너지를 결집시켜 대내외적인 모순과 갈등을 해소하고, 새로운 발전의 길을 모색하고자 하였다. 시대적, 지역적 상황에 따라 성격은 조금씩 다를지라도 스포츠 내셔널리즘을 통하여 국민들의 건강한 정신력을 배양하고 훌륭한 시민정신, 민족정신을 일깨우려는 데 있어서는 공통적이었다.[6]

스포츠 내셔널리즘은 국가주의 및 민족주의로 번역되고, 그 의미도 긍정과 부정으로 나뉜다. 스포츠에 있어서 국가주의는 파시즘적으로, 민족주의는 구국주의적 맥락으로 이해되거나 해석되고 있다. 즉, 정권의 부당한 의도에 의한 스포츠 정책은 주체성을 침해하고 조작하기 때문에 비이성적 국가관을 내포한 국가주의로, 스포츠를 통해 구국하고 애국하려는 시도들은 스포츠를 '민족을 위한'이라는 목적을 관철시키는 민족주의로 간주해왔다.[7]

중앙년감』에서 예술영화와 함께 언급되고, 조선중앙방송에서도 비슷한 비중으로 취급되고 있기에 이 글에서는 '영화'로 통칭하여 이르기로 한다.

6) 김종희, 앞의 글, 5쪽.

영화나 미디어는 스포츠 내셔널리즘을 강화시키는 역할을 한다.[8] 미디어의 지배 이데올로기적 역학은 국가의 거대한 스포츠행사에서나, 국가의 집권세력이 위기에 처해 있을 때 보다 명확하게 나타난다.[9] TV를 통해 다수의 시민들에게 노출되는 국기, 유니폼, 개폐회식, 퍼레이드, 국가, 성가, 공개행사 등은 모두 정치적 의식의 일부를 구성하고 있다. 이러한 표상의 정치적 의미는 사회질서의 국가적 통합과 합법성을 찬양하기 위한 것이다. 국수주의 및 군국주의가 스포츠와 결합되면 추상적이고 비이성적이며 유해할 수 있는 맹목적인 국가 자존심을 육성시킬 수 있다. 나아가 국제스포츠와 관련될 때 미디어는 민족주의적, 국수주의적 관행을 더 노골적으로 드러낸다. 미디어의 표상은 말 그대로 '있는 그대로 보여주는 것'이 아니라 '다

---

7) 김동규, 「스포츠 내셔널리즘의 형성과 맥락: 새로운 시선」, 『움직임의철학』 18(4), 한국체육철학회, 2010. 저자는 스포츠 내셔널리즘이 과거의 국가주의, 민족주의라는 영토나 공동체와 같은 '단일화'적 성격의 주체를 벗어나 문화라는 다원적 사회현상을 지칭하는 개념으로 설정됨에 따라 그 본질 자체가 변화되고 있다고 주장한다. 이는 소수 엘리트의 의도가 아닌 다수의 자발적이고 합의된 개인이라는 근원적 주체로부터 표출되는 새로운 스포츠 내셔널리즘으로서 스포츠와 내셔널리즘의 진보적인 관계에 대한 새로운 시선을 조망하는 것이다. 더 나은 미래로 나아가려는 측면에서는 저자의 주장에 동의하나 이 글은 여전히 현재진행형으로서 스포츠 내셔널리즘의 부정적 측면을 북한영화를 통해 성찰하려는 것이다.

8) 심혜경, 「한국 스포츠-민족주의(Sports-nationalism)의 한 기원: 해방 전후 〈올림피아〉(레니 리펜슈달, 1938) 1부 〈민족의 제전〉, 올림픽과 마라톤 문화/기록영화의 상영을 중심으로」, 『영상예술연구』 18(4), 영상예술학회, 2014. 오늘날까지도 전무후무한 최고의 올림픽 문화/기록영화로 꼽히는 베를린올림픽 문화/기록영화인 레니 리펜슈탈(Leni Riefenstahl)의 〈올림피아 : 1부 민족의 제전, 2부 미의 제전〉(1938)이 한국 스포츠 내셔널리즘 기원의 한 축이라고 할 수 있다. 이 영화는 식민지 조선의 마라토너 손기정이 1위하는 모습을 고스란히 담고 있다. 그런 이유로 이 영화는 식민지 조선에서 상영되었을 뿐 아니라, 해방 조선에서도 상영되며 대한민국 스포츠-민족주의의 기원의 한축을 담당했다. 이후 한국에서 스포츠-민족주의가 제국주의에 대한 저항과 반공의 의미를 가지고 국가건설과 민족통합의 수단으로 구축되는 데에는 손기정의 마라톤 승리와 해방 후 마라톤 국제대회와 올림픽 출전을 둘러싸고 벌어진 미군정과 대한민국 정부의 행보, 이들의 후원을 입은 대한체육회의 활동, 또 이를 실황으로 상영, 보도한 영화와 인쇄 미디어의 역할이 지대했다.

9) 이하 미디어의 이데올로기적 역할에 대한 내용은 진주은, 『한국 스포츠 셀레브리티의 페르소나 이미지와 미디어 스포츠 관람동기, 관람태도, 팬십의 인과관계』, 전남대학교 박사논문, 2011, 19~20쪽 참조.

시 보여주는 것'이기 때문에 사실을 있는 그대로 나타내는 것이 아니다. 참가국의 정치 지도자를 포함한 대부분의 국민이 스포츠 경기에서의 승리를 자국의 국력 및 정치력의 척도로 평가함으로써 애국심 및 국수주의적 국민의식을 조장하고 있는 것이다.

국가주의나 민족주의가 특정한 젠더 역할을 구성하고 제시해왔듯 스포츠 내셔널리즘도 특정한 젠더 담론이나 위계를 포함하고 있다. 역사 속에서 여성은 스포츠에서 배제되어 왔다.[10] 스포츠 활동이 갖고 있는 경쟁성, 위계성, 공격성, 활동성, 공개성 등의 특성이 전통적으로 남성의 역할 특성에는 부합하는 반면, 여성의 역할 특성에는 부합하지 않는다는 성 고정관념으로 인하여 스포츠는 남성 지배 영역으로 존재해왔다.[11] 성별에 따라 사회적 삶이 다르게 조직되는 성별 체계의 사회 속에서 스포츠 활동은 남성과 여성을 다른 방식으로 관련되게 한다. 스포츠는 사회가 갖는 다양한 사회·문화적 규범과 권력관계를 내포하고 있기 때문이다.

스포츠의 남성 전유물화 현상은 스포츠를 통해 지배적 가치, 즉 남성 중심적인 성차별적 규범과 사회관계를 유지·지속시키는 매개물로 작동한다. 구한말이나 일제강점기 근대국가를 지향하던 조선의 선각자들에게도 체육은 구국강병을 위한 유용한 수단으로 인식되었지만 남성성에 국한된 담론이었다.[12] 여성에게는 병사의 어머니, 군

---

10) M. Ann Hall, 『페미니즘 그리고 스포츠신체』외 각주 1, 2)의 자료 참조. M. Ann Hall은 스포츠 세계에서 페미니즘 실천의 과정과 이론적 논쟁점을 고찰하고 있다. 한편 Robert A. Mechikoff·Steven G. Estes(김방출 옮김, 『스포츠와 체육의 역사·철학: 고대문명에서 현대까지』, 무지개사, 2005)는 여성들의 체육계 진출에 대한 역사적 과정을 서술하였다. 이들은 19세기 후반 진화 이론의 영향으로 백인 여성들의 신체 발달에 관심이 미치게 되고, 생명을 탄생시키고 부양하는 여성의 역할에 따라 여성의 건강을 증진하기 위해 여성 체육 교육의 필요성이 부각되기 시작하였다고 소개한다.

11) 김나연, 「성의 스포츠 활동을 통해 본 성별정치학: 팀 스포츠(Team Sports)를 중심으로」, 이화여자대학교 석사논문, 2003, 16~23쪽 참조.

국의 어머니라는 역할이 부여되고 이상적으로 표상되었듯 모성 건강 차원의 체육 교육이 강조되었을 뿐이다.[13]

최근 들어 젠더화된 스포츠에서의 평등권을 찾기 위해 범국가적으로 스포츠에서의 성 차별성을 문제제기하며 여성의 스포츠 참여를 촉구하는 노력을 경주하고 있다. 여성을 운동하는 주체로 인식하지 않는 사회적 맥락 속에서 여성이 팀 스포츠에 참여하는 과정에서 경험하는 성차별적 규제는 다음과 같다.[14] 첫째, 여성은 팀 스포츠에 접근할 수 있는 기회 자체가 차단되고 있다. 둘째, 여자선수/여성스포츠가 갖고 있는 힘/권력이 부정되어지고 있다. 셋째, 여자경기가 '보여지는' 것으로 구성되면서 여자선수들은 실력보다 외모·외관으로 평가되어지며 성적대상화되고 있다. 넷째, 팀 스포츠 활동에 참여하는 여성 개인은 스포츠에서 요구되어지는 남성성과 사회에서 요구되어지는 여성성의 경합을 경험하고 있다.

스포츠 활동에 참여하는 여성들은 낙인을 피하고자 더욱 더 여성적 모습을 보여줘야 한다고 생각한다. 동시에 남성들도 남성/여성이

---

12) 박노자, 앞의 글; 천정환, 앞의 글; 정희준, 앞의 글 등 참조.

13) 한국의 스포츠 내셔널리즘에 대한 논의는 다음을 참조. 이들은 거의 공통적으로 한국사회 스포츠문화의 국가중심적 기획이 문화생산자로서의 국민을 소외시킨 측면에 대해 밝히고 있다. 김종희·이학래, 「박정희 정권의 정치이념과 스포츠 내셔널리즘」, 『한국체육학회지』 38(1), 한국체육학회, 1999; 이옥흔·주동진·김동규, 「제3공화국과 제5공화국의 국가주의 스포츠정책 성향 비교」, 『움직임의철학』 9(2), 한국스포츠무용철학회, 2001; 임재구, 「체육철학: 한국 스포츠 내셔널리즘의 사회, 철학적 이해에 관한 질적 연구」, 『움직임의철학』 14(2), 스포츠무용철학회, 2006; 주동진·김동규, 「국가주의 체육사상 두 맥락의 현대적 의의」, 『움직임의철학』 10(1), 한국스포츠무용철학회, 2002; 허진석, 『스포츠 공화국의 탄생: 제3공화국 스포츠-체육 정책과 대한체육회장 민관식』, 동국대학교출판부, 2010; 배재윤, 「기획된 문화, 만들어진 스포츠」, 『한국사회학회 사회학대회 논문집』, 한국사회학회, 2013.

14) 이하 김나연, 앞의 글, 68~72쪽 참조. 본 글과 관련하여 북한의 체육계 젠더 담론과 비교할 수 있는 의미 있는 내용이라 판단하여 저자가 한국 여성의 팀 스포츠 활동을 분석하여 도출한 결론을 요약 발췌함.

라는 젠더 경계를 분명히 하고자 여성적 성역할/성역할 규범을 강요
한다. 그런 한편 여성들은 스포츠 활동에 참여하면서 자신을 위해
몸을 움직이고 표현하는 경험을 하게 된다. 이를 통해 자신을 남성적
시각의 대상물로써가 아닌 독립적으로 자율적인 존재로 인식하고,
공적 영역으로 자신의 공간을 확장해가고 있다. 이러한 여성적 경험
세계와 이해를 바탕으로 여성스포츠를 새로이 구성해가고 있는 것이
다. 동시에 여성이 체육활동을 한다는 것은 그 자체가 여성적 성역할
규범을 뛰어 넘는 것이기 때문에 다른 젠더 규범들까지 해체시킬 수
있는 가능성과 힘을 내재하고 있다.

## 3. 북한의 체육정책을 구현하는 영화와 드라마

북한 사회에서 체육15)은 민족주의와 국가주의의 긍정적 측면에서
만 부각된다. 북한에서 체육은 개인의 신체적 발달과 정신적 강인함
을 길러 노동과 국방에 기여하며, 전체인민들에게 집단주의정신을
높여 공산사회를 건설하는 데 필요한 공산주의적 인간을 만드는 수
단이다.16) 따라서 개인 및 전체 국민의 건강증진과 여가선용이라는

---

15) 이 글에서는 '스포츠'와 '체육'을 동일한 개념으로 사용하고자 한다. 북한에서는 '스포츠'
가 아니라 '체육'이라는 용어를 사용한다. 대부분의 문헌들이 '체육'과 '스포츠'의 개념을
명확히 구분하지 못하고 있다. '체육', '체육정책'의 개념 정의에 대해 다음을 참조. 이병량,
「체육정책과 공공성」, 『사회과학연구』 26(1), 충남대학교 사회과학연구소, 2015, 372~375
쪽. 북한의 체육 및 체육정책 관련 논의는 다음을 참조. 정동길, 『북한 체육 스포츠 영웅』,
다인미디어, 2001; 이학래·김동선, 『북한 체육 자료집』, 한국학술정보, 2004; 성민정, 『북
한의 체육실태』, 통일교육원, 2008; 한동훈, 「북한 체육법에 관한 연구」, 『2010년 남북법제
연구보고서』, 법제처, 2010; 홍성보, 『북한 체육정책의 변화 과정(1945~1970): 국가전략을
중심으로』, 북한대학원대학교 박사논문, 2011.
16) 북한의 '조선민주주의인민공화국 사회주의헌법' 제55조는 "국가는 체육을 대중화, 생활
화하여 전체인민을 로동과 국방에 튼튼히 준비시키며 우리나라실정과 현대체육기술발전

일차적 목적보다는 정치사상적 목적을 이루기 위한 수단적 가치에 중점을 두고 있다.

이러한 목적에 따라 '우리식'을 내세우는 북한에서 스포츠 내셔널리즘은 매우 두드러진다. 북한 체육이 강한 국가주의적 경향을 보이는 것은 첫째, 체육의 목표를 기본적으로 혁명과 건설에 이바지할 수 있는 정신적, 육체적으로 강인한 투사형의 인간을 양성하는 데 두고 있기 때문이다. 둘째, 대외적으로 자본주의 체제에 대한 사회주의 체제의 우월성을 과시해야 하는 당위성이 있다. 셋째, 남북 간의 대결에서도 우월한 위치를 확보해야 하는 현실적인 문제가 있기 때문이다. 이에 따라 국가는 체육을 대중화, 생활화하면서 운동선수들이 국제무대에서 우월성을 과시할 수 있도록 체육정책을 체계적으로 계획하고 운동선수를 효과적으로 육성해온 것이다.[17]

북한의 체육정책은 다음과 같은 변화를 보인다. 1970년대까지만 해도 체육은 '미국의 침략을 막기 위한' 국방력 강화 수단으로서의 역할이 강조되었다. 이에 따라 체육에서도 미국이 주도하는 자본주의적 요소를 철저히 배격했다.[18] 그러나 1980년대 이후 집중적인 육성책이 제시되는 등 이전에 비해 두드러진 변화를 보였다. 그 변화는 대표적으로 엘리트 스포츠와 자본주의 스포츠 분야에 상당한 관심을 쏟고 있다는 점이다.[19] 이는 1998년 이후 '강성대국' 건설을 주장하면서 '체육강국' 담론에 포함되었고, 2015년 현재 김정은 체제에서 더욱 강화되는 추세이다.[20]

---

추세에 맞게 체육기술을 발전시킨다."라고 규정하고 있다.

17) 북한체육의 국가주의적 경향에 대한 요인은 정동길, 앞의 글, 100~101쪽 참조.

18) 정동길, 앞의 글, 25쪽.

19) 정동길, 앞의 글, 168쪽.

20) 김정은 체제가 들어선 2012년부터 꾸준히 체육의 중요성을 강조하고 있다. 대표적으로 2013년 신년사에서도 체육강국 구상을 표방하였다. 『로동신문』은 1월 6일字 기사「온 나라

북한과 같은 사회주의 체제에서는 스포츠와 젠더 담론의 양상이 자본주의 사회와는 다르게 나타났다. 여성 노동력 확보를 위해 남녀 평등법과 모성보호를 위한 노동법 및 제반 사회제도를 마련하였듯이 국가의 필요에 따라 공식적으로 여성의 체육계 진출을 장려해온 것이다. 김정일 집권 이후 축구, 유도, 역도, 마라톤, 태권도 등 여성들의 경기 성적이 우월하게 나타나는 일부 종목에 대해 여성 선수 육성을 더욱 강조하고 있다.

체육인을 소재로 한 북한의 영화나 드라마를 보면 체육정책의 변화에 따라 작품이 전하고자 하는 주제 및 담론의 내용이나 젠더 형상의 변화도 두드러진다. 체육 영화에서 다루는 주요 주제는 대략 여섯 가지로 압축된다. 이 내용은 시기별로 강조되는 비중이 다를 뿐 작품마다 몇 가지 요소가 함께 들어 있다. 다음에 언급한 순서는 시기별로 강조되어 온 내용의 변화를 뜻한다. 이 내용들은 결국 북한의 스포츠 내셔널리즘이 지향하는 바와 그 전략을 담고 있다. 영화는 미국 제국주의와의 대결 구도를 강조하는 속에서 주체사상 및 민족제일주의를 구현하는 체육인을 묘사하고 있기 때문이다.

체육 관련 작품의 주제는 첫째, 체육은 '평화 시기'[21] 유일하게 국

---

에 체육열풍을 일으키자」; 『로동신문』은 1월 12일字 기사 중 하나는 郡 단위에 체육관을 건설했다는 뉴스이고, 또 하나는 「어머니조국에 더 많은 금메달을」이다. 2015년 들어서는 3월 25일 김정은이 제7차 전국체육인대회 참가자들에게 보낸 서한 「백두의 혁명정신으로 체육강국건설에서 새로운 전성기를 열어나가자」(평양 3월 26일발 조선중앙통신)와 2015년 5월 2일 로동신문 사설 「체육강국건설의 결승선을 향하여 더욱 힘차게 내달리자」를 들 수 있다.

21) 북한 로동신문 기사나 체육 관련 북한 문헌, 관련 영화와 드라마 작품에서 언급하고 있는 '평화시기'란 전쟁이 없는 상태를 뜻하는 것으로 보인다. 2013년 신년사에서 김정은은 "평화시기에 세계의 하늘가에 공화국기를 날리는 사람들은 체육인들밖에 없다. 체육인들은 존엄높은 우리 공화국의 영상, 공화국의 지위를 세계만방에 떨쳐야 할 임무가 자기들의 어깨우에 지워졌다는것을 명심하고 이미 이룩한 성과를 공고히 하면서 더 높은 봉우리로 돌진해나가야 한다."고 했다.

위를 선양할 수 있는 분야이므로 체육인에 대한 인식을 개선해야 한다는 내용, 둘째, 국제경기에서의 우수한 성적은 개인의 영예가 아니라 조국의 영예라고 강조하는 내용, 셋째, 여성들의 체육 분야 진출을 권장하는 내용, 넷째, 후비를 양성하고 체육의 대중화를 이루어야 한다는 내용, 다섯째, 국제경기를 '총포성 없는 전쟁'으로 비유하며 선수들이 수령에 대한 충실성과 조선민족제일주의 사상으로 정신적 무장을 해서 경기에 임해야 한다는 내용, 여섯째, 체육도 과학적인 지식과 기술이 뒷받침되어야 한다는 내용 등이다.

〈표 1〉에서 나타나듯 영화 속 젠더 형상도 시기별 변화가 뚜렷이 나타난다. 전반적으로는 20대 중반에서 30대 초반 미혼남녀가 주인공인 경우가 많으며, 최근으로 올수록 연령대가 낮아지는 특징이 있다. 초기 작품에서는 마라톤 선수(〈조선아 달려라〉)와 레슬링 선수(〈세 번째 금메달〉)가 주인공으로, 이들은 모두 남성이다. 여성의 경우 남성과 호감을 가지거나 결혼상대자로 여겨지는 역할이기는 하지만 주요 조연이다. 그러다가 유도에서 계순희 선수와 마라톤에서 정성옥 선수가 국제경기에서 금메달을 따자 여성 체육인이 급부상하였고, 이들을 주인공으로 한 작품들이 잇따라 만들어졌다(〈소녀유술강자〉, 〈달려서 하늘까지〉).

2000년대 초반에는 국가대표 여성체육인들이 등장하는 드라마가 거의 매년 제작되었으며, 이들에게는 조국과 민족을 대표하는 체육인으로서 민족의 얼과 역사를 잘 알아야 한다고 강조되었다. 이 시기 확인할 수 있는 작품 중 〈살바를 잡아라〉가 유일하게 '씨름'선수인 남성이 주인공이다. 영화 속 여성 체육인들의 종목도 피겨스케이팅(〈옥류풍경〉), 수중발레(〈갈매기〉), 태권도(〈담찬 처녀들〉), 교예(〈날아다니는 처녀들〉) 등으로 다양하게 설정되었다.

2011년 이후 다시 등장한 체육 소재 작품들은 김정은 후계체제의 수립과 함께 다시금 체제 선전, 국위선양을 강화하는 역할을 하고 있다. 특히 외국과 합작한 작품들이 2012년 연이어 개봉된 점이 주목된다. 새로운 후계자의 등장과 맞물려 대외 이미지를 개방적으로 개선하고자 한 의도가 엿보인다.

이처럼 영화에서는 시기별로 장려하는 종목이 달라지고, 그에 따라 주목받는 젠더 형상도 변화되었다. 이 같은 변화는 주민들의 체력 증진 및 체제 결속을 도모하기 위한 조국애·민족애를 고취시키려는 당국의 필요에 따른 것으로 보인다. 더불어 실제 국제대회 경기 성적도 직접적인 영향을 미쳤을 것이다.

**〈표 1〉 체육인을 소재로 한 북한영화 및 TV드라마 목록**

| 제작<br>연도 | 제목<br>(촬영소) | 주연의 젠더<br>(실존 인물 및<br>비고) | 전공 또는 직업<br>('북한식 표기' 및 비고) |
|---|---|---|---|
| 1985 | 조선아 달려라<br>(신필림) | 미혼남성 | 벌목공, 마라톤('마라손') |
| | | 미혼여성 | 체육과학연구소 연구사 |
| 1990 | 세번째 금메달<br>(조선. 삼지연창작단) | 미혼남성 | 레슬링 |
| | | 미혼여성 | 체육단 진료소 담당의사 |
| 1992 | 휘날리는 댕기<br>(TV, 4부작) | 미혼여성 | 리듬체조('예술체조')<br>(*단체 리본체조: '댕기집체운동') |
| 1995 | 청춘이여<br>(조선) | 미혼남성 | 사회과학원 역사연구사(태권도) |
| | | 미혼여성 | 태권도(그 외 축구, 역도, 농구, 리듬체조,<br>수중발레) |
| 1998 | 가족롱구선수단<br>(조선) | 1세대 기혼남성<br>(시아버지) | 학교 체육교사<br>(생활체육으로서 농구 장려) |
| | | 3세대 기혼여성<br>(며느리) | 군 문화회관 지도원,<br>가족농구선수단 선수이자 주장 |
| | 소녀유술강자<br>(TV, 4부작) | 미혼여성<br>(계순희) | 유도 |

| | | | |
|---|---|---|---|
| | 달려서 하늘까지<br>(조선) | 미혼여성<br>(정성옥) | 마라톤 |
| 2000 | 장군님을 그리며<br>달렸다 (TV) | 미혼여성<br>(정성옥) | 마라톤 |
| | 옥류풍경<br>(TV, 2부작) | 미혼남성 | 요리사(냉면, 감자요리 개발) |
| | | 미혼여성 | 피겨스케이팅('빙상무용') |
| | 푸른 주단우에서<br>(조선) | 미혼남성 | 대집단체조 |
| | | 미혼여성 | 대집단체조 |
| 2001 | 갈매기<br>(TV, 2부작) | 미혼여성 | 수중발레('수중무용') |
| | | 미혼남성 | 수질연구사 |
| 2002 | 담찬 처녀들<br>(TV, 2부작) | 미혼여성 | 태권도 |
| | | 미혼남성 | 역사연구사(태권도) |
| | 샅바를 잡아라<br>(TV, 2부작) | 미혼남성 | 씨름 |
| 2004 | 날아다니는 처녀들<br>(TV, 5부작) | 미혼여성 | 교예 |
| 2011 | 우리 녀자축구팀<br>(텔레비죤극창작단,<br>5부작) | 미혼여성<br>(10대 후반) | 축구 |
| 2012 | 김동무는 하늘을 난다<br>(영국, 벨기에 합작) | 미혼여성 | 교예(전직 광부) |
| | 평양에서의 약속<br>(조선, 중국 합작) | 미혼여성(입양<br>아들) | 대집단체조 |
| 2014 | 소학교의 작은 운동장<br>(평양, 3부작) | 미혼여성 | 소학교 축구소조 교사<br>(전 국가대표 축구선수) |
| | | 남자 소학생들 | 소학교 축구 소조원 |

* 출처: 『조선중앙년감』, 『조선문학예술년감』, 『조선영화년감』 등 참조.
* 촬영소의 경우 약자를 사용함. '신필림'은 '신필림영화촬영소', '조선'은 '조선예술영화촬영
  소', '평양'은 '평양연극영화대학 청소년영화창작단', 'TV'는 '조선중앙텔레비죤'임.

## 4. 영상예술로 구현된 북한의 스포츠 내셔널리즘

### 1) '나라의 영웅', '조국의 영예'

북한에서 체육은 '나라의 위력을 시위하고 조국의 영예를 빛내는 데서' 중요한 분야로 강조하고, 국가를 대표하는 체육인은 국위를 선양하는 '영웅'으로 칭송한다.[22] 이러한 내용은 실은 체육인에 대한 인식을 개선하고자 하는 작품이기도 하다. 체육선수가 전망이 없는 직업이 아니라 민족과 조국의 영예를 빛낼 수 있는 인재라고 교양한다. 비중의 차이는 있으나 이 내용은 사실상 초기부터 최근 작품에 이르기까지 공통적으로 담겨 있는 내용이기도 하다. 국가가 체육을 장려하고 있음에도 불구하고 주민들이 선호하지 않는 분야라고 추측된다. 높은 대우를 받을 수 있는 국가대표급 선수가 된다거나 국제대회에서 메달을 딸 수 있는 가능성이 낮기 때문일 것이다.

〈화면 1.1~5〉〈조선아 달려라〉 국제경기에서 우승하여 감격해하는 영호와 공화국기를 번갈아 보여주며 조국애를 고취시키고 있다.

---

22) 이와 같은 기조는 최근 김정은 체제 들어 더욱 강조되는 경향을 보인다. 『로동신문』은 2013년 1월 6일자 기사 「온 나라에 체육열풍을 일으키자」에서 "력사적인 신년사의 사상과 정신이 천만의 심장을 끓게 하고있다. 당의 체육강국건설구상을 받들어 나라의 체육발전에서 전환적국면을 열어나가기 위한 애국의 발걸음소리가 시대를 진감하고있다. 체육은 조국과 민족의 존엄을 세계만방에 떨치고 인민들에게 민족적긍지와 자부심을 안겨주는데서 대단히 중요한 역할을 한다."고 했다. 또한 신문은 "평화시기에 세계의 하늘가에 공화국기를 날리는 사람들은 체육인들밖에 없다. 체육인들은 존엄높은 우리 공화국의 영상, 공화국의 지위를 세계만방에 떨쳐야 할 임무가 자기들의 어깨우에 지워져있다는것을 명심하고 이미 이룩한 성과를 공고히 하면서 더 높은 봉우리로 돌진해나가야 한다."고도 했다.

〈화면 2.1~5〉〈샅바를 잡아라〉온 동네 사람들이 모여 창식의 씨름경기를 관람하며 응원하고, 씨름을 천시하던 아버지 천보도 창식의 우승을 기뻐하며 축하한다. 경기장에 나온 여성들의 옷차림은 행사 등에서 빠지지 않는, 이른바 '민족'을 상징하는 '조선옷', "치마저고리"다.

〈화면 3.1~5〉〈소학교의 작은 운동장〉도 축구대회에서 우승을 거머쥐고 기뻐하는 송안소학교 축구부 교원 선향과 학교 교사 및 부모, 축구부원들. 국제경기 우승 상상 컷 다음에 학생들 위로 공화국기를 오버랩 시켜 국위 선양하는 체육영웅으로의 미래를 제시한다.

〈조선아 달려라〉의 초반에 주인공 영호는 마라톤선수가 되고자 하지만 그의 아버지는 전망이 없다고 극구 반대를 한다. 이후 영호의 강한 의지와 헌신적인 노력을 확인한 아버지는 후원자로 자처하게 되지만 혼사 얘기가 오가던 처녀의 아버지만은 영호를 비웃으며 결혼을 반대하고 나선다. 결국 영호가 국제대회에서 우승을 하면서 영화는 산골의 벌목공이라도 마라톤선수가 되어 국가의 영웅이 될 수 있다는 전망을 제시한다. 〈샅바를 잡아라〉에서는 기왕이면 금메달을 노려볼 수 있는 레슬링 선수가 되라는 아버지를 교양한다. 씨름 종목이 국제대회에 나설 기회는 없더라도 민족성을 상징하는 것으로 국가적인 영웅이 될 수 있다고 교양하는 것이다. 하지만 씨름은 민족성을 고취시킬 뿐 '승산종목'은 아니다. 국제경기에서 '승산'이 있는 종목으로 타산하고 적극적으로 육성하고 있는 종목은 바로 축구다. 〈소학교의 작은 운동장〉에서는 시골의 작은 학교에서도 교사와 학부모가 함께 노력하면 얼마든지 국가를 대표할 훌륭한 축구선수를 배출할 수 있다는 희망을 주고자 한다.

또한 국제대회에서의 메달은 개인의 영예가 아니라 조국의 영예임을 강조하고 있다. 조국의 영예인 만큼 자신보다 더 실력 있는 선수에게 대표선수 자리를 양보하거나 그 선수를 대신 밀어준다는 식으로 형상된다(〈세번째 금메달〉, 〈소녀유술강자〉, 〈우리 녀자축구팀〉 등). 영화에서는 이러한 행위를 '물질적 욕구에 좌우되는 자본주의 나라에서는 보기 힘든 조선만의 미풍'이라고 강조한다. 하지만 이런 주제가 영화에서 계속 다루어진다는 것은 북한 사회의 현실도 마찬가지라는 것을 반증하는 것이다. 더구나 물질적 유인이 크지 않기에 주민들은 체육인으로의 진출을 더욱 꺼려하게 되고, 국가로서는 우수한 선수층을 확보하는 것이 절실한 문제가 되었을 것이다.

## 2) '체육의 대중화·생활화' 및 '후비 양성'

체육을 주제로 한 북한영화와 드라마에서 두 번째로 강조되는 것은 체육의 대중화와 생활화를 강조하고, 선수 후비를 양성하는 데 주력해야 한다는 내용이다. 특히 후비 양성이라는 부분은 체육인으로서의 영예가 개인이 아닌 조국의 영예임을 강조하는 것과도 연결된다.

이 주제의 가장 대표적인 작품인 〈가족롱구선수단〉의 주요 갈등축을 이루는 소재 역시 이 대목이다. 주인공 윤상구는 대가족의 아버지이자 30년간 지역 학교에서 재직한 중학교 체육교사다. 2년 전 농구를 대중화·생활화하라는 장군님의 교시를 받들기 위해 상구가 발기하였지만 처음엔 자녀들 모두가 '이제 와서 어떻게 농구를 배우느냐'며 냉소적이었다. 그러나 현재는 장성하여 출가한 아들 셋, 딸 셋 모두 한 마을에서 살며 온 가족이 매일 새벽운동과 함께 마을을 꾸리고, 아들팀, 딸팀으로 나누어 농구 경기도 함으로써 마을 전체에 농구바람이 불게 하였다. 극 초반 에피소드는 상구가 체육이 노동과 국방의 기본이라고 역설하고, 막내 며느릿감에게 체육 능력을 시험하는 것으로 시작된다.

이렇게 상구와 그 가족이 체육의 대중화와 생활화를 앞장서 실현하는 과정에서 막내아들 철영과 상구의 갈등이 한 축을 이룬다. 통신으로 체육대학을 졸업한 후 중학교 체육교사로 배치받은 것을 거부하고, 도체육단 권투선수를 꿈꾸면서 갈등을 빚는다. 철영의 아내 설옥의 큰아버지 김재석은 도체육단 고위간부로 조카사위를 밀어주겠다며 발 벗고 나선다. 하지만 그는 바로 30년 전 윤상구의 전임 체육교사였는데 자신의 장래를 위해 손가방과 '신분증'조차 팽개치고 달아난 교사였던 것으로 밝혀진다. 현재 국제경기에서 우승하는 등 수많은 제자를 배출한 윤상구에 비춰 '자신만을 위해 애쓴 나는 아무것도 일군 것이 없다'며 자신을 반성하게 된다. 설옥과 철영 역시 그 과정에서 후비양성을 위해 시골학교에서 장기 근속한 아버지와 생활체육에 대한 인식을 달리 하게 된다.

특히 농구의 대중화, 생활화는 〈나의 교훈〉 등 1998년 당시 제작된 영화에서도 주요하게 언급되고 있다. 식량난에 의한 영양 결핍으로 왜소해진 체격 및 체력을 키우는 방편으로 농구의 효과에 주목하였다. 이후 〈담찬 처녀〉에서는 직장별, 단위별로 태권도 종목으로 체력검정을 하여 '3대혁명붉은기' 수여의 기준으로 삼는 식으로 태권도를 대중화, 생활화하도록 권장하였다. 〈갈매기〉에서는 심장병, 고혈압 등 성인병 예방에 좋다며 수영을 권장하였다. 하지만 이후 작품에서 묘사하는 비중을 보면 대중화, 생활화에 대한 내용은 점점 줄어들었다. 후반으로 갈수록 앞서 언급한 국제경기에 내보낼 만큼 기량이 뛰어난 선수를 우선적으로 육성해야 한다는 것과 함께 엘리트 선수를 양성하기 위한 영재교육에 방점을 두고 묘사하고 있다.

〈소학교의 작은 운동장〉에서 '작은 어촌소학교에서는 축구선수 예비가 나올 수 없다'며 시내 배전소학교로 떠나가 버린 선생을 대신해 주인공 선향이 내려온다.[23] 중앙의 월미도체육단 여자축구 중앙공격수로 이름을 알리던 중 부상을 당한 후 자신의 고향마을로 내려온 것이다. 마을에서는 실력이 부족해 밀려나온 거라며 수군대고 못미더워하면서 자녀의 축구 지망을 반대한다. 그런가 하면 선향을 주인공으로 동화집을 만들려던 미술가 홍철은 선향에게 '축구를 버렸다'고 대놓고 비난한다.

〈화면 4.1~5〉〈가족롱구선수단〉 가족 및 지역의 농구 대중화·생활화를 위해 노력하는 체육 교원 상구. 하지만 막내 철영은 권투선수를 꿈꾸고. 이를 지원하기 위해 아내의 큰아버지 권세를 동원하려한다. 하지만 그는 상구의 전임으로 이를 모르는 교장선생님으로부터 자신의 험담을 듣고 난처해한다.

〈화면 5.1~5〉〈소학교의 작은 운동장〉 대표팀에서 활약하던 선향이 부상당하고 대학에 들어가지만 후비양성에 뜻을 품고 외진 어촌 소학교 축구교원으로 자원하여 성심껏 임한다. 부임 첫 날 마주친 전임 교원은 비웃음을 담아 격려하고, 도 대항 경기에서 맞서게 되었을 때도 가소로워하는 표정을 숨기지 않는다.

---

23) 북한은 "체육을 빨리 발전시키기 위한 제일 좋은 방도는 체육을 대중화하는것이다. 대중체육을 강화하여야 체육에 대한 사회적관심과 열의를 부쩍 높일수 있고 천성적인 잠재력을 가진 선수후비들을 제때에 찾아내고 전망성있게 키울수 있다."고 했다. 「온 나라에 체육열풍을 일으키자」, 『로동신문』, 2013.1.6.

하지만 알고 보면 선향이 소학교에 지원해 내려온 이유는 '후비 양성'을 위해서다. 그는 소학교 시절부터 축구를 하고 싶어 했지만 어른들의 판단으로 중학교 때부터 축구를 하게 되었다. 성인이 되어서도 실력은 있지만 '유연성'이 떨어져 아쉽다는 평가를 받고 결국 부상으로 이어졌다. 그는 대학 입학과 차후 여자축구 감독까지 제의를 받게 된다. 하지만 자신이 진로를 선택하는 것이 늦어져 선수로서의 '공백'이 생겼다는 것을 절감했기에 '축구선수후비는 어릴 때부터 키워야' 한다는 상군님의 교시를 받들기 위해 개인의 명예를 포기하고서까지 작은 마을 소학교로 내려온 것이었다. 3부작으로 이어지는 극 전반에 김정일의 이 말을 반복해서 들려주며 어릴 때부터 소양을 발굴하고 제때 키워주어야 한다는 것을 강조한다.[24] 결국 선향의 노력으로 작은 학교에서 무슨 훌륭한 선수가 나오겠냐고 하던 마을 사람들과 주변 학교의 편견을 깨고 도 경기에서 우승을 하게 된다. 영화는 내막을 알게 된 미술가가 선향에게 다시 모델이 되어줄 것을 제안하자 선향이 자신의 제자들이 '공화국기'를 세상에 날리게 될 때까지 또 기다려야겠다는 말로 응수하는 것으로 끝을 맺는다.

## 3) '사상전, 투지전, 속도전, 기술전'과 '과학화'

'사상전, 투지전, 속도전, 기술전'과 '과학화'라는 측면에서 작품들을 보면 국가권력의 스포츠 내셔널리즘 속에서 주체에 대한 신체규

---

24) 북한에서는 실제 국제축구연맹 FIFA의 지원으로(건설 및 보수비용 등으로 약 5억 3천만 원) 2013년 5월 31일 최초의 축구전문교육기관인 '평양국제축구학교'가 평양 경상동 릉라도에 세워져 현재 정상 운영되고 있다. 평양국제축구학교는 소학반 5년, 초급중학반 3년, 고급중학반 3년의 학제로 9살에서 13살 사이의 유소년 선수들을 양성한다. 학생 수는 남녀 학생 총 80명이 입학해 있고, 수업은 주로 기초과목 교육과 축구 실기 위주로 진행된다고 한다. 『연합뉴스』 등 관련 국내 기사 참조.

율과 도덕규율이 어떻게 기획되는지 선명히 보여주는 여러 사례들을 찾을 수 있다. 북한 당국은 체육강국을 이루기 위한 방도로 '사상전, 투지전, 속도전, 기술전'을 제시해왔다. 또한 체육도 과학적인 지식과 기술이 뒷받침되어야 한다며 과학화를 강조한다. 이는 강성대국을 이루기 위한 지름길로 과학을 중요시하며 '과학강국' 담론과 함께 과학을 접목한 체육의 발전을 의도하는 것이다. 이 두 가지 담론은 북한 정권 초기부터 강조되어 왔던 것이다.[25] 하지만 더욱 강조된 것은 김정일 정권 들어서이다. 특히 강성대국 담론을 제시한 2000년대 이후 세계적인 추세에 맞춘 과학화가 강조되었고, 김정은 후계체제가 들어선 이후에도 지속되고 있다.

'사상전, 투지전, 속도전, 기술전'에 대한 강조는 〈조선아 달려라〉에서부터 이후 작품에까지 지속적으로 나타난다. '사상전, 투지전'은 선수의 정신적 무장을 강조하는 것이다. 수령과 당을 믿고 따르며 그 은혜에 보답해야 하며, 그 보답으로서 조국과 민족의 영예를 빛내기 위해 투지를 불사른다면 그 결과는 국제경기 승리로 이어진다는 것이다. 경기의 승리는 '공화국'의 승리가 되므로 이는 국가주의, 민족주의로 이어진다. '속도전, 기술전'은 '과학화'와 연관된다. 선수 관리에서 효율적이고 과학적인 체계를 갖춤으로써 선수 육성 속도와 기술 향상을 꾀한다는 것이다. 물론 여기서도 우선시되는 것은 사상성이며, 속도와 기술력 또한 사상성이 담보되어야 가능하다고 강조한다.

'과학화'와 관련된 사례는 다음과 같다. 마라톤 선수가 훈련할 때도 온갖 의료장비를 달아 신체 상태의 추이를 살피며 정확한 훈련체계를 세우는 모습(〈조선아 달려라〉), 경기 장면을 영상으로 보면서 피아의 장단점을 파악하고 구체적인 대책을 세우는 모습(〈세번째 금메

---

25) 정동길, 앞의 글.

달〉), 침착하고 정확한 막내며느리 설옥을 주장으로, 몸도 약하고 운동을 못하지만(그의 아내는 그가 팔삭둥이라서 그렇다고 치부) 체육에 대한 지식이 풍부한 셋째사위를 지도원으로 임명하는 모습(〈가족롱구선수단〉) 등으로부터 이후 작품들은 컴퓨터와 영상을 활용하여 더 과학적이고 체계적인 훈련 과정을 형상하고 있다.

유도 지도원은 선발전에서 우승한 명경 대신 검증 안 된 순봉을 올림픽 대표선수로 추천할 때 과학적으로 검토한 결과임을 강조한다 (〈소녀유술강자〉). 프로그램 자료를 근거로 순봉의 최대지지력이 우수하다고 역설하는 식이다. 교예 분야(〈날아다니는 처녀들〉)에서도 공중에서 회전할 때의 중량과 하중에 대해 과학적으로 면밀히 분석하여 훈련방법을 개선해 나가고, 결국 세계 신기록을 달성해 나가는 과정을 그리고 있다.

마찬가지로 실제 2006년 20세 이하 여자월드컵 우승 과정을 그린 드라마에서도 선수 개개인과 팀에 대한 지도원의 과학적이고 체계적인 훈련 과정이 있었다(〈우리 녀자축구팀〉). 청년여자종합팀에 새로 부임한 책임감독 정우는 선수들을 자극하기 위해 다른 팀과의 경기에서 패배하도록 조장하는 등 다소 극단적인 방법을 동원하는가 하면 선수들에게 강도 높은 훈련을 따르도록 강제한다. 그러나 새로운 훈련체계를 세우는 것은 상급 간부들의 반대와 선수들의 반발로 애로를 겪는다. 작품에서 정우를 적극적으로 옹호하고 지지해 나서는 이를 전임 책임감독으로 설정하여 정우에게 힘을 실어주면서 당의 의도를 선명히 드러낸다. 북한영화에서 흔히 당 정책을 상징하는 소품으로 쓰이는 '족자'만 봐도 그렇다. 선수들의 입장에 서서 부정적 견해를 표명하는 부국장의 사무실 족자에는 '사상전, 투지전, 속도전, 기술전'이라는 문구[26]로 역설적으로 정책을 강조하고, 정우의 사무실 족자에는 '장군님의 마음속에 살자'로 그가 당 정책을 구현하는 인물이라는 암시를 주는 것이다. 과학 중시의 대표적인 장면은 선수들에게 물리학 지식을 가르치며, 이를 소홀히 하는 혜옥을 질타하는 것이다. 물리학 지식을 알지 못하면 길을 잘못 선택했다며 '그런 둔한 머리로는 기술전을 해낼 수 없다'는 것이다.

시골마을 작은 소학교(〈소학교의 작은 운동장〉)라 하더라도 예외가 아니다. 축구교사 선향은 축구실력 검증뿐만 아니라 수학시험을 치러 축구 소조원을 뽑는다. 항상 관련 동영상을 시청하며 최신 이론을 습득하여 훈련계획을 구상하고, 학생들에게도 자료를 보여주며 인식을 높여준다. 신체적 단련 뿐 아니라 체제 유지 및 발전 차원의 사상적 측면을 중시하고 나아가 지식을 갖춘 인재를 요구하는 것이다.

〈화면 6.1~5〉 〈우리 녀자축구팀〉 강도 높은 지능 및 육체교육을 병행하는 청년여자종합팀의 훈련이 과도하다고 문제를 제기하는 부국장에 맞서 여러 전문가들의 연구 결과 조선여성들의 육체적 조건에 부합한다고 옹호하는 전임 감독과 동조하는 당 비서. 부국장 사무실의 족자 문구, 영문 서적 등이 눈에 띈다.

〈화면 7.1~5〉 〈소학교의 작은 운동장〉 부임해오자마자 축구부원을 뽑기 위해 테스트를 하고, 학생들의 실력을 배양하기 위해 미디어로 정보를 습득한다. 축구부에 들기 위해 수학시험을 치르는 아이들.

---

26) 〈화면 6〉에서 보듯 전임 감독이 참고하는 'sports medicine'이라는 제목의 영문 외국 서적을 클로즈업하여 보여주면서 '기술전', '과학화'를 강조하고는 있지만 부국장 사무실 족자에서 '사상전, 투지전, 속도전, 기술전' 중 '사상전'이 가장 크게 쓰여 있어 사상성을 가장 중시한다는 점을 명백히 밝히고 있다.

## 5. 북한의 스포츠 내셔널리즘 속 젠더 위계

### 1) 여성의 체육계 진출과 젠더 위상

앞에서 언급하였듯이 북한에서는 공식적으로 여성들의 체육 분야 진출을 장려하고 있다. 〈표 1〉에서 보듯 체육과 관련한 북한영화 및 TV드라마도 여성들의 체육 분야 진출을 적극적으로 권장하는 내용이 대부분이다. 이는 체육이 여성답지 못한 분야라는 젠더 고정관념이 사회에 만연해 있다는 반증일 것이다. 영화에서도 체육선수라고 하면 '여성답지 못한' 것으로 여성들이 할 만한 것이 못 된다는 언급이 많이 나온다.

여성 체육인이 두드러지는 이들 작품을 통해 북한 당국은 체육 분야에서의 젠더 평등을 위해 노력한다고 평가해야 할까. 그런 것 같지는 않다. 작품 주인공이 여성 체육인이 많다 하더라도 그들의 이성을 담당하는 인물은 연인 관계의 남성 지식인 또는 지도자로 설정되어 있다. 김정은 시기 들어서는 여성 체육인의 위상이 좀 더 주체적으로 바뀌는 변화를 보인다. 이 변화에 대해 다음의 두 가지를 고려해볼 수 있다. 첫째, 대내외적인 측면에서 여성 체육인 이미지를 활용하기 위한 것이다. 정권이 바뀌는 체제 불안정한 시기이면서 새로운 정권이 들어선 과도기 시기라는 특성에 따라 상대적으로 부드러운 이미지를 줄 수 있는 여성 인물을 활용하는 것으로 보인다. 이와 더불어 국제사회에서 미국에 의해 '불량국가, 악의 축'으로 지명되고 이후 핵 개발 등으로 인해 추락된 국가 이미지를 재고시키기 위해 체육을 활용하려는 것이다. 둘째, 짧은 후계체제 기간과 급작스런 권력 세습에 따라 남성을 견제하는 인식에 따른 것으로 보인다. 이렇게 본다면 김정은 시기 작품들에서 여성과 어린이 체육인이 두드러지는 점에 대해 근본적인 젠더 및 세대 인식의 변화라 보기 어렵다.

우선 여성들의 체육계 진출을 권장하는 작품은 대표적으로 1995년도에 나온 〈청춘이여〉를 꼽을 수 있다. 여자 주인공인 은경이 태권도 선수이다. 남자 주인공인 기호는 사회과학연구소 역사연구사지만 그의 아버지가 체육기자에다 여동생들이 모두 체육선수라는 설정이다. 다섯 명의 여동생들은 각각 축구, 역도, 농구, 리듬체조, 수중발레 선수이다. 아버지는 체육선수가 되어 조국의 영예를 빛내려던 자신의 못 다 이룬 꿈을 위해 딸들을 모두 체육 분야로 진출시킨 것이다. 어머니는 그것이 못마땅하여 며느리만은 '얌전한' 수예사 처녀(은경을 오해)를 들이고자 하고, 아버지와 딸들은 그에 맞서서 서로 고군분투하는 과정을 코믹하게 그리고 있다. 하지만 결국 어머니가 은경이 국제대회에서 금메달을 따는 영광스런 장면을 목격하면서 감격해하며 은경을 받아들인다는 내용이다.

〈갈매기〉에서는 수중발레선수인 해연의 종목이 민망하다며 '얌전한' 도서관 사서로 취직시키자는 아버지가 나온다. 자신이 근무하는 수질연구원의 연구사까지 동원하여 그를 사윗감으로 점찍고 해연을 설득하려는 작전을 세운다. 하지만 그의 작전과는 반대로 아내와 해연의 공동작전에 말려든다. 아내가 일하는 창광원에서 평소 강력하게 거부하던 수영도 하고, 해연과 동료선수들의 아름다운 수중공연을 눈앞에서 보게 되면서 반해버린다. 이 작품은 2000년대 초반 북한 당국의 체제 개선에 대한 높은 의지를 보여주는 작품으로 거론되기도 한다. 첫 화면이 수중발레선수들이 해변에서 훈련하는 모습으로 시작하여 중간 중간 훈련이나 공연장면들이 계속 나오는 등 여성들의 노출을 적극적으로 보여주었기 때문이다.

특이한 점은 언급한 두 작품 모두 남편보다 아내가 실질적인 '세대주'로 가정 내 위상이 높은 것으로 나온다는 것이다. 2000년대 초반

〈화면 8.1~5〉〈청춘이여〉남편에게 눈을 흘기며 자신의 주장을 내세우는 어머니와 식사 준비를 거들면서도 눈치를 보는 아버지. 겉으로는 드세 보이지만 정숙한 내면을 표현하는 체육선수인 여동생들. 기호와 은경은 호감을 가지고 만남을 지속하고, 은경은 수예사로 오해받지만 국가대표 태권도 선수다.

〈화면 9.1~5〉〈갈매기〉낮잠에서 깬 아버지가 자신을 설득하기 위해 해연이 갖다놓은 마네킹을 보고 경악한다. 시큰둥해하는 남편에게 제대군관인 아내의 잔소리가 이어진다. 해연이 무용을 선보이고 오리발을 선물하며 노력하지만 도리어 아버지는 다치게 되는 등 코믹한 해프닝이 이어진다.

경희극 작품들은 거의 남성들도 그러한 편이긴 하지만 상대적으로 젊은 미혼여성들의 활기 있고 세련된 외모나 성격, 중년여성들의 당당한 모습이 두드러지게 그려지는 특징이 있다. 동시기 다른 작품들 대부분이 노동정책을 구현하며 고난의 행군 시기 자력갱생을 위한 고된 노동에 시달리는 어둡고 묵직한 경향을 띠는 것과 대조되는 부분이다. 국가에 의존하지 않고 가족들의 생계를 책임지며 '이악해진' 기혼여성들의 현실적인 모습이 반영된 것으로 보인다. 반면 미혼여성들의 경우 청년의 패기 넘치고 발랄한 특성을 반영하고 있기도 하지만 낙관적 미래를 제시하는 데 활용된 볼거리라는 측면도 존재한다.

축구, 유도, 마라톤, 리듬체조 분야 등의 국제경기에서 여성선수들이 두각을 나타냄에 따라 체육 분야에 여성을 배제시키는 사회문화적 편견을 교양하는 작품들이 제작되었다. 그런 작품들 속 체육계 일군들이나 부모들의 여러 모습을 통해 젠더 담론의 변화를 엿볼 수 있다. 북한에서는 국제경기 성적에 따라 상징종목과 승산종목으로 나누고 있는데, 상징종목은 축구, 마라톤, 탁구 등이며 승산종목은 유도, 역도 등 저비용 고효율 종목을 집중 육성하고 있다. 가장 현장이라고 할 수 있는 소학교에서(〈소학교의 작은 운동장〉) 여자축구부는 없냐는 신임 축구교원의 물음에 교장선생이 남학생 축구소조도 겨우 꾸렸다며, 여학생은 승산종목으로 마라톤소조을 꾸렸다고 답하고 있는 것으로 젠더별로 각기 다른 종목을 장려한다는 것을 알 수 있다. 〈표 1〉에 포함하지는 않았지만 〈한 녀학생의 일기〉에서 주인공 수련은 과학자가 되기를 강요받고, 동생 수옥은 전도유망한 중학교 축구선수로 활약하는 것으로 나온다.

결국 영화 속에서 여성체육인의 부상이 여성의 위상 강화 및 주체성 자각의 변화로 이어진 건 아니라는 것을 알 수 있다. 기량과 경기 성적의 차이에 따라 남성 간 차별과 위계도 뚜렷하다. 그나마 여성의 체육 분야 진출 기회가 많아진다는 점은 향후 젠더 인식의 변화에 긍정적으로 작용할 가능성이 있다. 작품을 제작하는 당국의 의도가 어떠하든 다양한 계층과 분야의 여성들이 많이 등장하고 여성들의 목소리가 자주 노출되는 것이 필요하다.

## 2) '조선민족제일주의' 구현을 위한 젠더 구도

국제경기 성적에 따라 특정 젠더 및 특정 종목의 체육인 육성을 강조하는 것과 함께 주목할 내용은 국제경기를 '총포성 없는 전쟁'으로 비유하며 선수들이 수령에 대한 충실성과 조선민족제일주의 사상으로 정신적 무장을 해서 경기에 임해야 한다는 것이다. 민족주의 담론이 젠더에 영향을 끼치는 이유는 '민족제일주의'를 구현하는 데 있어 젠더별 형상이 다르게 나타나기 때문이다. 초기 작품에서 두드러지는 젠더 형상은 체육인인 남성 주인공과 함께 여성은 그를 보조하는 체육과학 연구사나 체육단 담당의사 등으로 그려지는 것이었다. 2000년대 초 이후로는 역전되어 여성 체육인이 주인공이며 남성은 동료이거나 역사연구사 등으로 사상·정신적 부분을 보완해주는 역할로 형상되고 있다.

체육계와 관련한 북한 체제의 국가주의 성격을 띤 민족주의 담론은 다음과 같다. 일제강점기에는 이름이 있어도 빛낼 수 없었던 이들이 '조국을 찾아주고', '모든 행복, 모든 영광을 오로지 우리 인민에게 다 돌려주시는 절세위인들'(김일성, 김정일에 이어 2015년 현재 김정은 포함)의 '위대한 손길에 떠받들려 주체조선, 선군조선의 영웅들로 자라'난 것으로 선전한다. 아울러 국제경기에서 우승하고 돌아오는 체육인들은 '개선장군'으로 비유하며 칭송한다.27) 특히 1990년대 극심한 체제난과 경제난 속에서 체육은 유일한 희망이었을지도 모른다. 1996년 애틀랜타 올림픽에서 금메달을 딴 16살 계순희 선수와 1999년 세비야 세계 육상선수권 대회 여자마라톤에서 우승한 25살 정성옥 선수는 실제 영웅 칭호를 받았으며, 여러모로 높은 대우를 받게 된다.28)

---

27) '전장에서 공을 세우고 돌아온 사람들을 개선장군이라 떠받들며 영웅으로 맞이'했다면 현 '노동당 시대에 개선장군으로 불리우는 복받은 사람들'이 바로 '평범한 체육인'이며, 국제경기에서 '승리하고 돌아온 선수들'을 김일성수령이 '개선장군들이라고 높이 치하'해주었다고 선전하고 있다. 「[특집]주체체육사에 자랑높은 ≪개선장군≫들」, 〈조선중앙TV〉 (2014년 4월 19일; 4월 27일; 5월 5일 방영).

28) 특히 남북한을 통틀어 세계 육상선수권 대회 사상 첫 여자마라톤 우승자인 정성옥 선수는 1999.9 공화국영웅 칭호, 금별메달, 국기훈장 1급, 인민체육인 칭호를 수여받았다. 공화국 영웅 칭호는 국가보위에서 큰 공을 세운 사람들에게 수여되는 북한 최고의 칭호이며, 북한정권 수립 이후 체육인이 공화국 영웅 칭호를 받은 것은 처음이다. 1999년 9월 노동신문 사설에서 정성옥 선수를 '민족의 장한 딸'로 호칭하면서 '정성옥 따라배우기'를 호소한 바 있다. 텔레비죤실화극 〈장군님을 그리며 달렸다〉가 방영될 당시 조선중앙통신은 다음과 같이 선전하였다. "위대한 김정일령도자의 품속에서 그는 세계패권을 쥔 〈마라손녀왕〉으로, 조선의 존엄을 빛내인 민족의 장한 딸로 될수 있었다. 하기에 그는 1등의 테프를

민족제일주의 담론을 구현하는 작품들에서 국가대표 선수인 주인 공이나 동료들은 국제 경기를 앞두고 반드시 거치는 훈련이 있다. 민족정신을 투철히 다지는 이론교육이나 박물관과 유적지 견학 및 탐방을 통한 역사교육이다. 이들은 국제경기에 앞서 역사 강습과 함께 박물관, 유적지 등을 답사하며 민족애와 조국애를 되새기는 것이다. 이는 체육에서의 '사상전'을 위한 필수훈련이다.

　　'민족' 담론과 적극적으로 결부시키는 경향은 〈청춘이여〉에서부터 나타난다. 이어 민족주의 담론이 본격적으로 펼쳐진 것은 2000년대 초반 작품에서다. 먼저 〈청춘이여〉에서는 민족 무예인 태권도 국가 대표 선수인 은경과, 역사 연구사인 기호가 '태권도의 역사', '무예도 보통지' 등에 대한 공통관심사를 통해 호감을 느끼고 연애를 하게 된다. 계순희 선수를 모델로 한 〈소녀유술강자〉에서는 올림픽을 앞두고 유력한 우승후보인 다무라 료코 선수를 일본과 등치시키며, 일제시기 일본의 만행을 담은 영상을 관람하는 등 일본에 대한 적개심을 키우는 정신교육을 한다. 정성옥 선수를 모델로 한 〈달려서 하늘까지〉에서는 잠시 민족 담론을 접어두고, 성옥이 고난의 행군 시기 당장 먹을 것이 없어 굶주리면서도 자력갱생하면서 '장군님을 믿고' 치열하게 살아내는 고향 사람들을 통해 향토(조국)애를 고취시킨다.

　　민족주의를 고취시키는 내용은 이후 〈옥류풍경〉, 〈갈매기〉 등으로 이어진다. 국가대표 체육선수인 여성 주인공이 체육선수들이 민족의 역사에 대해 잘 알고 민족의 얼을 담아 훈련과 경기에 임해야 한다고 강조하는 것이다. 이렇게 여성선수들이 자신의 분야에서 국제무대를

끓고 영광의 단상에서 온 세상에 대고 경애하는 장군님을 마음속에 그리며 달렸다고 소리 높이 웨쳤다. 김정일령도자께서는 조국의 영예를 빛내인 정성옥선수의 투쟁정신을 높이 평가하시고 우리 민족사에 처음있는 일이라고, 민족의 대경사라고 만족해 하시며 그에게 대를 두고 길이 전할 사랑과 배려를 안겨주시였다."(『로동신문』, 2000.2.25)

〈화면 10.1~3〉〈청춘이여〉기호와 은경의 유적지 데이트. 태권도 역사를 연구하는 기호와 태권도 국가대표 선수인 은경. 적극적으로 배우려는 은경에게 기호는 작성 중인 학위논문을 건넨다.

〈화면 11.1~2〉국가대표 빙상무용(피겨스케이팅) 선수인 순애는 자신의 공연에 민족성을 담기 위해 음악가를 만나고, 고고학자 '미래'의 강연을 듣는다.

〈화면 12.1~3〉〈갈매기〉수중발레에 민족성을 담기 위해 박물관 견학에 나선 선수들과 한복을 차려입고 나선 지도원.

〈화면 13.1~2〉〈담찬 처녀들〉박물관에서 무예 관련 유적을 견학하고, 개성에서 백두산까지 역사탐방 떠나는 선수들.

배경으로 민족성을 재현해냄으로써 민족의 경계를 설정하는 아이콘이 된다. 이런 장면에서 반드시 등장하는 것 중 하나가 한복(북한에서는 '치마저고리') 입은 여성이다.

한복을 곱게 차려입은 지도원 및 사학자가 있는가 하면 고지식하고 간간한 성격에 안경을 쓰고 지성미를 뽐내는 남성 역사학자가 주인공 여성과 짝을 이루며 대비를 이룬다. 1980년대 작품에서 주인공 남성 선수와 담당 의사 여성이 짝을 이루는 것과 비교되는 지점이다.

〈청춘이여〉 이후 '무예도보통지'를 소재로 한 작품은 이후 국가대표 여자 태권도 선수들을 주인공으로 한 〈담찬 처녀들〉과 사극영화 〈평양날파람〉으로 이어진다. 이 작품들에서는 평양 및 대동강에서 고대 및 원생대 유적 유물 발굴을 통해 민족의 시원을 새롭게 밝혔다는 것에서 더 나아가 35억만 년 전 인류의 발상지로까지 거슬러 잡을 정도이다(〈옥류풍경〉). 이러한 주장이 사실이라면 더 크게 홍보하고 발전시켜나갔을 것으로 보이는데 이후 그런 움직임은 보이지 않는다.29) 김정은 시기 들어 '김일성-김정일주의', '김일성조선, 김정일민족'과 같은 통치이데올로기를 표방하는 것도 같은 맥락으로 볼 수 있다. 이는 체제의 필요에 따른 역사 만들기였다는 반증이며, 이후 또 어떤 방향으로 지배 권력의 역사 정통성을 만들어나갈지 주목되는 지점이다.

### 3) 체제 선전의 선봉대가 된 예술체육인의 섹슈얼리티

조선민족제일주의는 체제 선전과 연결되어 있다. 이는 조선민족제일주의 담론이 실은 대외적 이미지를 의식한 '북한식 세계화' 전략이

---

29) 북한의 역사 만들기는 김일성의 항일무장투쟁을 '혁명전통'으로 격상시키면서 시작되었다. 김정일은 영화를 비롯한 예술작품을 통해 '혁명전통'을 더욱 적극적으로 형상화하고 이론적으로 체계화시켜 전 사회로 확산시켜 나갔다. 이처럼 체제 정통성을 위한 역사 만들기는 대외적 고립과 대내 체제 위기를 타파하기 위한 방편으로 시작하여 인류 문명의 발상지를 주장하는 것으로까지 나아간 것이다. 이는 한편으로는 통일문제에서 수세적 위치를 극복하기 위해 '우리민족끼리'를 제시하며 통일을 주동적으로 대비하려는 노력으로도 볼 수 있다.

기도 하기 때문이다. 이러한 경향은 민족제일주의 경향과 마찬가지로 1995년 작품인 〈청춘이여〉에서부터 적극적으로 표현되었다. 김일성 사망 이후 체제 위기가 표면화된 시기라는 점에서 역설적이긴 하다. 이때까지만 해도 고된 현실 너머 낙관적 미래를 보여주려는 사회주의 리얼리즘을 구현하고자 했지만 1998년 〈가족롱구선수단〉에서는 낭만성이 약화되었다.

체제 선전을 위해 설정된 화면들은 기호와 은경이 데이트하는 장소에서 잘 드러난다(〈청춘이여〉). 놀이공원이나 잘 꾸며신 호숫가, 고층빌딩, 태권도 전당을 비롯한 개보수된 체육 관련 시설 등으로 도시화된 평양의 면면을 보여준다. 기호가 은경에게 태권도 역사를 해설하며 타민족이 부러워한다는 조선민족의 우월성을 역설하는 장소는 유적지거나 대동강변의 민족미를 가미한 현대식 건물이다. 이러한 설정된 화면들은 2000년대 초 북한 정권의 의욕적인 체제 개선 시도와 함께 이 시기 제작된 '조선민족제일주의', 즉 북한식 스포츠 내셔널리즘을 구현하는 작품들로 이어진다. 〈청춘이여〉에서처럼 잘 꾸려진 유적지뿐만 아니라 달라진 도시 면모를 과시하고 있다.

부정적 인물인 삼촌이나 아버지가 교양 감화되는 과정은 이들이 의도치 않게 주인공들을 피해 달아나면서 급하게 전개된다. 옥류관을 방문한 '외국인'들의 감격어린 평가를 접하며 훌륭한 내부시설에 감탄하거나(〈옥류풍경〉) 창광원의 각종 편의시설과 수중무용의 아름다움을 새삼 발견한다(〈갈매기〉). 선수들의 경우는 태권도 틀에 관한 유적, 북한의 정통성 및 분단 현대사를 재조명하는 유적 등을 답사하고, 그중에서도 '국제친선전람관'에서 집중적으로 '수령, 사상, 제도' 제일주의를 학습한다(〈담찬 처녀들〉). 이는 최근 김정은의 '애민'적인 지도자상을 만들며 개보수 또는 새로 설립된 유락시설 등이 영화와 드라마 속에 많이 담기는 것과도 일맥상통한 것이다. 이러한 작품 경향의 시기별 변화는 북한 정권이 위기의식을 느끼는지 자신감을 갖고 의욕적으로 정책을 펴나가는지 여부와 함께 어떤 의도와 방향성을 갖는지 뚜렷하게 보여주고 있다.

〈화면 14.1~3〉〈청춘이여〉놀이공원에서 데이트를 즐기는 기호와 은경. 은경은 주로 화사하면서도 단정한 투피스 차림이다. 그런 모습이 기호나 그의 어머니가 은경을 수예사로 오해한다는 설정을 부연해준다.

〈화면 15.1~3〉〈옥류풍경〉순애와 영일의 데이트 장소인 피겨스케이트장. 영일의 직장인 옥류관도 주요 설정이다.

〈화면 16.1~3〉〈갈매기〉선수들이 경기 전이나 고된 훈련 와중에 창광원을 견학하며 두 수령의 은혜를 되새기고 '사상전'을 준비한다. 〈담찬 처녀들〉에서도 비슷한 설정이 쓰였다.

〈화면 17.1~3〉〈담찬 처녀들〉선수들이 탑승한 이층관광버스와 "내 나라 제일로 좋아"라는 문구. 국제친선전람관과 그 앞에서 훈련하는 모습.

또한 영화 속 스포츠 내셔널리즘은 특정 젠더의 섹슈얼리티를 재현하고, 이는 시기마다 다르게 나타난다. 2000년대 초중반까지 사극의 주인공들이 대부분 남성인 반면 현대물에서 민족을 대표하는 국가대표 체육선수들은 모두 여성들이다. 시기와 정세에 따라 영화 속에서 구현하는 민족 담론과 젠더 담론의 연관성을 짐작해 볼 수 있는 대목이다. 여기에는 물론 실제 여성 체육인들의 국제경기 성과가 큰 영향을 미쳤을 것이지만 이후 〈옥류풍경〉, 〈갈매기〉에서 보면 율동을 강조한 여성들의 육체를 민족성의 미학적 볼거리로 제시한 시도이기도 하다. 이들은 '체육적이면서도 민족성을 지킬 우리식 율동'으로 안무를 고민하고 치열하게 훈련한다. 또한 작품들은 피겨스케이팅과 수중발레 장면 등을 많이 편집해 놓았고, 전반적으로 밝은 화면에 화사한 화장이나 옷차림을 한 여성들, 빠른 서사 전개, 높은 톤으로 톡톡 튀는 대사와 빠른 말투, 경쾌한 음악 등을 특징으로 한다. 이는 본 연구에서 분석한 북한영화와 드라마를 통틀어 보기 드문 양상이다. 반면 2000년대 작품 속 남성 체육인은 씨름 분야를 다룬 〈샅바를 잡아라〉가 유일하다.[30)]

북한이 집단주의와 함께 예술성을 강조하는 대집단체조나 교예 분야는 민족성을 상징하는 국제적인 문화상품으로 개발된다거나 외국과의 합작에서 주요 소재로 활용된다는 특징이 있다. 이러한 분야는 단연 여성들이 두각을 나타내고 있기에 작품들에서 여성이 주인공으로 활약하는 것은 당연하다. 물론 예술체육인 여성들을 사상적으로 더 무장시키고 단련시키는 몫은 남성 인물일 경우도 있지만(〈푸른 주단우에서〉, 〈날아다니는 처녀들〉, 〈김동무는 하늘을〉 등) 2000년대 이후 그

---

30) 씨름은 2003년 제작된 영화 〈우리의 향기〉에서도 민족성의 상징으로 내세운 분야이다. 〈우리의 향기〉는 북한식 민족담론을 형상하면서 그에 따른 전형적인 젠더 이미지를 그린 작품인데 이후로는 이렇게 노골적인 작품은 나오지 않고 있다.

〈화면 18.1~5〉〈옥류풍경〉 '얼음제비'로 불리는 빙상무용(피겨스케이팅) 선수들이 옥류관 근처 대동강변에서 단체연습을 한다. 국제경기를 앞둔 순애가 링크에서 연습을 하고 있는 장면들.

〈화면 19.1~5〉〈갈매기〉 해양연구사인 남자주인공 철성이 바다를 찍다 수중무용선수들의 연습장면을 포착하는 것으로 시작한다. 이후 1, 2부에 걸쳐 야외와 창광원에서의 연습장면들이 여러 번 등장한다.

런 경향은 비교적 약화되어 나타난다.

특히 김정은 체제 들어서 예술체육계는 영화에서 두드러지게 형상되는 분야이다. 김정은 시기 제작 편수가 현저히 줄어든 가운데 예술 및 체육 소재의 작품이 많다는 점은 의미심장하다. '조선'의 민족성을 내세우는 특화된 분야로서 체육의 씨름처럼 교예, 집단체조, 붓글씨, 조선화 등을 들어 특유의 민족성을 내세우고 있다. 예술 분야도 체육과 마찬가지로 민족의 특성 및 북한 인재의 우수성을 드러낼 수 있는 독자적인 분야 또는 국제적으로 우수한 성적을 내고 있는 현실을 바탕으로 작품들이 제작되고 있다.

2000년대 초부터 〈푸른 주단우에서〉를 통해 대집단체조를 형상하기 시작했고, 이후 북한의 대집단체조는 '아리랑'이라는 종합예술공연이 국제적인 문화상품으로 내세워졌다. 2004년에는 교예를 다룬 〈날아다니는 처녀들〉이 제작되었다. 같은 해 발표된 영국의 다니엘 고든 감독이 제작한 다큐멘터리 영화 〈어떤 나라〉는 대집단체조에 참가한 두 소녀의 일상을 다루고 있다. 2012년에 개봉한 중국 합작영화 〈평양에서의 약속〉은 조선무용을 전공한 중국인 여성 쇼난의 북한 방문기다. 무용 경력에 침체기를 맞은 쇼난은 한국전쟁 시기 북한인과 친분을 맺은 할머니(무용가)의 권유로 북한을 방문하고, 대집단체조 공연 준비 과정과 북한식 집단주의를 구현하는 사람들을 통해 조선무용과 예술의 진정한 의미를 깨닫는다는 내용이다.

국제대회에서 우수한 성적을 내고 있는 교예 분야 또한 〈날아다니는 처녀들〉 이후 영국, 벨기에와 합작한 〈김동무는 하늘을 난다〉로 이어졌다. 미술 분야 유치원 영재들을 다룬 〈꿈을 속삭이는 소리〉(2012)와 국제대회에서 우수한 성적을 거둔 유치원 피아노 영재들을 다룬 〈기다리는 아버지〉(2013)는 2015년 현재 조선중앙TV에서 꾸준히 방영되는 작품들이다. 이러한 예술 분야 작품들 중 색다른 작품

〈화면 20.1~2〉 〈푸른 주단우에서〉 대집단예술체조에서 소학교 학생들이 꾸미는 무대 '세상에 부럼없어라'. 담당지도원의 교양으로 '태양(수령)' 주위를 도는 '애기별'이 되겠다고 외치는 학생들.

〈화면 21.1~2〉 〈날아다니는 처녀들〉 '뒤로 3바퀴 반'을 도는 세계적인 교예 기록을 갖고 있는 류진아가 경쟁상대를 꺾기 위해 '뒤로 4바퀴'를 성공시키는 과정을 보여준다.

〈화면 22.1~2〉 〈김동무는 하늘을 난다〉

〈화면 23.1~2〉 〈평양에서의 약속〉 포스터

은 〈종군작곡가 김옥성〉(2012)이다. 주인공인 김옥성[31]은 성인 주연물 중에는 유일한 남성이며, 북한 정권 초기 활약한 북한의 대표 작곡가이다. 조선중앙통신은 그를 세계적인 작곡가로 소개하며 영화가 수령의 인정과 함께 영생하는 그의 삶을 다루었다고 평가하였다.[32] 이 작품은 외국 합작이나 현재 시기를 다룬 작품들과 달리 후계체제 안정을 위해 '백두혈통'의 대를 이은 지도자 및 당에 대한 충성을 제고하려는 목적으로 제작된 듯하다.

이전 시기 체육을 소재로 한 영화가 노동력과 국방력 차원의 계몽이었다면 2000년대 들어서는 북한식 민족 담론과 결합되어 당과 수령의 은덕을 더욱 강조하고, 민족의 새로운 역사와 전통을 수립하려는 적극적인 의도를 내보이게 되었다. 이때 여성이라는 젠더이미지도 시각적으로 더 적극적으로 활용되는 추세를 보였다.[33]

또한 몇 년이 걸리는 영화의 제작기간을 고려하면 김정은이 후계자로 내정될 2008년 즈음부터 외국과의 합작이 적극적으로 시도되었을 것이다. 유치원 유아들이나 소학교 학생들이 주연급으로 부상하여 영재 발굴의 필요성을 더욱 강조하고 있다는 점도 김정은 체제의 특징이다. 또한 여전한 경제난 탓인지 북한에서 자체 제작하는 작품 수가 예전에 비해 매우 부족해진 반면 외국과의 합작에 적극적이라

---

31) 김정일은 북한의 최고작곡가로 가장 먼저 김옥성을 꼽았다. 김옥성이 작곡한 노래들을 "지금도 흥얼흥얼 따라 부르고 싶은 명곡"이라며 그를 '세계적인 작곡가'로 평가하고 있다 (『조선예술』, 2001년 제1호).

32) "영화는 인민군군인들과 근로자들을 힘있게 고무추동하는 명곡들을 수많이 내놓은 작곡가 김옥성에 대한 이야기를 담고있다. (…중략…) 위대한 김일성동지와 김정일동지, 항일의 녀성영웅 김정숙동지께서는 그의 노래들을 높이 평가해주시고 그를 당을 따라 한길을 걸어온 종군작곡가로 내세워주시며 뜨거운 사랑과 믿음을 안겨주시였다. 영화는 백두산절세위인들의 은혜로운 품이 있어 주인공이 조국과 인민의 기억속에 영생하는 삶을 누릴수 있었음을 생동한 예술적화폭으로 보여주고있다."(〈조선중앙통신〉, 2012.11.30.)

33) 아직까지 영화나 드라마로 작품화되지는 않았으나 김정은 시기 대표적인 예술에서의 젠더 정치는 '모란봉악단'의 창립과 사회적 활용으로 나타나고 있다.

는 점도 눈에 띈다. 이런 점을 볼 때 국위선양 및 체제 선전을 위해 민족성과 북한식 특성을 담을 수 있는 체육이나 예술 분야를 소재로 하고, 여성과 어린이(주로 소년)가 주역으로 등장하는 이러한 작품 경향은 앞으로도 이어질 것으로 전망된다.

이런 현상이 여성과 어린이의 위상 강화로 이어질 것인가에 대해서는 부정적이다. 왜냐하면 당국의 인식이 젠더 및 세대 평등에 기초하고 있지 않고 체제 선전 및 정권 안정을 위해 젠더와 세대 이미지를 활용하고 있기 때문이다. 조국의 영예를 빛내고 우수한 민족성을 구현하는 여성 체육인 영웅이나 어린이 예술영재의 이미지를 재현하는 영화와 드라마는 국가 중심적 세계관과 헤게모니적 성관계를 확산하게 될 것이다.[34]

## 4) 숨길 수 없는 다양한 욕구 표현

그런가 하면 작품 속에서 체육계 인물들은 두 가지 욕구를 내보인다. 첫째, 주연과 긍정인물들은 국가의 영예와 민족의 긍지를 드높일 선수가 되겠다는 포부를 다짐하곤 한다. 이러한 사회적 인정과 성취 욕구의 경우 남녀가 거의 동일하게 나타난다. 둘째, 보기 드물긴 하지만 부정인물로 형상되는 체육인의 경우 생활적 욕구를 내보인다. 이 경우는 주로 여성 인물에게서 나타난다.

첫 번째 사례를 보면 우선 체육인의 열악한 처지가 드러난다. '나라의 영웅'으로 떠받들려질 것처럼 하지만 부모들은 자녀의 장래를

---

34) 이정우, 「TV 광고 속 김연아와 그 명사성: 국가주의 이데올로기와 성 정체성의 재현」, 『한국스포츠사회학회지』 22(3), 한국스포츠사회학회, 2009 참조. 저자는 김연아 선수가 비록 빙상경기장에서는 주목할 만한 성적을 거둠으로써 다수의 사람들에게 역할모델을 제공하고 있지만, 미디어를 통해 비춰지는 셀레브리티로서의 김연아는 한국사회의 헤게모니적 관념들을 그대로 답습하고 있음을 보여준다고 주장하고 있다.

걱정하며 반대해 나선다. 결국 현실에서는 체육인들의 전망이 밝지 않으며, 그런 면에서 체육인에 대한 인식이 부정적이라는 것을 알려준다. 초기 작품들에서는 주로 아버지가, 최근으로 올수록 어머니가 주인공의 포부를 꺾으려는 부정적 역할을 하는 경우가 많은 편이다.

또한 대표선수 자격을 양보하거나 밀려나기도 하고 적극적으로 그 자리를 차지하려고 노력하기도 한다. 이런 형상은 국제대회에서의 메달은 개인의 영예가 아니라 조국의 영예임을 강조하면서 나타난다. 하지만 작품 속 인물들은 그런 상황에서 고민하고, 기존 대표선수와 신진선구 간 갈등도 적지 않다. 물론 물질적 욕구를 직접적으로 드러내지는 않는다. 대신 '장군님'께 영광을 드리고 자신의 이름을 알리고 싶어 한다는 점에서 개인의 명예와 성취에 대한 욕구를 숨김없이 드러낸다. 사회적인 성공에는 물질적인 풍요와 여유가 뒤따르게 되기 때문에 물질적인 욕구도 포함된다고 볼 수 있다.

〈세번째 금메달〉의 주인공 동철은 세계레슬링선수권대회에서 연속 우승하여 두 개의 금메달 보유자이다. 세 번째 금메달을 위해 대회를 앞두고 훈련하던 중 부상을 당한다. 동철은 개인적인 명예를 떠나 자신의 대상훈련선수인 성길에게 자신의 특기와 재량을 가르쳐 그의 단점을 메우며, 마침내 세 번째 금메달을 획득하도록 한다. 동철이 입원할 당시 이웃 병실 환자였던 건설사업소 노동자 박명호는 '난 동철동지와 같은 체육인들을 이 세상에서 가장 훌륭한 사람들이라고 생각'한다거나 '아무나 할 수 없는 위대한 직업'이라고 진심을 담아 말할 정도로 국가대표 체육선수는 선망의 대상으로 그려진다. 하지만 체육단은 세계대회를 앞두고 동철 외에는 유망한 선수가 없는 열악한 선수층을 가진 조건에 처해 있다. 따라서 동철이 자신을 부상당하게 한 당사자인 성길의 도덕적 고통을 달래고 성길도 할 수 있다는 자신감을 불어넣어주는 것과, 성길의 경기 성적을 못 미더워

〈화면 24.1~5〉〈세번째 금메달〉 동철은 연습상대인 성길과 연습 중 심각한 부상을 당하고, 성길은 자신 때문이라며 괴로워한다. 담당의사 선이도 안타까워 지켜만 보는데, 동철은 자기 대신 성길을 훈련시키기로 결심한다. 결국 성길이 금메달을 획득하고, 둘은 얼싸안고 환호한다.

〈화면 25.1~5〉〈소녀유술강자〉 순봉은 평소 주장인 명경을 선망하는 터. 지도원은 갑자기 순봉을 주장으로, 명경은 순봉의 연습상대가 되라는 지시를 내린다. 명경은 반발하는데.

〈화면 26.1~5〉〈우리 녀자축구팀 1부〉 대표팀의 경기 성적이 저조하자 새 책임감독으로 교체되는데 첫 날부터 그에 맞서는 주전선수 영희. 복희의 중앙 배치를 반대하는 영희에게 놀라는 감독.

하는 상급 간부들을 설득해 나가는 과정이 주요 갈등축이다. 여기서 여성들은 선수들의 어머니, 체육단 담당의사, 간호원 등으로 나와 남자선수들을 보조하고 격려하는 긍정적 역할을 맡고 있다.

〈소녀유술강자〉의 초반 갈등도 여자 훈련조 주장이면서 올림픽 대표선발경기에서 우승한 명경과 신예 순봉(계순희의 극중 이름)과의 사이에서 벌어진다. 지도원은 명경의 친오빠임에도 불구하고 순봉의 실력을 눈여겨보고 명경 대신 주장으로 세우는가 하면 올림픽 대표선수로 상부에 적극 추천한다. 결국 재경기를 거친 후 순봉이가 올림픽 대표로 발탁된다. 대표 자리에서 밀려난 명경은 오히려 순봉에게 그동안 냉정하게 대한 것을 사과하는데, 그런 행동이 실은 순봉이가 자신을 경쟁상대인 다나까[35]처럼 여기도록 하여 경쟁심을 유발하고 더 열심히 훈련할 수 있도록 배려했던 것으로 밝혀진다. 이후 명경은 순봉의 대상훈련선수가 되어 순봉이 훈련에 매진할 수 있도록 적극적으로 돕는다.

〈우리 녀자축구팀〉에서도 감독 정우가 대표팀의 새로운 공격선수로 구월산 팀의 복희를 영입하고, 성희와 복희를 공격선수로 내세우려 한다. 자부심 강한 공격수 영희는 강하게 저항한다. 이에 대해 정우는 영희를 개인주의로 비판하며 출전 금지라는 처벌을 내린다. 결국 영희는 자신의 잘못을 깨우치고 다친 주장을 대신해 주장을 맡아 누구보다 모범적인 선수가 된다.

두 번째 사례인 개인적이면서 생활에서 우러나는 욕구는 주로 여성 섹슈얼리티를 부각시키며 드러낸다. 이런 형상을 드러내는 것은 물론 그런 '사사로운' 욕구까지 하나하나 채워주려는 '장군님의 은혜'를 강조하기 위해서다. 여기서 주목할 점은 주로 남성에게는 강인한 섹슈얼리티를, 여성에게는 부드럽고 화사한 볼거리로서의 섹슈얼리티를 부여하는 구도의 성 담론을 재생산하고 있다는 것이다.

〈갈매기〉에서 수중발레 국가대표 선수인 은심은 계속되는 고된 훈련에 결국 "우린 여성이란 말예요. 맨날 물속에서 사니 도대체 우리에게 무슨 생활이 있어요"라며 선수생활을 그만두게 된다. 〈우리 녀자축구팀〉의 선수들이 고된 훈련 속에 지쳐서 쉬고 있을 때 한복 차림의 여성들이 그 옆을 지나간다. 부러운 시선을 보내는 선수들에게 감독은 국제경기에서 우승하면 선물하겠다고 독려한다. 결국 경기에

---

35) 1996년 애틀랜타 올림픽에서 계순희와 결승전에서 맞붙은 다무라 료코의 극중 이름. 다무라 료코는 당시 세계유도대회에서 84연승을 한 일본의 유도영웅이었다.

서 우승한 선수들은 김정일 위원장이 선물로 내려준 한복에 감격해 한다. 이는 물자가 부족한 현실에서 선수들의 생활적 욕구를 충족시 키려는 노력의 일환으로 볼 수 있다.

또한 여자축구팀의 명화와 감독 아들인 영호의 연애는 불순하게 취급되고 금지된다. 영호는 대표팀 선수가 되고자 애를 쓰지만 아버지 정우는 그런 아들이 안타까우면서도 대표팀 재목이 못된다고 여긴다. 드라마 말미에 이르기까지 영호는 그런 아버지를 이해하지 못하고 명화와의 만남조차 가로막는데 좌절한다. 명회는 이성에 호기심을 가졌던 자신의 행동을 반성하고 조국을 위해 한눈팔지 않고 훈련에 매진한다. 이 작품에서 20대 여성 청년 영희나 명화도 각각 명예나 이성교제에 욕구를 드러낸다. 남성 청년인 영호는 그 둘 모두를 포함하여 개인적인 욕망을 진솔하게 드러내며 아버지와 대립한다. 2000년대 중반을 거치며 작품들이 보수화되던 경향 속에서 이들의 목소리는 주민들의 실제 욕구를 어느 정도 반영하였다는 점에서 긍정적이다. 그러나 여전히 작품이 전하는 교훈은 개인 욕망과 개인주의를 부정하고 억압하고 있다. 주체의 혁명을 구현하는 서사 방식에서 개인의 사욕은 여전히 부끄럽고 불결한 것으로 취급되고 있는 것이다. 이는 개인의 물욕과 정욕 등이 수령, 즉 정권에 대한 절대적인 충성에 손상을 가할 수 있다고 보았기 때문일 것이다.[36]

〈화면 27.1~4〉〈갈매기〉지도원에게 힘들다고 호소하다 선수단을 나가라는 소리만 듣게 되는 은심.

---

36) 안지영, 「북한영화에 대한 젠더 접근법 모색」, 『현대북한연구』 18(1), 북한대학원대학교, 2015, 62쪽.

〈화면 28.1~15〉〈우리 녀자축구팀〉 영호는 명화에게 호감을 갖고 적극적으로 다가가고 마지못한 듯 대하던 명화도 점점 들뜨는 모습이다(1~5). 새로 꾸려지는 남자종합팀에 들어가기 위해 애쓰던 영호는 기대했던 아버지로 인해 오히려 탈락됐다는 걸 알고 좌절한다(6~10). 전직 대표선수였던 복희의 어머니는 복희가 축구 대신 다른 전망을 선택하기를 바라고 부국장을 찾아와 복희를 종합팀에서 빼달라고 부탁한다(11~12). 화사하게 한복을 입고 지나가는 여성들을 부러워하며 바라보는 선수들(13~15).

## 6. 스포츠 내셔널리즘에 담긴 젠더: 위계와 담론의 재구성

고대 국가로부터 근대 민족국가에 이르기까지 스포츠 내셔널리즘은 일반적 현상이었다. 특히 근대국가에서는 스포츠를 통해 국가 구성원들의 일체감을 형성함으로써 민족사회의 단결과 근대화를 향한 에너지를 결집시켜 대내외적인 모순과 갈등을 해소하고, 새로운 발전의 길을 모색하고자 하였다. 영화나 미디어는 이러한 스포츠 내셔널리즘을 더욱 강화시키는 역할을 하였다. 북한 정권도 마찬가지로 국민 통합과 체제의 유지 및 발전을 위해 스포츠 내셔널리즘을 적극적으로 활용하였다. 영화와 드라마는 이를 구현하며 재생산하는 기제였다.

그러나 일반적으로 국가권력에 의해 추진되는 스포츠 내셔널리즘이 시민 권력의 역할 증대라는 시대적 흐름 속에서 더욱 교묘해지고 있는 반면 북한에서는 당국 차원에서 공식화되고 정당화되어 생산된다. 나아가 이를 구현하는 영화와 드라마에서는 해당 시기 당국이 지향하는 스포츠 내셔널리즘에 부응하는 특정한 젠더 담론을 재현하면서 주민들의 젠더 인식과 사회문화에 영향을 끼치게 된다.

북한에서는 체육의 목표를 기본적으로 혁명과 건설에 이바지할 수 있는 정신적, 육체적으로 강인한 투사형의 인간을 양성하는 데 두고 있다. 대외적으로는 자본주의 체제에 대한 사회주의 체제의 우월성을 과시하고, 남북 간의 대결에서도 우월한 위치를 확보하는 수단으로도 활용하였다. 이러한 인식과 대내외 정세에 따라 체육정책의 강조점은 변화되어왔으며, 체육 관련 영화나 드라마는 특정한 시기에 집중적으로 제작되었다.

그 시기는 첫째, 체제의 고립과 위기가 심화되기 시작하면서 민족제일주의 담론이 등장했던 1980년대 중반 이후이다(〈조선아 달려라〉, 〈세번째 금메달〉 등). 이 시기 작품에서는 역경을 딛고 일어서는 남성 체육인과 그를 보조하는 여성 의사 및 체육 연구사라는 이분법적 구도가 두드러진다. 이는 보편적으로 역사 속에서 체육이 여성에게 맞지 않는 것으로 인식하던 것과 함께 가부장적이고 봉건적 성 고정관념에서 비롯된 것으로 보인다. 이들 작품에서 여성은 남성인물들 간의 갈등을 해소하고 양측을 아우르는 역할로 보조적 긍정인물로 설정되었다.

둘째, 김일성 사망으로 김정일 체제가 시작되던 1995년(〈청춘이여〉)부터 2000년대 초반까지이다. 특히 극심한 체제 위기를 극복하면서 건설적인 국가 전망으로서 강성대국 건설 담론을 제시하고 민족제일주의를 강하게 표방하던 1998년부터 2000년대 초반에 집중적으로 제작되었다(〈가족롱구선수단〉, 〈달려서 하늘까지〉, 〈갈매기〉, 〈담찬 처녀들〉, 〈날아다니는 처녀들〉 등). 이 시기에서부터는 대부분의 작품에서 여성이 주연인물로 설정되었고, 여성들을 전문체육인으로 양성해야 한다는 주제를 담고 있다. 이런 흐름의 직접적인 계기는 무엇보다 계순희, 정성옥 등 실제 '여성'선수들이 국제무대에서 우승을 한 데 따른 것이다. 대외적 고립 속에서 식량난과 경제난이 악화되며 체제의 위기가 한창 심화되던 시기에 이 선수들의 활약은 북한 사회의 스포츠 내셔널리즘을 자극하고 체육 분야 젠더 위계를 바꾸기에 충분하였던 것이다.

셋째, 김정은 후계체제 및 김정은 체제가 들어선 2011년부터 2014년 최근까지(〈우리 녀자축구팀〉, 〈소학교의 작은 운동장〉 등)이다. 2012년에 개봉된 〈김동무는 하늘을 난다〉와 〈평양에서의 약속〉은 외국과의 합작으로 수년의 제작기간이 걸린 만큼 둘째, 셋째 시기 사이에 북한 내에서 관련 영화가 제작되지 않았던 이유로 추정해볼 수도 있다. 이 시기에 이르러서도 소위 국제경기에서 겨뤄볼만한 '승산종목'으로 축구를 장려하면서 여성선수와 남자어린이들이 주연으로 부상하였다. 이들은 축구선수 '후비' 양성의 중요성을 강조한 김정일의 유훈을 따르는 것으로 제시되지만 사실상 김정은 정권의 정당성 확보를 위한 기제이기도 하다. 젠더와 세대 범주에서 상대적으로 열악한 위치에 있는 체육계 여성과 남자어린이는 지도자로서 지지기반을 확보하지 못한 젊은 후계자의 불안한 위치를 상쇄시킬 수 있는 매개로 여겨진 듯하다. 이들에게 베푼 은혜를 칭송하며 새로운 후계자로 이어진 체제의 우월성을 과시하고 있다. 상대적으로 성인 남성은 부정인물로 그려져 이들을 견제하는 당국의 의도를 드러내고 있다.

영화 속 부정인물을 통해 징후적으로 발견한 북한 사회 현실의 단면은 젠더 평등인식에 대해서 부정적이다. 체육은 여성에게 맞지 않는 분야라고 주장하는 모습에서 전통적으로 체육을 남성의 영역으로 인식해온 문화가 지속되고 있는 것을 알 수 있다. 자녀의 체육계 진출을 막는 부모들을 많이 볼 수 있다는 점에서 남녀 공히 체육인은 대우받지 못하는 것으로 드러난다. 엘리트 체육인을 양성하고 선수층을 확보하려는 국가의 노력에도 불구하고, 대다수 주민들에게 이는 더 나은 삶을 위한 현실적인 전망이 되지 못하고 있는 것이다.

한편 2000년대 초반에 두드러진 여성선수들의 섹슈얼리티 과시나 외국 합작영화에서 여성 예술체육인들의 부상은 실리적 차원의 체제개선, 유연하고 개방적인 이미지 표출로 대외관계 개선을 추구하려는 당국의 시도이기도 하다. 반면 그들에게 민족성을 상징하고 재생산하도록 역할을 부여함으로써 북한식 사회주의와 유일지배체제를 고수하려는 의도 또한 명백히 표방하고 있다. 여성 인물은 민족의 꽃으로 대상화되는 위치에 있으며, 민족의 우수성을 대변하는 지식인 남성과 짝을 이루며 부족함을 채우는 존재로 그려진다. 상대적으로 소외계층인 성인여성과 어린이들이 김정은 시기의 작품들에서 주연으로 부상하였지만 젠더나 세대 위계에서 그들의 위치는 여전히 열악할 것으로 보인다. 체제 선전과 함께 폐쇄적인 스포츠 내셔널리즘을 구현하기 위해 활용된 젠더 및 세대 이미지이기 때문이다.

다음의 가능성을 고려한다면 긍정적으로 생각해볼 측면도 있다. 여성들이 체육활동을 통해 여성 자신을 위해 몸을 움직이고 표현하는 경험을 하면서 자신에 대해 남성적 시각의 대상물로써가 아닌 독립적으로 자율적인 존재로 인식해가고, 공적 영역으로 자신의 공간을 확장해갈 수 있다. 체육활동 자체가 기존 성역할 규범을 뛰어 넘는 것이기 때문에 이를 바탕으로 다른 차별적 젠더 규범들도 해체시킬 가능성이 있다. 이런 맥락에서 기존 북한영화나 드라마에서 제 목소리를 드러낼 수 없었던 여성과 어린이를 비롯해 당국의 정책지향에서 벗어나는 욕구를 지닌 다양한 세대와 계급계층에 속하는 인물들의 모습이 드러나기를 기대한다. 그들의 모습을 통해 현실을 비판적으로 성찰하여 평등하고 주체적인 젠더 인식을 발전시켜 새로운 젠더 규범을 기획하고 실천하게 되기를 기대한다.

북한 당국은 체제의 위기를 극복하기 위한 수단으로 스포츠 내셔널리즘을 적극 활용하고 있고, 엘리트 체육정책에 치중하는 모양새다. 체육인은 국가, 수령, 당에 보은해야 하는 위치에서 국제무대에서 최고의 실력을 발휘해야만 그 존재를 드러낼 수 있고, 그에 부응하지 못하는 이들은 소외된다. 남성 및 여성의 섹슈얼리티는 권력유지의 도구로서만 존재한다. 이제 스포츠 내셔널리즘은 소수 엘리트의 의도가 아닌 다수의 자발적이고 합의된 개인이라는 근원적 주체로부터 표출되는 방향으로 새롭게 조망해볼 필요가 있다. 스포츠 내셔널리즘에 내재하는 편향적 젠더 문제 또한 온전한 주체로서의 젠더 인식을 위해 비판적 성찰로 나아가야 할 것이다.

이 글은 북한영화와 TV드라마 속 체육인들의 형상과 서사에 나타난 스포츠 내셔널리즘과 젠더 담론을 통사적, 거시적으로 분석하였다. 단편적이나마 북한의 사례를 통해 국가적 차원의 스포츠 내셔널리즘과 젠더 담론의 특징 및 각각의 담론이 상호작용하는 메커니즘을 살펴볼 수 있었다. 작품의 시기별 변화를 살피는 데 중요한 자료가 될 인물의 비중이나 인물 간 관계 및 구도 등에 대해 자세히 언급하지 못한 점이 아쉽다. 북한의 영상텍스트에 대한 미시적인 예술사회학적 분석은 지속적인 연구과제이다.

# 참고문헌

M. Ann Hall, 이혜숙·황의룡 옮김, 『페미니즘 그리고 스포츠신체』, 성신여자대학교 출판부, 2007. Margaret Ann Hall, *Feminism and sporting bodies: essays on theory and practice*, Human Kinetics, 1996.

Robert A. Mechikoff·Steven G. Estes, 김방출 옮김, 『스포츠와 체육의 역사·철학: 고대문명에서 현대까지』, 무지개사, 2005.

김나연, 『성의 스포츠 활동을 통해 본 성별정치학: 팀 스포츠(Team Sports)를 중심으로』, 이화여자대학교 석사논문, 2003.

김동규, 「스포츠 내셔널리즘의 형성과 맥락: 새로운 시선」, 『움직임의철학』 Vol. 18 No. 4, 한국체육철학회, 2010.

김선아, 「다큐멘터리에서의 타자성의 표상양식에 관한 연구: 북한 축구 다큐멘터리를 중심으로」, 『영상예술연구』, 17집, 영상예술학회, 2010.

김은영·김동규, 「스포츠, 내셔널리즘에서 자유로울 수 없는가?」, 『한국체육학회지-인문사회과학』 Vol. 49 No. 6, 한국체육학회, 2010.

김종희, 「스포츠 내셔날리즘 연구」, 『한국레저스포츠학회지』 Vol. 9, 한국레저스포츠학회, 2005.

김종희·이학래, 「박정희 정권의 정치이념과 스포츠 내셔널리즘」, 『한국체육학회지』 Vol. 38 No. 1, 한국체육학회, 1999.

류준상, 「올림픽과 민족주의에 대한 연구」, 『한국레저스포츠학회지』 Vol. 4, 한국레저스포츠학회, 2000.

박노자, 『씩씩한 남자 만들기 : 한국의 이상적 남성성의 역사를 파헤치다』, 푸른역사, 2009.

배재윤, 「기획된 문화, 만들어진 스포츠」, 『한국사회학회 사회학대회 논문집』 No. 6, 한국사회학회, 2013.

성민정, 『북한의 체육실태』, 통일교육원, 2008.

심혜경, 「한국 스포츠-민족주의(Sports-nationalism)의 한 기원: 해방 전후 〈올림피아〉(레니 리펜슈달, 1938) 1부 〈민족의 제전〉, 올림픽과 마라톤 문화/기록영화의 상영을 중심으로」, 『영상예술연구』 Vol. 18 No. 4, 영상예술학회, 2014.

안지영, 「북한영화에 대한 젠더 접근법 모색」, 『현대북한연구』 18권 1호, 북한대학원대학교, 2015년.

양동주, 『스포츠 정치학』, 동명사, 2010.

이병량, 「체육정책과 공공성」, 『사회과학연구』 Vol. 26 No. 1, 충남대학교 사회과학연구소, 2015.

이옥흔·주동진·김동규, 「제3공화국과 제5공화국의 국가주의 스포츠정책 성향 비교」, 『움직임의철학』 Vol. 9 No. 2, 한국스포츠무용철학회, 2001.

이욱열, 『스포츠의 정치학』, 21세기교육사, 2004.

이정우, 「TV 광고 속 김연아와 그 명사성: 국가주의 이데올로기와 성 정체성의 재현」, 『한국스포츠사회학회지』 Vol. 22 No. 3, 한국스포츠사회학회, 2009.

이정학, 『(체육과 스포츠의)철학적 탐구』, 대한미디어, 2005.

이학래·김동선, 『북한 체육 자료집』, 한국학술정보, 2004.

임재구, 「체육철학: 한국 스포츠 내셔널리즘의 사회, 철학적 이해에 관한 질적 연구」, 『움직임의철학』 Vol. 14 No. 2, 한국스포츠무용철학회, 2006.

전우성, 『영화〈코리아〉에 내재된 스포츠 이데올로기 분석』, 신라대학교 석사논문, 2013.

정동길, 『북한 체육 스포츠 영웅』, 다인미디어, 2001.

정수완, 『소시민 영화 연구: 일본의 이중적 근대화를 중심으로』, 동국대학교 박사논문, 2002.

정희준, 『스포츠 코리아 판타지: 스포츠로 읽는 한국 사회문화사』, 개마고원, 2009.

주동진·김동규, 「국가주의 체육사상 두 맥락의 현대적 의의」, 『움직임의철학』 Vol. 10 No. 1, 한국스포츠무용철학회, 2002.

진주은, 『한국 스포츠 셀레브리티의 페르소나 이미지와 미디어 스포츠 관람동기, 관람태도, 팬십의 인과관계』, 전남대학교 박사논문, 2011.

천정환, 『조선의 사나이거든 풋뿔을 차라: 스포츠 민족주의와 식민지 근대』, 푸른 역사, 2010.

한국스포츠사회학회, 『스포츠와 사회이론』, 레인보우북스, 2012.

한동훈, 「북한 체육법에 관한 연구」, 『2010년 남북법제 연구보고서』, 법제처, 2010.

허진석, 『스포츠 공화국의 탄생: 제3공화국 스포츠-체육 정책과 대한체육회장 민관식』, 동국대학교출판부, 2010.

홍성보, 「북한 체육정책의 변화 과정(1945~1970): 국가전략을 중심으로」, 북한대 학원대학교 박사논문, 2011.

〈북한 자료〉

「명곡창작의 비결은 어디에 있는가」, 『조선예술』, 2001년 제1호.

「백두의 혁명정신으로 체육강국건설에서 새로운 전성기를 열어나가자」, 『조선중 앙통신』, 2015년 3월 26일.

「새 예술영화 ≪종군작곡가 김옥성≫」, 『조선중앙통신』, 2012년 11월 30일.

「어머니조국에 더 많은 금메달을」, 『로동신문』, 2013년 1월 12일.

「온 나라에 체육열풍을 일으키자」, 『로동신문』, 2013년 1월 6일.

「체육강국건설의 결승선을 향하여 더욱 힘차게 내달리자」, 『로동신문』, 2015년 5월 2일.

「[특집]주체체육사에 자랑높은 ≪개선장군≫들」, 〈조선중앙TV〉(2014년 4월 19 일; 4월 27일; 5월 5일 방영).

# 선군시대 북한영화에 나타난 가부장적 온정주의

: 〈복무의 길〉(2001)을 중심으로

### 정영권

## 1. 북한영화와 선전, 이데올로기

북한영화가 대체로 선전적인 목적으로 제작되고 상영된다는 것은 주지의 사실이다. 그러나 영화, 특히 극영화(북한식 용어로는 '예술영화')가 통치자나 당의 정책을 그대로 전달한다고 해서 그것이 필름으로 기록한 정치연설인 것은 아니다. 자본주의 사회에서 뿐만 아니라 현실사회주의 국가의 영화에서도 관객을 끌어당길 수 있는 강한 흡입력이 있어야 한다는 것은 자명한 사실이다. 이는 선전을 더 효과적으로 하기 위한 목적에서라도 반드시 필요한 선결조건이다.

선전(propaganda)이란 사고와 가치의 전달을 통해 청중의 공적 의견에 영향을 미치려는 시도이다.[1] 선전은 폭력을 행사하겠다고 위협하

---

1) Richard Taylor, *Film Propaganda: Soviet Russia and Nazi Germany* (second, revised edition),

거나 보상을 제공하는 것이 아니라 태도를 변형시켜 행동에 영향을 주려고 한다. 선전은 본질적으로 엘리트주의적인데, 이는 소집단이 다수의 행위에 영향을 미치려 하기 때문이다.[2] 이것을 북한에 대입한다면 김일성이나 김정일, 김정은 등의 최고 지도자를 위시로 조선노동당의 정치 엘리트들이 다수의 인민들의 사상과 의견, 태도에 영향을 미치려는 시도로 볼 수 있다. 영화에 유달리 조예가 깊었던 김정일의 특별한 영향력을 차치하더라도 북한영화는 체제 성립 이래 늘 이러한 역할을 해왔다. 그러나 선전이 일관된 방침을 견지한다고 하더라도 영화의 선전 형식이 늘 일관된 것은 아니다. 영화가 예술인한, 거기에는 어떤 형태로라도 미학적 형식(스타일)이 녹아 들어가 있기 마련이다.[3] 그러나 그동안 북한영화에 대한 연구는 지나치게 당의 정책과 그 반영으로서의 영화라는 측면에 집중해왔다. 물론, 북한영화가 당 정책의 반영이라는 이 명백한 사실을 부정하는 것은 거의 불가능한 일이다. 그러나 그것이 북한영화의 미학적 형식을 논하는 것을 도외시하는 데 대한 정당한 근거가 될 수는 없다.

이 글은 2000년대 '선군시대'의 북한영화가 '가부장적 온정주의'[4]를 어떻게 영화적으로 재현하고 있는지에 관심을 둔다. 따라서 북한영화가 여성과 가족을 영화 고유의 언어와 문법, 즉 영화적 스타일을 통해 여성과 가족을 이데올로기적으로 호명하는 방식을 살펴 볼 것이다. 여기서 이데올로기적으로 호명한다는 말은 물론 "이데올로기

London & New York: I.B. Tauris Publishers, 1998, p. 14.

2) 앤드루 에드거·피터 세즈윅 편, 박명진 외 역, 『문화 이론 사전』(개정판), 한나래, 2012, 263쪽.

3) 북한은 영화가 예술이라는 것을 늘 강조해왔으며 자본주의가 영화를 예술이 아닌 산업으로 여긴다고 비난해왔다. 북한은 '영화산업'이 아닌 '영화예술'이라고 칭하며, 영화예술이 영화문학을 기초로 하여 화면을 형상수단으로 하는 종합예술이라고 정의한다. 민병욱, 『북한영화의 역사적 이해』, 역락, 2005, 59쪽.

4) 이에 대한 개념설명은 이 글의 3장 참조.

는 개인들을 주체들로 호명한다"는 루이 알튀세르(Louis Althusser)의 중심명제와 맞닿아 있다.5) 아주 쉽게 말한다면 대한민국이 국가대표 스포츠선수들을 '대한건아', '태극전사' 등의 애국주의 수사로 호명 하듯이 2000년대 선군시대의 북한영화는 가족과 가정을 '선군가정', '총대가정' 등의 수사로 호명한다. 그러나 어느 사회에서도 영화 속 의 이데올로기가 전일적으로 그 지배력을 행사하는 것은 아니다. "이 데올로기는 지배적인 반면(그리고 그 '자연스러움'에도 불구하고), 그 이 데올로기는 모순적이고, 따라서 파편적이며 비균질적이고 비정합적 이다."6) 반대로, 모순과 균열이 거의 없이 매끄러운 이음매로 연결되 어 있다면, 그 이음매가 가리고 있는 사회적 현실의 찢어진 틈을 엿 보아야 한다. 이 글은 북한의 예술영화 〈복무의 길〉(2001)을 중심으로 이러한 관심사를 풀어보려고 한다. 이 영화를 선정한 것은 몇 가지 이유가 있다. 첫째는 북한 당국이 내세우는 선군정치와 총대가정을 주제로 하고 있다는 것이며, 둘째는 이 영화가 젊은 여성을 주인공으 로 그녀와 아버지 혹은 다른 남성들과의 관계가 중심적인 역할을 한 다는 것이고, 셋째는 김정일을 비롯한 북한 당국과 북한영화 평단에 서 매우 높은 평가를 받으며 2000년대 이후 '선군시대 군사물영화'의 대표작으로 꼽히고 있다는 것이다.

## 2. 북한영화 속 여성·가족을 논하기

북한영화 연구에서 여성이나 가족을 주제로 한 연구는 적지 않은

---

5) 루이 알튀세르, 「이데올로기와 이데올로기적 국가장치」, 김동수 역, 『아미엥에서의 주장』, 솔, 1991.
6) 수잔 헤이워드, 이영기 외 역, 『영화 사전: 이론과 비평』(개정판), 한나래, 2012, 359쪽.

편이다. 1990년대 후반 본격적인 학술 논의가 이루어진 이래 비교적 꾸준히 연구되어 왔다고 해도 과언이 아니다. 대체로 1990년대 후반~2000년대 중반 이전의 연구들이 북한영화사 속에서 여성이 어떻게 재현되어 왔는지 그 역사적 변천 과정을 서술하는 연구였다면 2000년대 중반 이후에는 김정일 시기 영화에서 여성과 가족 재현 문제에 초점을 맞추고 있다. 이 글에서는 위의 두 시기로 나누어서 선행연구들을 살펴볼 것이다.

1990년대 후반에서 2000년대 중반까지 북한영화 속의 여성성과 여성성에 대한 연구들은 대부분 역사적 개괄에 더해 몇 편의 주요 텍스트를 서술하는 논의들이다. 변혜정의 연구7)는 북한영화에서 '여자다움'이 어떻게 재현되며, 그 정치·사회적 의미는 무엇인지 1980년대 영화를 중심으로 다루고 있다. 임혜정·신회선의 연구8)는 분단 이후 1990년대 후반까지 여성문제를 다루었거나 여성이 주인공인 영화를 중심으로 영화의 주제와 소재, 인물들과의 관계, 영화의 대사 내용을 중심으로 분석한다. 위 두 편의 연구는 북한영화 속 여성을 다룬 선구적인 연구로서 가치가 있지만 다루고 있는 범위가 지나치게 거시적이며 개괄적인 소개에 그친다는 점이 아쉬운 부분이다. 또한 상당 부분을 영화 외적 여성 실태에 대한 조사에 할애하고 있는데, 북한영화가 당의 정책과 이데올로기를 매우 직접적으로 반영한다고 할지라도 재현매체로서의 영화적 속성을 거의 고려해 넣지 않고 있다는 한계가 있다.9)

---

7) 변혜정, 「북한영화에서 재현되는 '여자다움'과 그 의미에 대한 연구」, 『여성학논집』 제16호, 이화여자대학교 한국여성연구원, 1999.

8) 임혜경·신회선, 「통일 문화 형성을 위한 남·북한영화 속의 여성상 비교 연구」, 『아시아여성연구』 제39호, 숙명여자대학교 아시아여성연구소, 2000.

9) 임혜경·신회선은 북한영화에서 여성 이미지의 유형을 대략 다섯 유형으로 분류하고 있는데, 강인한 근로자로서의 여성, 국가사회와 고향·이웃을 위해 헌신하는 여성, 순박하고

이명자는 1990년대 이후 북한영화 창작방법의 변화를 〈아버지의 마음〉(1989), 〈청춘이여〉(1995), 〈나의 가정〉(2000) 등의 텍스트 분석을 통해 설명한다. 그는 북한영화가 "일방적인 통제라는 과거와 같은 방법이 더 이상 실효를 거둘 수 없음을 알고 이를 극복하기 위해 이데올로기 위에 일종의 당의를 입힘으로써 영화의 기능을 방식만 달리하여 강조"[10]하고 있다고 말하면서 영화 속에 나타나는 자유연애와 세대 간 갈등, 아버지상의 변화 등을 거론한다. 이명자의 또 한 편의 연구[11]는 1950년대 중반~2000년대 초반에 이르는 북한 여성정책의 변화와 영화 속 여성 재현을 개괄한 후 〈해운동의 두 가정〉(1996), 〈가정〉(2001), 〈엄마를 깨우지 말아〉(2002)를 중심으로 1990년대 이후 변화하는 북한영화의 여성상을 분석한다. 그의 이러한 관심사는 자신의 박사학위논문과 이를 단행본으로 엮은 『북한영화와 근대성: 김정일시기 가족멜로드라마』의 주된 내용이기도 하다.[12]

2000년대 중반 이후의 연구는 거시적인 개괄 차원을 벗어나 보다 특정한 시기, 특정한 주제에 천착하고 있다. 서곡숙의 두 편의 연구[13]는 1970년대 이후 인기 시리즈로 자리 잡은 〈우리집 문제〉 연작

---

단아하며 건강한 여성, 전통적인 여필종부의 여성, 가부장적 질서에 순종하는 여성 등이 그것이다. 위의 글, 288~296쪽. 그러나 이러한 분류는 겹치는 부분이 너무 많아서, 한 편의 영화가 여러 유형에 속하는 예가 허다하다.

10) 이명자, 「김정일 시기 영화 창작방법에서의 수동적 혁명: 가족영화의 세대 갈등을 중심으로」, 정재형 편, 『북한영화에 대해 알고 싶은 다섯 가지: 제2세대 북한영화연구』, 집문당, 2004, 132쪽.

11) 이명자, 「북한 주체영화의 여성성 재현에서의 변화 연구」, 『영화연구』 제23호, 한국영화학회, 2004.

12) 이명자, 「김정일 통치시기 가족멜로드라마 연구: 북한 근대성의 변화를 중심으로」, 동국대학교 박사논문, 2004; 이명자, 『북한영화와 근대성: 김정일시기 가족멜로드라마』, 역락, 2005.

13) 서곡숙, 「북한영화에서 드러나는 여성 신체의 다층적인 재현: 〈우리 누이집 문제〉, 〈우리 삼촌집 문제〉, 〈우리 처갓집 문제〉를 중심으로」, 『영상예술연구』 제9호, 영상예술학회, 2006; 서곡숙, 「거짓말/방문/가출이라는 북한영화의 내러티브 반복과 연기/침입/일탈이라

을 중심으로 복종/저항, 훈육/일탈, 금욕/쾌락이라는 이항대립으로 여성 신체의 다층성을 논하거나, 거짓말·방문·가출 등 서사적 모티프를 통해 북한여성의 자아정체성 재현을 탐구하고 있다. 이 논의들은 면밀한 텍스트 분석이 뒷받침되고 있지만 북한 내에서 이 연작이 갖고 있는 영화사적 위치나 북한 내에서의 관점을 도외시하고 있다는 단점이 있다.

이미경의 박사논문은 1945~2006년까지의 북한영화에 나타난 '일하는 여성'의 형상을 탐구한다.14) 그 방대한 범위를 생각한다면 논하고 있는 내용이 매우 구체적이고 영화에 대한 분석 역시 무척 꼼꼼하고 세밀한 편인데, 다만 기호학적 서사 분석에 입각하여 통합체(이야기의 연결구조 등)와 계열체(인물들의 대립항 등)로 나누고, 미장센 분석(주로 카메라의 거리와 위치 등)을 따로 진행하고 있는데, 도표를 통한 거친 도식화는 영화에서 읽어낼 수 있는 풍부하고 다층적인 의미를 지나치게 단순화시킬 우려가 있다. 안지영의 두 편의 연구15)는 2000년대 북한영화 속 일상생활과 가정생활에 재현된 여성상을 분석하고 있다. 특히, 그는 영화에 나타나는 이상적 여성상을 북한 당국의 여성정책의 반영으로 보고, 현실적 여성상을 실제 사회상의 반영으로 간주하는데, 이러한 단순한 이분법은 그 자체로 문제의 소지가 있을 뿐더러, 현실과 영화를 1:1의 대응관계로 파악하는 우를 범하게 된다. 이는 북한의 가족정책인 소위 '사회주의대가정론'을 1990~ 2000년대 초반 북한의 예술영화에 대입하고 있는 노혜미의 연구에서도

---

는 북한여성의 자아정체성 재현」, 『영화연구』 제33호, 한국영화학회, 2007.

14) 이미경(a), 「북한 영화에 나타난 '일하는 여성' 형상에 관한 연구」, 이화여자대학교 박사논문, 2007.

15) 안지영, 「2000년대 북한 영화 속 일상생활에 나타난 여성상」, 인제대학교 석사논문, 2011; 안지영, 「북한 가정생활에서의 여성상 연구: 2000년대 북한 영화 분석을 중심으로」, 『통일인문학논총』 제51호, 건국대학교 통일인문학연구단, 2011.

보이는 현상이다.16)

위의 연구들은 1990년대까지 남한에 거의 알려져 있지 않았던 북한영화 속 여성과 가족의 문제를 역사적으로 개관하거나, 영화를 통해 해당 시대 북한 사회와 여성·가족 문제의 한 단면을 읽어내게 해준다는 점에서 나름의 의의와 가치가 있다. 그러나 대체로 영화에 대한 구체적이고 면밀한 분석보다는 해당 시대 여성·가족 정책의 특징을 일괄하고, 그러한 특징들이 영화에 나타나는 부분들을 작품 제목의 나열이나 소개(이러한 특징은 이러이러한 영화 속에 담겨 있다는 식의)로 그치는 경우가 많다. 또한, 텍스트 분석에 할애하는 논의들도 영화매체의 미학적 형식을 다루는 분석보다는 서사적 내용 분석에 집중하고 있으며, 온전히 영화 한 편에 할애된 세밀하고 정치한 분석은 거의 찾기 어렵다. 이 글은 이러한 연구들이 갖고 있는 나름의 의의와 가치를 수용하면서도, 이러한 논의들이 놓치고 있는 영화텍스트의 서사적, 스타일적 측면에 집중하려고 한다.

## 3. 세 개의 플래시백과 남성 화자

〈복무의 길〉은 리인철이 '영화문학'(시나리오)을 쓰고 공훈예술가 홍광순이 연출을 맡아 전쟁·군사영화를 전문으로 하는 조선인민군4.25 예술영화촬영소에 의해 제작되었다. 영화는 2001년 북한 당국과 영화계로부터 적지 않은 찬사를 받았다. 이 해『조선문학예술년감: 주체 90(2001)』은 이 영화가 "선군시대의 주인공들인 인민군군인들이 지니고있는 고상한 정신도덕적풍모, 나아가 총대가정의 본질을 감명깊은

---

16) 노혜미, 「북한 예술영화에 나타난 '사회주의 대가정론' 연구」, 동국대학교 석사논문, 2008.

예술적형상으로 밝혀낸 것으로 하여 경애하는 장군님의 높은 평가"를 받았으며 2001년 창작된 "선군주제의 대표작"이라고 말한다.[17]

2001년을 마무리하는 『조선예술』의 제12호 영화기사는 오직 이 한 편의 영화를 위해 바쳐졌다고 해도 과언이 아니다. 김정일은 "지금까지 만든 영화들가운데서 제일 잘 만들었다고, 영화를 보던것가운데서 제일 괜찮다고, 영화문학도 잘 쓰고 연출도 잘하고 배우들이 연기도 잘하였다고 커다란 만족을 표시"했다고 한다.[18] 『조선예술』, 2001년 제12호에 실린 이 영화에 대한 글은 개괄적인 작품평 2편, 영화 속 캐릭터 윤석에 대한 형상화론 1편, 짧은 단평 1편, 주인공 경심역을 맡은 공훈배우 윤수경의 출연수기 1편, 영화문학작가 리인철의 창작수기 1편 등 총 6편이다. 작품평은 일반적으로 군사물영화라고 하면 딱딱한 것으로 일컬어 오던 낡은 기성관념을 떨치고 짙은 서정과 감흥으로 견인력 있게 끌고 나갔다는 것,[19] 작품의 지성도를 잘 보장했다는 것[20] 등으로 일관하고 있다. 해를 건너 2002년 제4호에도 〈복무의 길〉의 연출평과 촬영평이 실려 있다. 북한의 연구자 우정길은 이 영화가 "한 군인가정의 평범하고 소박한 생활을 통하여 총대가정의 본질을 심오한 철학적깊이에서 훌륭히 형상한 시대의 기념비적걸작"이라며 연출가의 연출력을 극찬한다.[21] 김은희 역시 "바로

17) 최성호, 「주체90(2001)년 영화예술개관」, 문학예술출판사 편, 『조선문학예술년감: 주체 90(2001)』, 문학예술출판사, 2002, 172쪽. 이하 북한 문헌의 철자와 띄어쓰기는 특별한 언급이 없는 한 원문 그대로 따른다.

18) 박영무, 「[평론] 선군시대의 참모습을 높은 지성세계에서 보여 준 성공작: 예술영화 〈복무의 길〉에 대하여」, 『조선예술』, 2001년 제12호, 13쪽.

19) 조명철, 「[평론] '유년기'에서 '로년기'를 펼쳐 보인 특색 있는 극조직: 예술영화 〈복무의 길〉을 보고」, 『조선예술』, 2001년 제12호.

20) 박영무, 앞의 글.

21) 우정길, 「[연출평] 총대가정의 본질을 심오한 철학적깊이에서 훌륭히 창조한 연출형상: 예술영화 〈복무의 길〉의 연출형상을 두고」, 『조선예술』, 2002년 제4호, 56쪽.

촬영가가 느끼는 선군시대의 숨결이 그대로 화면마다 비껴 있는 것으로 하여 그 의의가 자못 크다"고 호평하고 있다.[22]

〈복무의 길〉은 북한의 군사영화 전통에서도 나름의 위치를 점하고 있다. 북한영화에서 여군의 이야기를 그린 작품은 매우 흔하다. 예를 들어, 〈복무의 길〉의 바로 전 시기인 1990년대 작품으로 〈용감한 처녀들〉(1991)과 〈처녀습격기편대〉(1998) 등을 들 수 있다. 전자는 항공육전대 군의관으로서 강도 높은 낙하산 훈련에 참가하는 한 여성군인의 이야기를 다루고 있다. 후자 역시 '조국해방전쟁(한국전쟁)' 당시 여성비행사들의 활약을 그린 영화이다. 대체로 사회주의 군대가 요구하는 영웅적인 여성상을 다룬 영화들이라 할 수 있다. 이에 비해, 〈복무의 길〉은 '아담한 형식의 군사물영화'[23]라고 부를 수 있다. 북한의 연구자 김관철에 따르면, '아담한 영화'의 기원은 1960년대 초반으로 거슬러 올라간다. 1960년대 초반 천리마시대 근로자들의 보람차고 낭만적인 생활을 반영한 밝고 명랑한 영화들이 창작되기 시작했으며, 이때부터 '아담한 영화'라는 표현을 쓰게 되었다. 아담한 영화란 "자그마한 이야기거리를 가지고 진실하면서도 깊이있게 파고들어 커다란 문제를 밝혀내는" 영화를 말하며, "소박하고 자그마한 이야기거리를 가지고 진실하면서도 깊이있게 그리여 큰 것을 보여주는" 것에 아담한 영화의 진미가 있다.[24] 정리하자면, 〈복무의

22) 김은희, 「선군시대의 숨결이 느껴 지는 깊이 있는 촬영형상: 예술영화 〈복무의 길〉의 촬영형상을 두고」, 『조선예술』, 2002년 제4호, 58쪽.

23) 지영기, 「전형적인 생활세부의 탐구」, 『조선예술』, 2007년 제7호, 70쪽.

24) 김관철, 「아담한 영화창작에서 전환이 일어나던 나날에」, 『조선예술』, 2005년 제9호, 8쪽. '아담한 영화'의 특성이 가장 잘 살아 있는 북한영화의 장르는 경희극이다. 경희극은 말 그대로 밝고 명랑한 톤의 가벼운 희극을 가리킨다. 이명자와 전영선은 경희극적 양상과 특성이 영화를 포함한 2000년대 북한예술의 한 흐름을 형성했다고 논한다. 이명자, 「선군시대 북한영화의 흐름과 전망」, 북한연구학회 편, 『북한의 방송언론과 예술』, 경인문화사, 2006, 187쪽; 전영선, 「2000년 이후 북한 사회의 흐름」, 전영선·김지니, 『북한 예술의 창작

길〉은 전쟁영웅이나 여성전사의 활약상을 담은 영화가 아니라 여성 군인이 군대와 가정의 현실에서 느끼는 미묘한 감정의 변화(작은 이야기 거리)를 통해 선군시대 여성군인이 갖춰야 할 풍모(큰 것)를 보여주는 영화이다.

〈복무의 길〉은 '아담한 군사물영화'가 여군을 재현하는 데 있어서도 하나의 모범을 제시했다고 할 수 있다. 같은 시기에 제작된 〈솔매령의 핀 꽃〉(2001)은 '들꽃중대'라 불렸던 여성 군부대 군인들의 이야기를 남고 있으며, 무엇보다도 2000년대 '이담한 군사물영화'를 언급할 때 빠지지 않고 등장하는 영화 〈녀병사의 수기〉(2003) 역시 한적한 초소에서 무료한 군생활을 하던 한 젊은 여성군인이 할아버지 세대의 희생과 헌신에 크게 감복하고 여군으로서 자신이 맡은 임무의 중요성을 깨닫게 되는 과정을 그리고 있다. 이렇게 '아담한 군사물영화'에서 젊은 여군들의 형상화 전통은 보다 최근의 '성과작'으로 꼽히는 영화 〈들꽃소녀〉(2012)로 이어져 오고 있다.

북한의 영화평들이 혹평이나 악평을 찾기 힘들 정도로, 영화에 담긴 사상이나 교양, 그리고 그것을 실어 나르는 미적 형식을 높이 평가하는 것은 관례화된 일이지만 〈복무의 길〉은 나름의 미학적 정합성을 갖고 있다. 영화가 시작되면 아파트의 야경이 보이고 카메라는 벽에 걸려 있는 아버지의 군복을 미디엄 숏으로 비춘다(〈사진 1〉). 화면이 컷 되면 아버지와 세 아들이 군복을 입고 찍은 사진과 나란히 군복을 입고 거수경례를 하고 있는 딸 경심의 사진을 보여준다(〈사진 2〉). 이것은 관객들에게 이 집안이 군인으로 이루어진 가정이라는 '초두효과(primacy effect)'의 역할을 한다.[25] 어머니는 일기예보를 보며

---

222

자녀들의 군복무지 날씨가 궂을 것이라는 것을 걱정하고, 군인인 아버지는 한반도 전역이 나와 있는 지도를 보며 자식들 생각을 떠올린다. 이내 카메라는 네 자녀가 복무하고 있는 지역으로 줌인해 들어간다(〈사진 3〉). 이내 디졸브 되면 험준한 산세의 모습을 익스트림 롱숏으로 보여주면서 '복무의 길'이라는 타이틀이 뜬다(〈사진 4〉). 이 험준한 산세처럼 선군시대 군인의 삶이 결코 녹록치 않을 것을 암시하는데, 다음 장면에서 여성 군의관인 경심이 칠흑 같은 어둠에 비를 맞고 행군하고 있는 것으로 확인된다.

〈사진 1〉 　　　　　　　　　〈사진 2〉

〈사진 3〉 　　　　　　　　　〈사진 4〉

---

드 보드웰, 오영숙 역, 『영화의 내레이션 I』, 시각과언어, 2007, 108쪽.

경심은 이 영화의 주인공으로서 '최전연(최전방)' 부대의 군의관으로 일하고 있다. 영화는 그녀가 모질면서도 담대한 성격을 가져야만 헤쳐 나갈 수 있는 군대에서 나약해 보이는 심성과 행동으로 선배 남성 군인들로부터 핀잔을 듣는 과정으로 이어나간다. 예를 들자면, 이런 식이다. 그녀는 훈련 중 부상을 입고, 심신이 지친 병사들을 위해 숙영지가 아닌 좋은 시설에서 휴식을 취하게 해 사단 훈련 참모 서동수 중좌로부터 숙영규정을 어기고 맘대로 숙영지를 옮겼다고 꾸중을 듣는다. 또한, 나리를 다쳐 지료를 빚고 있는 성재복 전시가 훈련에 참가하기 어렵다며 후송을 시키자고 했다가 역시 서동수에게 훈계만 듣고 거부당한다. 사고가 우려되니 강하도하 훈련을 바꿀 것을 제안하지만 묵살 당한다. 군의관으로서의 전문적인 소견은 여성의 나약하고 감상적인 심성으로 돌려지는 것이다. 이러한 측면은 경심이 최전연으로 오기까지의 과정과도 연관되는데, 애초에 평양의 군병원에서 근무했던 그녀가 편한 자리를 마다하고 최전연으로 와 고생을 하는 것은 그녀가 선군시대 참다운 군인으로 거듭나는 과정이다.

조명철은 이 영화의 평론에서 경심이 성격발전을 하게 되는 세 단계를 거론한다. 세 단계란 아버지와의 관계, 오빠와의 관계, 훈련 참모 서동수와의 관계를 말한다.[26] 아버지와의 관계와 오빠 윤석과의 관계는 플래시백으로 전달되는데, 이는 조명철의 표현을 빌면 경심이 '유년기'에서 '로병'으로[27] 성장하는 과정이다. 영화에는 세 개의 플래시백이 등장한다.[28] 첫 번째 플래시백은 경심이 부하인 간호장에게 자신이 군에 입대하게 된 사연을 회상하는 것이고, 두 번째 플래시백은 아버지가 윤석에게 경심이 최전연으로 가기로 결심하기까

---

26) 조명철, 앞의 글, 11~12쪽.
27) 위의 글, 12쪽.
28) 몇 개의 짧은 플래시백들이 더 있지만 큰 줄기의 플래시백을 중심으로 거론한다.

지의 과정을 들려주는 것이며, 세 번째 플래시백은 경심의 부대 군 정치위원이 경심에게 과거 정치지도원으로서의 윤석의 훌륭한 풍모를 칭찬하는 것이다.

첫 번째 플래시백을 보자. 의과대학을 최우등으로 졸업한 경심은 어머니로부터 아랫집이 군인가정[29]이라 텔레비전에서 소개하러 왔다는 말을 듣는다. 그녀는 아버지와 세 오빠 모두 군관인데 우리 집은 대상이 안 되냐면서 군복을 입고 같이 찍은 사진을 볼 때마다 자신만 소외된 것 같다며 서운해 한다. 이내 장면은 경쾌한 음악 속에서 군복을 입고 평양의 거리를 활보하는 경심의 모습으로 컷된다. 그녀는 두 남성 병사의 경례를 좀 쑥스러워하면서 받아주고(〈사진 5〉), 이내 디졸브되어 경례하고 있는 경심의 사진으로 넘어가는데, 이는 영화의 서두에서 우리가 보았던 그 사진이다(〈사진 6〉). 이어지는 대화에서 아버지는 경심에게 어떻게 군인이 될 결심을 했냐며 대

〈사진 5〉

〈사진 6〉

---

29) 최은봉과 박현선에 따르면 북한에서 군인가정은 '선군가정', '총대가정', '원군가정' 등의 명칭으로도 사용된다. 그들은 선군가정이 공식화된 시기는 명확하지 않지만, 강성대국론과 선군정치가 제기된 1998년 이후 4년이 경과한 2002년경으로 추정한다. 그 근거로 2002년 1월 『조선녀성』에 「선군시대 어머니의 모습」이라는 제하의 글을 제시하고 있다. 최은봉·박현선, 「선군시대 실현과 선군가족」, 이화여자대학교 통일학연구원 편, 『선군시대 북한 여성의 삶』, 이화여자대학교출판부, 2010, 232쪽. 2001년 5월에 제작된 〈복무의 길〉에 '총대가정'이라는 족자가 집에 걸려있는 것으로 보아 더 이전일 수도 있다.

견해 하는데, 이에 대한 경심의 대답은 "지금이야 선군시대가 아니나요? 모두들 군복을 입지 못해 애쓰는 땐데"이다. 아버지는 "그래서 입었단 말이지?"라고 되물으며 다소 아쉬워한다. 경심은 우리 집도 군인가정으로서 텔레비전 취재가 올 것이라고 말한다. 또한, 윤석 오빠의 애인 자옥이 그를 오랫동안 만나지도 못하고, 그가 연락도 잘 안 준다며 안타까워 한다는 소식을 전한다. 아버지는 군복무에 매진하느라 그러는 것이 아니냐며 윤석의 행동이 백번 옳다고 경심의 말을 일축한다. 이 플래시백은 성심의 군 입내가 단지 신군시대에 군인가정에 자신이 속해 있지 않다는 소외감에서 비롯되었다는 것을 전달해주는데, 특히 간호장에게 경심 자신의 말로 과거를 회상함으로써 주관성을 확보한다. 영화에서 플래시백이 항상 주관적인 것은 아니다. 종종 회상하는 인물이 알지 못하는 것까지 우리에게 전해주기도 하며,[30] 때로는 회상하는 시점의 주체가 이동하여 과거의 사건을 서술하기도 한다.

　두 번째 플래시백은 이 두 가지를 모두 설명해준다. 아버지가 아들 윤석이 복무하는 속대봉 초소에 찾아가 경심이 최전연에 지원하게 되기까지의 과정을 설명해주는 부분이다. 첫 번째 플래시백이 경심 자신의 것이라면 두 번째 플래시백은 시점의 주체가 이동한 아버지의 것이다. 또한 과거로 돌아가서 나오는 장면은 자옥이 경심에게, 윤석이 최전연에서만 오래 있어 더 이상 기다리면서 버티기 어려워 차라리 헤어지는 게 낫다고 얘기하는 것이다. 이는 아버지가 그 현장에 없었음에도 불구하고 그의 회상의 일부를 차지한다. 그러나 중요한 것은 플래시백의 이런 일반적 성격을 규명하는 것이 아니다. 그보다는 이것이 두 남성(아버지와 아들)이 군인으로서 한없이 부족한 한

---

30) 데이비드 보드웰, 앞의 책, 247쪽.

<사진 7>                    <사진 8>

여성(딸)의 '행적'을 관객에게 전달하는 역할을 한다는 것이다. 이어
지는 부분을 보자. 경심과 아버지는 숲길을 걸으면서 이야기를 나눈
다. 경심은 오랫동안 최전연에만 있는 오빠를 빼주는 데 힘써달라며
아버지에게 부탁한다. 아버지가 그럴 수 없다고 하자 경심은 그를
원망한다. 이때 짧은 플래시백이 한 번 더 끼어드는데, 그것은 "지금
이야 선군시대가 아니나요?"라고 했던 경심의 과거 모습이다(<사진
7>). 이것을 기억하는 주체는 물론 아버지이며, 이는 아버지가 군인으
로서의 딸의 정신과 태도에 의문을 품고 있음을 나타낸다. 이어지는
숏에서 이야기를 나누던 경심은 온데간데없이 사라지고 아버지만 홀
로 숲을 걸어가는 모습을 틸트 업(tilt-up)하여 하이 앵글로 보여주는
데(<사진 8>), 이는 선군시대 험난한 '복무의 길'에 경심 같이 경솔한
여성 군인이 걸어갈 자리가 없음을 말해준다. 다음 부분에서 경심은
아버지가 텔레비전 취재를 취소했으며 군복을 입지 못한 딸자식이
있다는 것이 그 이유라는 말을 듣는다. 경심은 텔레비전 취재를 신청
한 것이 어머니와 오빠들의 상봉을 위한 것이었다며 아버지에게 호
소하지만 아버지는 복무의 길을 너처럼 갈 바에는 차라리 군복을 벗
는 게 낫다고 호통친다. 이에 상심한 경심은 최전연에 지원하기로
결심한다.

세 번째 플래시백은 경심의 군부대 정치위원이 왜 오빠 윤석이 속 대봉에서 근무하는지 이야기하지 않았냐며 경심을 책망하는 장면이다. 그가 경심에게 들려주는 회상의 내용은 이러하다. 그는 과거 윤석과 같이 근무했었는데, 정치지도원인 윤석이 전출을 얼마 남지 않은 시점에서 병사들이 탈영한 사건이 터진다. 그러나 그것은 탈영이 아니라 병사들이 상급부대(군단) 정치위원을 찾아가 자신들에게 너무나 헌신적인 윤석을 다른 곳으로 보내지 말아달라고 호소하기 위한 것임이 밝혀진다. 군단 정치위원은 정치위원 총화의 자리에서 병사들을 동생처럼 돌보며 사상교육을 훌륭히 수행한 윤석을 크게 치하한다. 이 이야기를 들은 경심은 오빠가 최전연부대에서 자기발전의 길을 저당 잡힌 사람이 아니라 참된 군인임을 깨닫는다. 또한 자옥에게 편지를 보내 오빠가 가는 복무의 길이 결코 헛되지 않다는 것을 가르쳐주며 자옥에 대한 오빠의 마음은 진심이라고 깨우쳐준다. 편지를 받은 자옥은 언제 헤어질 결심을 했냐는 듯 언제까지 기다리겠다고 맹세한다.

이 영화는 결국 선군시대 군대와 군인의 역할에 무지했던 여성들이 오직 조국과 '경애하는 장군님'을 위해 헌신하는 남성 군인들의 큰 뜻을 깨우치게 되는 과정을 그린다. 여기에서 첫 번째 플래시백만이 여성인 경심의 회상을 통해 구축된 것이며, 두 번째, 세 번째 플래시백은 남성 화자(아버지, 군 정치위원)에 의해 전달된다는 것을 상기해야 한다. 첫 번째 플래시백은 그저 군인가정에 끼지 못했다는 소외감에서 군에 입대한 경심의 치기 어린 행동을 보여주며 그녀의 인식 수준, 즉 주관성에 초점이 맞춰져 있다. 여기서 "채 완성되지 않은 주인공의 시점에서 참된 군인완성의 진리가 생활적으로 밝혀지도록 형상을 집중시킨 것, 이것이 이 영화연출형상의 새롭고 독특한 점"31) 이라고 평한 우정길의 말을 되새겨 볼 필요가 있다. 군 입대나 최전연 지원 같은, 치기나 오기에 가까운 경심의 행동은 젊음의 미숙함에서 오는 것이기도 하지만 선군시대 참된 (남성) 군인의 삶을 이해하지 못하는 여성의 정체성에서 오는 것이기도 하다. 이때 경심을 크게 깨닫게 하는 두 번째, 세 번째 플래시백이 남성 화자에 의해 전달됨으로써 권위를 획득한다. 이것은 경심 등의 여성 캐릭터와 관객에게 정보를 전달하는 서술의 위계구조에서 남성의 발화가 최고의 위치에 있다는 것과 함께, 북한 특유의 가부장적 온정주의의 원리를 떠올리게 만든다.

"가부장적 온정주의에 의해 지배와 피지배의 관계는 후원자와 수혜자의 관계로 설정되어, 국가의 최고 가장은 사회라는 대가족의 구성원인 피지배자를 보호하고 돌봐야 하는 권리와 의무를 지닌다. 현실사회주의 국가는 가부장적 온정주의를 재생산하며 국가가 인민의 모든 것을 책임진다는 것을 강조하고 있다. (…중략…) 북한도 수령, 지도자에 대한 인격적 충성관계를 형성하고 있으며, 가부장적 온정주의에 의해 인민의 생활을 책임진다는 시혜적 태도를 보이고 있다."[32]

가부장은 위계구조 속에서 최상위에 위치하여 모든 것을 관장하면서도 모든 것에 책임을 지며 시혜적 태도를 보여준다. 물론, 이 영화에서 구체적인 가부장의 면모를 갖고 있는 것은 아버지이며 이는 부(父)의 권력으로 규정되기도 하는 가부장제의 원뜻 그대로인 것이다. 그러나 가부장제가 여성에 대한 남성의 지배 일반을 가리키는 것이라면 오빠인 윤석과 선배 군인인 군 정치위원, 훈련 참모 모두를 지

---

31) 우정길, 앞의 글, 56쪽.
32) 박현선, 『현대 북한사회와 가족』, 한울, 2003, 56쪽.

칭할 수 있다. 중요한 것은 지배보다는 시혜이다. 영화의 남성 군인들이 여성인 경심에게 시혜를 베푼다는 것은 그녀가 참된 군인으로 성장할 수 있도록 교훈과 가르침을 주는 것이다. 그럼으로써 가부장제가 수용하고 받아들일 수 있는 여성, 참된 군인의 길을 가는 여성으로 키우는 것이다.

## 4. 가부장적 온정주의의 봉합

그렇다면 영화에서 가부장적 온정주의가 궁극에 가 닿는 목적지는 어디인가? 결론은 위에서 말한 바이다. 여성들이 남성들 못잖은 참된 군인의 길을 가는 것이다. 그러나 오빠의 참뜻을 알게 되는 것만으로는 부족하다. 경심 자신의 주관적 플래시백과 두 남성 화자의 플래시백으로 선군시대 (남성) 군인들의 국가에 대한 충성과 헌신성을 깨달은 경심이지만 아직 그녀가 참된 군인의 길을 걷게 되었다고 보기는 어렵다. 거기에는 어떤 희생이 필요하다. 그 역할을 수행하는 것이 사단 훈련참모 서동수이다. 앞서, 조명철이 경심의 성격 발전 세 번째 단계라고 말한 서동수와의 관계는 플래시백이 아닌 현재적 시점으로 전개된다.

사단 군의소에 도착한 경심은 환자복을 입고 '손풍금(아코디언)'을 켜고 있는 한 소녀를 목격한다. 호기심에 소녀와 이야기를 나누던 중 경심은 소녀가 서동수의 딸 순미라는 것을 알게 된다. 순미는 아버지가 군복무에 바빠 가정도 잘 돌보지 못하며, 어머니는 1년 전에 돌아가셨다고 말한다. 경심은 소녀가 잡지에서 보고 베꼈다고 하는 시「나의 아버지」를 낭송하는데, 이 시는 "…늘 듣던 어머니의 칭찬보다 힘들게 듣던 아버지의 그 칭찬이…" 운운하면서 군사훈련에 매진하느라 집에 잘 돌아오지 않는 아버지를 그리워하는 시이다. 이어서 순미의 두 어린 남동생이 누나를 면회하러 오고, 그 중 한 남동생이 커다란 자루에서 튀긴 강냉이('강냉이펑펑이')를 꺼내 경심에게 건넨다. 또 한 남동생은 아버지가 만들어 줬다는 장남감 비행기를 날려보라고 권한다. 경심이 비행기를 날려 보내는 이 장면은 이 영화에서 가장 서정적이고 감성적인 장면이다. "비행기야 날아라 높이 날아라 평양의 하늘을 지켜 높이 날아라. 아버지 장군님 계시는 평양, 평양의 하늘 지켜 높이 높이 날아라"라는 보이스 오버 내레이션이 흐르는 이 장면에서 조명은 빛나는 태양광에 비친 장난감 비행기를 로우 앵글로 보여줌으로써(〈사진 9〉) '아버지 장군님의 눈부신 영도'를 예찬한다. 이와 함께 구슬프게 나오던 음악이 여성 코러스로 웅장하게 울려 퍼지면서 장남감 비행기가 푸른 창공을 비상하는 것을 익스트림 로우 앵글로 제시한다(〈사진 10〉).

그러나 이러한 비상의 이미지는 다음 장면의 낙하훈련에서 서동수가 추락함으로써 반전된다. 낙하에 앞서, 서동수는 다리 부상이 있었던 성재복 전사에게 요새도 피아노를 치냐고 묻는다. 영화의 초반부에는 재복이 없어진 것을 안 경심이 피아노 소리가 나는 방으로 들어가는 장면이 있는데, 그는 거기에서 피아노를 치고 있었다. 그는 가

〈사진 9〉

〈사진 10〉

수가 꿈이었지만 지금은 가수들이 노래로 부르는 '시대의 영웅'이 되겠다면서 훈련에 매진한다. 서동수와 재복은 낙하 도중 낙하산이 엉킴으로써 위기에 처하고 서동수가 재복을 살리기 위해 칼로 자신의 낙하산을 끊음으로써 희생적인 죽음을 맞는다. 그는 그럼으로써 개인의 유한한 '육체적 생명'을 벗어나 영생불멸하는 '사회정치적 생명'[33]을 얻게 된다.

서동수의 장례식 장면은 영화의 백미라고 해도 과언이 아닐 만큼 어떤 '숭고한' 순간을 획득한다. 여기에서도 순미가 옳는 시 「나의 아버지」가 반복되고 "이 세상 그 어느 어머니의 노래보다 더 뜨겁고 더 정겨운 말로 아버지의 노래를 부르고 싶다"는 시의 내용은 조국을 위해 목숨을 바친 아버지를 찬양하며, 아버지의 은혜로운 희생과 시혜를 입은 딸들은 서로를 껴안으며 한없는 눈물을 흘린다(〈사진 11〉). 이 순간은 이 영화에 대한 북한 측 평론가의 표현을 빌자면 "딸의 감정을 군인의 참된 삶에 대한 극적체험을 받아안은 주인공에게로 이어줌으로써 축적된 감정을 승화"시키는 순간이자 "시적형상을 통하여 감정의 흐름을 확대"시켜 마침내 "축적과 폭발"을 맞이하는 순간이다.[34] 그리고 고조되는 음악으로 이어지는 장면에서 오프닝 타이틀 장면(〈사진 4〉)이 제시했던 험준한 산세, 즉 '수령결사옹위의 총폭탄'으로 스러져간 영생불멸의 전사들의 혼이 서려있는 조국산천의 이미지로 뻗어나간다(〈사진 12〉).

그러나 이것이 끝이 아니다. 희생과 헌신은 역사가 되어야 하며

---

33) 노혜미, 앞의 글, 30쪽. 영화 속 경심의 보이스오버 내레이션은 이렇게 말하고 있다. "나는 그때처음으로 군인의 희생을 내 눈으로 볼 수 있었다. 그렇다. 그것은 희생이었다! 죽음이 아니라 희생이었다. 수령결사옹위의 길에 바쳐진 값 높은 영생이었다!" 리인철, 「영화문학」 〈복무의 길〉」, 『조선예술』, 2001년 제12호, 77쪽(남한식 맞춤법으로 부분 수정).

34) 남원철, 「[단평] 영화의 극적여운을 남긴 시형상을 놓고」, 『조선예술』, 2001년 제12호, 27쪽.

〈사진 11〉 〈사진 12〉

나아가 신화가 되어야 한다. 사단 지휘부 마당에서 정렬을 이루고 있는 대오를 향해 군단 정치위원이 하는 연설은 서동수의 희생적인 죽음을 역사로 만든다. 군단 정치위원은 이 자리에서 "사단 훈련 참모였던 중좌 서동수 동무의 최후에 대한 보고를 받으신 경애하는 최고사령관 김정일 동지께서는 정말 훌륭한 동무라고, 그 동무야말로 진짜배기 싸움꾼, 진짜배기 군인이라고 높이 평가하시면서 그의 소행이야말로 영웅적 위훈이라고 뜨겁게 말씀하셨습니다."[35]라고 김정일의 말을 전달한다. 이렇게 허구의 인물이 실제의 역사적 인물(김일성, 김정일 등)과 만나는 것은 '주체시기' 이후의 북한영화에서 매우 흔한 일이지만 허구의 설정이 '영도자'와 당의 공식적 역사와 맞물리면서 북한에 살고 있는 인민이라면 누구나 받들고 아로새겨야 할 신화로 자리 잡는다. 실재하는 인물인 김정일의 말은 이것을 군인은 물론 전 인민이 받들어야 할 역사이자 신화로 추인하는 과정에 다름 아니다.

이제 이 모든 것을 겪은 경심에게 남는 것은 가부장적 온정주의의 넉넉한 품에 안기는 것이다. 〈복무의 길〉에서 언제나 (남성) 군인들의

---

35) 리인철, 「[영화문학] 〈복무의 길〉」, 『조선예술』, 2001년 제12호, 78쪽(남한식 맞춤법과 띄어쓰기로 부분 수정).

참다운 길을 크게 깨닫는 것은 여성들이라는 것에 주목해야 한다. 윤석의 애인인 자옥은 자신에 대한 윤석의 마음이 변치 않았다는 경심의 말 한마디에 영원히 기다릴 것을 맹세한다. 매우 의아한 것은 경심 어머니의 역할이다. 북한에서 "여성의 모범이란 '혁명적 현모양처'로서 남편에 대한 혁명적 내조를 하면서 자신도 사회주의 건설자로 사회에 기여할 뿐 아니라 공산주의 어머니, 후대들에 대한 훌륭한 교양자의 역할을 수행한다는 것을 의미한다."[36] 북한영화가 이러한 여성들과 어머니를 모범적 선형으로 형상화한다고 할 때, 이 영화 속 어머니의 역할은 초반부에서 궂은 날씨에 자식들을 걱정하는 어머니 그 이상으로 제시되지 않는다. 이것은 1차적으로 이 영화가 어머니와 딸의 관계보다는 아버지와 딸의 관계가 중심이 된 영화이기 때문일 것이다. 영화의 종결부에서 경심은 어머니에게 자신이 겪은 이야기들을 전하며, "참다운 군인의 자격은 결코 군복을 입었다고 해서 또 최전연초소에서 복무한다고 해서 스스로 갖춰지는게" 아니라는 아버지의 말씀은 옳았다고 말한다. 어머니는 부대에서 무슨 일이 있었냐고 묻는데, 이후 경심의 대답은 보이스 오프되고 음악이 대사를 대신하면서 짧은 플래시백의 영상들을 제시한다. 오빠 윤석이 탈영했

〈사진 13〉

〈사진 14〉

36) 최은봉·박현선, 앞의 글, 223쪽.

〈사진 15〉                          〈사진 16〉

던 병사들을 큰형 같은 너그러움으로 얼싸안는 숏(〈사진 13〉), 모닥불
앞에 모여 앉아 어깨동무를 하며 힘차게 노래하는 남성군인들의 숏
(〈사진 14〉), 그리고 낙하를 준비 중인 서동수 휘하의 부대원들의 숏
(〈사진 15〉)이 그것이다. 회한에 젖어 그들을 회고하는 경심의 모습은
이제 그녀가 남성군인들의 끈끈한 집단적 연대야말로 진정한 군인의
가치임을 내면화했다는 것을 드러낸다. 그리고 이는 또 한 명의 여성
인 어머니에게 전달됨으로써 가부장적 온정주의를 공고히 한다.

  그리고 그 다음 장면에서 진정한 가부장의 시혜가 말 그대로 우리
눈앞에 현시된다. 아버지는 자신의 딸이 이렇게 자란 줄은 정말 몰랐
다고 칭찬하면서, 일전에 경심의 태도에 실망하며 떼버렸던 '총대
가정'이라 쓰여 있는 족자를 다시 벽에 내건다(〈사진 16〉). 이로써 한
여성의 치기어린 시샘과 소외감으로 인해 균열이 일수도 있었던 총
대가정은 이렇듯 넉넉한 가부장의 시혜와 온정 속에서 복원된다.

  영화의 마지막 장면은 경심이 아버지를 떠나보냄으로써 고아가 된
순미와 남동생을 찾아가는 것으로 마무리된다. 학습장을 선물로 주
려고 찾아간 이 자리에서 눈싸움을 하며 뛰놀던 순미와 남동생들은
그녀를 보고 거수경례를 한다(〈사진 17〉). 군복을 입은 그들의 모습은
두말할 나위 없이 차후 선군시대를 책임질 새 세대임을 제시한다.

그리고 이 경례를 받는 경심의 클로즈업 숏(〈사진 18〉)은 이제 그녀가 어울리지 않는 군복을 입고 철없이 평양의 거리를 활보하며 쑥스러운 경례를 받던 그 자신(〈사진 5〉)이 아니라 가엾은 고아들을 거두는 자애로운 여성37)이자 선군의 새 세대와 미래를 책임질 '선군의 어머니'가 될 것임을 명백하게 시사한다. 그리고 이 모습을 흐뭇하게 바라보는 아버지의 얼굴로 줌인해 들어가면서 다시 한 번 가부장의 온정과 시혜를 확인한다(〈사진 19〉). 이어지는 숏들은 당당하게 행진하는 군인들의 모습인데(〈사신 20〉), 젊은 여성 병사들(〈사진 21〉)과 함께 소년도 아닌 유년에 가까운 어린 '병사'들의 모습(〈사진 21〉)이 제시된다. 이는 여성은 물론 어린이들까지 전 세대와 전 인민이 하나의 군대임을 나타낸다.38) 여기에 영화의 주제가인 「복무의 길에 병사는 알리라」의 가사 중 3절 "두번 다시 못 오는 값 높은 이 시절 사랑하는 조국에 웃으며 바치리. 복무의 길에 위훈을 새기며 내 한생을 살리라 장군님 병사로"39)가 깔리면서 '궁극의 가부장'인 '장군님'의 '시혜어린 품' 속에 전군과 전 인민이 하나의 총대가정이자 '선군의 대가정'을 이루었음을 보여준다.

---

37) 영화에서 경심이 이 아이들을 양육하는 것이 명시적으로 제시되지는 않지만, 북한 사회에서 혈연관계를 넘어 고아를 친자식처럼 거둬 양육하는 어머니는 바람직한 모성상으로 추앙된다. 이런 행위는 미혼의 여성에게도 예외가 아니어서 고아만이 아닌, 부양가족이 없는 노인들과 영예군인들을 가족처럼 돌보는 것이 권장된다. 이미경(b), 「북한의 모성이데올로기: 『조선녀성』의 내용분석을 중심으로」, 북한연구학회 편, 『북한의 여성과 가족』, 경인문화사, 2006, 219~222쪽.

38) 이러한 시각이 가능한 것은 이 장면에 나오는 군인들의 모습이 영화 속의 등장인물들이 아니라 마치 군사기록영화의 퍼레이드를 연상시키기 때문이다. 즉, 허구(diegesis) 속 인물과 공간의 특수성이 비허구(non-diegesis)의 인물과 공간의 보편성으로 확대되는 것이다.

39) 『조선예술』, 2001년 제12호, 52쪽. 이 노래는 절가 형식을 취하고 있으며, 절가의 일반적인 특징인 "기승전결의 합법칙적 과정에 따라 점차 악절로 확대발전하면서 완성"되며, "전렴에 비하여 후렴이 정서적으로 폭이 더 넓고 양양된 합창적인 성격을 띠고"(사회과학원 주체문학연구소 편, 『문학예술사전(중)』, 과학백과사전종합출판사, 1991, 450쪽) 있는데, 장군님의 병사로 한 생을 살겠다는 내용이 후렴에 해당한다.

〈사진 17〉

〈사진 18〉

〈사진 19〉

〈사진 20〉

〈사진 21〉

〈사진 22〉

〈복무의 길〉이 제작된 2001년은 1990년대 중반 이후 본격화한 식량난과 이를 타개하기 위한 소위 '고난의 행군'의 여파가 아직 채 아물지 않은 시기였다. 오히려 〈복무의 길〉은 그러한 문제가 전혀 없었던 것처럼, 모순과 균열을 찾아보기 어려울 정도로 매끄러운 이음매로 연결되어 있다. 이는 같은 해 제작된, 고난의 행군을 전면적으로 조명한 〈자강도 사람들〉(2001)을 떠올려 보면 매우 의아하게 보일 수도 있다. 전영선은 북한영화가 고난의 행군을 직접적으로 호명한 것이 2000년을 즈음한 시기였다고 말하면서, 고난의 행군이 회고적으로 호명됨으로써 '비극적 현실'에서 '지나간 추억'이 된다고 말했다. 모질었던 고난의 시기를 회고하면서 현재에 만족하고 미래를 위한 전망을 열어나간다는 것이다.[40]

〈복무의 길〉이 〈자강도 사람들〉이나 〈민족과 운명: 어제, 오늘 그리고 래일〉(2001~2003)처럼 고난의 행군 문제를 전면적으로 다루거나 명시적으로 제시하는 것은 아니다. 그러나 "억압되는 것, 버려지는 것은 부재에 의해 주의를 끌게 된다"[41]는 영화 이데올로기론의 명제를 떠올려 본다면, 〈복무의 길〉에 없는 것을 되짚어 보는 것도 의미 있는 작업일 수 있다. 그러기 위해서는 "이음매를 찢어 영화를 갈라 놓는 내적인 비판",[42] 즉 징후적 독해(symptomatic reading)가 필요하다. 이 대목에서 가장 핵심적으로 다가오는 것은 훈련 참모 서동수와 그의 자녀, 그리고 경심의 관계이다. 서동수는 중좌 계급을 달고 있는 군관으로 그의 자녀들이 보통의 인민들에 비해 굶거나 경제적인 어려움을 겪을 것 같아 보이지는 않는다. 그러나 앞서 잠깐 거론했듯이,

---

40) 전영선, 「북한영화에 나타난 생활경제 문제: 2000년 이후를 중심으로」, 『통일인문학논총』 제51호, 건국대학교 통일인문학연구단, 2011, 292쪽.
41) 수잔 헤이워드, 앞의 책, 360쪽.
42) 위의 책, 361쪽.

아파서 입원 중인 누나를 면회 온 남동생들은 커다란 자루 속에 '강 냉이평평이'를 담아 온다. 강냉이는 그저 동생들이 누나에게 주기 위 한 간식거리일 수도 있다. 그러나 이 장면이 예사롭지 않은 것은 동 생들이 이것을 커다란 자루에 담아 가지고 온다는 것이다. 많은 탈북 자들은 마대자루에 통강냉이를 갖다 놓고 아이들에게라도 실컷 먹일 수 있다면 좋겠다는 말을 하곤 했다. 그리고 실제로 1998년부터 북한 은 공장을 가동하기 위해서가 아니라 사회동원을 위해 공장에 출근 시키려고 통강냉이 같은 것을 주어 공장에 나오게 했다고도 한다. 1999년 이후에는 고위 간부급을 제외한 북한 인민들 모두는 장사 같 은 것을 하며 생활을 유지했는데, 장사할 능력이 없는 사람은 통강냉 이라도 얻기 위해 공장에 나왔다는 것이다.43) 여기에서 장사를 하며 생계를 이어나가기 위해 갖은 고생과 인간적 모욕을 감수하는 쓰라 린 경험은 주로 여성들의 것이었다.44) 즉, 현실의 북한 사회는 더 이 상 가부장적 온정주의로 다스릴 수 없는 곳이었던 것이다. 영화에서 1년 전에 죽었다던 순미의 '부재하는 어머니'는 그래서 우리의 주의 를 끄는 측면이 있다.

혹자는 중견 급 군관의 자식들이 허름한 자루에 강냉이를 매고 오 는 것이 얼마간 사실적이지 않다고 말할 수도 있다. 그것도 군대를 최우선으로 하는 선군시대에 말이다. 그러나 중요한 것은 그러한 문 제가 아니다. 영화가 북한 인민의 생활수준의 눈높이에서 그들을 소 구해야 한다면 영화적 사실성의 문제보다 더 중요한 것은 인민들의 마음에 와 닿을 수 있는 (영화 바깥의) 현실적인 설정인 것이다. 바로

---

43) 이미경(b), 「경제난이후 북한여성의 삶과 의식변화의 한계: 탈북 여성과의 심층면접을 중심으로」, 북한연구학회 편, 『북한의 여성과 가족』, 2006, 389쪽.

44) 이에 대한 보다 자세한 논의는 임순희, 「식량난이 북한여성에 미친 영향」, 북한연구학회 편, 『북한의 여성과 가족』, 경인문화사, 2006, 352~370쪽 참조.

이때, 더할 나위 없이 의미심장한 것은 장난감 비행기의 존재이다. 이 비행기의 날개에는 북한 인공기의 별이 새겨져 있으며 이는 군용기를 떠올리게 한다. '장군님'이 계시는 평양 하늘을 지켜달라고 노래하는 것처럼 이 비행기는 '선군영도'를 예찬한다. 그리고 저 하늘로 높이 비상하는 비행기의 모습(〈사진 10〉)은 흔히 해석하는 대로 미래를 향한 전망이다. 가장 낮은 곳(강냉이와 고난의 행군)에서 가장 높은 곳(하늘로 향하는 선군영도의 미래 전망)까지, 가 닿을 수 없는 현실의 거리는 강냉이와 장난감 비행기라는 단 두 개의 '형상세부'를 통해 영화적으로 깔끔하게 봉합된다. 이것이, 고난의 시기를 회고하며 현재에 만족하고 미래를 위한 전망을 열어나가는 것이라면 과도한 해석일까? 서동수는 죽고, 갈 곳 없는 아이들은 경심의 몫이며, 그녀는 '선군의 어머니'로서 이 아이들을 훌륭한 '총대병사'로 키워낼 것이다.

## 5. 시혜를 베풀 여력이 없는 가부장

북한영화를 미학적·영화적 텍스트로 꼼꼼하고 면밀하게 분석한다는 것은 결코 쉬운 일도 아니며 흔한 일도 아니다. 그것은 북한영화가 어렵고 난해해서도 아니고 형식성과 세련미가 떨어져서도 아니다. 외려 북한영화는 너무 '쉽고' 자명하며, 천편일률적인 선전 형식으로 취급됨으로써 미학적 분석의 대상으로 거의 여겨지지 않는 것이다. 그러나 영화가 예술인 한 거기에는 미학적 형식이 있으며, 모든 미학적 형식은 분석의 대상이 될 수 있고 또 그래야만 한다.

이 글은 북한의 예술영화 〈복무의 길〉을 텍스트 분석의 대상으로 삼았다. 그러나 이러한 작업이 단지 이 영화의 미학적 형식을 내재적으로 밝혀내기 위함만은 아니었다. 그보다는 영화적 스타일에 대한 분석을 통해 이 영화가 담고 있는 선전형식과 이데올로기, 그 중에서도 가부장적 온정주의를 밝혀내기 위함이었다.

〈복무의 길〉은 2000년대 초반 북한당국과 영화평단에서 높이 평가받은 영화이자 선군시대 군사영화의 대표작으로 꼽히는 작품이다. 영화는 북한 사회 특유의 가부장적 온정주의를 잘 드러낸다. 영화에서 자신이 군인가정에 속해 있지 않다는 경심의 소외감과 치기, 나약함은 아버지를 위시로 하여 오빠, 그리고 부대의 상관들에 의해 차츰차츰 사라진다. 영화는 세 개의 플래시백을 갖고 있다. 첫 번째의 것은 경심 자신의 것이고, 두 번째와 세 번째의 것은 각각 아버지와 군 정치위원의 것이다. 경심의 플래시백이 군대에 대한 그 자신의 인식수준에 맞춰져 있다면 아버지와 군 정치위원의 플래시백은 경심이 결코 인식하지 못했던 더 높고 '고상한' 경지에 도달해 있다. 이것은 이 플래시백의 서술 주체를 남성으로 설정함으로써 권위를 획득한다. 그러나 이렇게 남성의 발화가 권위를 갖는다는 것이 반드시 지배와 종속, 착취와 피착취의 관계를 내포하는 것은 아니다. 그보다 더 본질적인 것은 보살핌과 보호의 관계, 즉 북한식 가부장적 온정주의가 추구하는 후원과 시혜의 원리이다. 경심은 이 남성 발화자들의 넉넉하고 따뜻한 품속에서 선군의 어머니로 자라난다. 그것은 여성으로서의 나약한 정체성이 남성들의 끈끈한 집단적 연대감에 압도당하는 것이자, 스스로 남성들의 가치를 수용해야 할 것으로 내면화하는 것이다.

영화에 균열과 모순의 흔적이 없는 것은 아니다. 강냉이로 상징되는 식량난과 고난의 행군, 그리고 이것을 과거의 것으로 회고하면서 미래로 뻗어나가는 '선군영도'로서의 장난감 비행기가 그것이다. 물론, 그렇게 해석해야만 하는 필연적인 이유 같은 것은 없다. 하지만 영화는 허구적 현실을 통해 역사와 신화를 만들어낸다. 그리고 이러한 역사와 신화가 필요하다는 것은 그 사회가 처한 모순과 딜레마를 보여주는 것이기도 하다. 〈복무의 길〉은 어쩌면 1990년대 중반 이후 시혜와 온정을 베풀 여력이 없는 가부장을 유령처럼 불러낸 영화인지도 모른다.

# 참고문헌

## 1. 북한 자료

### 1) 영상자료
리인철 영화문학, 홍광순 연출, 〈복무의 길〉, 조선인민군4.25예술영화촬영소, 2001.

### 2) 문헌자료

김관철, 「아담한 영화창작에서 전환이 일어나던 나날에」, 『조선예술』, 2005년 제9호

김은희, 「선군시대의 숨결이 느껴 지는 깊이 있는 촬영형상: 예술영화 〈복무의 길〉의 촬영형상을 두고」, 『조선예술』, 2002년 제4호.

리인철, 「[영화문학] 〈복무의 길〉」, 『조선예술』, 2001년 제12호.

문학예술출판사 편, 『조선문학예술년감: 주체90(2001)』, 문학예술출판사, 2002.

남원철, 「[단평] 영화의 극적여운을 남긴 시형상을 놓고」, 『조선예술』, 2001년 제12호.

박영무, 「[평론] 선군시대의 참모습을 높은 지성세계에서 보여 준 성공작: 예술영화 〈복무의길〉에 대하여」, 『조선예술』, 2001년 제12호.

사회과학원 주체문학연구소 편, 『문학예술사전(중)』, 과학백과사전종합출판사, 1991.

우정길, 「[연출평] 총대가정의 본질을 심오한 철학적깊이에서 훌륭히 창조한 연출형상: 예술영화 〈복무의 길〉의 연출형상을 두고」, 『조선예술』, 2002년 제4호.

조명철, 「[평론] '유년기'에서 '로년기'를 펼쳐 보인 특색 있는 극조직: 예술영화 〈복무의 길〉을 보고」, 『조선예술』, 2001년 제12호.

지영기, 「전형적인 생활세부의 탐구」, 『조선예술』, 2007년 제7호.


## 2. 국내 자료

노혜미, 「북한 예술영화에 나타난 '사회주의 대가정론' 연구」, 동국대학교 석사논
　　　문, 2008.

데이비드 보드웰, 오영숙 역, 『영화의 내레이션 I』, 시각과 언어, 2007.

루이 알뛰세르, 「이데올로기와 이데올로기적 국가장치」, 김동수 역, 『아미엥에서
　　　의 주장』, 솔, 1991.

민병욱, 『북한영화의 역사적 이해』, 역락, 2005.

박현선, 『현대 북한사회와 가족』, 한울, 2003.

변혜정, 「북한영화에서 재현되는 '여자다움'과 그 의미에 대한 연구」, 『여성학논
　　　집』 제16호, 이화여자대학교 한국여성연구원, 1999.

서곡숙, 「북한영화에서 드러나는 여성 신체의 다층적인 재현: 〈우리 누이집 문
　　　제〉, 〈우리 삼촌집 문제〉, 〈우리 처갓집 문제〉를 중심으로」, 『영상예술연
　　　구』 제9호, 영상예술학회, 2006.

_____, 「거짓말/방문/가출이라는 북한영화의 내러티브 반복과 연기/침입/일탈
　　　이라는 북한여성의 자아정체성 재현」, 『영화연구』 제33호, 한국영화학
　　　회, 2007.

수잔 헤이워드, 이영기 외 역, 『영화 사전: 이론과 비평』(개정판), 한나래, 2012.

안지영, 「2000년대 북한영화 속 일상생활에 나타난 여성상」, 인제대학교 석사논
　　　문, 2011.

_____, 「북한 가정생활에서의 여성상 연구: 2000년대 북한영화 분석을 중심으로」,
　　　『통일인문학논총』 제51호, 건국대학교 통일인문학연구단, 2011.

앤드루 에드거·피터 세즈윅 편, 박명진 외 역, 『문화 이론 사전』(개정판), 한나래,
　　　2012.

이명자, 「김정일 시기 영화 창작방법에서의 수동적 혁명: 가족영화의 세대 갈등을 중심으로」, 정재형 편, 『북한영화에 대해 알고 싶은 다섯 가지: 제2세대 북한영화연구』, 집문당, 2004.

_____, 「북한 주체영화의 여성성 재현에서의 변화 연구」, 『영화연구』 제23호, 한국영화학회, 2004.

_____, 「김정일 통치시기 가족멜로드라마 연구: 북한 근대성의 변화를 중심으로」, 동국대학교 박사논문, 2004.

_____, 『북한영화와 근대성: 김정일시기 가족멜로드라마』, 역락, 2005.

_____, 「선군시대 북한영화의 흐름과 전망」, 북한연구학회 편, 『북한의 방송언론과 예술』, 경인문화사, 2006.

이미경(a), 「북한영화에 나타난 '일하는 여성' 형상에 관한 연구」, 이화여자대학교 박사논문, 2007.

이미경(b), 「북한의 모성이데올로기: 『조선녀성』의 내용분석을 중심으로」, 북한연구학회 편, 『북한의 여성과 가족』, 경인문화사, 2006.

_____, 「경제난이후 북한여성의 삶과 의식변화의 한계: 탈북 여성과의 심층면접을 중심으로」, 북한연구학회 편, 『북한의 여성과 가족』, 경인문화사, 2006.

임순희, 「식량난이 북한여성에 미친 영향」, 북한연구학회 편, 『북한의 여성과 가족』, 경인문화사, 2006.

임혜경·신회선, 「통일 문화 형성을 위한 남·북한영화 속의 여성상 비교 연구」, 『아시아여성연구』 제39호, 숙명여자대학교 아시아여성연구소, 2000.

전영선, 「2000년 이후 북한 사회의 흐름」, 전영선·김지니, 『북한 예술의 창작지형과 21세기 트렌드』, 역락, 2009.

_____, 「북한영화에 나타난 생활경제 문제: 2000년 이후를 중심으로」, 『통일인문학논총』 제51호, 건국대학교 통일인문학연구단, 2011.

최은봉·박현선, 「선군시대 실현과 선군가족」, 이화여자대학교 통일학연구원 편,

『선군시대 북한 여성의 삶』, 이화여자대학교출판부, 2010.

## 3. 국외 자료

Taylor, Richard, *Film Propaganda: Soviet Russia and Nazi Germany* (second, revised edition), London & New York: I.B. Tauris Publishers, 1998.

# 선군시대 북한의 민족적 감성

: 2000년대 『조선예술』에 수록된 민요풍 노래를 중심으로

배인교

## 1. 음악정치와 민족음악

1994년 김일성 사망 이후 정권을 이어 받은 김정일은 당시의 북한 내 위기를 극복하기 위한 방법으로 '선군정치'를 천명하였다. 선군정 치란 군대가 먼저 나서서 사회의 제반 문제를 해결하고 군사력과 군 대를 기반으로 사회주의를 유지해 나가겠다는 김정일의 통치 방식을 말한다. 그런데 2000년대 들어서면서는 '선군정치'에 음악이 덧붙여 져 '선군음악정치'가 등장하였다. 음악정치는 1997년부터 제기된 이 념이었으나, 선군정치와 결합하여 '선군음악정치'로 본격화된 것은 2000년부터이다.[1] 그리고 강력한 '힘'으로 상징화된 '선군'과 상대적

---

[1] 전영선, 「김정일 시대 통치스타일로서 '음악정치'」, 『현대북한연구』 10(1), 북한대학원대 학교, 2007, 51쪽.

으로 부드러운 '음악'이 결합된 선군음악정치는 북한에서 체제 성립 이후 줄곧 고수해왔던 인민의 사상적 교양이라는 목적을 달성할 뿐만 아니라 고난의 행군 이후 피폐해진 북한 인민들로 하여금 고난을 극복하는데 일조하는, 이 당시 북한의 구호였던 "가는 길 험난해도 웃으며 가자"처럼 인민을 체제 내에서 순응하게 만드는 심리적 통제 수단이었다고 할 수 있다.

북한에서 체제의 안정과 인민 교양의 수단으로 만들어진 지도 이념 중에는 1980년대 후반 동구 사회주의 국가의 몰락으로 인한 북한 인민의 체제 이탈을 막기 위해 등장한 '조선민족제일주의'도 있다. 조선민족제일주의가 적용된 민족음악은 "조선사람에게는 조선음악이 제일이라는 높은 민족적자부심을 깊이 간직하고 우리 인민의 지향과 요구에 맞고 조선혁명에 복무하는 음악, 조선사람의 민족적 특성과 풍습 생활감정과 정서를 담은 조선음악을 내세우고 발전시켜나간다는 것"이라고 한다.2) 이러한 조선민족제일주의 이념은 2000년대에도 별 무리 없이 강조되었다. 그 이유는 극심한 식량난과 국제사회로부터의 고립, 그리고 체제 단속을 위해 필요했기 때문이다. 뿐만 아니라 1946년 8월에 있었던 김일성의 연설에 나와 있듯이 민족적 특성을 살리면서 인민의 감정과 정서에 맞는 인민적이면서 혁명적인 음악에 대한 요구는 체제 성립기부터 현재까지 지속적으로 강조되고 있다.

이렇게 북한에서 주장하고 있는 음악정치는 민족음악과 그 궤를 같이 한다. 그리고 "음악예술분야에서 주체성과 민족성을 철저히 구현하기 위하여서는 민족음악의 정수인 민요를 적극 장려하고 그것을 현대적으로 더욱 발전시켜나가야 한다"3)는 황민영의 해설을 거론하

---

2) 김정일, 『음악예술론』, 조선로동당출판사, 1992, 194~195쪽.
3) 황민영, 「민요는 민족음악의 정수」, 『조선예술』, 2003년 제4호, 66쪽.

지 않더라도 노래 중심의 북한 체제에서 중요시되는 장르는 당연히 민요가 될 수밖에 없기에, 유훈통치기간과 고난의 행군에 이어 본격적으로 김정일의 통치가 이루어진 2000년대에 북한에서 민요로 대표되는 민족음악이 어떤 방식으로 강조되었는지 살펴볼 필요가 있다.

북한의 학계에서는 민요를 구전민요(혹은 민요), 신민요, 민요풍의 노래로 나눈다. 구전민요는 전통민요를 말하며, 신민요는 1920~30년대에 창작된 민요이고, 민요풍의 노래는 광복 후에 창작된 민요 맛이 나는 노래를 말한다.4) 이러한 분류에서 보듯이 북한에서 민요풍의 노래는 1945년부터 만들어진 민요스타일의 노래를 지칭하며 현재까지도 꾸준히 창작되고 있는 장르이다. 이는 남한의 대중음악계에서 일제강점기의 신민요 전통을 잇지 못하고 도태된 것과는 상반된 현상이다.

그간 1990년대 초반까지 창작된 북한의 민요풍의 노래를 대상으로 한 글은 3종이 발표되었다. 세 글 모두 연구대상은 모두 북한의 예술교육출판사에서 2000년에 출판된 『조선민족음악전집: 민요풍의 노래 편1』(2000)이다. 그리고 이 악보집을 대상으로 하여 민요풍 노래의 장단,5) 음계와 선법6)을 고찰한 바 있으며, 주제를 세분하여 어업과 관련된 민요풍 노래가 갖는 음악적 성격을 살펴본 바 있다.7) 세 글 모두 50년간 창작된 민요풍 노래를 대상으로 연구가 진행되었고 50여 년간 창작된 민요풍 노래의 리듬과 음계, 전통 민요와 맞닿아 있는 지점 등을 검토함으로써 8·15 해방 이후 북한에서 창작된 민요풍

---

4) 김경희, 「(상식) 민요에 대하여」, 『조선예술』, 2004년 제4호, 문학예술종합출판사, 16쪽.
5) 배인교, 「북한의 민요식 노래와 민족장단」, 『우리춤연구』 제12집, 우리춤연구소, 2010, 147~179쪽.
6) 배인교, 「북한 '민요풍 노래'에 나타난 민요적 전통성」, 『한국음악연구』 제52집, 한국국악학회, 2012, 63~82쪽.
7) 배인교, 「어로 관련 북한 '민요풍 노래'의 음악적 검토」, 『한국민요학』 제38집, 한국민요학회, 2013, 69~104쪽.

노래가 갖는 음악사적 의의를 검토하였다.

그런데 세 글에서 모두 밝힌 것처럼 검토 대상으로 삼은 악보집은 1990년대 초반까지 만들어진 민요풍의 노래를 수록하고 있어 1990년대 중반 이후 창작된 민요풍의 노래는 검토하지 못하였으며, 세 글 모두 북한에서 만들어 내고 있는 민요풍 노래의 음악적인 요소를 살피고 그것이 갖는 음악사적 의의를 논하는 데 그쳤다고 할 수 있다. 그러나 북한의 정치체제와 음악 창작상황을 고려하면서 현재 북한에서 만들어지고 불리는 북한 음악을 이해하기 위해서는 북한 음악이 갖는 인민교양의 내용, 노래로 강요하는 통제의 감성에 대한 검토가 필요하다. 따라서 이 글에서는 2000년부터 2009년까지의『조선예술』에 수록된 민요풍 노래 중 2000년대에 창작된 노래들을 중심으로 이 시기 민요풍 노래의 가사의 내용을 비롯하여 선율, 리듬과 같은 음악적 내용에 나타난, 혹은 통제된 감성으로써의 민족적 감성이 무엇인지 살펴보고자 한다. 단, 북한의 문헌을 그대로 인용한 경우 북한식 표기법을 따라 인용하였음을 밝힌다.


## 2. 2000년대 민요풍 노래의 음악적 양상

2000년부터 20009년에 발간된『조선예술』에 지면을 할당하여 소개된 민요풍의 노래는 모두 23곡이다. 그리고 이 노래들은 2000년에 4곡, 2001년에는 3곡 등 한 해에 2~4곡 정도 소개되었는데, 특이한 것은 2009년에 소개된 곡은 9곡으로 가장 많았다. 그리고 각각의 노래들의 창작연도는 1947년에 창작된 〈밭갈이노래〉부터 2009년에 창작된 〈돌파하라 최첨단을〉에 이르기까지 다양한데, 이 노래들의 수록 시기와 창작연도를 정리하면 다음의 〈표 1〉과 같다.

<표 1> 2000년대 『조선예술』 수록 민요풍 노래의 수록 시기와 창작연도

| 『조선예술』 수록연도 | 곡목 | 창작연도 |
|---|---|---|
| 2000. 1 | 감자자랑 | 1999 |
| 2000. 2 | 정일봉의 봄맞이 | 1992 |
| 2000. 8 | 행복의 감자꽃 | 2000 |
| 2000. 9 | 대홍단은 살기 좋은 고장입니다 | 2000 |
| 2001. 10 | 강성부흥아리랑 | 2001 |
| 2001.12/2003.8 | 군민아리랑 | 2001 |
| 2001. 6 | 통일돈돌라리 | 2001 |
| 2002. 5 | 흥하는 내 나라 | 2001 |
| 2003. 6 | 통일아리랑 | 1998 |
| 2003. 9 | 내 나라는 선군의 대가정 | 2003 |
| 2006. 7 | 녀성은 꽃이라네 | 1991 |
| 2007. 6 | 간삼봉에 울린 아리랑 | 2006 |
| 2008. 1 | 좋아합니다 | 1995 |
| 2008. 9 | 사회주의 우리 나라 자랑하세 | 1975 |
| 2009.3/2009.8 | 밭갈이노래 | 1947 |
| 2009. 4 | 인민의 유원지로 꽃피는 대성산 | 1978 |
| 2009. 5 | 노래하세 대홍단 | 1975 |
| 2009. 7 | 수령님 같으신분 세상에 없습니다 | 1993 |
| 2009. 8 | 선군령도 제일일세 | 2000 |
| 2009. 9 | 미루벌의 종다리 | 2008 |
| 2009. 9 | 고향집 달밤에 | 1999 |
| 2009. 10 | 정말 좋은 세상이야 | 1997 |
| 2009.12/2010.3 | 돌파하라 최첨단을 | 2009 |

위의 <표 1>에서 보듯이 2000년부터 2009년까지 『조선예술』에 수록된 노래들 중 2000년대에 창작된 가요가 11곡이며,8) 그 이전에 창작된 곡이 12곡이 있다. 또한 민요풍의 노래는 총 25번 소개되었다.

2000년에 4곡, 2001년과 2003에는 3곡, 2002·2006·2007년에 각 1곡, 2008년에 2곡, 그리고 2009년에 소개된 곡은 9곡이다. 또한 2004년과 2005년에는 민요풍 노래가 없다가 2009년에는 10곡이 소개되어 주목된다.

이 노래들은 가사의 주제에 따라 5가지로 나눠볼 수 있으며(〈표 2〉), 내용별로 나누어 각각의 노래가 갖는 가사의 내용과 음악적 양상, 그리고 이 둘을 통해 나타나는 각 주제별 민요풍 노래의 음악 감성을 살펴보도록 하겠다. 단 각 악곡의 악보는 말미의 부록에서 확인할 수 있으며, 특정 설명에 한하여 부분 악보를 제시하도록 하겠다.

**〈표 2〉 2000년대 『조선예술』 수록 민요풍 노래의 내용, 주제별 분류**

| 주제 | 곡목 | 창작연도 | 수록연도 |
|---|---|---|---|
| 선군영도<br>군민일치 | 선군령도 제일일세 | 2000 | 2009 |
| | 좋아합니다 | 1995 | 2008 |
| | 군민아리랑 | 2001 | 2001/2003 |
| | 내 나라는 선군의 대가정 | 2003 | 2003 |
| 농업중시 | 밭갈이노래 | 1947 | 2009 |
| | 노래하세 대홍단 | 1975 | 2009 |
| | 감자자랑 | 1999 | 2000 |
| | 행복의 감자꽃 | 2000 | 2000 |
| | 대홍단은 살기 좋은 고장입니다 | 2000 | 2000 |
| | 미루벌의 종다리 | 2008 | 2009 |
| | 사회주의 우리 나라 자랑하세 | 1975 | 2008 |
| | 인민의 유원지로 꽃피는 대성산 | 1978 | 2009 |

8) 2000년대에 창작된 민요풍의 노래들은 상기한 11곡 외에도 〈철령아리랑〉, 〈장군님 안녕히 다녀오시라〉, 〈선군닐리리〉, 〈자강도는 내 나라의 자랑도일세〉, 〈씨름은 좋아〉 등 다수 확인되나 2000년부터 2009년에 출판된 『조선예술』에 이들 노래들에 대한 개별적인 설명 글이 없어 이 글에서 제외하기로 한다.

| 강성대국건설 | 정말 좋은 세상이야 | 1997 | 2009 |
|---|---|---|---|
| | 흥하는 내 나라 | 2001 | 2002 |
| | 강성부흥아리랑 | 2001 | 2001 |
| | 돌파하라 최첨단을 | 2009 | 2009/2010 |
| 김정일 가계 찬양 | 정일봉의 봄맞이 | 1992 | 2000 |
| | 수령님 같으신분 세상에 없습니다 | 1993 | 2009 |
| | 고향집 달밤에 | 1999 | 2009 |
| | 간삼봉에 울린 아리랑 | 2006 | 2007 |
| 통일 | 통일아리랑 | 1998 | 2003 |
| | 통일돈돌라리 | 2001 | 2001 |
| 여성 | 녀성은 꽃이라네 | 1991 | 2006 |

## 1) 선군영도와 군민일치

선군시대 개시음악은 1995년에 창작된 〈우리 장군님 제일이야〉로 알려져 있으며, 이 노래의 가사에 김정일의 다박솔 초소 방문을 명시하고 있기 때문이다. 이 노래 역시 민요풍의 노래이며 이후 많은 민요풍의 노래들이 선군시대에 선군영도와 군민일치를 교양하기 위해 만들어졌다.

김은숙 작사, 박정식 작곡의 2000년 작 〈선군령도 제일일세〉의 가사는 3절로 이루어져 있다. 1절에서는 군대로 붉은 기를 수호하는 선군령도를 찬양하며, 2절에서는 인민들에게도 군인정신이 퍼져 일터마다 기적을 이루고 있다고 선전한다. 그리고 3절에서는 총대로

〈악보 1〉 〈선군령도 제일일세〉의 꺾음소리 장식음

강성대국을 이룩하자는 다짐을 담았다. 이 노래는 C장조에서 '시'음이 빠진 6음음계의 곡이며, 4/4박자의 안땅장단과 부점음표의 사용으로 약동적이고 진취적인 정서를 표현하였다. 즉, "신심과 긍지가넘쳐나는 맑고 아름다운 안땅장단의 흥겨운 리듬을 타고흐르는 이노래의 선률은 위대한 장군님의 선군령도를 높이 받들고 혁명적군인정신으로 살며 강성대국의 대문으로 힘차게 전진하고있는 우리 나라의 참모습을 민요풍의 노래로 흥취나게 형상"하였으며,9) '꺾음소리'10)라고 하는 장식음을 시용하여 민족적인 색채를 표현하였다.

군민일치를 주제로 하는 〈좋아합니다〉는 군대와 인민의 친밀한 정을 표현한 노래이다. D장조에 7음음계를 쓰고 있으며, 4/4박자의 안땅장단을 주요 리듬으로 삼고 있는 이 노래는 "민족적인 선률을 바탕으로 하면서 현대적미감에 맞게 새로운 선률을 창조한것"을 높이 평가하고 있다. 즉, 7음음계를 사용하면서도 5음음계를 기본으로 하고있고, 선율 역시 민요의 대구적인 전개방식을 사용하여 군대와 인민이 이야기하듯 그리고 있어 민족적인 정서와 현대적 미감을 독특하게 살려서 창작되었다고 보았다.11)

〈군민아리랑〉 역시 군민일치를 주제로 한 노래이다. 조선인민군공훈합창단의 엄하진이 2001년에 작곡한 이 노래의 1절은 군대와 인민은 서로 부모형제이고 아들딸이어서 한가정 한마음이 된다는 것을강조하고 있으며, 2절에서는 군대와 인민이 서로를 혈육처럼 위한다는 내용을 담고 있다. 그리고 3절에서는 군민이 뭉쳐 강성대국을 건

---

9) 오은숙, 「선군령도의 위대성에 대한 칭송의 노래: 가요 《선군령도 제일일세》에 대하여」, 『조선예술』, 2009년 제8호, 14쪽.

10) 꺾음소리란 선율음으로부터 보조음으로 갔다가 다시 선율음으로 돌아오는 장식음을 말한다(사회과학원, 『DVD 문학예술대사전, 2006).

11) 박윤희, 「온 나라에 차넘치는 군민의 정 담아: 가요 《좋아합니다》에 대하여」, 『조선예술』, 2008년 제1호, 21쪽.

〈악보 2〉〈군민아리랑〉의 생활적 시어, 조흥구, 리듬형, 하행선율진행

설하자고 독려하였다. 2001년의 〈강성부흥아리랑〉처럼 "아리랑"이
붙은 〈군민아리랑〉은 생활적이고 "통속적인 시어들과 조흥구를 절
별가사의 내용에 맞게 생활론리적으로 특색있게 구성"한 가사는 "나
날이 꽃펴나는 군민일치의 전통적미풍과 그 생활력을 힘있게 과시한
시대의 명곡"이라고 하였다. 이 노래는 G장조의 7음음계를 갖으며,
리듬은 12/8박자의 잦은덩더꿍장단이다. 비록 이 노래에 7음음계가
적용되어 있다 하더라도 '시'음이 상승진행이 아닌 민요에 나타나는
하행진행을 사용하여 "7음계조식의 조식적가능성을 민요조식에 맞
게 활용하는 모범을 창조"하였다고 설명하고 있다. 또한 장단의 경우
"전렴에서 잦은덩더꿍장단으로 선률리듬을 구성하고 흥취를 돋구다
가 후렴에서는 응답의 방법으로 선률리듬을 한박자(3분박)의 쉼표를
주고 (3분박)한박자단위로 리듬형태를 시원하게 변경"시켜 가사의 주
제를 뚜렷이 부각시킴으로써 민족적 정서와 현대적 미감이 잘 적용
된 노래로 평가하였다.12)

　2003년에 창작된 〈내 나라는 선군의 대가정〉 또한 군민일치를 노
래하였다. 군민일치와 선군령도로 고난과 시련을 함께 헤쳐 나가 사
회주의를 이룩하자는 내용의 가사는 C장조의 5음음계와 12/8박자의
덩더꿍장단으로 이루어지며 "인민의 고유한 민족음악정서로 충만된

---

12) 윤경수, 「(가요해설) 선군조국에 울려퍼지는 ≪군민아리랑≫」, 『조선예술』, 2003년 제8호,
　　22~23쪽.

선군시대 민요풍의 명곡"이라고 하였다.

〈좋아합니다〉는 1995년에 창작되었으나 2009년에 재호명되었으며, 〈선군령도 제일일세〉 역시 2000년에 창작되었으나 같은 시기에 소개되지 않고 2008년에 호명되었다. 선군영도와 군민일치의 내용을 담은 민요풍 노래의 음악적 내용을 앞 장의 내용에 따라 정리하면 〈표 3〉과 같다. 그리고 이 네 곡의 가사와 리듬으로 표현되는 감성과 선율 진행의 특이성을 〈표 4〉로 정리하였다.

5음, 6음, 7음음계가 두루 사용되었으며, 모두 "도"음으로 종지하나 앞의 두 곡은 하행종지선율을 갖고 뒤의 두 곡은 단3도 상행하여 종지하였다. 가사에서는 군대에 대한 믿음과 자랑, 기쁨의 내용이 담겨 있으며, 선율은 대체로 순차진행하고 있으나 특정 부분에서 도약

〈표 3〉 선군영도와 군민일치 주제 민요풍 노래의 음계, 음구성, 장단

| 곡목 | 음계 | 음구성, 종지음 | 박자 | 장단 |
|---|---|---|---|---|
| 좋아합니다 | 7음음계 | 도-레-미-파-솔-라-시 | 4/4 | 안땅 |
| 선군령도 제일일세 | 6음음계 | 도-레-미-파-솔-라 | 4/4 | 안땅 |
| 군민아리랑 | 7음음계 | 도-레-미-파-솔-라-시 | 12/8 | 잦은덩더꿍 |
| 내 나라는 선군의 대가정 | 5음음계 | 도-레-미-솔-라 | 12/8 | 덩더꿍 |

〈표 4〉 선군영도와 군민일치 주제 민요풍 노래의 가사와 리듬의 감성과 선율 진행

| 곡목 | 가사 | 선율 | 악상과 리듬 | 북한식 설명 |
|---|---|---|---|---|
| 좋아합니다 | 기쁨, 사랑, 화목 | 순차진행 | 친절하게 약박진행 | 친밀한 정 |
| 선군령도 제일일세 | 기세, 당당, 필승 | 순차, 도약진행, 굴림, 장식음 사용 | 흥취나게 부점음표 | 긍지, 흥취 |
| 군민아리랑 | 믿음, 정, 흥, 정성, 승리 | 순차진행. 7번째 마디 도약 | 흥겹게 | 흥취 |
| 내 나라는 선군의 대가정 | 흥, 자랑, 굳건 | 순차진행. 마지막 도약진행 | 흥에 겨워 | 고유의 민족음악정서 |

하여 가사의 내용이나 곡상을 강조하였다. 그리고 〈좋아합니다〉의 곡상은 "친절하게"이나 나머지 세 곡은 "흥취나게", "흥겹게", "흥에 겨워"로 적고 있어 기본적으로 "흥"을 주요 감성으로 삼고 있음을 볼 수 있다. 이 네 곡의 장단은 안땅장단과 덩더꿍장단으로 나뉘나 4박을 기본 단위로 삼고 있는 것은 같다. 또한 5음음계의 곡인 〈내 나라는 선군의 대가정〉을 제외하고 나머지는 6음이나 7음음계를 사용함에도 불구하고 모두 민족장단을 사용하고 있으며, 경기민요에서 많이 보이는 순차진행이나 장식음과 같은 굴림기법을 사용하여 민족적 정서를 강하게 부여하고 있음을 볼 수 있다.

## 2) 농업 중시: 감자, 관개공사

1994년 김일성의 사망 이후 북한에서는 계속되는 자연재해와 미국의 경제제재조치로 인해 식량난이 가중되었으며, 재해로 인한 아사자가 속출하였다. 이에 북한에서는 식량난에서 벗어나기 위해 황무지를 개간하여 감자농사를 짓게 하였는데 그곳이 바로 북한의 동북단에 위치한 양강도 대홍단이다. 1990년대 말부터 대홍단을 개간하여 감자농사가 시작되었는데, 북한 당국은 '대홍단'과 '감자'를 대대적으로 선전할 목적으로 노래를 보급하였다.

그리고 조선로동당창건 55주년이 되는 해인 2000년의 신년공동사설을 살펴보면,[13] 강성대국 건설을 위한 "사상중시, 총대중시, 과학기술중시"를 강조하였다. 특히 고난의 행군 이후 피폐해진 농촌경제를 발전시키기 위하여 사회주의 경제건설을 강조하였으며, 농업부문에

---

13) 「당창건 55돐을 맞는 올해를 천리마대고조의 불길속에 자랑찬 승리의 해로 빛내이자」, 《로동신문》, 2000년 1월 1일자.

서 주체농법의 관철, 종자혁명, 감자농사혁명, 두벌농사를 권장하여 "당창건 55돐을 맞는 올해를 천리마대고조의 불길속에 자랑찬 승리의 해로 빛내이자"고 말한다. 이러한 신년 공동사설을 뒷받침하며 2000년 1호에 소개된 민요풍 노래는 1999년에 창작된 〈감자자랑〉이다.

〈감자자랑〉은 엄애란 작사에 장설봉 작곡의 노래이다. 이 노래의 가사는 전체 3절로 이루어져 있다. 1절에서는 대홍단 마을에 사는 장수영감이 감자를 분배받고 생일잔치를 열었는데 잔치음식으로 감자떡, 농마국수, 꽈배기, 감자지짐을 해먹었다는 내용을 담고 있다. 2절에서도 감자찰떡, 감자엿, 감자술을 먹으며 "우리 세상 하도 좋아 내 고향 감자도 풍년이요"라고 기쁨을 표현하였다. 그리고 노래의 절정은 3절에 나타난다. "옛날에는 사람 못 살 막바지던 이 고장이/ 오늘에는 당의 품에 무릉도원 되였다오"라면서 황무지 대홍단이 감자농사로 살기 좋은 곳이 되었다고 선전하고 있다. 쌀로 만들 수 없는 현실에 대한 역설적인 표현으로 보인다. 음악적인 양상을 살펴보면, 리듬은 4/4박자이고, "솔-라-도'-레'-미'"음계에 "도"음으로 종지한다. 이 노래의 설명을 보면, 안땅장단의 리듬 속에 "활기에 넘쳐흐르는 선률은 흥겹고 률동적인 정서로 노래의 사상주제적내용을 훌륭히 부각"시켰으며,[14] 마지막 악단의 선율은 "익살스러운 표정을 짓고 감자자랑을 늘어놓는 장수령감의 모습을 생동하게 그려보게 하며 또한 그 정서는 비교적 원활하고 랑만적이며 해학적인 앞뒤부분의 선률과 선명한 형상적 및 정서적 대조를 이룬다"고 하였다.[15] 또한 이 부분은 "사회주의 내 조국에 대한 감사의 정"을 느끼게 하며, "또한 마지막악단의 곡조는 앞에서 볼수 없었던 새로운 리듬형상으로써

---

14) 박영철, 「(가요해설) 감자농사의 자랑찬 현실을 격조높이 구가한 명곡」, 『조선예술』, 2000년 제1호, 57쪽.
15) 위의 글, 58쪽.

〈악보 3〉〈감자자랑〉 19~20마디의 조흥구와 해학적 선율

특색있게 제시되고 발전되여온 선률정서를 흥미있게 마무리하고있으며 특히 ≪어허허≫라는 조흥구적인 가사는 매우 건드러지고 해학적인 음악형상으로 두드러지게 살려낸것으로 하여 깊은 인상을 안겨준다"고 보았다. 즉, '어허허' 하는 웃음소리 다음에 옥타브 아래로 음을 떨어뜨린 후 6도 도약하여 순차적으로 하강종지하는 선율과 부점 음표의 사용은 노래를 부르거나 듣는 이로 하여금 익살스럽고 흥겨운 정서를 갖게 만든다. 그리고 〈감자자랑〉은 "생활모습을 통하여 당의 감자농사혁명방침의 정당성과 생활력, 우리 나라 사회주의제도의 우월성을 깊이 있게 밝혀"낸 명곡이라고 하였다.16)

2000년에 창작된 〈행복의 감자꽃〉은 보천보전자악단에서 발표한 곡이다. 가사를 보면, 김일성이 항일무장투쟁을 하던 대홍단을 김정일이 감자농장으로 만들었다고 찬양하면서 하얀 빛과 연보라 색의 감자꽃은 풍년을 기원할 수 있게 만들어준 "장군님이 가꿔주신 행복의 꽃"이라고 노래한다.17) 음악적인 면을 살펴보면, $E^\flat$ 단조의 7음음

---

16) 위의 글, 57쪽.

17) 윤현주, 「(평론) 백두대지에 울려 퍼지는 행복의 노래: 가요 ≪행복의 감자꽃≫을 놓고」, 『조선예술』, 2000년 제8호, 31쪽. "가사는 ≪풍년꿈≫, ≪풍년향기≫, ≪풍년가을≫이라는 형상적인 시어들에 ≪춤≫과 ≪노래≫, ≪웃음≫의 생동한 비유적수법을 결합하여 ≪행복의 꽃≫이라는 론리적귀결을 이끌어 내고 이 ≪행복의 꽃≫은 ≪장군님께서 가꿔 주신 행복의 꽃≫이라는 가요의 주제사상적핵을 격정에 넘쳐 밝혀 내고 있다."

1. 백두-산 기— 슭 —에 펼쳐-진 대— 지

감자-꽃만— 발 —한 사랑-의 대— 지

〈악보 4〉〈대홍단은 살기 좋은 고장입니다〉의 트로트적 선율진행

계를 사용하면서도 "미'-라"의 5도진행이나, "도-레" 등의 2도진행, 그리고 "레'-라"의 4도진행 등의 민요적인 선율진행수법을 사용하여 민요풍 노래의 특성을 잘 나타냈다고 보았다. 그리고 이 노래의 리듬은 세마치장단인 양산도장단을 사용하여 흥겹고 율동적이면서 "행복에 겨운 환희적인 정서"를 표현하고 있다. 또한 이러한 민요적인 선율과 율동적인 리듬은 "장군님의 해빛아래 만풍년든 감자대풍속에 안아 올 래일의 부강번영할 행복에 대한 우리 인민의 절대적이면서도 무조건적인 확신에 기초한, 그것으로 하여 분출되는 크나큰 만족과 희열, 환희의 시대적사상감정의 발현"이라고 설명하였다.[18]

리연희 작사, 박진국 작곡의 〈대홍단은 살기 좋은 고장입니다〉는 역시 2000년에 창작되었다. 〈행복의 감자꽃〉처럼 김일성이 만들어 놓은 대홍단이 "감자꽃 만발한 사랑의 대지", "전기화 불빛이 넘치는 마을", "천만년 안겨 살 백두 삼천벌"이라면서 김정일에 의해 살기 좋은 고장이 되었다고 노래한다. "평범하고", "현실적"이면서도 "랑만적"인 가사는 "민족적색채가 짙은" 선율에 얹혀 "풍만한 정서"를 자아낸다. 4/4박자의 안땅장단을 쓰고, "솔-라-도'-레'-미"음계에 "도"음으로 종지한다. 특히 동기선율은 "전통적인 우리 민요의 특성

---

18) 위의 글, 31쪽.

을 살린것으로 하여 민요적성격과 현대적 미감이 배합된 특이한 음조적특색"을 갖는다고 보고 있다.

그런데 〈악보 2〉에서 보듯이 이 노래는 민족적인 선율의 것이라기보다는 '뽕끼' 가득한 남한의 전형적인 트로트가요와 같은 모습을 볼 수 있다. 그럼에도 불구하고 "전형적인 평조가 아니면서도 민족적인 맛을 풍만하게 살리고 있으며", "선률선이 폭넓고 굴곡이 심하여 개방적이면서도 순차진행으로 련결되여있고 강조법이 적용되고있기 때문에 내적인 열정과 흥분도 강하게 발로되고있다"고 평가하였다.[19] 이렇게 트로트음악의 선율이 민족적인 맛을 내는 선율이라는 설명이 눈에 띤다.

이후 별다른 농업관련 노래들이 보이지 않다가 2008년 〈미루벌의 종다리〉가 창작되었다. 황해북도 곡산군부터 신계군에 이르는 미루벌 수로가 2009년에 완공되었는데, 이 노래에는 관개수로공사로 인해 새롭게 만들어진 농경지와 풍요로운 수확을 기대하는 모습을 담고 있다. 북한식의 설명을 빌자면, "가요는 이 땅, 이 하늘아래 기어이 강성대국을 일떠세우시려는 경애하는 장군님의 불면불휴의 정력적인 선군령도를 높이 받들어 미루벌에 성실한 땀과 열정, 사랑과 진심을 다 바쳐도 성차지 않을 북받치는 감정정서를 선군시대 미남벌에 반한 종다리에 비유하여 어디를 둘러보아도 세상에 둘도 없는 소중한 내 조국의 모습은 앞으로 더더욱 륭성 번영할것이라고 긍지 높이 노래하고있다". 이 노래는 4/4박자의 안땅장단을 쓰고, "솔-라-도'-레'-미'"음계에 "도"음으로 종지한다. 즉, "민족적정서가 흘러넘치는 흥취나는 안땅장단이 맥박치고 있으며", "인민의 정서와 감정,

---

19) 조선화, 「(평론) 위대한 전변을 노래에 담아: 가요 ≪대홍단은 살기 좋은 고장입니다≫에 대하여」, 『조선예술』, 2000년 제9호, 21~22쪽 참조.

기호에 맞는 유순하고 아름다운 우리 식의 민족적선률의 특성"을 잘 구현하고 있다고 보았다.[20)]

2009년에 재호명된 농업 발전의 내용을 담은 노래로는 〈밭갈이노래〉와 〈노래하세 대홍단〉이 있다. 먼저 2009년 3호에 실린 〈밭갈이노래〉는 1947년에 창작된 노래이다. 이 노래의 가사에는 북한에서 "처음으로 토지개혁법령이 발포됨으로써 해방된 조국에서 땅의 어엿한 주인으로 된 우리 농민들의 크나큰 긍지와 기쁨과 함께 높은 알곡생산성과로 수령님의 은덕에 기어이 보답해가려는 굳은 의지"가 3개의 절에 반영되었다.[21)] E♭장조의 음계 중 '파'음이 빠진 6음을 쓰나 '시'음은 '뻐꾹'에서 한 번만 출현한다. 그리고 리듬은 3/4박자의 3박 구조를 취하였다. 이 노래의 가사는 "민족적색채가 짙은 언어표현과 전통적인 운률조성수법인 본딴소리의 적극적인 활용, ≪에루화 데루화≫와 같은 민요적조흥구도 적절하게 활용"하였으며, "V계단으로부터 시작되어 3박자의 박절을 강하게 타면서 백학의 날개퍼덕임 ≪너울너울≫과 뻐꾸기의 울음소리 ≪뻐꾹≫을 음악적울림으로 살려 봄을 맞이한 농촌전경을 한눈에 바라보듯이 생동하게 형상"한 민족적 색채가 뚜렷하면서도 현대적 미감이 강하게 느껴지는 노래라고 하였다.[22)]

〈악보 5〉'시'음의 출현

20) 배영일, 「선군시대 사회주의선경, 미루벌의 아름다움에 대한 긍지높은 찬가」, 『조선예술』, 2009년 제9호, 65~66쪽 참조.
21) 김영옥, 「땅의 주인된 우리 인민의 긍지와 기쁨을 노래한 명곡: 가요 ≪밭갈이 노래≫」, 『조선예술』, 2009년 제3호, 38쪽.
22) 김영선, 「조국해방이 안아온 영원한 봄의 노래」, 『조선예술』, 2009년 제8호, 5~6쪽.

5호의 〈노래하세 대홍단〉은 1975년에 창작되었는데, 이때까지는 아직 대홍단이 감자농사를 지을 수 있는 단지로 개간되기 전이였기에 이 노래에는 조선인민혁명군의 위용과 김일성의 활약상이 낭만적이고 낙천적인 정서로 표현되었다. F장조의 "솔-라-도'-레'-미'"음계에 "도"음으로 종지하며, 리듬은 9/8박자의 양산도(세마치)장단이다. 세마치장단은 흥겹고 낙천적인 정서를 표현하는 장단이며, 경토리 선율은 유려하면서도 편안한 곡상을 부여한다고 할 수 있다.

이상의 농업을 중시하는 내용을 담은 민요풍 노래의 음악적 내용과 가사와 리듬으로 표현되는 감성과 선율 진행의 특이성을 정리하면 다음의 〈표 5〉와 〈표 6〉이다.

〈표 5〉에서 보듯이 농업 발전의 내용을 담은 노래의 음계는 5음, 6음 7음음계가 모두 보이나, "솔라도레미"의 구성음에 중간음인 "도"음으로 종지하는 5음음계의 형태가 많다. 장단은 2소박 4박자의 안땅장단이 많이 사용되었으며, 〈미루벌의 종다리〉는 3소박 3박자의 세마치장단이다. 가사에서는 농업발전의 내용에 맞게 풍년의 기쁨, 풍요로움, 행복감이 드러나 있다. 그리고 선율에서는 밝고 화평한 느낌의 순차진행선율이 많이 사용되었으며, 굴림소리와 같은 장식음의 선율로 인해 "민족적 흥취"감을 느끼게 하였다. 특히 〈감자자랑〉에

**〈표 5〉 농업중시 주제 민요풍 노래의 음계, 음구성, 장단**

| 곡목 | 음계 | 음구성, 종지음 | 박자 | 장단 |
|---|---|---|---|---|
| 밭갈이노래 | 6음음계 | 도-레-미-솔-라-시 | 3/4 | |
| 노래하세 대홍단 | 5음음계 | 솔-라-도'-레'-미' | 4/4 | 안땅 |
| 감자자랑 | 5음음계 | 솔-라-도'-레'-미' | 4/4 | 안땅 |
| 대홍단은 살기 좋은 고장입니다 | 5음음계 | 솔-라-도'-레'-미' | 4/4 | 안땅 |
| 행복의 감자꽃 | 7음음계 | 라-시-도'-레'-미'-파'-솔' | 9/8 | 양산도 |
| 미루벌의 종다리 | 5음음계 | 솔-라-도'-레'-미' | 4/4 | 안땅 |

〈표 6〉 농업중시 주제 민요풍 노래의 가사와 리듬, 선율 진행의 감성

| 곡목 | 가사 | 선율 | 악상과 리듬 | 북한식 설명 |
|---|---|---|---|---|
| 밭갈이노래 | 기쁨, 풍요, 충성 | 순차진행. 장식음 | 빠르고 흥겹게 13~16마디 후 한마디(3박) 추가 | 긍지, 기쁨 조흥구 |
| 노래하세 대홍단 | 자랑, 긍지 | 순차진행. 유장하게 뻗는 선율 | 서정을 담아 정박진행 | 낭만, 낙천 |
| 감자자랑 | 기쁨, 풍요 | 순차, 도약진행. | 흥취나게 | 건드러짐, 해학 웃음소리 |
| 대홍단은 살기 좋은 고장입니다 | 사랑, 행복, 징, 빈영 | 순차진행, 장식음 트로트 선율 | 긍지에 넘쳐 약박진행 | 낭만, 풍만함 |
| 행복의 감자꽃 | 자랑 행복, 웃음 | 도약진행. 약간의 서정적 비감 | 흥취나게 장단과 약간 어긋 | 흥겨움, 율동적, 환희, 확신, 희열 |
| 미루벌의 종다리 | 기쁨, 멋 | 순차진행, 굴림 마지막에 6도 상행 | 흥취나게 | 흥취, 유순 민족적정서 |

서는 실제 웃음소리가 가사에 표현되어 있으며, 선율의 도약진행과 부점음표를 적용하여 해학적인 감성을 자극하였다.

그런데 이 주제의 노래에서 주의 깊게 살펴볼 점은 두 가지이다. 하나는 순차진행과 안땅장단, 그리고 반주음악의 편곡에서 드러나는 트로트 음악적인 느낌이며, 다른 하나는 〈행복의 감자꽃〉에서 보이는 음악과 해설의 불일치이다. 북한의 민요풍 노래에서 보이는 트로트 음악의 감성은 〈대홍단은 살기 좋은 고장입니다〉 외에도 다수 발견되는 부분이다. 그러나 북한의 음악창작가들은 이에 대한 별다른 이견 없이 민족적 흥취가 가득한 노래로 설명하고 있어 향후 시정이 필요한 부분이라고 할 수 있다.

〈행복의 감자꽃〉은 앞 장에서 검토한 바와 같이 이 노래는 "행복에 겨운 환희적인 정서"가 표현된 음악이라는 북한의 평가를 소개한 바 있다. 그러나 이 노래의 기본 음조는 E♭단조이며, A♭음이나 E♭음을 A나 E음으로 높여 놓아서 서정적인 비감을 준다. 즉, 악보의 9~10마

디와 17마디, 22마디, 27마디에서 플랫을 해제하고 내츄럴로 설정함으로써 해당 가사이자 이 노래의 핵심어인 감자의 "하얀 빛", "풍년꿈", 그리고 "장군님 가꿔주신"이 확신이 아닌 애조를 띠면서 다가갈 수 없는 현실에 대한 안타까운 정서를 표출한다. 그럼에도 불구하고 "≪미♭≫소조에서 양산도장단의 흥겨운 가락을 타고 률동적으로 흘러 나오는 선률은 건드러지면서도 행복에 겨운 환희적인 정서로 하여 특색 있는 음악적양상을 이루고 있다"[23])는 설명이 북한 인민들에게 얼마만큼의 설득력을 가졌을지 의문이다.

〈악보 6~8〉 ♭음을 내츄럴(♮)로

## 3) 강성대국건설

김일성 사후 고난의 행군시기를 거친 후 북한은 "선군"을 위시로 강성대국 건설을 천명하였다. 이 시기에 만들어진 강성대국을 찬양하는 민요풍의 노래로는 〈정말 좋은 세상이야〉, 〈흥하는 내 나라〉, 〈강성부흥아리랑〉, 〈돌파하라 최첨단을〉이 있으며, 재호명된 노래 두 곡을 찾을 수 있다.

〈정말 좋은 세상이야〉는 손자며느리가 세쌍둥이를 낳아 기쁨에 겨워하는 장수노인과 그 집에 선물을 보낸 김정일에 대한 감사, 그리고 잘 키워서 인민군대로 보내겠다는 결의를 담고 있다. G장조의 음계

---

23) 윤현주, 「(평론) 백두대지에 울려 퍼지는 행복의 노래: 가요 ≪행복의 감자꽃≫을 놓고」, 『조선예술』, 2000년 제8호, 31쪽.

에 '시'음이 생략된 6음음계를 갖으며, 4/4박자의 안땅장단을 사용하고 있는데, 특히 활기찬 리듬은 세쌍둥이를 안고 기뻐하는 노인의 모습을 잘 표현한 것으로 보인다. 그리고 이 노래에 대하여 "높은 예술성과 통속성으로 일관된 선률형상"을 갖으며, "누구나 한번 부르면 쉽게 따라할수 있고 부르고나면 세상 그 어디를 둘러봐도 인민대중중심의 우리 식 사회주의가 세상에서 제일이라는것을 강한 충동 속에 새겨안게 하는 시대의 명곡"이라고 보았다.[24)

2001년에 보천보전사악단의 황진영이 작곡한 가요 〈흥하는 내 나라〉는 대홍단의 감자밭과 강원도, 평북도의 넓은 벌판, 양어장, 쭉 뻗은 고속도로와 같이 몰라보게 변하고 있는 이 나라는 흥하는 내 나라라고 노래한다. 그러면서 이 노래에 나오는 장면들은 추상적인 묘사가 아니라 "위대한 장군님의 령도의 손길아래 강성대국건설의 새 시대를 펼친 우리 나라 사회주의제도의 현실을 눈으로 보는것과도 같은 진실한 생활 세부들로, 우리 조국의 참모습에 비낀 인민들의 랑만에 넘친 행복한 생활을 꾸밈 없는 예술적화폭으로 감명 깊게 형상"한 노래라고 하였다. 노래의 선율은 C장조에 "도-레-미-솔-라"의 5음음계를 갖으며, 리듬은 4/4박자의 안땅장단을 사용하여 약동적이고 진취적인 양상을 띤다. 또한 "선률에서는 필요한 대목마다 모방의 수법을 쓰고 있기때문에 매우 간결하게 되여 있으며 까다로운 음조나

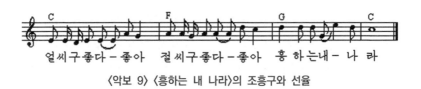

얼씨구좋다-좋아  절씨구좋다-좋아  흥 하 는 내 - 나 라

〈악보 9〉〈흥하는 내 나라〉의 조흥구와 선율

24) 권명숙, 「사회주의 내 조국의 참모습이 비낀 노래: 가요 ≪정말 좋은 세상이야≫에 대하여」, 『조선예술』, 2009년 제10호, 21쪽.

〈악보 10〉〈강성부흥아리랑〉의 "아리랑"

선률흐름이 없어 누구나 쉽게 부를수 있으며 또한 약동적인 흥취를 배태하고 있는 안땅장단에 기초하고 있는데로부터 민족적색채가 진하게 풍기고 생기가 있어 선률이 친근하게 안겨 와" 통속성을 보장하였으며, 조흥구와 선율이 잘 맞는 시대의 명곡이라고 하였다.25)

2001년에 창작된 〈강성부흥아리랑〉과 2009년의 〈돌파하라 최첨단을〉은 북한에서 2000년대 선군시대 강성대국건설을 가장 잘 나타낸 가요라고 할 수 있다. 윤두근이 작사하고 보천보전자악단의 안정호가 작곡한 〈강성부흥아리랑〉은 2002년에 창작된 대집단체조와 예술공연 〈아리랑〉에도 삽입되어 공연되고 있는 가요이다. 이 노래의 가사는 "강대국으로, 부흥조국으로 남김없이 떨치는 우리 시대 김정일시대의 흥취를 강성부흥하니 아리랑 흥이 절로 난다는 철학적이며 랑만적인 종자를 심어 사상예술적으로" 밝혔기 때문에 "선군정치가 낳은 민족의 자랑, 시대의 명곡"이라고 보았다.26) 이 노래의 선율은 C장조에 "도-레-미-솔-라"의 5음음계로 이루어져있으며, 4/4박자의 안땅장단을 쓰고 있다. 이렇게 선율의 5음음계와 장조의 밝은 정서, 그리고 안땅장단의 흥겨운 리듬과 반복적인 선율전개로 인하여 이 노래는 "인민성, 통속성이 보장되고 누구나 노래를 들으면 저절로

---

25) 천효광, 「(평론) 사회주의선경을 노래한 시대의 명곡: 가요 ≪흥하는 내 나라≫에 대하여」, 『조선예술』, 2002년 제5호, 20~22쪽 참조.

26) 김창조, 「(평론) 위대한 시대의 아리랑으로 천만년 전해 질 조국번영찬가: 노래 ≪강성부흥아리랑≫의 가사형상에 대하여」, 『조선예술』, 2001년 제10호, 39쪽.

<악보 11> <돌파하라 최첨단을>의 "아리랑"

홍취가 나고 쉽게 따라 부를수 있게" 만들어졌다고 하였다.[27]

   2009년에 창작된 <돌파하라 최첨단을>은 황진영이 작사, 작곡하였으며 2009년 당창건기념 만수대예술단, 은하수관현악단, 삼지연아단의 합동공연에서 처음 알려졌다. 이 노래의 가사는 강성대국 건설을 위한 과학기술발전과 CNC(Computerized Numerical Control)를 기반으로 주체공업을 완성하여 민족의 자존심을 세우자는 내용이다. 선율은 G장조에 '시'음이 빠진 "솔-라-도-레-미-파"의 6음음계를 갖고, 4/4박자의 안땅장단을 기본 리듬으로 삼고 있다. 그리고 <강성부흥아리랑>이 "아리아리아리랑/쓰리쓰리쓰리랑"의 아리랑 가사를 사용하고 있는 것에 비해 이 노래는 "아리랑 아리랑"의 가사를 쓰면서도 곡명에는 전혀 드러내지 않아 비교가 된다. 이 노래 역시 진취적이고 약동적인 정서가 가득하다.

   2008년 8호의 <사회주의 우리 나라 자랑하세>는 최준경 작사, 설명순 작곡의 1975년 작이다. 이 노래는 G♭장조이며, "솔-라-도'-레'-미"음계에 "도"음으로 종지한다. 리듬은 9/8박자의 양산도, 즉 세마치장단을 썼으며, "사회주의조국에 대한 긍지와 자랑으로 부풀어오른 우리 인민들의 사상감정을 홍겹고 락천적인 정서로 감명깊게 보여"준 노래라고 보았다. 특히 홍겨운 율동에 기초한 양산도장단은

---

27) 윤희광, 「(평론) 민족의 긍지 넘치는 특색 있는 선률형상: 가요 ≪강성부흥아리랑≫의 선률형상에 대하여」, 『조선예술』, 2001년 제10호, 40~43쪽 참조.

민족적 긍지와 자부심을 나타내며, 서도민요의 유순하고 아름답고 유창하며 민족적 정서가 가득한 선율을 써서 인민의 미감과 시대의 정서에 맞는 친근감 넘치는 통속적인 노래라고 보았다.[28]

2009년 4호에 소개된 〈인민의 유원지로 꽃피는 대성산〉은 1977년에 완공된 평양의 대성산유원지를 두고 1970년대에 지은 노래이며, "경제형편이 아무리 어렵고 품이 많이 들어도 인민들이 즐겁게 휴식할수 있는 동물원을 지금부터 차려놓아야 앞으로 락을 본다"고 했다는 김일성의 말을 인용하면서 대성산 유원지를 찬미하는 가사를 담고 있다. 이 노래는 F장조의 7음 중 '파'음이 없는 6음음계를 갖으며, 리듬은 6/8박자의 반살풀이장단이라고 한다. 그리고 선율과 리듬은 가사의 양상에 맞게 밝고 흥겨우면서도 부드러운 정서로 일관되며, 굴림소리를 적극적으로 사용하여 민족적 정서가 잘 드러나는 노래라고 한다.[29] 한편 이 노래는 김일성을 찬양하는 내용이 많이 나오는 4호(김일성 생일)에 수록되어 김일성의 정책을 찬양하는 가사를 가지고 있으며, 2009년에 이미 김정은이 후계자로 지목되고 김일성 사후 김정은의 최대 치적으로 평가되었던 능라인민유원지가 2012년에 완공된 것을 보면, 이 시기부터 유원지 공사가 진행된 것으로 판단된다.

〈악보 12〉 반살풀이 장단과 굴림소리

---

28) 윤정수, 「(가요해설) 고마운 사회주의제도를 긍지 높이 자랑한 인민의 노래: 가요 ≪사회주의 우리 나라 자랑하세≫를 놓고」, 『조선예술』, 2008년 제9호, 22~23쪽.
29) 로영미, 「위대한 사랑을 전하는 행복의 노래」, 『조선예술』, 2009년 제4호, 14~15쪽.

사회주의 강성대국건설 주제 민요풍 노래의 음악 분석 내용과 노래에 담긴 음악감성을 정리해 보면 다음의 〈표 7〉과 〈표 8〉이다.

강성대국건설 주제 민요풍 노래의 음계는 5음음계와 6음음계가 사용되었으며, 모두 "도"음으로 종지하였다. 사용된 장단으로는 안땅과 양산도, 반살풀이 장단이며 대체로 흥겹고 약동적이며, 부드러운 정서를 느끼게 한다. 가사에 보이는 강성대국건설에 대한 낙관과 긍

〈표 7〉 강성대국건설 주제 민요풍 노래의 음계, 음구성, 장단

| 곡목 | 음계 | 음구성, 종지음 | 박자 | 장단 |
|---|---|---|---|---|
| 사회주의 우리 나라 자랑하세 | 5음음계 | 솔-라-도'-레'-미' | 9/8 | 양산도 |
| 인민의 유원지로 꽃피는 대성산 | 6음음계 | 도-레-미-솔-라-시 | 6/8 | 반살풀이 |
| 정말 좋은 세상이야 | 6음음계 | 도-레-미-파-솔-라 | 4/4 | 안땅 |
| 강성부흥아리랑 | 5음음계 | 도-레-미-솔-라 | 4/4 | 안땅 |
| 흥하는 내 나라 | 5음음계 | 도-레-미-솔-라 | 4/4 | 안땅 |
| 돌파하라 최첨단을 | 6음음계 | 솔-라-도'-레'-미'-파 | 4/4 | 안땅 |

〈표 8〉 강성대국건설 주제 민요풍 노래의 가사와 리듬, 선율 진행의 감성

| 곡목 | 가사 | 선율 | 악상과 리듬 | 북한식 설명 |
|---|---|---|---|---|
| 사회주의 우리 나라 자랑하세 | 낙원, 기쁨, 행복, 흥, 번영 | 순차진행, 3연음(꺾음소리) | 흥겹게 정박진행 | 흥겨움, 낙천적, 긍지, 유순, 유창 |
| 인민의 유원지로 꽃피는 대성산 | 기쁨, 행복 | 순차진행, 굴림 다용 | 보통속도로 흥겹게 | 밝음, 흥겨움, 부드러움 |
| 정말 좋은 세상이야 | 자랑, 기쁨, 감사 | 도약진행 | 경쾌하게 부점음표 | 흥겨움, 기쁨, 감사, 다짐 |
| 강성부흥 아리랑 | 흥, 멋, 존엄 | 순차진행 | 흥취나게, 약박진행 쉼표 적용 | 낭만, 흥취 |
| 흥하는 내 나라 | 기쁨, 낙관, 자랑스러움 | 순차, 도약진행 (감자바다 평북도) | 좀 빠르고 약동적으로 부점음표 | 약동, 진취 |
| 돌파하라 최첨단을 | 자랑, 긍지, 자신감 | 순차진행 | 랑만적으로 밝게 정박진행 | 진취, 약동 |

지, 자신감 등은 순차진행하는 선율과 이어지는 도약진행, 그리고 부점음표가 결합된 리듬형태와 결합되어 북한에서 말하는 "혁명적 락관"을 표현하였다.

## 4) 김정일 가계 찬양

북한은 김정일의 정권세습이후 체제를 유지하기 위하여 이를 찬양하는 노래를 지속적으로 지어 보급해왔다. 민요풍의 노래라는 장르도 예외는 아닌데, 2000년대 『조선예술』에 소개된 노래로는 김정일을 찬양하는 〈정일봉의 봄맞이〉와 김정일의 친모인 김정숙을 찬양하는 〈고향집 달밤에〉, 〈간삼봉에 울린 아리랑〉이 있다.

북한에서 매년 2월은 김정일의 생일이 있는 의미 있는 달이기에 잡지들은 대체로 2월에 김정일 찬양가를 수록한다. 2000년 2월에 소개된 〈정일봉의 봄맞이〉의 가사를 보면, 김정일의 이름을 따서 개칭한 백두산 정일봉과 북한, 그리고 김정일을 등치시켜 김정일의 생일을 축하하는 내용을 담고 있다. 이 노래는 1992년에 창작된 노래이다. 선군정치의 지도자인 김정일의 생일을 축원하는 이 노래는 "거리거리와 집집마다에서 울려나오는 가요"이며, "인민적인 시어와 민족적인 시적표현들을 현대적미감에 맞게 능란하게 살려씀으로써 만민의 뜨거운 흠모와 칭송의 마음이 하나로 합쳐지는 정일봉의 2월의 명절을 보다 경축적인 시형상"의 노래라고 설명하였다.[30] 이 노래의 리듬은 4/4박자의 안땅장단을 쓰고, A♭장조에 "솔-라-도'-레'-미'" 음계에 "도"음으로 종지한다. 이 노래는 첫 번째 강박은 쉼표로 처리

---

30) 량준필, 「위대한 태양의 봄을 노래한 시대의 명곡: 가요 ≪정일봉의 봄맞이≫를 들으며」, 『조선예술』, 2000년 제2호, 10쪽.

〈악보 13〉 민요음조 　　　　　〈악보 14〉 장식음

〈악보 15〉 굴림

하고 두 번째의 약박으로 노래를 진행하는데, 이에 대하여 "약기박이
나 이강박의 리듬적효과를 잘 살려내어 노래는 진취감속에 유순한
맛이 있고 유순한 맛속에 경쾌감이 나도록 형상"하였다고 말한다.
또한 이 노래는 "우리 인민에게 익숙해진 민요음조들이 적절하게 활
용되고있으며 굴림과 같은 민요의 선률선적특성을 효과있게 쓰고있
다"고 하였는데, 인민에게 익숙해진 민요음조는 경기민요에 나오는
순차진행을 말하는 듯하다. 그러나 이 노래를 들어보면 트로트 리듬
과 유사한 안땅장단과 도약적인 선율진행은 민요적이라기보다는 트
로트 노래를 듣고 있다는 착각을 하게 만든다.

　2007년 6호에는 2006년에 창작된 노래 〈간삼봉에 울린 아리랑〉이
소개되었다. 이 노래는 김정일의 친모인 김정숙의 생애를 모티브로
만들어진 노래이다. 즉, "강도 일제가 그 이름만 들어도 벌벌 떠는
백두산녀장군의 전설적인 모습과 조국과 민족, 혁명을 위하여 자신
의 모든것을 깡그리 바쳐오신 어머님의 혁명생애가 력력히 어려오는
시대의 명곡"이라는 것이다. 노래는 기본적으로 Ab장조의 '파'음이
빠진 6음음계의 곡이며, 리듬은 4/4박자의 안땅장단을 사용하였다.
이 노래는 5음음계를 기본으로 하면서 7음음계의 '시'음을 경과적으
로 사용하여 억센 기상을 낙천적으로 표현하였으며, 선율에 굴림소

<악보 16> 안땅장단의 적용과 굴림소리의 적용

리를 많이 사용하였고, 장조-단조-장조로 교체되는 박자는 "승리의
아리랑 높이 부르며 조국해방의 그날을 기어이 앞당겨오려는 백두산
녀장군의 철석의 의지를 보여"주는 징표라고 하였다.[31]

　2009년 7호의 〈수령님 같으신분 세상에 없습니다〉는 1993년에 창
작된 노래이다. G장조의 "솔-라-도'-레'-미"음계에 "도"음으로 종지
하며, 4/4박자의 안땅장단이 쓰였다. 김일성이 사망하기 한 해 전에
창작된 이 노래는 2009년 7월에 김일성을 기리며 소개된 듯 하며,
사회주의 대가정의 어버이로 칭송되었던 김일성에 대한 찬양의 노래
이다. 그리고 9호에 소개된 김정숙에 대한 찬양의 노래인 〈고향집
달밤에〉는 1999년 작이며, E단조의 음계에서 '파'음이 사용되지 않은
6음음계를 갖는다. 노래는 단조로 설정된 만큼 '라'음으로 종지하나,
'시'음이 하행선율이 아닌 상행선율에 사용되어 민요적 선율이라고
볼 수 없다. 또한 리듬은 4/4박자를 썼다. 그럼에도 불구하고 "가요는

<표 9> 가계 찬양 주제 민요풍 노래의 음계, 음구성, 장단

| 곡목 | 음계 | 음구성, 종지음 | 박자 | 장단 |
|---|---|---|---|---|
| 정일봉의 봄맞이 | 5음음계 | 솔-라-도'-레'-미' | 4/4 | 안땅 |
| 간삼봉에 울린 아리랑 | 6음음계 | 도-레-미-솔-라-시 | 4/4 | 안땅 |
| 수령님 같으신분 세상에 없습니다 | 5음음계 | 솔-라-도'-레'-미' | 4/4 | 안땅 |
| 고향집 달밤에 | 6음음계 | 라-시-도'-레'-미'-솔' | 4/4 | |

---

31) 김광문, 「영원한 승리의 아리랑: 가요 ≪간삼봉에 울린 아리랑≫을 놓고」, 『조선예술』,
　　2007년 제6호, 28~29쪽.

〈표 10〉가계 찬양 주제 민요풍 노래의 가사와 리듬, 선율 진행의 감성

| 곡목 | 가사 | 선율 | 악상과 리듬 | 북한식 설명 |
|---|---|---|---|---|
| 정일봉의 봄맞이 | 기쁨, 행복, 축원 | 도약진행, 순차진행 굴림음/트로트 음악 | 경쾌하게 약박진행, 쉼표사용 | 유순, 진취. 경쾌 |
| 간삼봉에 울린 아리랑 | 기세, 통쾌 | 도약진행, 굴림 유장한 선율 진행 | 승리의 신심에 넘쳐 정박진행 | 억센 기상, 낙천 |
| 수령님 같으신분 세상에 없습니다 | 걱정, 감사, 사랑 | 도약, 순차진행, 꺾음소리, 굴림 | 흠모의 마음으로 약박, 쉼표 | 찬양 |
| 고향집 달밤에 | 서정, 추억, 애틋함 | 도약, 순차진행 단조적인 선율 | 사색깊은 정서로 | 민족적정서 |

민요5음계조식의 음들을 기본골격으로 하면서 거기에 7음계적계단을 재치있게 배합하여 씀으로써 민족적정서를 불러일으키면서도 현대적인 미감도 다같이 살리고있다"고 평가하였다.[32]

2000년대에 창작된 김정일 가계의 찬양 노래는 〈간삼봉에 울린 아리랑〉(2006)만 소개되었으며, 나머지 세 곡은 1990년대 창작된 노래를 재호명한 노래이다. 5음음계와 6음음계가 사용되었으며, 〈고향집 달밤에〉는 단조음형을 갖는다. 이 시기 이미 망자인 김일성과 김정숙에 대한 회고는 2000년대 "백두산 3대장군"이라는 혈통과 가계를 중시하는 정치적 의도와 맞물려 진행되었다. 특히 김정숙은 김일성을 보위하고 김정일을 키운 혁명의 보위자이자 인민의 어머니로 소개하고 있는데 〈간삼봉에 울린 아리랑〉은 혁명의 보위자로, 〈고향집 달밤에〉는 인민의 어머니의 모습을 표현하였다. 이 네 곡 모두 순차진행과 도약진행을 사용하고 있는데, 〈고향집 달밤에〉를 제외한 나머지 세 곡은 굴림이라는 장식음과 안땅장단을 사용하여 민족적 정서를 표현하였다. 이에 비해 〈고향집 달밤에〉는 "파"음을 쓰지는 않

---

32) 전이련, 「고향집 달밤에 울리는 그리움의 노래, 추억의 서정」, 『조선예술』, 2009년 제9호, 16쪽.

지만 서양식 단조의 음형을 사용하고 있음에도 느린 속도감과 셋째 악단부터 보이는 순차적 하강진행, 그리고 가사어인 〈고향〉 등을 사용하여 민족적 정서와 현대적 미감이 드러난 음악으로 평가하고 있음을 볼 수 있었다.

한편 2006년에 보천보전자악단에서 창작한 〈간삼봉에 울린 아리랑〉은 2006년에 창작된 노래임에도 불구하고 남한 측의 논의는 이해되지 않는 면이 있다. 2010년에 북한이 중국에서 발매한 CD 「조선민요 1 아리랑」에 수록된 〈간삼봉에 울린 아리랑〉을 두고 1930년대에 김일성이 항일무장투쟁 중 간삼봉 전투에서 불렀다고 알려진 아리랑의 존재가 처음 확인되었다는 기사를 찾아볼 수 있기 때문이다.[33] 그러나 〈간삼봉에 울린 아리랑〉은 간삼봉과 보천보 전투를 표현한 것으로 본조 아리랑은 아니며, 2000년대 들어 새롭게 만든 것이라고 해석했다는 김연갑의 말을 인용하지 않더라도, 일제강점기에 만들어진 여타의 〈아리랑〉류 음악처럼 5음음계의 노래도 아닐 뿐만 아니라 『조선예술』, 2007년 제6호에 재형상이 아닌 새롭게 창작된 곡임을 명시하고 있어 재론의 의미가 없다.

## 5) 통일과 여성

2001년 6월에 소개된 〈통일돈돌라리〉는 북한에 대한 남한의 햇볕정책이 지속된 시기에 만들어진 통일 주제의 노래이다. 2001년에 창작된 이 노래는 함경도 민요 〈돈돌라리〉의 선율을 기반으로 진행되고 있으며, 이 노래의 리듬은 민요 〈돈돌라리〉의 것처럼 12/8박자의

---

33) http://www.newsis.com/article/view.htm?cID=&ar_id=NISX20120309_0010708211 ([단독] 아리랑, 북한·중국 것 되나… 수상한 움직임)

덩더꿍장단이고, F장조의 "솔-라-도'-레'-미'"음계에 "도"음으로 종지한다. 〈통일돈돌라리〉는 "민요 ≪돈돌라리≫의 음조가 비교적 세분화된 리듬을 타고 흐르면서 밝은 세상이 ≪동 틀 날≫을 념원하는 인민들의 세태적인 감정을 노래했다면 가요 ≪통일돈돌라리≫의 새롭고 개성적인 선률정서는 통일에 대한 온 겨레의 절절한 사상감정을 음악적으로 폭 넓게 일반화"시킨 노래이며, "현시대의 새로운 정서속에서 재치 있게 구현한 바로 여기에 민족적특성과 시대적미감이 독특하게 결합된 가요"이기에 가요 장작의 혁신적인 성과가 있는 노래라고 평가하였다.34)

2003년 6호에 소개된 박두천 작사, 김운룡 작곡의 가요 〈통일아리랑〉(1998)의 가사에는 분단의 아픔을 딛고 장벽을 부숴 온 겨레가 손을 잡고 하나가 되는 날을 앞당기자는 내용이 담겨있다. C장조의 7음음계 음악이며, 리듬은 4/4박자의 안땅장단이 사용되었다. 이 노래가 7음음계의 모든 음을 쓰고 있다고 하더라도 민요의 5음음계를 위주로 하고 있으며, 민요의 굴림수법을 써서 흥을 고조시키며 약동적인 민족장단을 사용하고, 민족의 상징으로 불리는 "아리랑"을 강조하듯 쓰고 있어서 민족성과 인민성, 통속성이 구현되었다고 보았다.35)

마지막으로 여성을 주제로 한 노래로는 2006년에 수록된 〈녀성은 꽃이라네〉(1991)이다. 이 노래는 〈예쁜이〉(1998), 〈준마처녀〉(1999)와 함께 북한에서 여성을 주제로 한 대표적인 노래이다. 이 중 〈녀성은 꽃이라네〉는 D장조에 '파'음이 빠진 6음음계로 선율이 이루어졌다. 4/4박자의 안땅장단을 기본 리듬으로 사용하였으며, "우리 나라 민

---

34) 홍금석, 「(평론) 밝아 오는 통일조국의 새 아침을 노래한 시대의 명곡: 가요 ≪통일돈돌라리≫에 대하여」, 『조선예술』, 2001년 제6호, 42쪽.

35) 송정헌, 「독특한 양상, 특색있는 선률형상속에 맥박치는 민족의 통일의지: 가요 ≪통일아리랑≫에 대하여」, 『조선예술』, 2003년 제6호, 30~31쪽.

요5음계조식을 기본바탕으로 하면서도 거기에 7음계조식의 성격적인 Ⅶ계단을 적절히 결합시키고있으며 후렴부분에서 순차진행을 약동적인 리듬을 리용하여 명랑하고 락천적인 정서적색갈을 잘 보여"준 노래로 설명하였다. 그러면서 "노래는 선률진행에서 높이 지르거나 심한 굴곡은 없으나 리듬에서 불규칙적인 박절적력점과 이강음적인 리듬의 재치있는 효과로써 우리 시대 녀성들의 행복에 넘친 생활을 보다 락천적인 정서로 부각"시켰으며, "우리 녀성들은 녀성존중의 시대에 사는 행복과 긍지를 안고 경애하는 장군님의 위대한 선군혁명위업의 한쪽 수레바퀴를 힘있게 밀고나가는데서 주인으로서의 지위와 역할을 다하며 언제나 생활의 꽃, 행복의 꽃, 나라의 꽃으로 더욱 아름답게 피여날것"이라고 보았다.36)

통일과 여성을 주제로 한 세 곡의 음악 분석 내용을 정리하면 다음의 〈표 11〉과 〈표 12〉로 정리할 수 있다. 표에서 보듯이 이 세 곡은 율동성이 강조된 안땅장단과 덩더꿍장단을 사용하였으며, 순차진행과 굴림소리를 넣어 전통민요의 맛을 느낄 수 있도록 작곡되었다. 도한 가사에는 미래에 대한 희망과 함께 긍지와 낙관이 담겨 있으며, 도약진행과 같은 선율선이나 장단은 약동적이고 낙천적인 정서를 갖게 한다.

〈표 11〉 통일과 여성 주제 민요풍 노래의 음계, 음구성, 장단

| 곡목 | 음계 | 음구성, 종지음 | 박자 | 장단 |
|------|------|----------------|------|------|
| 통일돈돌라리 | 5음음계 | 솔-라-도'-레'-미' | 12/8 | 덩더꿍 |
| 통일아리랑 | 7음음계 | 도-레-미-파-솔-라-시 | 4/4 | 안땅 |
| 녀성은 꽃이라네 | 6음음계 | 도-레-미-솔-라-시 | 4/4 | 안땅 |

---

36) 최태화, 「명가요에 비낀 아름다움, 짙은 향기: 선군시대 녀성찬가 ≪녀성은 꽃이라네≫에 대하여」, 『조선예술』, 2006년 제7호, 31~32쪽.

**〈표 12〉 통일과 여성 주제 민요풍 노래의 가사와 리듬, 선율 진행의 감성**

| 곡목 | 가사 | 선율 | 악상과 리듬 | 북한식 설명 |
|------|------|------|------------|------------|
| 통일아리랑 | 슬픔, 기대, 희망 | 순차진행, 굴림 | 의지를 안고 랑만적으로 | 약동 |
| 통일돈돌라리 | 기대, 기쁨 | 순차진행, 도약진행 굴림 | 흥취나게 | 개방, 염원 |
| 녀성은 꽃이라네 | 자랑, 감사 | 순차진행, 굴림 둘째, 다섯째단 도약 | 랑만에 넘쳐 흥겹게 | 명랑, 낙천, 긍지 |

## 3. 선군시대 민요풍 노래의 민족적 감성

앞 장에서는 2000년대의 『조선예술』에 소개된 23곡의 민요풍의 노래를 분석한 것을 토대로 각각의 노래가 가지고 있는 음악 정서, 혹은 음악적 감성을 살펴보았다. 그런데 앞서 말한 바와 같이 북한의 2000년대는 김정일을 위시로 한 강성대국건설의 과정이며, 이는 김정은 체제에서도 이어지고 있는 기조이다. 1980년대 말 동구 사회주의 국가의 몰락과 소비에트 연합의 몰락에 맞서 북한 체제를 유지하기 위해 북한에서는 주민통제의 수단으로 조선민족제일주의를 내세운 바 있다. 지구상에서 조선민족만이 사회주의체제를 고수하고 이어나갈 사람들이라는 것이다. 이로부터 10여년이 지난 1990년대 말에는 김정일의 예술적 풍모를 강조하면서 '음악정치'라는 정치 이념이 등장하였다.

음악 분야에서 조선민족제일주의는 민족성, 민족장단, 민족악기의 연주법 발전, 서양악기에 민족악기의 연주법의 적용 등으로 나타났다.[37] 그리고 이러한 기조는 2000년대에도 계속 유지되었으며, 특히

---

37) 단국대학교 부설 한국문화기술연구소 편, 『통일문화사대계 1: 1990~1999 북한 문예비평 자료·해제집』, 도서출판 경진, 2012, 264쪽.

민요를 강조하는 방식이 고수되었다. 예를 들어 민족음악의 본연의
색을 살리기 위해서 "전통적인 민요선률에 내재되어 있는 정서와 표
현 형식의 고유성과 특수성을 찾고 그것을 과학화, 리론화하고 현대
적으로 발전시키는 것"이 사회주의 사회에서 민족음악을 지속적으
로 발전시키는 방법이라고 보는 논의나[38] 음악 분야에서 주체성과
민족성을 구현하기 위해서는 "민족음악의 정수인 민요를 적극 장려
하고 그것을 현대적으로 더욱 발전시켜나가야 한다"는 논의 등이 그
것이다.[39] 그리고 이러한 논의는 김정일이 영도하는 선군시대 음악
정치로 귀결되었다.

김정일은 북한 음악가들에게 음악이론의 바이블인 『음악예술론』
에서 민족음악을 위주로 음악을 발전시켜야 음악예술에서 주체를 세
울 수 있고 인민의 사랑을 받는 음악을 만들 수 있다고 말하였다.[40]
그리고 전통적인 민족음악에서 기본은 민요인데, 그 이유는 민족음악
의 우수한 특징이 집약되어 있으며, 인민이 사랑하고 즐기는 인민의
노래이기 때문이라고 강조한 바 있다.[41] 또한 이러한 민요를 지속적
으로 발전시키기 위하여 민요에서 배태된 민요풍의 노래를 많이 창작
하도록 지시하였으며,[42] 그 결과 "선군혁명령도의 개시음악인 명곡

---

[38] 황민영, 「(연단) 민족음악의 본색을 살리는데서 나서는 몇가지 문제」, 『조선예술』, 2002
년 제3호, 41~43쪽.

[39] 황민영, 「민요는 민족음악의 정수」, 『조선예술』, 2003년 제4호, 66~67쪽.

[40] 김정일, 『음악예술론』, 21쪽.

[41] 김정일, 『음악예술론』, 24쪽.

[42] "지난날에는 작가, 작곡가가 따로 없이 오랜 력사적시기를 거쳐 인민대중속에서 널리
불리워오면서 다듬어지고 완성된 노래만을 민요라고 하였다. 그러나 오늘에 와서는 민요
를 그렇게만 볼수 없다. 음악전문가들에 의하여 창작된 노래도 민족적선률의 특성이 뚜렷
하고 민족적정서가 안겨오게 잘 지어 인민들속에서 널리 불리우게 되면 민요화되였다는
의미에서 민요라고 할수 있다. 오늘 우리 인민의 사랑을 받고있는 민요풍의 노래는 다
우리 시대의 새로운 민요이다. 민요도 시대와 함께 발전하는것으로 보아야지 력사의 한
시점에 머물러있는것으로 보아서는 안된다. 우리는 민요에 대한 새로운 인식에 기초하여
우리 시대의 민요로 불리울수 있는 민요풍의 노래를 많이 창작하여야 한다."(김정일, 『음

≪우리 장군님 제일이야≫가 민요풍의 노래로 창작된데 이어 선군의 기치따라 강성대국건설에로 힘차게 나아가는 우리 조국의 장엄한 현실과 생활의 랑만을 노래한 ≪강성부흥아리랑≫을 비롯하여 ≪수령님 만고풍상 못잊습니다≫, ≪그 언제나 마음이 든든합니다≫, ≪군민아리랑≫, ≪선군닐리리≫, ≪먼저 찾아요≫, ≪대홍단삼천리≫, ≪통일돈돌라리≫ 등 수많은 민요풍의 노래들이 선군시대의 명곡으로 창작"되었다.43) 따라서 1990년대 『음악예술론』의 발표 이후 김일성의 사망, 고난의 행군시기 등을 거쳐 1998년 강성대국건설을 선포하면서 본격적으로 주도권을 행사한 김정일의 민족음악에 대한 강조는 결국 민요풍의 노래로 귀결되었다고 보아도 좋을 것이다.

민요풍 노래는 민족적인 형식에 현대적인 미감이 부여된 장르이다. 또한 음악에 나타나는 민족적 특성은 음악에 내재된 정서와 표현형식으로 구체화되기 때문에 민족적인 선율에는 그에 해당하는 고유한 음악정서와 표현형식이 있기 마련이다. 북한에서 말하는 민요로 대표되는 민족적 선율에 나타나는 정서는 맑고 우아하며 유순하고 아름답다. 그러나 새롭게 창작할 민요풍의 노래에는 "민요선률을 그대로 되살리는것"이 아니라 "시대에 뒤떨어진 선률적요소는 버리고 우리 시대 인민의 생활감정을 생동하게 표현할수 있는 새로운 선률적요소를 적극 찾아내여 민족적선률을 끊임없이 발전풍부화시켜나가는것"을 요구하였다.44)

민요와 민요를 계승한 민요풍의 노래를 강조하는 2000년대의 분위기 속에서 창작되거나 재호명된 민요풍의 노래를 검토한 바에 의하

---

악예술론』, 27쪽)

43) 한휘국, 「(위인과 민족예술) 위대한 령도로 꽃피는 민족음악(2)」, 『조선예술』, 2004년 제9호, 11쪽.

44) 김정일, 『음악예술론』, 23~24쪽.

면 비록 『조선예술』잡지에 평론이 수록된 민요풍 노래의 수는 적으나 전통 민요에 보이는 통상적인 내용의 가사가 아닌 다양한 주제의 노래들이었다. 특히 전통민요에서 사용되었던 조흥구인 "얼씨구", "절씨구", "에루화 데루화", "닐리리", "꿍니리", 그리고 "아리아리 쓰리쓰리" 등이 생활적인 가사와 "사회주의 현실"주제의 가사와 맞물려 민족적 형식에 현대적 미감이 적용되었음을 볼 수 있었다. 또한 "민요조식"이라고 불리는 전통 민요의 음계와 선법을 사용하고, "꺾음소리"라고 하는 장식음 선율이 많이 보이며, 경기민요에서 많이 보이는 선율의 순차진행 등을 적용하여 민족적인 선율을 만들기 위해 노력하였음을 볼 수 있다. 뿐만 아니라 이 노래들 대부분은 리듬형으로 전통음악의 장단형을 사용하여 민족적인 정서를 자아내도록 하였다.

그런데 2000년대 소개된 민요풍 노래를 검토할 때 각 노래의 가사에 적용된 감성언어, 선율과 리듬에 적용된 음악적 감성, 그리고 음계와 선법, 반주 등은 주의를 기울여 독해할 필요가 있다. 앞서 살펴본 민요풍 노래에 나타나는 감성 언어는 주로 기쁨, 멋, 자랑, 긍지, 희망, 낙관이다. 2000년대 북한의 경제 상황이 그리 좋지 않았으며, 현재도 식량난이 해결되지 않은 것으로 알려진 북한에서 기쁨과 희망, 낙관은 너무 현실과 거리가 멀다. 일례로 1997년에 창작되고 2009년에 재호명된 〈정말 좋은 세상이야〉가 그렇다. 1997년은 북한에서 고난의 행군이 끝났다는 시점이기는 하나 상황이 나아지지는 않았던 시기이다. 먹고 살기 힘든 상황에도 손자며느리가 아들 세쌍둥이를 낳아서 기쁘고 "장군님"이 귀한 선물을 보내서 자랑한다는 내용을 안땅장단의 흥겨운 리듬에 담은 이 노래가 과연 그 시대상을 반영한 노래인지 의문이다. 왜냐하면 『음악예술론』의 설명처럼 "인민"의 생활을 가장 솔직하게 반영한 노래가 민요이기에 인민성을 갖으며, 민요를 계승한 민요풍의 노래 역시 인민성을 견지하여야 하기 때문이다. 이렇게 북한 사회의 현실과 동떨어진 노래가 불리고, 부르며, 만드는 과정에는 북한의 음악가들이 갖는 민족적 정서에 대한 강박이 작용한 듯하다. 이런 의미에서 〈행복의 감자꽃〉은 "흥취"라는 강박에 반하는 균열의 지점이다. 노래의 가사는 감자 풍년에 대한 낙관과 풍년에 대한 기대감을 내포하고 있으나 이러한 낙관과 희망은 단2도의 선율로 인해 애조를 띠며 미래가 불확실한, 다가갈 수 없는, 혹은 불안한 현실을 반영하였다. 그럼에도 불구하고 평론에서는 "건드러지는" 선율과 "행복에 겨운 환희적인 정서"라고 못 박고 있어 눈길을 끈다.

다음으로 2000년대에 소개된 민요풍 노래의 선율과 리듬 또한 민족적 흥취와 약동적인 정서, 해학과 낙관이 표현되어 있다고 할 수 있다. 1990년대까지 창작된 민요풍의 노래의 장단리듬형을 재고해보면 2000년대처럼 약동, 흥겨움만 있었던 것은 아니었다. 그러나 서정적이고 은은한 선율은 김정일의 친모이자 인민의 어머니인 김정숙과 수령에 대한 회고에만 적용되었으며 나머지 대부분의 노래들은 4박 계통의 율동성이 강한 안땅장단을 써서 연주함으로써 가사와 마찬가지로 인민들의 힘든 삶을 위로하기 보다는 좀 더 많은 생산성을 강제하는 선동음악으로써의 기능을 하고 있었다. 그런데 민요풍 노래의 가사와 선율, 리듬에는 흥취와 약동, 낙관의 정서가 강한데 비하여 북한 음악계에서 민족악기에 대한 감성적 표상은 "처량"이어서 대조가 된다. 즉, 가야금 연주에서 맑고 우아하면 처량한 소리울림을 강조하고,[45] 가야금독병창의 죽관악기조는 우아하고 처량하며 부드럽게 울려야 한다고 말한다.[46] 또한 "부드럽고 우아하고 처량한 음

---

45) 유영애, 「(강좌) 가야금은 롱현을 살려써야 제맛이 난다」, 『조선예술』, 2000년 제2호, 61쪽.

색을 가진 단소와 저대"47)라든지 "민족악기들은 음색적측면에서 부드럽고 우아하면 처량한 특성을 가지고"있다는 설명,48) 그리고 "일부 서양목관악기를 배합한 민족목관악기군은 맑고 처량한 독특한 음색으로 관현악울림의 민족적색채를 진하게 살려주는"기능을 한다는 설명 등이 그러하다.49) 민족음악의 처량한 정서는 인민들이 연주하기에 용이하지 않은 민족악기에서 구현하고 쉽게 접하고 많이 들려주어 자기도 모르게 흥얼거리는 노래에는 처량함이 아닌 약동, 흥취, 해학의 정서가 강조되는 창작방식 또한 편파적인 민족적 정서의 강박으로 보인다.

세 번째로 민요풍 노래에 적용된 음계와 선법은 앞에서 살펴본 바와 같이 5음음계를 사용할 경우 경기민요의 변형인 신경토리선율이나 요나누끼장음계와 음구성이 같다. 그리고 6음음계와 7음음계에 대한 설명에서는 5음조식을 기본으로 하면서 7음을 특색 있게 적용하였다는 평을 하는 것으로 보아 민요풍 노래는 5음음계로 만들어야 한다는 기본적인 인식은 확립한 것으로 보인다. 그러나 몇몇 곡에서 보이는 "뽕끼"가 느껴지는 선율진행, 그리고 그와 결합된 리듬형은 북한의 민요풍 노래를 남한 사람들의 귀에 익숙한 트로트 음악으로 들리게 한다는 점은 문제가 아닐 수 없다. 북한에서 민요와 신민요의 전통을 이어 민요풍의 노래를 만들어 보급한 점은 높이 평가할 만하다. 그러나 음악적 계보나 계통을 알 수 없는, 혹여 왜색이 강한 노래를 "민요풍"이라고 부르는 일은 지양하여야 할 현상으로 판단된다.

---

46) 김철웅, 「가야금독병창형식의 편성적특성」, 『조선예술』, 2000년 제9호, 32쪽.

47) 문홍심, 「민족악기의 본색을 살리기 위한 몇가지 문제」, 『조선예술』, 2001년 제1호, 59쪽.

48) 문홍심, 「민족악기 현대적개량발전의 력사적의의와 위대한 생활력」, 『조선예술』, 2001년 제2호, 64~65쪽.

49) 한남용, 「민족성이 뚜렷한 우리 식의 배합관현악」, 『조선예술』, 2005년 제6호, 76쪽.

## 4. 나가며

분단 이후 북한에서 창작된 북한 음악을 이해하기 위해서는 북한 음악이 갖는 인민교양의 내용, 노래로 강요하는 통제의 감성에 대한 검토가 필요하다. 그 이유는 북한의 음악가들은 정치지배이데올로기에 반할 수 없으며, 정치이데올로기가 추구하는 음악을 생산하여 인민들에게 보급하여야 하기 때문이다. 따라서 이 글에서는 2000년대로 대표되는 북한의 선군시대에 창작되거나 소개된 민요풍의 노래를 찾아 분석함으로써 민요풍 노래에 나타난, 혹은 강요된 민족적 감성이 무엇인지 살펴보았다.

2000년대 창작되거나 소개된 민요풍 노래의 음악 분석을 위해 노래를 가사가 갖는 내용에 따라 선군영도와 군민일치, 농업, 강성대국 건설, 김정일 가계 찬양, 통일, 그리고 여성을 주제로 한 노래들로 나누어 분석을 하였다. 그 결과 민요풍 노래의 가사에는 기쁨과 흥겨움, 미래에 대한 낙관과 희망이 담겨있었으며, 전통민요에 사용된 조흥구도 많이 적용하였음을 보았다. 이 노래들의 음계는 경토리에 기반한 5음음계를 기본으로 하면서 7음음계의 음을 적용하였으며, 선율선은 유창하고 편안한 느낌을 주는 순차진행을 주로 쓰되 도약진행으로 약동성을 강조하였음을 보았다. 또한 선율에 장식음을 많이 사용하여 민족음악적인 감흥을 갖도록 하였다. 그리고 노래의 주요 리듬은 4박 계통의 안땅장단이 많이 사용되었으며, 이외에 덩더꿍장단이나 양산도(세마치)장단을 써서 흥겨운 정서를 표현하였다.

한편, 민요풍 노래에서는 〈선군장정의 길〉이나 〈백두산아 이야기 하라〉와 같은 가요에서 보이는 숭고나 숭엄의 감성보다는 웃음, 낙관, 해학적인 감성이 강조되어 나타나는 것을 볼 수 있었다. 그리고 이러한 감성은 순차진행하는 선율과 율동성이 강조된 안땅장단, 덩더꿍장단, 세마치장단 등과 결합되어 감정을 배가되어 나타난다. 그러나 민요풍의 노래에서는 민요가 가지고 있었던 신세한탄이나 원망, 사회비판의 내용과 같은 시대상의 반영물은 찾아볼 수 없기에 민요풍의 노래는 북한이 말하는 민요를 계승한 현대적인 민요와 등치될 수 없다고 판단된다. 다만 북한에서 노래가 인민교양, 혹은 선전의 도구로 사용되는 점으로 보아 역으로 북한 사회의 단면을 이해할 수 있는 수단이 되기도 한다. 즉, 2000년대 북한의 대외정치와 인민경제가 좋지 않은 상황에서 민요풍의 노래를 통해 현재의 기쁨과 미래에 대한 낙관을 노래함으로써 2000년대 정치구호였던 "가는 길 험난해도 웃으며 가자"를 실현하려고 하였던 것은 아닌가 한다. 또한 〈행복의 감자꽃〉에서는 다른 노래에서 찾을 수 없는 균열을 발견하여 가사의 내용과는 다른 음악작곡가의 시대정신을 볼 수 있었다.

결국 선군시대 북한의 민요풍 노래에는 당시의 시대상을 반영하지 않은, 혹은 "사회주의"국가의 "현실"주제가 아닌 미래에 대한 낙관만을 제시하는 기능이 강조되었으며, 작곡가들은 당이 요구하는 혁명적 낙관주의를 보여 줄 수 있는 장르로 민요풍의 노래를 선택하였던 것이다. 그리고 선율과 리듬형에서도 민족악기와는 달리 흥취, 낙관, 희망, 밝음, 약동, 진취, 해학의 감성이 표출될 수 있는 창작방침이 강조되고 허용되었음을 볼 수 있다. 그러나 이러한 관행으로 점철된 민요풍의 노래는 북한의 시대상을 반영하지 못한, 그리고 전혀 인민적이지 못한 음악을 만들어 내는 결과를 낳았다고 할 수 있다.

# 참고문헌

단국대학교 부설 한국문화기술연구소 편, 『통일문화사대계 1: 1990~1999 북한
    문예비평자료·해제집』, 도서출판 경진, 2012.

배인교, 「북한의 민요식 노래와 민족장단」, 『우리춤연구』 제12집, 우리춤연구소,
    2010.

배인교, 「북한 '민요풍 노래'에 나타난 민요적 전통성」, 『한국음악연구』 제52집,
    한국국악학회, 2012.

배인교, 「어로 관련 북한 '민요풍 노래'의 음악적 검토」, 『한국민요학』 제38집,
    한국민요학회, 2013.

전영선, 「김정일 시대 통치스타일로서 '음악정치'」, 『현대북한연구』 10권 1호, 북
    한대학원대학교, 2007.

http://www.newsis.com/article/view.htm?cID=&ar_id=NISX20120309_001070821
    1 ([단독] 아리랑, 북한·중국 것 되나… 수상한 움직임)


〈북한 자료〉

≪로동신문≫
사회과학원, 『문학예술대사전』(DVD), 2006.
권명숙, 「사회주의 내 조국의 참모습이 비낀 노래: 가요 ≪정말 좋은 세상이야≫
    에 대하여」, 『조선예술』, 2009년 제10호.
김경희, 「(상식) 민요에 대하여」, 『조선예술』, 2004년 제4호, 문학예술종합출판사.
김광문, 「영원한 승리의 아리랑: 가요 ≪간삼봉에 울린 아리랑≫을 놓고」, 『조선
    예술』, 2007년 제6호.
김영선, 「조국해방이 안아온 영원한 봄의 노래」, 『조선예술』, 2009년 제8호.
김영옥, 「땅의 주인된 우리 인민의 긍지와 기쁨을 노래한 명곡: 가요 ≪밭갈이

노래≫」, 『조선예술』, 2009년 제3호.

김정일, 『음악예술론』, 조선로동당출판사, 1992.

김창조, 「(평론) 위대한 시대의 아리랑으로 천만년 전해 질 조국번영찬가: 노래
≪강성부흥아리랑≫의 가사형상에 대하여」, 『조선예술』, 2001년 제10호.

김철웅, 「가야금독병창형식의 편성적특성」, 『조선예술』, 2000년 제9호.

량준필, 「위대한 태양의 봄을 노래한 시대의 명곡: 가요 ≪정일봉의 봄맞이≫를
들으며」, 『조선예술』, 2000년 제2호.

로영미, 「위대한 사랑을 전하는 행복의 노래」, 『조선예술』, 2009년 제4호.

문홍심, 「민족악기 현대적개량발전의 력사적의의와 위대한 생활력」, 『조선예술』,
2001년 제2호.

문홍심, 「민족악기의 본색을 살리기 위한 몇가지 문제」, 『조선예술』, 2001년 제1호.

박영철, 「(가요해설) 감자농사의 자랑찬 현실을 격조높이 구가한 명곡」, 『조선예
술』, 2000년 제1호.

박윤희, 「온 나라에 차넘치는 군민의 정 담아: 가요 ≪좋아합니다≫에 대하여」,
『조선예술』, 2008년 제1호.

배영일, 「선군시대 사회주의선경, 미루벌의 아름다움에 대한 긍지높은 찬가」, 『조
선예술』, 2009년 제9호.

송정현, 「독특한 양상, 특색있는 선률형상속에 맥박치는 민족의 통일의지: 가요
≪통일아리랑≫에 대하여」, 『조선예술』, 2003년 제6호.

오은숙, 「선군령도의 위대성에 대한 칭송의 노래: 가요 ≪선군령도 제일일세≫에
대하여」, 『조선예술』, 2009년 제8호, 14~15쪽.

유영애, 「(강좌) 가야금은 롱현을 살려써야 제맛이 난다」, 『조선예술』, 2000년
제2호, 61쪽.

윤경수, 「(가요해설) 선군조국에 울려퍼지는 ≪군민아리랑≫」, 『조선예술』, 2003
년 제8호, 22~23쪽.

윤정수, 「(가요해설) 고마운 사회주의제도를 긍지 높이 자랑한 인민의 노래: 가요

≪사회주의 우리 나라 자랑하세≫를 놓고」, 『조선예술』, 2008년 제9호, 22~23쪽.

윤현주, 「(평론) 백두대지에 울려 퍼지는 행복의 노래: 가요 ≪행복의 감자꽃≫을 놓고」, 『조선예술』, 2000년 제8호, 30~31쪽.

윤희광, 「(평론) 민족의 긍지 넘치는 특색 있는 선률형상: 가요 ≪강성부흥아리랑≫의 선률형상에 대하여」, 『조선예술』, 2001년 제10호, 40~43쪽 참조.

전이련, 「고향집 달밤에 울리는 그리움의 노래, 추억의 서정」, 『조선예술』, 2009년 제9호, 15~16쪽.

조선화, 「(평론) 위대한 전변을 노래에 담아: 가요 ≪대홍단은 살기 좋은 고장입니다≫에 대하여」, 『조선예술』, 2000년 제9호, 21~22쪽 참조.

천효광, 「(평론) 사회주의선경을 노래한 시대의 명곡: 가요 ≪흥하는 내 나라≫에 대하여」, 『조선예술』, 2002년 제5호, 20~22쪽 참조.

최태화, 「명가요에 비낀 아름다움, 짙은 향기: 선군시대 녀성찬가 ≪녀성은 꽃이라네≫에 대하여」, 『조선예술』, 2006년 제7호, 31~32쪽.

한남용, 「민족성이 뚜렷한 우리 식의 배합관현악」, 『조선예술』, 2005년 제6호, 76~77쪽.

한휘국, 「(위인과 민족예술) 위대한 령도로 꽃피는 민족음악(2)」, 『조선예술』, 2004년 제9호, 10~11쪽.

홍금석, 「(평론) 밝아 오는 통일조국의 새 아침을 노래한 시대의 명곡: 가요 ≪통일돈돌라리≫에 대하여」, 『조선예술』, 2001년 제6호, 41~42쪽.

황민영, 「(연단) 민족음악의 본색을 살리는데서 나서는 몇가지 문제」, 『조선예술』, 2002년 제3호, 41~43쪽.

황민영, 「민요는 민족음악의 정수」, 『조선예술』, 2003년 제4호, 66~67쪽.

**부록 악보**

1. 선군영도와 군민일치

## 좋아 합니다

2.마을에 가면 인민들이 좋아 합니다
  우리의 군대 제일이라 사랑합니다
  언제나 제 집에 온듯 팔 걷고 도와 나서는
  고마운 우리의 군대 인민은 좋아 합니다

3.우리의 인민 병사들을 좋아 합니다
  우리의 군대 인민들을 좋아 합니다
  장군님 한품에 안겨 군민이 한가정 이룬
  화목한 내 나라 내 조국 언제나 철벽입니다

# 선군령도 제일일세

흥취나게

작사 김은숙, 작곡 박정식

1.내 조국 의 기동으로 내세워주신
일당백 의 우리군대 어느 누가 당할소냐
백 두의 총 대로 붉 은기 지키시는
우리 장군님 선군령 도세 상에 제일일세

2.온 나라에 군인정신 꽃 피워주시여
초소마다 철벽이요 일터마다 기적일세
혁명의 총대로 사회주의 빛내시는
우리 장군님 선군령도 세상에 제일일세

3.우리 군대 진두에서 나가는 길에
강성대국 밝은 앞날 눈앞에 지척일세
정의의 총대로 무적필승 떨치시는
우리 장군님 선군령도 세상에 제일일세

# 군민아리랑

흥겹게 (♩.=126)                    작사 최준경, 작곡 엄하진

1. 군 ── 대 ─ 는 인민 ─ 들의 미 더운 아들딸이
요 인 ── 민 ─ 은 병사 ─ 들의 정 다운 부모 형제
세 정이 통해한 가정 아리아리랑 뜻이 통해한 마음
아리아리랑 군민 일치 ── 꽃 피우 니
노래 춤 흥 ── 이로 세 ── 아리아리랑 ──
스리스리랑 군민 ── 아 ── 리 ── 랑 ─

2. 군대는 인민 위해 생명도 바치여 가고
인민은 군대 위해 만가지 정성 다하네
오가는 맘 끝 없어 아리아리랑
혈육의 정 뜨거워 아리아리랑
군민일치 꽃 피우니 한마음 한뜻일세
아리아리랑 스리스리랑 군민아리랑

3. 군민이 뭉친 힘은 온 사회 밑뿌리 되여
장군님 선군령도 승리로 받들어 가네
어깨 걸고 손 잡고 아리아리랑
마음 맞춰 발 맞춰 아리아리랑
군민일치 꽃 피우니 내 나라 강국일세
아리아리랑 스리스리랑 군민아리랑

# 내 나라는 선군의 대가정

작사 박동성
작곡 전민철

흥에 겨워(♩=118)

1.산 ─넘어 병사들─의 군가소리들려─오면
로 ─병도 아이들─도 함께따라─부르─네
마 음도─숨결도 하 나가되여 장 ─군님선 군령도
(후렴)
받 들어가는 아 ─하 내 ─나─라는
사 ─회주의 내 나─라는 선 군의 대 ─가─ 정

2.달밝은 저녁이면 앞마을 뒤마을이
  군대간 아들딸의 자랑으로 흥성이네
  군대와 인민이 한마음되여
  장군님선군령도 받들어가는
    (후렴)

3.총대로 지켜가는 내 나라 굳건하고
  총대를 안고사는 인민은 강하다네
  고난도 시련도 함께 헤치며
  장군님령도로 백승떨치는
    (후렴)

## 2. 농업중시

### 밭갈이노래

빠르고 흥겹게           작사 집체, 작곡 함흥근

1. 백두산 말기에 백학이 너울너울 해방된 강산에 뻐꾸기 뻐꾹 뻐꾹 아아아 아 아 장군님주신 땅에 루화 데루화 모두다 떨쳐나 밭갈이 가세

2. 주인된 새땅엔 기쁨도 넘실넘실
   새로 푼 논에는 봄물결 출렁출렁
   아 장군님 주신 땅
   에루화 데루화 한친들 묵이랴 밭갈이 가세

3. 민주의 새봄에 만풍년 불러 불러
   장군님은덕에 천만년 보답하세
   아 장군님 주신 땅
   에루화 데루화 충성의 한마음 밭갈이 가세

# 대홍단은 살기 좋은 고장입니다

작사 리연회
작곡 박진국

궁지에 넘쳐 (♩=77)

1. 백두-산 기-슭 -에   펼쳐-진 대 - 지
   감자-꽃만- 밭 -한   사랑-의 대 - 지
   수령 -님  -그-자욱에   행복-이 꽃-핀
   대홍단은살-기-좋 -은   고장-입니 - 다

2. 방풍림 설레는 정다운 마을
   전기화 불빛이 넘치는 마을
   장군님 청산리로 불러 주시는
   대홍단은 살기 좋은 고장입니다

3. 락원이 꽃 피는 백두삼천벌
   천만년 안겨 살 백두삼천벌
   장군님은덕아래 길이 번영할
   대홍단은 살기 좋은 고장입니다

294

# 행복의 감자꽃

흥취나게 (♩.=126)  작사 윤두근, 작곡 안정호

1. 산에도 벌방에도 감자꽃
곱게폈네 하얀빛 연보라색
그 모습 자랑일세
풍년꿈을 안고서 춤을추는 감자꽃 행복의
꽃일세 장군님
가꿔주신 행복의 꽃일세

2. 백두의 홍단벌에 수령님 피우신 꽃
온 나라 농장벌에 장군님 키우셨네
풍년향기 날리며 노래하는 감자꽃
행복의 꽃일세
장군님 가꿔 주신 행복의 꽃일세

3. 인민을 위하시는 어버이 그 사랑에
이 땅이 부풀도록 열매가 맺힌다오
풍년가을 그리며 웃음 짓는 감자꽃
행복의 꽃일세
장군님 가꿔 주신 행복의 꽃일세

# 감자자랑

작사 엄애란, 작곡 장설봉

흥취나게 (♩=120)

1.우리-마을 장수령감 - 감자분배 받은 날에
- 생일-상을 차려놓고- 동네방네 청했다오
- 짤깃짤깃 감자떡에 농마국수 -
맛 -좋은짜배기에 감자지짐 - 감 자 자 랑 -
하 도 많아 - 서른 울세고서 헛 갈렸소
- 어허허 감자자랑- 감 자 자 랑 -
많 고 많아 - 우리-생활-꽃이피네
- 어허허 감자자랑

2.감자찰떡 꿀맛이라 할머니들 혀 차는데
아이들은 들락날락 감자엿이 제일이래
많이 들고 장수하소 장수령감
감자술잔 비우면서 하는 말이
우리 세상 하도 좋아 내 고향 감자도 풍년이요
어허허 감자자랑

3.옛날에는 사람 못 살 막바지던 이 고장이
오늘에는 당의 품에 무릉도원 되였다오
감자농사 많이 짓고 장수하세
아들딸도 많이 낳아 락을 보세
좋은 세월 노래하며 장수집령감님 춤을 추네
어허허 감자자랑

감자자랑 많고 많아 우리 생활 꽃이 피네
어허허 감자자랑

## 3. 강성대국건설

### 인민의 유원지로 꽃 피는 대성산

보통속도로 흥겹게                                       작사 김두일, 작곡 엄하진

1.대 성—산에    봄 이—오-면    꽃 이 로세

노 래—로—세    골 짝—마다    봉 이—마다

울 긋 붉긋 무지—갤—세    기 쁨 속에

— 행 복—속-에    유원지 에 - 들 - 어서 - 니

수령—님-의 - 해빛 —아래    너도 나도 꽃이로-다

2. 장수봉에 높이 올라 우리 평양 노래하고
   동천호에 내려 오니 배놀이도 즐거운데
   관성차에 몸을 싣고 하늘가에 둥실 뜨니
   수령님의 그 은덕이 가슴 가득 안겨 오네

3. 우리 나라 고운 새들 여기 불러 모여 놓고
   이 세상의 귀한 꽃들 송이송이 피워 놓고
   인민의 휴식터로 세워 주신 수령님
   그 품에서 대성산은 높이 솟아 명승일세

# 사회주의 우리 나라 자랑하세

작사 최준경, 작곡 설명순

흥겹게

1. 산 이—— 좋 고 - 물 이 - 맑 — 아 -
이 - 름 - 도 금 - 수강 - 산
내 나 - 라 는 - 지 상 — 락 — 원 -
세상 - 에 서 — 제 - 일좋 네 ——
에 - 헤 요 - 노 - 래 하 - 세 -
수 령님 - 의 해 빛 — 아 래 ——
행 복 - 이 넘쳐 나 는 사 회주 - 의 제 일강 산
우 리 나 - 라 자 랑 - 하 세 ——

2. 우리 로동 보람차고 살림은 늘어 나니
   일할수록 흥에 겨워 어깨춤이 절로 나네
   에헤요 노래하세 무상치료 무료교육
   누구나 받고 사는 사회주의 제일강산
   우리 나라 자랑하세

3. 설움 많던 지난 세월 옛말로 사라지고
   세금마저 없는 세상 이 땅에 꽃 펴났네
   에헤요 노래하세 수령님의 손길 따라
   천만년 번영해 갈 사회주의 제일강산
   우리 나라 자랑하세

# 정말 좋은 세상이야

경쾌하게 (♩=120)                                       작사 서성진, 작곡 리종오

1. 손 자 며 느 리 삼 태 자낳고    신 문에 – 났다오
어 서 들보소   우 리 마 을 –  장 수집로인   동네방네지랑 일

(후렴)
세   로동당 세 상은 –   정말좋 은 세상이야 –
사 회 주 의 내 나라는 –   정말좋은세상 이  야

2. 옛날 세상엔 고생둥이라
   로인들 생각은 깊어 가는데
   우리 장군님 귀한 선물을
   가슴 가득 보내셨네
   (후렴)

3. 로인내외 감격에 겨워
   장군님 우러러 큰 절 드리며
   삼태자모두 장수로 키워
   인민군대 보낸다오
   (후렴)

# 강성부흥아리랑

흥취나게 (♩=142)　　　　　　　　　　　작사 윤두근, 작곡 안정호

1. 무 룽 도 원 꽃 펴-가 니　흥 이 로 다 아 리 랑
제 힘 으 로 세 워-가 니　멋 이 로 다 아 리 랑

(후렴)
장 군 님 의 － 손 길 따 라
주 체 강 국 나 －래 친 다 －
아 리 아 리 아 －리 － 랑　스 리 스 리 스 －리 － 랑
강 성 부 흥 아 － 리 － 랑 －

2. 일심으로 뭉쳤으니 두렴 없어 아리랑
철벽으로 다졌으니 끄떡 없어 아리랑
(후렴)

3. 태양조선 강해 가니 존엄 높아 아리랑
태양민족 흥해 가니 살기 좋아 아리랑
(후렴)

300

# 흥하는 내 나라

작사 허룡갑
작곡 황진영

좀 빠르고 약동적으로 (♩=127)

1. 삼 — 천리라 감자바다 대흥단을찾아가 세
강 — 원도라 평북도라 넓은벌을걸어보 세
(후렴)
장군님 의 령도아 — 래 내 조국 땅 그어데 — 나
사 회 주 의 맛이나 — 게 천 지 개 벽 일어나 — 네
얼씨구좋다 — 좋아 절씨구좋다 — 좋아 흥 하는내 — 나 라

2. 백리 양어 넓은 못엔 고기떼가 욱실대고
곧추 뻗은 고속도로 눈뿌리 아득해라
(후렴)

3. 부흥하는 내 나라 몰라 보게 변모되니
어딜 가나 웃음이요 어딜 가나 노래로세
(후렴)

# 돌파하라 최첨단을

랑만적으로 밝게(♩=133)

작사, 작곡 황진영

1. 무엇이나 마음만 먹으면— 프로그람에 따라 만드는— 선군시대기계공업의 차양— 우리식—CNC기술 CNC는 주체공업의위력 CNC는 자력갱생의본때 장군님 가리키는길따라 돌파하라 최첨단을 — 아 —아리랑 아 리랑 민족의자존심높이 파학기술강—국을 세우자 행복이파도쳐온다

2. 지식경제시대인 오늘날 떨어지면 기술의 노예되리
   첨단으로 세계향해 나가는 우리 식 CNC기술
   　　(후렴)

3. 애국으로 심장이 불타면 점령 못할 첨단은 없어라
   선군으로 백배해진 힘으로 모든것에 패권을 쥐자
   　　(후렴)

# 4. 김정일 가계 찬양

## 간삼봉에 울린 아리랑

작사 신운호
작곡 전민철

승리의 신심에 넘쳐(♩=135)

1.보천보에해 불 - 올린      혁명군은기세  높아
간삼봉의싸 움 - 터엔 -     노래소리드 높 았네 -
빨 - 찌산녀장군이 선창때신아리랑     봉이마다룽선마다
(후렴)
뢰성타고울렸네  아 리 랑  -    스 리 - 랑
- 간 삼 봉 에  불 비 와 서   아 라 리 가났 - 네

2. 도천리에 조용조용 부르시던 아리랑
　 싸움터에 산발 쩡쩡 메아리로 울리셨네
　 백발백중 명중탄 불벼락을 안기며
　 사령부의 안녕 지킨 빨찌산녀장군
　 (후렴)

3. 하늘에는 번개 번쩍 싸움터엔 총불 번쩍
　 녀장군의 아리랑에 왜호박이 때굴때굴
　 3천리를 피에 잠근 섬오랑캐 모조리
　 통쾌하게 쳐부시고 조국광복 맞으리
　 (후렴)

# 수령님 같으신분 세상에 없습니다

흠모의 마음으로

작사 윤두근, 작곡 리광오

1. 인민을 마 음의 첫 자-리    놓으신분 이-여- 서
   날마다찾 아- 가 시—는    그걸 음끝 없는 가
   비 오는날-도  포전길걸-고   눈오는날 도 구내길-걷는 아—
   —— 수령님 같으 신-분 세  상 에-없 습-니- 다

2. 인민을 하늘과 같이 여기신분이여서
   해마다 안겨 주시는 그 사랑 끝 없는가
   아버지 되여 보살피시고
   어머니 되여 돌봐 주시는
   (후렴)

3. 인민의 운명을 한몸에 지니신분이여서
   한평생 바쳐 가시는 그 로고 끝 없는가
   베풀어 주신 인덕을 봐도
   쌓아 올리신 업적을 봐도
   (후렴)

304

# 고향집 달밤에

작사 전동우
작곡 박진국

사색 깊은 정서로(♩=70)

1. 고향 집 가을밤에 뜨락에앉 - 아
저 하 - 늘 바라보니 달 도 밝 아 라
소 백 수 맑은 물 - 에 내 려앉 - 아 - 서
어 머 님 그 이 - 야 기 속 삭 여 주 네

2. 창가에 타오르던 작은 등잔불
하늘에 높이 걸어 달이 되였나
어머님 등불심지 돋구시던 모습
오늘도 달빛속에 어리여 오네

3. 한평생 미래 위해 불 태우시며
이 나라 빛이 되신 우리 어머님
이 밤도 태양의 해빛을 안고
정일봉마루우에 함께 계시네

## 5. 통일

**통일아리랑**

작사 박두천
작곡 김운룡

의지를 안고 랑만적으로 (♩=134)

1.헤여져 얼—마냐— 아리랑 아리— 랑
반세기 아—픔이— 가슴친다 가슴친 다
(후렴)
아 —리랑 아리 랑— 통일의 아—리— 랑
삼천 리내나—라 삼천 리내나—라 통일아—리— 랑

2.이대론 못 참아 아리랑 아리랑
장벽을 부시고 하나되자 하나되자
(후렴)

3.온 겨레 손을 잡고 아리랑 아리랑
자주의 새날을 앞당기자 앞당기자
(후렴)

306

# 통일돈돌라리

2. 통일돈돌라리 통일돈돌라리
   온 겨레 단결하여 장벽을 허물고
   통일을 안아 오세
   (후렴)

3. 통일돈돌라리 통일돈돌라리
   해와 별 빛나는 3천리 내 나라
   세상에 떨쳐 가세
   (후렴)

# 6. 여성

## 녀성은 꽃이라네

작사 김송남
작곡 리종오

랑만에 넘쳐 흥겹게 (♩=124)

1. 녀 성은 꽃이라 - 네 생 활의 꽃이라 - 네
   한 가정 알뜰 - 살뜰 돌 보는 꽃이라 네
   정 다운 안해여 누 나여 그 대들 없다 - 면
   생 활의 한자 - 리 - 가 비 여 있으 리
   녀 성은 꽃이라 - 네 생 활의 꽃이라 네

2. 녀성은 꽃이라네 행복의 꽃이라네
   아들딸 영웅으로 키우는 꽃이라네
   정다운 안해여 누나여 그대들 없다면
   행복의 한자리가 비여 있으리
   녀성은 꽃이라네 행복의 꽃이라네

3. 녀성은 꽃이라네 나라의 꽃이라네
   걸어 온 위훈의 길에 수 놓을 꽃이라네
   정다운 안해여 누나여 그대들 없다면
   나라의 한자리가 비여 있으리
   녀성은 꽃이라네 나라의 꽃이라네

# 지은이 소개

## 임옥규

· 홍익대학교 대학원 국어국문학과 박사
· 단국대학교 부설 한국문화기술연구소 연구교수
· 주요 논저로『북한 역사소설의 재인식』(2008),『북한의 언어와 문학』(2006, 공저),『북한문학의 지형도』1, 2(2008, 2009, 공저),『주체의 환영』(2011, 공저)『통일문화사대계』1, 2(2012, 2014, 공저),『선전과 교양: 북한의 문예교육』(2013, 공저),『이데올로기의 꽃』(2014, 공저),『스타일의 탄생: 북한 문학예술의 형성과정』(2014 공저),「남북 역사소설에 형상화된 '간도'의 심상지리적 인식과 심상지도」(2013),「고려인 문학과 북한 문단과의 영향관계」(2013),「선군시대 북한 문학에 형상된 주도적 감성」(2014),「남북 역사소설의 심상지리적 인식을 통한 한반도 심상지도 구상방안 기초연구」(2014),「선군시대 북한 여성 작가의 감성적 글쓰기」(2015) 등이 있다.

## 마성은

· 인하대학교 대학원 한국학과 통합과정 수료
· 인하대학교 교양교육원 강사
· 주요 논저로「1950년대 조선『아동문학』과 동아시아적 감각」(2011),「북한 아동문학 연구 현황과 과제」(2012),『해방기 북한문학예술의 형성과 전개』(공저, 2012),「1960년대 조선『아동문학』과 프롤레타리아 국제주의」(2013),『3대 세습과 청년지도자의 발걸음』(공저, 2014) 등이 있다.

## 오태호

· 경희대학교 문학박사
· 경희대학교 후마니타스 칼리지 객원교수
· 주요 평론집으로 『오래된 서사』(2005), 『여백의 시학』(2008), 『환상통을 앓
  다』(2012) 등이 있다.


## 정영권

· 동국대학교 대학원 영화영상학과 박사
· 단국대학교 부설 한국문화기술연구소 연구교수
· 주요 논저로 『지향과 현실: 남북문화예술의 접점』(2014, 공저), 『통일문화
  사대계 2: 2000~2009 북한 문예비평 자료·해제집』(2014, 공저), 「한국 반
  공영화 담론의 형성과 전쟁영화 장르의 기원 1949~1956」(2010), 「한국전쟁
  과 영화, 기억의 정치학」(2013), 「한국 전쟁영화에서 남성성의 문제」(2014),
  「영화 〈성장의 길에서〉와 1960년대 북한의 '남조선혁명'」(2015) 등이 있다.


## 홍지석

· 홍익대학교 미술학과 박사
· 단국대학교 부설 한국문화기술연구소 연구교수
· 주요 논문으로 「공산주의적 인간의 얼굴과 몸－동시대 북한미술의 몸 재현」
  (2015)과 공저 『스타일의 탄생: 북한 문학예술의 형성과정』(2014), 『3대세
  습과 청년지도자의 발걸음』(2014), 『한민족 문화예술 감성용어 사전·용예
  집I: 북한 편』(2014) 등이 있다.


## 안지영

· 인제대학교 통일학박사
· 인제대학교 통일학부 외래교수
· 주요 논저로 「북한 영화에 대한 젠더 접근법 모색」(2015), 「김정일 시기
  이후 북한의 '인구재생산'과 영화 속 모성담론」(2015), 「북한 영화사 연구

의 현황과 과제」(2013), 「2000년대 초중반 북한의 영화와 TV드라마 속 여성 형상」(2015), 「북한 영화에 나타난 스포츠 내셔널리즘과 젠더」(2015), 「북한 영화 및 TV드라마로 본 청년의 사회진출 양상과 함의」(2015) 등이 있다.


## 배인교

· 한국학중앙연구원 한국학대학원 박사(음악학 전공)
· 단국대학교 부설 한국문화기술연구소 연구교수
· 주요 논문으로 「1950~60년대 북한 전통 음악인들의 활동 양상 검토」(2009), 「북한음악과 민족음악」(2011), 「북한 '민요풍 노래'에 나타난 민요적 전통성」(2012), 「불후의 고전적 명작 가요의 음악적 지향」(2012), 「선군시대 북한의 민족적감성」(2014) 등과 공저 『북한 악기 개량 연구』(2015), 『스타일의 탄생: 북한 문학예술의 형성과정』(2014), 『3대세습과 청년지도자의 발걸음』(2014), 『산유화가』(2010) 등이 있다.

# 발표지면

북한 문학 감성과 새 세대의 감수성 _ 임옥규
이 글은 북한대학원대학교, 『현대북한연구』 제17권 제2호(2014년)에 발표된
필자의 논문 「2000년대 북한 문학 감성과 새 세대의 감수성」을 보완한 것이다.

리금철 과학환상소설의 특징과 균열
: 『아동문학』에 수록된 작품을 중심으로 _ 마성은
이 글은 한국아동청소년문학학회, 『아동청소년문학연구』 제6호(2010년)에
발표된 필자의 논문 「리금철의 과학환상소설에 관한 고찰」을 수정, 보완한
것이다.

북한 단편소설에 나타난 연애담론 연구
: 2000년대 초반 단편소설을 중심으로 _ 오태호
이 글은 국제어문학회, 『국제어문』 제58집(2013년)에 발표된 필자의 논문을
보완한 것이다.

2000년대 초반 북한영화와 청년세대 _ 정영권
이 글은 서강대학교 동아연구소, 『동아연구』 68권(2015년)에 발표된 필자의
논문 「2000년대 초반 북한 영화와 청년세대-청년 과학자와 "청년동맹" 형상
화를 중심으로」를 보완한 것이다.

공산주의적 인간의 얼굴과 몸
: 동시대 북한미술의 몸 재현 _ 홍지석
이 글은 고려대학교 한국학연구소, 『한국학연구』 제54집(2015년)에 발표된
필자의 논문을 수정, 보완한 것이다.

## 북한영화에 나타난 스포츠 내셔널리즘과 젠더 _ 안지영

이 글은 박사학위논문『김정일 시기 북한 영화의 젠더 담론 연구』(인제대학교, 2015년) 4장 2절 2항을 토대로 작성하여 건국대학교 인문학연구원,『통일인문학』62집(2015년)에 발표된 필자의 논문을 수정, 보완한 것이다.

## 선군시대 북한영화에 나타난 가부장적 온정주의
: 〈복무의 길〉(2011)을 중심으로 _ 정영권

이 글은 북한대학원대학교,『현대북한연구』제17권 제2호(2014년)에 발표된 필자의 논문「영화 〈복무의 길〉에 나타난 선군시대 북한의 여성과 가부장적 온정주의」를 수정, 보완한 것이다.

## 선군시대 북한의 민족적 감성
: 2000년대『조선예술』에 수록된 민요풍 노래를 중심으로 _ 배인교

이 글은 한국민요학회,『한국민요학』제41집(2014년)에 발표된 필자의 논문을 보완한 것이다.

# 찾아보기

## 2. 인명

## 3. 내용

임옥규 단국대학교 부설 한국문화기술연구소 연구교수
마성은 인하대학교 교양교육원 강사
오태호 경희대학교 후마니타스 칼리지 객원교수
정영권 단국대학교 부설 한국문화기술연구소 연구교수
홍지석 단국대학교 부설 한국문화기술연구소 연구교수
안지영 인제대학교 통일학부 외래교수
배인교 단국대학교 부설 한국문화기술연구소 연구교수

**세대와 젠더**
: 동시대 북한문예의 감성
© **단국대학교 부설 한국문화기술연구소**, 2015

**1판 1쇄 인쇄**__2015년 09월 20일
**1판 1쇄 발행**__2015년 09월 30일

**엮은이**__단국대학교 부설 한국문화기술연구소
**펴낸이**__양정섭
**편집/해제**__임옥규·마성은·오태호·정영권·홍지석·안지영·배인교

**펴낸곳**__도서출판 경진
　　　　**등록**__제2010-000004호
　　　　**블로그**__http://kyungjinmunhwa.tistory.com
　　　　**이메일**__mykorea01@naver.com
**공급처**__(주)글로벌콘텐츠출판그룹
　　　　**대표**__홍정표
　　　　**편집**__송은주 김현열　**디자인**__김미미　**기획·마케팅**__노경민　**경영지원**__안선영
　　　　**주소**__서울특별시 강동구 천중로 196 정일빌딩 401호
　　　　**전화**__02) 488-3280　**팩스**__02) 488-3281
　　　　**홈페이지**__http://www.gcbook.co.kr

**값** 16,000원
ISBN 978-89-5996-479-6 93810